ASTRID MIGLAR

NATTERNKOPF

Astrid Miglar

NATTERNKOPF

Ein Reichraming-Krimi

Servus

FSC
www.fsc.org
MIX
Papier aus verantwortungsvollen Quellen
FSC® C083411

Diese Geschichte ist frei erfunden. Tatsächlich existierende Personen und Firmen wurden verändert und/oder von der Autorin ausgedacht, Geschehnisse anderen und/ oder fiktiven Personen zugeordnet. Verbleibende Übereinstimmungen mit etwaigen realen Personen wären somit rein zufällig und sind nicht gewollt.

Sämtliche Angaben in diesem Werk erfolgen trotz sorgfältiger Bearbeitung ohne Gewähr. Eine Haftung der Autoren bzw. Herausgeber und des Verlages ist ausgeschlossen.

1. Auflage 2021

Medieninhaber, Verleger und Herausgeber:
Red Bull Media House GmbH
Oberst-Lepperdinger-Straße 11–15
5071 Wals bei Salzburg, Österreich

Satz: MEDIA DESIGN: RIZNER.AT
Gesetzt aus der Minion Pro, Courier, Bauer Bodoni
Lektorat: Nina Hübner
Umschlaggestaltung: www.b3k-design.de, Andrea Schneider, diceindustries
Umschlagmotive: Arina Karpova/shutterstock.com; Ernst Weingartner/picturedesk.com; Nieveler/ChromOrange/picturedesk.com
Printed by CPI Books GmbH, Germany
ISBN: 978-3-7104-0234-0

Ich widme dieses Buch meinem Neffen Raphael,
der sich wünscht, dass ich berühmt werde,
so berühmt wie meine Vornamenskollegin Astrid Lindgren
(»Große Fußstapfen«, hat er gemeint), und der bereits
jetzt plant, wie er nach meinem Tod Geld verdienen kann,
… meinen Weltruhm ausnützend,
… was ich sehr vernünftig finde.

Prolog

Reichraming war so beschaulich, dass das ungeübte Auge leicht den Eindruck von Schläfrigkeit gewinnen konnte. Die Gemeinde lag eingebettet zwischen drei Wächtern, die von oben auf den Talkessel blickten: dem bewaldeten Fahrenberg, dem Schieferstein mit seinem steinernen Gesicht, das ein wenig an Bruno Kreisky erinnerte, und dem Schneeberg, dessen Rinne – die Tannscharte – einst vom Teufel gezogen worden war, als dieser eine Wette gegen einen Reichraminger verlor und aus Wut auf einer Tanne ins Tal rauschte – oder auf seinem Hintern, das wusste man nicht mehr so genau.

Eingeklemmt zwischen Berghängen und dem Bett des Reichramingbachs lag das Ortszentrum. Ein Gemeindeamt, ein Kaffeehaus, eine Trafik, ein Lebensmittelgeschäft, eine Fleischerei, ein Wirtshaus, ein Friseur und eine Arztpraxis, in der neben dem regen Austausch von Rezepten auch der Austausch von Neuigkeiten gepflegt wurde.

Eine echte Besonderheit war die Kirche. Oder genauer die überproportionale Kirchenuhr, die sich durch ihr großzügig dimensioniertes Ziffernblatt von anderen Kirchenuhren abhob. Mit goldglänzenden Zeigern gab sie die Zeit verlässlich an, auch aus der Distanz und ohne eine Brille bemühen zu müssen.

Und noch eine Besonderheit wies Reichraming auf: Es lag direkt am Eingang zum Reichraminger Hintergebirge, das wiederum ein Teil des Nationalparks Kalkalpen war. Abhängig vom Wetter und dem Zustand der höchstpersönlichen Laune, wurde der Waldreichtum von den Einheimischen als Urwald oder als grüne Hölle bezeichnet. Ein Naturparadies zum Wandern, zum Radfahren, zum Baden, zum Bäume-Umarmen, um sich erschöpft auf der Hausbank vor einer Almwirtschaft niederzulassen, um Urlaub am Bauernhof zu machen oder sich über Rehe, Dachse, Gämsen und Füchse zu freuen. Nur der Luchs, der vor Jahren im Nationalpark angesiedelt worden war, ließ sich nicht mehr sehen. Grund dafür waren Wilderer, sodass die kleine Population vom Aussterben bedroht war.

Im Sommer war Reichraming wie ausgewechselt, denn der glasklare Reichramingbach schlängelte sich durch das Gemeindegebiet und verführte Einwohner und Gäste zum Baden. Von weit her kamen die Genießer, denn das kristallklare, kalte Wasser, gespeist aus den vielen Seitengräben des Hintergebirges, sorgte nicht nur für Abkühlung, sondern vor allem für Gänsehaut. An einem schönen Sommertag jedoch war es nicht das erfrischende Wasser des Baches, sondern ein unerwartetes Ereignis, das für Erschaudern sorgte.

Beinahe schwerelos schaukelte der Körper auf den Wellen. Sanft schmeichelte das Wasser den Rundungen. Kein Hindernis legte sich zwischen Haut und Leib. Ihr langes, dunkles, fast schwarzes Haar schwebte um ihren Körper wie eine düstere Gewitterwolke. Der träge dahinfließende Bach streichelte ungeniert alle menschlichen Teile, die einmal voller Leben gewesen waren.

Das Glucksen des Baches ging in ein Rauschen über, bis es schließlich zu einem lebendigen Tosen wurde, dessen Wellen am unruhig schwimmenden Körper zerrten. Eine Forelle, immer auf der Suche nach Fressbarem, näherte sich zögernd dem Treibgut, das so gar nicht in ihr Beuteschema passen wollte. Nur einen Flossenschlag später drehte der Fisch ab und verschwand in seinem Versteck unter einem Wurzelstock, der während eines Hochwassers angeschwemmt worden war und vermutlich bis zum nächsten Hochwasser dort liegen würde. Für einen Augenblick schien es, als würde der Körper an genau jenem Wurzelstock hängen bleiben, doch schließlich drehte er sich zeitlupenartig zurück in die Strömung und beschleunigte auf ein Wehr zu, bis, ja, bis der nackte, tote Körper den niedrigen Wasserfall hinunterstürzte und mitten hinein ins laute, schreiende, freudig pulsierende Leben platschte.

Kapitel 1

Im Laden waren die Käsekrainer ausverkauft. Georg Hammerschmied schnaubte unzufrieden. Der erste freie Tag nach einem langen Dienstwochenende und schon schien sich alles gegen ihn verschworen zu haben.

»Unmöglich«, knurrte er und griff nach einer Packung Bratwürste und einer Tube scharfem Senf. Während er Grillkohle, Einweggrillschalen, Semmeln und ein Sechsertragerl Bier in den Einkaufswagen legte, dachte er an die Zeit vor wenigen Monaten zurück. Er hatte sich mit Begeisterung von der Stadt aufs Land, in die Polizeiinspektion Großraming versetzen lassen.

Hammerschmied grinste sein Bier an. Ruhe hatte er sich gewünscht. Frieden wollte er haben. Keine Messerstechereien mehr. Keine Pöbeleien während der vielen Fußballspiele, anlässlich derer regelmäßig feindlich gesinnte Fans aufeinandertrafen und für Stunk sorgten. Keine Anrufe wegen nicht abgeholter Müllsäcke, was nicht in die Zuständigkeit der Polizei fiel, aber häufig als deren Aufgabengebiet angesehen wurde. Auch keine hundertfachen Anrufe irgendwelcher Mitteilungsbedürftigen über den Notruf, die meinten, unter mangelndem Zuspruch zu leiden, oder ihre psychischen Problemanalysen in Einzeltelefonaten zu fünf Sekunden führen wollten. Keine übermäßigen Lärmerregungen zwischen Mitternacht und Morgengrauen und überhaupt einfach ein wenig mehr Waffenstillstände.

Gut, sein Beruf war nicht gerade ein ruhiger Beruf. Vermutlich hätte er sich anlässlich seiner Berufswahl vor dreißig Jahren etwas mehr Gedanken dahingehend machen sollen, da kam ihm nun ein bisschen Harmonie im Ennstal gerade recht. Schon um seiner Gesundheit willen und wenn möglich bis an sein Dienstende, das doch noch einige Jahre in der Zukunft lag.

Georg schob sein Einkaufswagerl zur Kassa, zahlte, verließ das Geschäft und überdachte unterwegs die Kriminalstatistik der vergangenen Monate. Er grinste. Im beschaulichen Reichraming, überhaupt in der Region, gab es keine nennenswerte Kriminalstatistik. Keine Dämmerungseinbrüche. Verkehrsunfälle nicht mehr als anderswo auch. Familiäre Gewaltakte gab es kaum, oder sie wurden – was wahrscheinlicher war – vertuscht. Sein Arbeitsplatz in der Polizeiinspektion Großraming war eine gute Wahl gewesen. Hammerschmied war zufrieden mit seinem Leben. Hätte er heute die letzten Käsekrainer ergattert, wäre alles ohnehin zu perfekt gewesen.

Mit sich und der Welt im Einklang steuerte Hammerschmied den Platz an dem gemauerten Wehr neben der örtlichen Schule an. Außer ein paar Kindern, die im Wasser spielten, hatten es sich hier nur wenige Erwachsene auf ihren Badetüchern bequem gemacht. Zufrieden folgte Hammerschmied deren Beispiel, schlüpfte aus seinen Schuhen, schälte sich aus Shirt und Hose und fand, dass ihm die neu gekaufte Badehose stand. Türkis. Die Verkäuferin hatte darauf bestanden, dass dies die Farbe der Saison sei, und keine Ruhe gegeben, bis er sie schließlich anprobiert hatte. Ihm hatte die Badehose gefallen. Er hatte der Verkäuferin gefallen.

Georg stapelte Steine im Kreis, schüttete die Grillkohle in das Rund und entfachte mit einer Ausgabe der letzten *Donau-News* ein Feuer. Dann breitete er sein Badetuch aus und wartete geduldig auf das Niederbrennen der Kohlestücke, um endlich die Würste auf die Grillschalen legen zu können.

Er sah sich um. Sein Blick blieb an einem Mann hängen, der wenige Meter weiter ein Sonnenbad genoss. Ein »Bitte nicht der!« entkam ihm so laut, dass sich der mit Sonnenmilch eingecremte Typ zu ihm umdrehte und ihn aus seinem fettglänzenden Gesicht überfreundlich angrinste.

»Hallo, Herr Inspektor. Freier Tag heute?«

»Staub, bitte mach dich aus dem Staub und geh mir nicht auf die Nerven.«

Der Angesprochene lachte laut auf, drehte sich zur Seite und präsentierte Georg einen Hintern, der in einer viel zu engen Badehose steckte und dadurch mehr freilegte, als jeder geschmackvoll veranlagte Mensch zu sehen bekommen wollte.

»Schmierfink, rasier dich mal am Arsch«, knurrte Georg in die Richtung des Mannes. Zum Zeichen, dass er die Worte gehört hatte, streckte der einen fleischigen Mittelfinger in die Luft.

Die Hassliebe zwischen Bernhard Staub, Schreiberling bei der *DonauNews*, einem oberösterreichischen Tagesmagazin, und der Polizei war allgemein bekannt. Staub, dafür berüchtigt, dass er regelmäßig mit kreativen, recht frei erfundenen Berichten über die Polizeiarbeit vor Ort herzog, seine Nase in Dinge steckte, die ihn nichts angingen, war ein persönlicher Feind Georgs. Hätte nicht in diesem Augenblick ein Knistern Georgs Aufmerksamkeit erregt, ein Knistern, das ihm anzeigte, dass die Grillkohle nun die perfekte Hitze für seine Bratwürste aufwies, hätte er sich vermutlich noch weitere Beschimpfungen einfallen lassen.

Georg drehte dem Ungustl den Rücken zu, stellte eine Grillschale mit den Würsten auf die Glut und konzentrierte sich auf das Wesentliche. Auf die Sonne, den strahlend blauen Himmel, den Duft von Grillwürsten und seinen Hunger. Im selben Moment stürzte der nackte, tote Körper den niedrigen Wasserfall hinunter, platschte mitten ins laute, schreiende, freudig pulsierende Leben der badenden Kinder, sorgte zuerst für Totenstille, was ja äußerst passend war, schließlich für hysterische Entsetzensschreie.

Ein Kind, das sich nicht schnell genug vor dem blassen Körper in Sicherheit hatte bringen können und entsetzt nach Luft schnappte, begann zu husten und wild mit den Armen um sich zu schlagen. Hätte Gruppeninspektor Hammerschmied nicht rechtzeitig nach dem Kind gegriffen und es aus dem Wasser gezogen, wären vermutlich zwei Leichen in inniger Eintracht den kleinen Flusslauf hinuntergedümpelt und hätten für noch mehr Aufregung gesorgt.

Die Tote, eine Frau, wie Gruppeninspektor Hammerschmied mit professionellem Blick blitzschnell registrierte, erwies sich als äußerst rettungsunwillig. Ständig glitt sie weg und wollte scheinbar unbeirrt in Richtung Donau und Schwarzes Meer weitertreiben. Ihr Verhalten versetzte Hammerschmied in Bewegung. Rasch griff er sich einen dicken Ast aus dem Uferbereich. Mit einer Eleganz, die in ein Wasserballett gepasst hätte, setzte er der Toten nach, und schließlich gelang es ihm, den Leichnam mithilfe des Astes im strömenden Wasser festzukeilen.

Erst jetzt fiel dem Gruppeninspektor auf, wie ruhig es um ihn herum geworden war. Nun gut, der Reichramingbach hatte sein Plätschern natürlich nicht eingestellt. Der ließ sich von irgendwelchen Sachen, die auf seinen Wellen mitschwammen, wirklich nicht beeindrucken. Auch nicht von toten Körpern. Eindruck machte dies im aktuellen Fall nur auf jene Menschen, die sich gerade am und im Wasser aufgehalten hatten. Verhaltenes Schluchzen war zu hören.

»Gehen Sie weiter, hier gibt es nichts zu sehen!«, knurrte Georg, während er aus dem Wasser stieg. Sollten doch seine Kollegen für Ordnung sorgen. Im Zeitalter der Mobiltelefone allerdings würden noch vor Beendigung dieses Satzes die sozialen Medien mit der Bestätigung des Gegenteils befüllt sein.

Das Stichwort Mobiltelefon ließ Hammerschmied, der sich tropfnass seinem Liegeplatz näherte, Arges schwanen. Staub!

Klar, der hatte sicher alles minutiös fotografiert oder sogar gefilmt.

Staubs breites Grinsen bestätigte Hammerschmieds düstere Ahnungen. Der Reporter hatte sich längst angekleidet, schwenkte zum Zeichen des Triumphs sein Handy, winkte Hammerschmied zu und war nur Sekunden später verschwunden. Mit der Ruhe dieses freien Tages war es also tatsächlich vorüber. Georgs Appetit auf Bratwürste hatte sich innerhalb weniger Augenblicke verflüchtigt.

Erst später, nachdem Hammerschmied Zeit gefunden hatte, sich anzukleiden und mit den inzwischen aus Großraming eingetroffenen Kollegen Anselm Schwarzenberg und Franz Weidinger zu sprechen, die die Schaulustigen vom Fundort des Leichnams abdrängten, wandte er sich wieder seinem Grillfeuer zu. Ein nackter Grillteller strahlte ihn an. Der Tag begann, ihn gewaltig zu nerven. Er dachte an den fröhlich winkenden Staub und ahnte Böses.

Die Kollegen Schwarzenberg und Weidinger hatten etwas von einem tragischen Badeunfall gemurmelt, kaum, dass die Tote aus dem Wasser gezogen worden war. In Georgs Gedanken wand sich ein Wurm. War die Frau ohne Begleitung an den Bach gekommen? Die musste doch schon Stunden im Wasser gelegen haben. Ging sie niemandem ab? Und irgendwo musste es ein Rad oder ein Auto geben, das nun herrenlos herumstand. Nur wenige Badegäste machten sich zu Fuß auf den Weg zu ihrem liebsten Badeplatz. Alles wirkte unrund. Alles ein wenig eigenartig.

Georg trat zu den Kollegen an die Polizeiabsperrung und äußerte seine Zweifel, erntete jedoch nur ein Kopfschütteln.

»Du musst nicht mit aller Gewalt an eine kriminelle Handlung denken, Hammerschmied.« Kollege Weidinger klopfte ihm auf die Schultern und wandte sich ab.

Hammerschmied seufzte, und prompt folgte ein hungriges Knurren seines Magens. Hammerschmied knurrte zurück: »Erstens: Der Tag ist vertan, weil ich nicht einmal an einem freien Tag meine Ruhe hab. Zweitens: Muss dieses Weib genau an meinem Lieblingsbadegrillplatzerl anlegen? Und drittens frisst mir auch noch jemand meine Würste weg. Wenn ich den Hund erwisch!« Wie recht er mit seiner Aussage hatte, ahnte er nicht.

Was für ein Glück, dass niemand seine Knurrerei gehört hatte, sonst wäre am nächsten Tag neben seinem Foto in der *DonauNews* auch noch der entsprechende Originaltext aus Hammerschmieds Originalmund zitiert worden.

Kapitel 2

Seit Georg Hammerschmied nach Reichraming gezogen war, war hier kaum etwas passiert. Es herrschte fürsorgliche Ruhe, und das war auch gut so, fand er. Auch die Zeiten vor seinem Zuzug waren ruhige Jahre für die Reichraminger gewesen. Früher, als die Wälder noch finsterer und deutlich dichter waren, gab es für die örtlichen Gendarmen und die hier ansässigen Jäger jede Menge zu tun. Wilderei war an der Tagesordnung, wurde von den Einheimischen gedeckt, vor allem dann, wenn es um ein zusätzliches Stück Fleisch auf dem Teller ging. Ging es allerdings nur darum, sich eine Trophäe zu erjagen, war auch die Geduld der einheimischen Bevölkerung bald erschöpft. Nahrung ja! Schussgeilheit nein! Heute, das Stück Fleisch am Teller war längst zur Selbstverständlichkeit geworden, hatte die Jagd ihre Bedeutung als Nahrungsmittellieferant verloren. Inzwischen war sie zum Hobby einiger weniger geworden, deren Interessen sich in verschiedene Richtungen bewegten. Die einen knallten noch immer gerne wild herum, die anderen hegten ihre Tiere und waren todunglücklich, wenn sich der gute Bock oder – noch schlimmer – der beste Hirsch aller Zeiten ins nachbarliche Revier verabschiedete.

Diese Gedanken gingen Georg am Abend durch den Kopf, während er im Wirtshaus saß und sein Schweinsschnitzerl liebevoll anschnitt. Die Bröselpanade duftete und krachte, als er in das erste Fleischstück biss.

Er dachte an die Ertrunkenen, die vor vielen Jahren unliebsame Bekanntschaft mit den Reichraminger Gewässern gemacht hatten. Junge Burschen, ältere Männer. Unfälle, Sorglosigkeit und Leichtsinn hatten ihrem Leben ein vorzeitiges Ende gesetzt.

Georg dachte auch an den Leichnam jener jungen Frau, die 1984 im Wilden Graben gefunden worden war. Die Frau war von der Leiterin eines Heims neben der geschotterten Straße abgeladen worden. Im Winter. In ihrem Nachthemd. Ein Körper gezeichnet von Schlägen. Schwer verletzt. Als die Sache ans Licht kam, wurde das Heim genauer durchleuchtet und schließlich geschlossen

Aus der Steiermark war die Mörderin mit ihrem Auto gekommen, sie hatte den Platz zufällig ausgewählt. Mit dem Finger auf der Landkarte. Später hatte ein junger Wanderer die Leiche gefunden. Damals konnte man noch mit dem Auto durch das Hintergebirge fahren. Heute war ein Befahren des Parks immerhin noch mit dem Rad möglich. Ein Abladen von Leichen wurde dadurch allerdings erheblich erschwert.

Während Georg seinen ausufernden Gedanken nachhing, war bereits gut die Hälfte des Schnitzels in Richtung seines Magens verschwunden. Er hielt inne und kratzte im Salatschüsserl herum, denn der Ordnung halber sollte er wohl auch ein paar Vitamine zu sich nehmen. Offenbar konnte man – wie es nun möglicherweise wieder der Fall gewesen war – im Randbereich des Nationalparks ebenso gut Tote abladen. Georg fand das nicht besonders romantisch, aber sehr interessant.

Eigentlich hatte er nie in den kleinen Ort ziehen wollen. Vor vierzig Jahren war er hier häufig während der Sommerferien bei seiner Tante Klara abgeladen worden, wenn seine Eltern ihre Ruhe haben wollten.

Viel wusste Georg nicht über seine Tante. Sicher war nur, dass er sie gemocht hatte. Und sie ihn wohl auch. Was überdeutlich wurde, als sie starb und sich herausstellte, dass die gute Frau ein Testament verfasst hatte, das ihn zum Erben eines kleinen, idyllisch gelegenen Hauses in der Weißenbachstraße machte, die sich über einige Kilometer den Bach entlang in

Richtung Hintergebirge schlängelte. Umgeben von Buchen, riesigen Kastanienbäumen und Haselnusssträuchern, lag sein Erbe eingebettet in einem dem Wald abgetrotzten Wiesenbereich.

Im Frühling blühten in der Wiese hinter seinem Haus Hyazinthen, im Sommer genoss er die Kühle des Reichramingbachs und die Ruhe, die nur gelegentlich von anderen Badegästen gestört wurde. Im Herbst befeuerte die Buntheit des sich verfärbenden Waldes die Stimmung und sorgte für Wanderlust. Der Winter dagegen war Erholungszeit. Im Winter war es vor allem wichtig, dass die Heizung einwandfrei funktionierte und der Stapel Kachelofenholz hoch genug war, um für zusätzliche und sehr wohlige Wärme zu sorgen. Georgs stabile Schneeschaufel, um sich bis zum Holzstoß durchzuschaufeln, hatte sich nicht nur einmal bezahlt gemacht.

Das besondere Highlight seines Grundstücks war aber sicherlich sein eigener Zugang zum Bach, denn er gehörte zu den wenigen Reichramingern, deren Grundstück wirklich bis zum Wasser reichte. Sein absoluter und unangefochtener Lieblingsbadeplatz gebührte nur ihm. Georg besaß tatsächlich seinen eigenen Strand. Zwar ohne Palmen, dafür aber mit einzelnen Stellen voll feinen Sandes, einer ordentlichen Portion Kiesfläche sowie unterschiedlich großen Steinen in Hülle und Fülle. Außerdem tummelten sich zwischen den Steinen im Bachbett sogar Fische, der eine oder andere Steinkrebs und gelegentlich eine Ringelnatter auf Nahrungssuche. Sonst tummelte sich gerne auch Georg im Bach. Seine Hängematte, aufgespannt zwischen zwei Bäumen, sorgte für vollendeten Schlummergenuss. Wenn es Georgs zeitaufwendiger Beruf gestattete.

Schon war Georg wieder bei der toten Frau. Gut, er wollte es der Schwimmerin nicht verübeln, sie hatte ohnehin bereits mit ihrem Leben bezahlt. Eine noch teurere Bezahlung konnte es kaum geben. Aber gut zu sprechen war er auf die Frau auch nicht. Hätte ihr Körper nicht im Steyrtal einfach die Steyr hinunterschwimmen können, anstelle sich für ihre letzten Schwimmversuche das Ennstal und den Reichramingbach auszusuchen?

Ein leiser Schnitzelrülpser entfuhr ihm, von dem er hoffte, dass er nicht am Nebentisch gehört worden war. Es war Zeit, den Wirtshaustisch im Wintergarten zu verlassen. Jetzt würde er sich erst einmal an die Bar setzen und entspannt den Ortsgerüchten lauschen. Worum sich die Gespräche drehen würden, brauchte er nicht erst erraten.

Der Wirt des Gasthofs Kirchfels – Jakob Seinfeld – servierte den zahlreich erschienenen Damen des Gärtnerinnenstammtischs unter freudigem Gejohle gerade die bestellten Getränke. Georg grinste ihn an, als er sich wieder hinter die Theke geflüchtet hatte.

Der Wirt lächelte verhalten zurück, murmelte etwas von »Frauen im Rudel« und »hemmungslos«, da wurde er erneut gerufen. Dieses Mal zum Tisch der täglich erscheinenden Originale, wie Hammerschmied die Bande nannte. Eine Gemeinschaft von eingeschworenen Trinkern. Kurt Braunstingel, verheiratet, allerdings öfter im Wirtshaus auffindbar als zu Hause. Sebastian Danninger, ewig angetrunkener Hobbyjäger. Josef Haidlinger und Matthias Gretzinger, beinahe unzertrennlich. Eine romantische Männerfreundschaft, die sich allabendlich im Kirchfels zu erneuern schien.

Gretzinger war überhaupt ein ganz besonderer Typ. Er litt unter einem eigenartigen Gendefekt, der ihm den Konsum von Alkohol schwer machte. Matthias hatte Georg erzählt, dass dieser Gendefekt und die damit einhergehenden Krankheitszeichen zwar leidig, die Nebenwirkungen aber relativ harmlos seien. Zumindest blieben seine Beschwerden – wie Gretzingers Hausarzt eines Abends grinsend kundgetan hatte – noch im Rahmen des Erträglichen. Im Prinzip litt Gretzinger nach Konsum kleiner Mengen Alkohols jedes Mal unter einem Kater, wobei er in Wahrheit die meisten seiner Symptome einfach verschlief. Einmal hatte Matthias Georg erzählt, dass er durchaus versuche, diesen lästigen Defekt loszuwerden. Er habe die verschiedensten Empfehlungen im Internet gefunden, die – zugegeben – nicht von Ärzten stammten. Eine davon lautete, den Defekt einfach wegzusaufen, was er tatsächlich probiert habe. Das erste Mal sei, so hatte er beschämt gestanden, total in die Hosen gegangen, nicht nur im übertragenen Sinne, sondern tatsächlich, denn während er sich ins Delirium gesoffen habe (drei Bier im Schnellschluckdurchlauf), habe er sich in die Hosen gemacht. Georg schüttelte sich beim Gedanken daran. Himmel, war er froh gewesen, das Gespräch zu beenden.

Da jedoch ein echter Mann ein einmal gefasstes Vorhaben nicht einfach aufgab, hatte Matthias seine Trinkdosis verändert. Täglich ein bisschen mehr, um seinen Körper daran zu gewöhnen, und in der verzweifelten Hoffnung, seine Gene zu überlisten. Auf diese Weise hatte er seinen Konsum langsam gesteigert, sodass am Schluss ein Trinkgenuss von beinahe zwei Halben möglich wurde. Aber die Müdigkeit siegte weiterhin beharrlich über die Genussmenge. Und die Auswirkungen auf Matthias' Darmtätigkeit waren nicht abgeklungen, hatte Georg geschlussfolgert, denn der arme Säufer musste in schöner Regelmäßigkeit zu später Stunde aus dem Kirchfels'schen WC geholt werden, wo er selig auf der Schüssel eingeschlummert war.

Mit halbem Ohr lauschte Georg hinüber zum Frauenstammtisch. Begriffe wie Fruchtfolgen, Schattengarten und Schnittzeitpunkt verwirrten ihn. Er blätterte gelangweilt in der Tageszeitung, als das Wort »Mord« fiel. Die beinahe atemlose Stille, die plötzlich am Stammtisch eintrat, galt ihm, denn natürlich waren die Frauen gespannt auf jedes Detail, das sie vom örtlichen Polizisten zu erhalten hofften. Georg dachte nicht daran, sich in diese frauentypische Falle locken zu lassen.

Da ertönte eine giftig klingende Frauenstimme: »Ihr wisst schon, dass der Nacktbadestrand sich ganz in der Nähe des Grundinger-Grundstücks befindet? Da ist es doch völlig klar, dass für den Tod der Frau irgendein Eifersuchtsdrama der Auslöser gewesen sein muss. Die Grundingerin befindet sich derzeit auf Kur. Das habe ich gestern im Kaffeehaus gehört, und ihr Mann, der Alois, war schon immer ein Schürzenjäger.«

Prompt unterbrach sie Daniela, die Kellnerin, die dem Gespräch interessiert gelauscht hatte, während sie auf dem Nachbartisch die Gedecke ausrichtete: »Das stimmt doch gar nicht. Greti habe ich erst heute beim Einkaufen getroffen.«

Den Einwurf ignorierend, fuhr die Giftige fort: »Der Alois, also ich wage zu behaupten, dass der ein echter Gigolo ist. Vor dem ist keine sicher, und dann hat er sich auch noch mit Yoga und Esoterik selbstständig gemacht, wobei man gar nicht genau weiß, was auf der Auwiesenalm den ganzen Tag so getrieben wird. Ständig fahren protzige Autos durch unsere Gemeinde, aus Linz, Wien, Graz, Salzburg und sogar Eisenstadt. Ganz abgesehen von den Deutschen!«

Zustimmung suchend, wandte sich die giftige Gärtnerin an Hammerschmied, der sich plötzlich überfordert fühlte. Zu mehr als dem spontanen Gedanken, bei Grundingers Nachforschungen anzustellen, und einem eingeworfenen »Also …« kam er ohnehin nicht.

»Vermutlich sind das lauter unbefriedigte, unterbeschäftige Frauen, die ihr Heil in eigenartigen Ritualen suchen. Auf der Alm, wo es bekanntlich keine Sünd' gibt«, lachte eine der Frauen laut auf.

»Andererseits, die Damen gehen im Ort zum Friseur, kaufen im Ort ein. Im Kaffeehaus habe ich erst gestern eine äußerst entspannte Gruppe angetroffen, die sich etliche Kaffees, Torten und Schnapserl gönnte. Die lassen Geld bei euch in der Gemeinde. Und was die Grundingerin dazu sagt, ist Sache der Eheleute«, fügte eine Blonde hinzu und blickte herausfordernd in die Runde.

»Nacktyoga treiben die«, fuhr eine andere dazwischen. »Und wer weiß, was noch. Das ist doch pervers.«

Georg grinste. Plötzlich war ihm danach, das Geschnatter am Damentisch zu unterbrechen. Er glitt vom Barhocker und schlenderte zum Frauentisch. Ein Satz hatte seine Aufmerksamkeit erregt, ein hingeworfenes »Bei euch in der Gemeinde« entlarvte die Blonde als Auswärtige.

Er konnte sich nicht erinnern, die Frau schon einmal gesehen zu haben. Sie gefiel ihm. Georg betrachtete sie genauer. Hübsch war sie. Jung. Sehr vorzeigbar. Blond. Ring trug sie keinen, aber das bedeutete gar nichts, denn kaum eine der Frauen hier am Tisch schmückte sich mit einem Ehering. Die waren vermutlich alle in Gartenerde versenkt worden.

Wie selbstverständlich ließ er sich auf einem freien Sessel nieder.

»Georg«, stellte er sich vor, »für die, die mich nicht kennen.« Allgemeines Gekicher war die Folge, schließlich kannten ihn alle. Beinahe jedenfalls.

»Maria«, kam es von gegenüber. Sie reichte die Hand über den Tisch, drückte fest zu. Die Frau sah aus wie eine potenzielle Anwärterin auf einen Teil seiner Männlichkeit und womöglich auch auf einen Teil seines Herzens.

»Georg, müssen wir uns fürchten, ermordet zu werden?«, flötete Kellnerin Daniela im Vorbeigehen.

Georg schüttelte den Kopf und versuchte, die Frauen zu beruhigen, die plötzlich wild auf ihn einredeten. Kurz bevor sich die Stimmen zu überschlagen schienen, kurz bevor Georg mit seiner Faust auf den Tisch schlagen wollte, geschah ein Wunder: Daniela schwebte wieder am Tisch vorüber, stellte ungefragt einen Kuchenteller in der Tischmitte ab und sorgte damit augenblicklich für Ruhe. Zufriedenes Kauen, Rufe nach Kaffee und Schnapsbestellungen sowie Toilettengänge standen an. In die Damenrunde kam Bewegung.

Nur wenig später saß Georg neben Maria. Jedes Mal, wenn sich eine der Frauen auf die Toilette verdrückt hatte, war er wie selbstverständlich nachgerückt. Inzwischen hatten ihn die Gärtnerinnen umzingelt. Das Stammtischthema hatte sich allerdings von Pflanzenangelegenheiten verabschiedet. Eine der Frauen hatte nicht lockergelassen und immer wieder wissen wollen, ob die tote Frau ermordet worden sei.

Erst als sich eine eifrige Unterhaltung zum Thema Nacktyoga entspann, flaute das Interesse an der Toten ab. Eine der Gärtnerinnen stellte sich laut vor, wie sich ein männliches Glied beim Nacktyoga verhielt, woraufhin die gesamte Runde in ausgelassenes Gelächter ausbrach. Eine andere schüttelte angewidert den Kopf, wurde aber von der Allgemeinheit ignoriert, wusste man doch von ihrer Zimperlichkeit die männliche Anatomie betreffend.

Maria, die sich neben Georg wohlzufühlen schien, lachte Tränen. Als eine der Frauen über eine Yogaübung namens »herabhängende Kobra« philosophierte, fand das Gelächter am Tisch seinen Höhepunkt.

»Was treibt ein gut aussehender Mann zu mittelspäter Stunde im Wirtshaus, wenn er um die Zeit schon bei seiner Liebsten zu Hause sein könnte?«

Marias Frage brachte Georg aus der Fassung. Sehr subtil, dachte er, und um das Ganze nicht noch peinlicher zu machen, als es ohnehin schon war, entschied er sich zu antworten. Er wollte unbedingt etwas sagen. Etwas Witziges. Oder zumindest etwas Kluges. Allerdings fiel ihm nichts Intelligentes ein, daher nahm er einen Schluck aus seinem Null-Promille-Wasserglas und räusperte sich. Er sah ihr tief in die Augen (bei seinen Verhörgegnern sorgte das immer für gewisse Nervosität) und wartete ein paar Sekunden, aber gerade als er endlich loslegen wollte, schnatterte ein hinter ihm an der Theke stehender, stockbesoffener Stammtischbruder los: »Was willst du denn vom Inspektor, wenn du einen g'standenen Mann wie mich haben kannst?«

Hammerschmied glaubte, sich verhört zu haben, und weil Maria genauso verdutzt aus der Wäsche sah, wusste er, dass sie das Gelalle von Sebastian Danninger auf keinen Fall verstanden haben konnte.

»Darf ich übersetzen?«, äußerte er charmant und wiederholte das, was er zu hören geglaubt hatte. Mit einer einladenden Handbewegung unterstrich Georg das Gesagte und schickte sich an, von der Wirtshausbank aufzustehen, um Maria die Möglichkeit zu geben, sich dem gestandenen Mann – der gar nicht mehr so toll stehen konnte, wie er meinte – vorzustellen. Oder vielleicht auch an den Hals zu schmeißen. Mann wusste ja zuvor nie, wie so eine Situation enden würde.

»Oje«, flüsterte Maria, »bleib bitte sitzen, bevor ich dir noch die Hose ausziehe!« Hektisch zog sie an Hammerschmieds Hosenbein und zwang ihn auf diese Weise zurück auf die Bank.

Laut sagte sie: »Wirklich ein reizendes Angebot. Leider bin ich mit meinen Freundinnen und vor allem mit Georg hier. Ich glaube, der hätte etwas dagegen, wenn ich ihn brutal sitzen lassen würde. Wo wir doch noch so verliebt sind, nicht wahr?«

Wenn Georgs Mund nicht schon verblüfft offen gestanden hätte, wäre ihm spätestens jetzt die Kinnlade hinuntergeklappt. Rasch räusperte er sich und legte unter den Augen des lachenden Wirts seinen Arm besitzergreifend um Marias Mitte.

Der betrunkene Danninger wankte dezent vor und zurück, hebelte sich – mit mehr Glück als Körperbeherrschung – zurück auf seinen Barhocker und widmete sich intensiv dem Inhalt seines Glases.

Gruppeninspektor Georg Hammerschmied, ein Gentleman alter Schule, winkte den noch immer grinsenden Wirt heran und übernahm großzügig die Rechnung der Stammtischgärtnerinnen. Eigentlich hatte er sich gleich nach dem Bezahlen rarmachen wollen. Doch so einfach ließ ihn seine frisch angeheuerte Lieblingsgärtnerin nicht entkommen. Mit einem wundervollen Augenaufschlag bot sie ihm an, ihn nach Hause zu begleiten, denn er fürchte sich doch sicher im Dunkeln, und sie würde auf jeden Fall für Begleitschutz sorgen. Unter Einsatz all ihrer Fähigkeiten. Über so viel Frechheit konnte Georg nur herzhaft lachen, zog Maria vom Tisch hoch, worauf sie sich in seine Arme gleiten ließ und ihm ihre Lippen regelrecht aufdrängte. Was blieb ihm anderes übrig? Es musste sein. Unter dem Gekicher der überaus angeheiterten Gärtnerinnen küsste er sie.

Georg legte seinen Arm um Maria und begleitete sie zum Kirchfels hinaus.

»Wohin?« Seine Frage kam leise.

»Unterer Kirchenberg, gleich nach dem Pfarrhof«, flüsterte Maria und lehnte sich an ihn.

»Böser Alkohol!«, seufzte sie ein paar Hundert Meter später, schmiegte sich noch ein wenig enger an ihn und blieb dann stehen. Georg, der nicht wusste, wie ihm geschah, wurde plötzlich um eine Leibesvisitation gebeten. Er legte seine Hände um die Taille der kichernden Maria, hob sie in die Höhe, vollführte eine kleine Wendung und lehnte sie an die Haustür, auf die sie gerade gemeinsam zugewankt waren.

Sein rechter Fuß schob sich zwischen Marias Beine, und ein interessierter Zuschauer hätte annehmen können, dass Georg jetzt eine kleine Tanzeinlage vorbereitete. Dafür hätte der interessierte Zuseher allerdings ein Nachtsichtgerät benötigt, denn die Nacht war sternenlos und stockfinster, und da in der Gemeinde der Kampf gegen Lichtsmog ein heißes Thema war, lag so mancher Ortsteil in angenehmer Dunkelheit.

Georg lehnte sich mit mittelschwerer Gewichtsdosis gegen Marias Körper, griff ihre Arme an den Handgelenken und hob sie über ihren Kopf, wo er sie gegen die Holztür drückte. Mit einer Hand nagelte er sie ziemlich sanft dort oben fest, während die andere Hand über ihr Haar, über ihren Hals, über ihre Brust und weiter hinunter zu ihrem Hintern glitt. Ein leiser Seufzer verriet ihm, dass er offenbar ganz gut unterwegs war. Der Kuss, der ihm auf den Mund gedrückt wurde, kam so stürmisch, dass Georg nichts anderes übrig blieb, als zurückzuküssen. Er konnte sich an weit unangenehmere Leibesvisitationen erinnern.

Ein Motorengeräusch und ein sich langsam nähernder Lichtkegel unterbrachen die beiden jäh. Georg zog Maria an seine Seite und in den Hausflur hinein, wo schließlich das grelle Licht des sehr aktiven Bewegungsmelders für ein wenig stimmungsvolles Ende der leidenschaftlichen Szene sorgte.

Und so begleitete Georg Maria noch bis zu ihrer Wohnungstür und verabschiedete sich dann gebührend. Die Einladung auf einen Kaffee blieb aus und hätte auch lächerlich gewirkt. Ihr geflüstertes »Wo ich wohne, weißt du jetzt« war ihm mehr wert.

Kapitel 3

Alois Grundinger drehte sich im Bett herum, suchte unter der leichten Sommerdecke nach den lieblichen Rundungen seiner Frau und drückte sich und seinen erregten Freund freudig an ihren Hintern, was ihm ein Grunzen einbrachte, das er als Zustimmung interpretierte. Kurze Zeit später wurden ein paar Frauen – die nicht schlafen konnten, weil ihr Magen heftig knurrte – durch recht eigenartige Geräusche aus ihren frühmorgendlichen Gedanken gerissen. Beim Frühstück würde ihnen der Grundinger erzählen, dass sie die Rufe eines Luchses gehört haben mussten. Sie würden jedenfalls interessiert nicken und sich wahrscheinlich ihren Teil denken.

Helena wohnte im Sacherl, dem Auszughaus der Grundingers, und war – im Gegensatz zu den Yoginis im Bauernhaus – von Vogelgezwitscher aufgeweckt worden. Sie wälzte sich aus dem Bett, verfluchte die Amsel, die im Baum vor ihrem Fenster lautstark ihr Repertoire hören ließ, und beschloss spontan, ihre Yogakollegin zu besuchen. Cintia war meist frühmorgens wach, meditierte bereits eifrig. Sie würde sich einfach anschließen.

Helena tapste barfuß durch ihr Zimmer, schlich – nackt, wie sie war – hoch zu Cintias Schlafraum und klopfte an. Die Tür gab nach und ließ einen Blick auf das Bett zu. Es war unberührt.

Verwundert schüttelte Helena den Kopf. Es war so gar nicht Cintias Art, die Nacht außer Haus zu verbringen. Sie wirkte immer ein wenig reserviert, nicht wie eine, die sich die Nächte in anderen Betten um die Ohren schlug. Helena zuckte mit den Schultern. Vielleicht war Cintia einfach eine Morgenrunde gegangen. Die schöne Gegend forderte regelrecht dazu auf. Ruhig war es hier, abgesehen von den Amseln. Jedenfalls gut für die Seele. Entspannung pur. Spätestens beim Frühstück oder während der ersten Yogaeinheit würden sie und Cintia ohnehin aufeinandertreffen.

Helena schloss die Tür wieder, schlich zurück in ihr eigenes Zimmer und kleidete sich an. Ihr Magen knurrte unfreundlich.

Nachdem Alois' Morgen erfreulich begonnen hatte, ging er Greti bei den Frühstücksvorbereitungen für die Yogadamen flott zur Hand. Viel war es ohnehin nicht, was die verspeisten. Richtige Asketinnen waren das.

Anfangs hatte nur er seine Idee mit Einführung von Nacktyoga genial gefunden. Doch schon nach kurzer Zeit hatte er sich vor Anmeldungen nicht mehr retten können. Inzwischen führten sie sogar eine Warteliste. Selbst seine anfangs wutschnaubende Greti war durch steigende Buchungszahlen und die Aussicht auf ordentliche Zusatzeinnahmen, die Alois' Idee in die Haushaltskasse schwemmen würde, zu beschwichtigen gewesen. Auch wenn Greti mit derartigen Verrenkungen nichts anfangen konnte und der Meinung war, dass Yoga eine neuartige Variante einer komischen Religion sei, so hatte sie nichts gegen wirtschaftliches Denken. Dass sie von vielen Reichramingern schief angesehen wurden, damit konnten beide Grundingers gut leben. Besser eine schräge Idee, als sich um Einkünfte sorgen zu müssen.

Im Esszimmer hörte Alois die Stimmen seiner Frühstücksgäste. Er lächelte und tänzelte beschwingt mit den Frühstücksplatten in Händen in den Nebenraum. Greti hatte sich mit großen Teekannen bewaffnet und sorgte damit für die morgendliche Entschlackung ihrer Gäste.

Bis auf eine Frau waren bereits alle hungrig um den großen Tisch versammelt. Greti warf einen Blick in die Runde.

»Sollen wir noch warten?«

Helena räusperte sich. »Cintia war vergangene Nacht nicht in ihrem Zimmer. Ich wollte sie vorhin abholen, aber ihr Bett war unberührt.«

»Cintia hat sich Sonntagnachmittag zu einer Wanderung aufgemacht«, sagte Greti. »Sie hat ihren Rucksack gepackt, sich von mir verabschiedet und gesagt, dass sie abends nicht zum Nacktyoga kommen würde. Und dass sie vielleicht auch Montag fehlen würde. Sie wollte wohl auf einer Alm übernachten. Müssen wir uns Sorgen um sie machen?« Greti sah Alois erschrocken an.

Der stellte die Käseplatte mit frischem Bauernbrot, Topfen, Tomaten, Petersilie und Paprika in Tischmitte ab. Die schweren Teekannen landeten daneben.

»Mir ist nicht wohl beim Gedanken, dass ihr etwas zugestoßen ist«, sagte Greti, und ihre Finger wuzelten ein Geschirrtuch.

Alois nickte. »Ich werde in Großraming anrufen. Auf der Inspektion. Sicherheitshalber.«

Kapitel 4

Die Polizeiinspektion von Großraming lag in der Eisenstraße. Hammerschmieds Hauptaufenthaltsort, wenn es darum ging, die regional anstehenden Krisen sowie die dazugehörige Bürokratie zu erledigen, war in einem kastenartigen Bau untergebracht. Ein Haus, das ein wenig an eine Burg mit Balkon erinnerte, nur dass in dieser Burg eine Bank, ein Schmuckgeschäft und eben die Polizeiinspektion residierten.

Großraming war ein hübscher Ort, aufgeteilt in zwei Ortsteile, die sich nie entscheiden konnten, wo sich ihr Mittelpunkt befinden sollte, oben oder unten. Im oberen Ortsteil fanden sich daher das Gemeindeamt, Schulen, Kirche, der dazugehörende Wirt, der Friedhof, kleine Geschäfte und ein Freibad, wohingegen der untere Ortsbereich eine Bahnstation, ein hübsches Kaffeehaus, geführt von zwei echten Zuckerpuppen, einen Friseur, ein Kutschenmuseum, noch eine Bank und einen weiteren Wirt beherbergte.

Malerisch lagen die Häuser an sanften Hängen wie auf dem Rand eines großen Suppentellers. Die Berge, die in Reichraming eine gewisse Enge verursachten, rückten in Großraming großzügig nach hinten und erlaubten es der Gemeinde, sich offener zu präsentieren.

Als Hammerschmied nach gut durchschlafener Nacht zur Arbeit erschien, hatte er allerdings für die Schönheit Großramings keinen Blick übrig. Sein Chef, Inspektionskommandant Erwin Zeisig, war nicht gut auf ihn zu sprechen und hatte ihm einen frühmorgendlichen Termin in seinem Büro verpasst. Eine entsprechende Notiz fand Georg auf seinem Schreibtisch vor. Kollege Schwarzenberg dagegen konnte es kaum erwarten, ihn mit überfreundlichem Grinsen und der auf der richtigen Seite aufgeschlagenen Zeitung in der Hand zu begrüßen.

»Es riecht hier drin ein bisserl nach Stunk«, verkündete er, eilte zum Fenster und öffnete es. Eigentlich hatte Hammerschmied erwartet, dass die Kollegen Anselm Schwarzenberg und Franz Weidinger, die heute mit ihm Dienst versehen sollten, feixend Spalier stünden. Weidinger jedoch war nicht zu sehen. Schwarzenberg wiederum schien sich das kommende Debakel nicht entgehen lassen zu wollen.

Anselm Schwarzenberg, der zum Überdruss seiner Eltern eine Polizeilaufahn angestrebt hatte. Mit dem sich nun Hammerschmied herumschlagen musste, weil Anselm partout nicht Arzt hatte werden wollen. Aus der Familie waren schon seit beinahe zwei Jahrhunderten nur mehr Ärzte und Juristen hervorgegangen, die sich um gesundheitliche und rechtliche Belange kümmerten und es damit zu einigem Wohlstand gebracht hatten. Anselm war – als ältester Sohn – ebendieser Weg vorgezeichnet gewesen. Nur hatte er sich leider als tiefschwarzes Schaf herausgestellt und sich dem Wunsch des hauseigenen Monarchen – seines Vaters – widersetzt, woraufhin ihn dieser kurz entschlossen aus dem Haus geschmissen und außerdem, soweit es rechtlich möglich gewesen war, auch noch aus seinem Testament gestrichen hatte.

Das lag inzwischen schon mehr als zwei Jahrzehnte zurück, und Anselm hatte sich an seiner Familie gerächt, indem er sich die einzige Tochter eines stinkreichen Landwirts geangelt hatte. Inzwischen war er Vater dreier beinahe erwachsener Kinder. Zwei Töchter, ein Sohn. Wohlstand konnte Mann auch erheiraten.

Dieser Schwarzenberg also verfolgte Georg nun mit der Zeitung in der Hand bis in die Küche der Polizeiinspektion, legte sie direkt neben der Kaffeemaschine ab und tippte immer wieder mit dem Finger auf eine bestimmte Seite der *Donau-News*. So lange, bis sich Hammerschmied endlich dazu hergab, den Artikel zu lesen. Georg musste sich eingestehen, dass es wirklich nicht gut aussah, wie er auf dem Foto – in Badehose und mit dem Ast in der Hand – die sacht dahindümpelnde Tote davon abhielt, weiterzuschwimmen. Weil es nicht anders ging und seine Kollegen auf seine Reaktion womöglich schon Wetten abgeschlossen hatten, entschied er sich zu einem Schulterzucken und drückte entschlossen auf den Knopf der Kaffeemaschine. Noch nie war ihm die Lautstärke beim Kaffeereiben so entgegengekommen. Sein leiser Fluch (»Scheiß Mobilzeitalter!«) entging seinem Kollegen, der enttäuscht über die mangelnde Reaktion Hammerschmieds an seinen Arbeitsplatz zurückkehrte.

Nur der Chef, der Chef ließ sich nicht mit einem Schulterzucken abspeisen und empfing Hammerschmied mit den Worten »Georg, was hast du dir dabei gedacht?«, was eine rein rhetorische Frage war. Erwin Zeisig, von vielen einfach »'s Vogerl« genannt, was ihm natürlich nie jemand ins Gesicht zu sagen wagte, setzte eine ernste Miene auf und zu einem Monolog an.

Georg, der es sich auf einem durchgesessenen Bürosessel bequem gemacht hatte und an seinem schwarzen Kaffee schlürfte, wusste, dass er den gleich folgenden Ausbruch seines Vorgesetzten nur auszusitzen brauchte. Der liebte es einfach, sich reden zu hören, was sowohl für Belobigungs- als auch für Abmahnungsgespräche galt. Nachteilig daran war nur, dass Zeisigs Stimme so laut tönte, dass auch alle Kollegen mithören konnten, was er zu sagen hatte.

Irgendwie vermutete Georg, und dabei betrachtete er die Schwärze seines Kaffees, dass das heutige Gespräch eher nicht unter die seltene Art der Belobigungsgespräche fallen würde. Er seufzte also wieder, betrachtete immer noch intensiv den

Inhalt seiner Tasse und gab sich nach außen hin zerknirscht. Dann wartete er geduldig ab, denn Geduld und Ausdauer – das hatten ihm seine Ex-Freundinnen immer wieder versichert – waren seine Stärken, wobei sie oft sein Schweigen gemeint hatten und seine Beharrlichkeit, wenn es um die Nichtbeachtung weiblicher Anweisungen ging. Daher war er auch heute professionell dazu in der Lage, erst wieder am Ende des cheflichen Vortrags ins Geschehen einzusteigen, gerade als Zeisig mit den Worten schloss: »Das schaut wirklich nicht gut aus, wie du da im Wasser auf die Tote einstocherst. Was werden da die Leute wieder über uns denken? Die *DonauNews* lässt ohnehin seit langer Zeit kein gutes Haar mehr an uns.«

Georg richtete seinen Blick vom Kaffee auf den wackelnden Kinnbart seines Chefs. Er ließ noch ein paar Sekunden mehr verstreichen, die – wie er wusste – für eine gewisse Nervosität bei Zeisig sorgen würden. Sein Blick wanderte weiter, blieb an der Nasenspitze seines Gegenübers hängen, bevor er schließlich einen Schluck Kaffee nahm und sich zu einer Antwort entschloss: »Chef, hätte ich die tote Frau weiterschwimmen lassen sollen? Was dann heute in dem Schmierblatt gestanden hätte, will ich gar nicht erraten müssen. Wann haben wir heute eigentlich Besprechung?«

Erwin Zeisig betrachtete seine Fingernägel, schnaubte laut auf, wiegte den Kopf hin und her und kam nicht umhin, zustimmend zu grunzen. Dann sagte er: »Ja, aber beim nächsten Mal …« Dabei blickte er Georg prüfend in die Augen.

»Chef, ein nächstes Mal dieser Art will ich nicht haben. Ein freier Tag, versaut von einer Wasserleiche, gestorben um mein Mittagessen, darauf kann ich gerne verzichten. Übrigens, kommt heute nicht unser Ersatzmann für den pensionierten Schubert?«

»Acht Uhr Einsatzbesprechung in der Küche«, verkündete Zeisig. »Unsere Unterstützung ist schon im Haus. Bekommt von Weidinger gerade die Inspektion gezeigt, ebenso das Einsatzfahrzeug und den Waffenraum.«

Der Inspektionskommandant lehnte sich zurück, faltete die Hände wie zum Gebet, blickte zum Himmel beziehungsweise zur Bürodecke, die auch wieder mal einen frischen Anstrich vertragen hätte, und wedelte schließlich resigniert mit den Händen, um Georg anzuzeigen, sich endlich aus seinem Büro zu verabschieden.

Hätte Zeisig ein »Schleich dich!« ertönen lassen, hätte Georg auch dafür Verständnis aufgebracht. So aber verabschiedete er sich höflich von seinem Chef, und schon war er draußen am Gang, wo er rasch ein Grinsen unterdrückte, damit keiner seiner Kollegen bemerkte, dass ihm die Unterhaltungen mit dem Chefinspektor immer viel zu viel Spaß bereiteten.

Die Stimmen, die eine halbe Stunde später aus dem Besprechungszimmer, das nichts anderes war als die Küche der Polizeiinspektion, an Georgs Ohr drangen, verwirrten ihn. Eine Frauenstimme in der Inspektion kam normalerweise um diese Uhrzeit nicht vor. Höchstens, wenn die Frau eines Kollegen Kuchen brachte, was viel zu selten passierte. Oder wenn es zu einer Befragung kam. Oder wenn die Putzfrau ihre Arbeit erledigte, was fast immer spätnachmittags oder abends der Fall war. Die Stimme aus der Küche war Georg jedenfalls fremd. Neugierig trat er ein.

Zeisig hatte sich in Position gebracht. Neben ihm stand eine Frau, die Georg zumindest so gut kannte, dass er ihr schon seine Zunge in den Hals gesteckt hatte. Sie sah ihn mit neutralem Gesichtsausdruck an, während er heftig zu husten begann.

»Kaffee, heiß«, keuchte er, wandte sich ab und hoffte, dass die Röte, die sich gerade in seinem Gesicht ausbreitete, nicht allzu verräterisch war.

Anstatt einfach weiterzureden, wartete Zeisig Hammerschmieds Hustenanfall ab. Dann sagte er: »Kollegen, das ist Maria Klingenberg. Unsere neue Kollegin. Franz Weidinger kennen Sie bereits. Anselm Schwarzenberg.«

Der Angesprochene nickte höflich.

»Und der Mann, der im Sommer einen Husten hat, ist Georg Hammerschmied. Er wohnt wie Sie in Reichraming«, fuhr Zeisig fort. »Vielleicht haben Sie sich ja schon getroffen?« Zeisigs fragender Blick blieb an Maria hängen.

Freundlich lächelnd entgegnete sie: »Ich wohne erst seit ein paar Tagen in Reichraming. Wir sind uns tatsächlich bereits begegnet. Ich hatte ja keine Ahnung«, log sie unverblümt, »dass wir beide Kollegen sind.«

Georg nickte, kniff die Augen zusammen und schwor sich, seiner Kollegin bei nächster Gelegenheit den Arsch zu versohlen. Verbal natürlich.

»Dass wir einen ungewöhnlichen Fall haben, ist bekannt?« Zeisigs Stimme gurrte.

»Ja. Eine Frau, ertrunken im Reichramingbach.«

»Hammerschmied! Du wohnst direkt vor Ort. Da kann es doch nicht schwer sein, herauszufinden, was sich so alles in eurem Nest tut.«

's Vogerl legte die Stirn in derart viele Falten, dass Georg ganz komisch zumute wurde.

»Eigentlich solltest du den Fall im Alleingang lösen können. Bei den wenigen Einwohnern, die ihr in Reichraming habt. Das eine Drittel fällt weg, weil sie noch zu klein sind. Das andere Drittel kann sich altersbedingt oder aus alkoholtechnischen Gründen nicht mehr rühren. Und das letzte Drittel übernimmst du. Da bleiben dann praktisch nur mehr zwanzig Leut übrig. Morgen ist der Fall aufgeklärt.« Er wandte sich den anderen zu. »Ich habe daher entschieden, dass Georg die Ermittlungen leiten wird.«

»Super! Aber ein Drittel von 1710 Einwohnern ist 570 und nicht 20. Wobei noch gar nicht gesagt ist, dass das einer aus Reichraming war, denn im Sommer sind bei uns Wanderer und Badegäste unterwegs. Das erhöht die Bevölkerungszahl ein wenig und damit auch die Möglichkeiten in der Täterforschung.«

Bevor 's Vogerl noch wütend werden konnte, nahm ihm Georg den Wind aus den Segeln und fuhr fort: »Haben wir ein Foto der toten Frau, das ich herumzeigen kann? Oder noch besser, wissen wir schon, wer sie ist?«

Weidinger reichte Georg ein Blatt Papier und sagte: »Da. Besser hat sie der Bestatter nicht herrichten können. Das muss genügen. Der hat sich für das Foto echt Mühe gegeben und sie sogar ein wenig geschminkt, damit sie nicht so farblos wirkt. Nur Friseur haben wir dann doch keinen bestellt.«

Hammerschmied wurde blass.

»Ja, hat denn niemand daran gedacht, den Staatsanwalt einzuschalten und die Obduktion der Toten anordnen zu lassen? Habt ihr wirklich den Bestatter auf die Frau losgelassen, so als wäre sie ganz normal ersoffen und nicht vielleicht ein ungeklärter Todesfall, den man auch auf Mord untersuchen sollte?«

Die Worte blieben unkommentiert im Raum stehen. Nur Zeisigs Atem war zu hören. Weidinger starrte betroffen zu Boden. Schwarzenberg kaute an seinem Croissant herum, ganz so, als ginge ihn das alles nichts an.

»Stümper. Dilettanten. Holzköpfe!« Georg knirschte hörbar mit den Zähnen, während Marias Gesicht Entsetzen ausdrückte. Sie fragte sich wohl gerade, wo sie hier gelandet war.

»Habt ihr's nicht kapiert, die Frau war splitternackt«, warf Georg ein. »Irgendwo muss doch Kleidung von ihr zurückgeblieben sein. Oder ein Fahrrad, ihr Auto vielleicht. Niemand rennt hier bei uns nackt im Wald herum, außer natürlich die Leute bei den Nacktyoga-Veranstaltungen auf der Auwiesenalm, bei den Grundingers.«

Die Umstehenden, offenbar zumindest teilweise eingeweiht in die besonderen Veranstaltungsangebote der Reichraminger Hotellerie, grinsten verhalten. Georg runzelte die Stirn und warf den Kollegen einen scharfen Blick zu, dann fuhr er fort: »Wir werden uns gleich mal in Reichraming umsehen. Die Grundingers besuchen wir unbedingt.«

»Hast du vergessen, dass du heute Innendienst hast?«, verkündete Franz Weidinger patzig. »Mach dich halt mal schlau, was inzwischen alles an Informationen über deine Wasserleich' eingelangt ist. Mittags sind der Schwarzenberg und ich eh wieder zurück in der Inspektion, dann kannst du immer noch ausrücken.«

»Ja, spinnst du total?«, herrschte Hammerschmied den Kollegen an. »Glaubst du wirklich, dass Beweisstücke besser werden, wenn ich sie warten lasse? Wer weiß, was inzwischen alles passiert, während ich auf dich und deine Rückkehr aus dem Außendienst warte.«

Zeisig, dessen Gesicht eine ungesunde Farbe angenommen hatte, stand kurz vor einer Explosion. Die neue Kollegin dagegen sah von einem zu anderen und schien die Situation inzwischen zu genießen.

»Schwarzenberg, Weidinger! Innendienst. Hammerschmied, Klingenberg! Außendienst. Abmarsch nach Reichraming«, bellte Zeisig.

Hammerschmied grinste und sah dem aus der Küche stürmenden Inspektionskommandanten noch eine Sekunde nach. Der würde sich jetzt in sein Büro verkriechen und nicht gestört werden wollen. Er würde »lesen«. Hinter einem Bücherregal im Chefbüro befand sich in mittlerer Höhe eine Flasche mit Cognac, die der Chef regelmäßig begutachtete. Genauer gesagt begutachtete er den Inhalt der Flasche auf Genussfähigkeit. Davor standen zur Tarnung uralte Ausgaben verschiedener Nachschlagewerke, deren Inhalt deutlich älter war als der des Cognacs. Georg hatte aus Spaß einmal eine Linie auf dem Flaschenetikett gezogen, um die Tagesration seines Kommandanten abschätzen zu können. Die Auswertung, die keineswegs nüchtern ausgefallen war, hatte er für sich behalten.

»Kollegin Klingenberg, jetzt machen wir uns erst einmal schlau, und dann fahren wir los«, verfügte er und gab Maria zu verstehen, ihm zu folgen.

Georg fühlte sich befangen, was den Umgang mit Maria betraf. Wie sollte er sich ihr gegenüber verhalten? Sollte er über die Knutscherei reden oder sollte er ihre Reaktion abwarten? Während er ihr mit einem Nicken bedeutete, sich ihm gegenüber auf einen Stuhl zu setzen, der üblicherweise Befragungsopfern vorbehalten war, überlegte er mit gerunzelter Stirn. Die Klingenberg hatte doch genau gewusst, dass sie sich in der Inspektion in Großraming begegnen würden. Spontan entschied er, seinen flatternden Magen vorerst zu ignorieren und die neue Kollegin mit Ignoranz zu strafen. So zu tun, als wäre zwischen ihnen absolut nichts vorgefallen.

»Ich bin eh lieber auf der Straße. Innendienst ist Bürokratenkram. Wir halten jetzt ein kurzes Briefing ab, dann fahren wir zum Fundort der Leiche.«

Georg griff sich die Berichte der Kollegen, die die Wasserleiche schlussendlich geborgen hatten. Interessiert vertiefte er sich in deren schriftliche Unterlagen und bildliche Darstellungen. »Nicht schön, gar nicht schön!«, murmelte er, schob die Unterlagen über den Tisch, damit Maria einen Blick darauf werfen konnte, stellte fest, dass sie verführerisch gut roch, und wandte sich rasch ab.

Er zog eine Karte aus seiner Schreibtischlade.

»Meine Wanderkarte.«

Seine uralte und zerfledderte Karte, die Auskunft über Wege und Steige im Reichraminger Hintergebirge gab und die, hätte einer seiner Kollegen gerade jetzt einen Blick ins Büro vom Hammerschmied geworfen, für Befremden gesorgt hätte, weil es schon wesentlich modernere Varianten gab. Sorgfältig breitete er die Karte auf dem Schreibtisch aus. Hammerschmied plante mit Sicherheit keine Wanderung, kannte er doch das Gebiet in- und auswendig. Nun ja, das war zwar gelogen, aber wo seine Lieblingswegerl verliefen, der Buchensteig und der Triftsteig, das wusste er schon genau. Was also auf den ersten Blick ungewöhnlich wirken musste, war nur der Versuch, sich einen Überblick zu verschaffen.

»Schau, hier wurde die Tote angeschwemmt.«

Marias Kopf schwebte knapp über der Karte. Georg warf einen Blick auf ihren Scheitel, riss sich zusammen und zwang sich zu Ruhe und Konzentration.

»Hier.« Er tippte auf die Stelle beim Schulwehr. Dann fuhr sein Zeigefinger langsam übers Papier. Die alte Wanderkarte des Nationalparkgebiets zeigte den Verlauf des Baches, der die tote Frau mit sich geführt hat.

»Der Bach ist derzeit nicht gerade ein reißender Fluss, aber er kann auch anders. Immer wieder führen starke Regenfälle im Hintergebirge zu Überflutungen in verschiedenen Ortsteilen Reichramings. Jetzt im Sommer ist das Gewässer friedlich. Hie und da ein Gewitter, aber nichts Spektakuläres. Daher sind die Stellen, an der die Frau ungehindert im Wasser hätte treiben können, auf wenige Hundert Meter vor der Wehrmauer beschränkt«, resümierte Georg. »Höchstens zwei Kilometer. Wenn überhaupt, da es in den letzten Tagen keine Regenfälle und damit kein Hochwasser gegeben hat. Und nur eine ordentliche

Wasserhöhe hätte die Frau von weiter drinnen, aus dem Gebirge heraus, genau dorthin bringen können, wo sie schließlich angelegt hat. Obwohl, Schiff war sie keines, eher Schwemmgut.«

Erneut betrachtete Hammerschmied die Fotos der Toten, dann fuhr er fort: »Ich finde es äußerst eigenartig, dass sie so lange unbemerkt dahingetrieben ist. Schließlich waren viele Badegäste unterwegs. Ich denke, wir werden den Staatsanwalt überzeugen müssen, eine Obduktion anzuordnen. Meinst du nicht auch?«

Maria sah das erste Mal von der Karte auf, blickte ihm fest in die Augen und nickte zustimmend.

Verlegen widmete Georg sich wieder den Fotos. Der Körper der Frau, das hatte er schon am Fundort sehen können, war weder durch Steine mehr als nötig abgeschürft worden, noch hatte die Frau auffällige Kratzer oder Verletzungen durch im Bachbett liegende Bäume erlitten.

»Überhaupt kann sie erst sehr kurze Zeit im Wasser gelegen haben, denn die Leiche ist noch eine schöne Leich' gewesen.«

Maria, die sich die Fotos der Toten ebenfalls genau angesehen hatte, nickte nur. »Eine schöne Leiche …«, seufzte sie schließlich. »Wenn man das überhaupt von einer Leiche sagen kann?«

»Womöglich ist sie bloß einige Hundert Meter auf dem Wasser mitgeschwommen.« Georgs Zeigefinger lag auf der Wanderkarte und folgte dem Bachlauf flussaufwärts.

»Wo ist die Frau denn ins Wasser gegangen oder gegangen worden, wenn es kein simpler Unfall gewesen ist? War es Mord? War es Selbstmord?«, sagte Maria und warf ihm einen fragenden Blick zu.

Gruppeninspektor Hammerschmied lehnte sich in seinem Bürosessel zurück, vergaß Kollegin Klingenberg für einen Augenblick und blickte genauso an die Decke, wie es zuvor Inspektionskommandant Zeisig getan hatte.

»Maria!«

Die zackig angesprochene Frau zuckte merklich zusammen.

»Gib mir noch ein paar Minuten. Ich will in Ruhe nachdenken können. Dann fahren wir.«

Maria begriff, dass sie soeben hinauskomplimentiert worden war. Sie nickte Georg zu und schloss die Tür hinter sich.

Georg griff zum Telefonhörer und wählte. Das Gespräch verlief knapp. Aufgrund der Sachverhaltsschilderung entschied der Staatsanwalt, sofort zu handeln. Georg legte auf und seufzte zufrieden. Der Staatsanwalt würde einen Gerichtsmediziner bestellen, die Untersuchung der Leiche anordnen. Dann galt es nur noch, den Bericht abzuwarten, aber sobald sich der Staatsanwalt für den Fall starkmachte, war das nur eine Frage von wenigen Tagen.

Inzwischen würden Spurensicherer vom Landeskriminalamt Linz das Gelände vor Ort unsicher machen, und genauso würde auch Georg vorgehen. Einen kleinen Weg, den Jägersteig, konnte er als Tatort nahezu ausschließen, die Weißenbachstraße jedoch war ein heißer Tipp, wenn es um das wassernahe Abladen einer Leiche ging. Heimvorteil. Schließlich war er in Reichraming zu Hause und kannte sich besser in der Umgebung aus als jeder andere. Zumindest besser als die meisten.

Hammerschmied faltete die Wanderkarte zusammen und steckte sie in seinen Rucksack, worin sich auch die heutige Jause befand. Er brauchte jetzt erst einmal Nahrung für seinen Magen, dann würden seine Gehirnzellen wieder ein wenig angeregter funktionieren.

Er dachte nach. Seine Narbe über der linken Augenbraue kribbelte, generell kein gutes Zeichen. Er rieb sich energisch am Kinn, was für ein schrappendes Geräusch im Büro sorgte. Seine Bartstoppeln kratzten. Rasch warf er einen Blick in sein Spiegelbild auf dem Computerbildschirm und frisierte seine

Haare. Nicht mit einem Kamm, seine Finger mussten reichen. Einigermaßen zufrieden mit seinem Äußeren – abgesehen von seinem brünetten Haar, das nach wie vor in alle Richtungen vom Kopf abstand – widmete er sich wieder seinen Gedanken.

Georg hörte Laufschritte auf dem Gang. Seine Bürotür wurde aufgestoßen, schlug an die Wand, prallte zurück und erledigte beinahe den hereinstürmenden Weidinger.

»Einsatz!«, brüllte dieser lauter als notwendig. »Alois Grundinger aus Reichraming hat angerufen. Er meldet einen womöglich vermissten Urlaubsgast. Eine Frau. Von einer Wanderung nicht zurückgekehrt. Bereits seit Sonntagnachmittag unterwegs auf eine Alm oder so. Nicht mehr bei den Grundingers am Hof aufgetaucht.«

Hammerschmieds Synapsen funkten Alarm. Weidinger warf Georg den Schlüssel des Einsatzfahrzeugs zu. Maria, die hinter Weidinger aufgetaucht war, stand mit gespanntem Gesicht in den Startlöchern.

Kapitel 5

Kaum waren Georg und Maria auf dem Hof der Auwiesenalm vorgefahren, stürzte Alois auf sie zu. Das sorgenvolle Gesicht des Yogafetischisten verwandelte sich in Erleichterung. Das war recht erfrischend, jedoch auch neu für Georg.

»Hammerschmied! Gut, dass du kommst.«

Hinter Alois kam Greti auf den Vorplatz geeilt.

»Einer unserer Gäste fehlt«, rief sie schnaufend. »Eine Frau. Sie hat sich nicht im Haus, sondern im alten Sacherl eingemietet, du weißt schon, in dem Auszugshaus. Wir haben sie nicht gleich vermisst, aber sie ist …« Hier entstand eine Pause, da Greti erst einmal heftig nach Luft schnappen musste. »… weg, nicht aufzufinden. Fort. Verschwunden. Oh, mein Gott! Wenn das die ist. Die Tote. Ein Skandal. Dann bleiben uns doch die Gäste aus.«

Es folgte ein weiteres »Oh, mein Gott!«, garniert mit zusätzlichen Jammerlauten, die eindeutig auf Schmerzen im Bereich des Privatkontos zurückzuführen waren.

Georg, der sich das Lamento bisher schweigend angehört hatte und schließlich aus dem Auto gestiegen war, denn bisher hatte das Ehepaar ein Öffnen der Autotür erfolgreich verhindert, da sie ihm fast durch das Fenster in den Wagen krochen, atmete einmal tief ein und zückte seinen Notizblock, um einen offiziellen Eindruck zu vermitteln.

»Wie heißt die Frau, die ihr vermisst? Wo sind ihre Sachen? Und wann habt ihr sie zuletzt gesehen?«

Drei Fragen auf einmal. Das war zu viel. Greti brach in Tränen aus. Alois tätschelte seiner Frau den Rücken, murmelte ein aufmunterndes »Na, na, na, na, na!« und dachte ganz offensichtlich über die Fragen nach. Nach einer Weile antwortete er: »Cintia Zachariasz, im Sacherl.« Er zeigte in Richtung des Häuschens, das früher einmal für pensionierte Bauersleut gedacht war. »Am Sonntagnachmittag hat sie sich zu einer Wanderung aufgemacht. Sie wollte auf die Ebenforstalm. Ich habe schon mit der Hüttenwirtin telefoniert. Die Zachariasz ist nicht bei ihr angekommen.« Alois knetete seine Hände. »Weißt du, nachdem die Frauen, die das Sacherl bewohnen, selbstständig ein und aus gehen können, ist uns nicht einmal aufgefallen, dass Cintia montags nicht im Haus war, und außerdem …« Er zuckte mit den Schultern. »Sie ist eine erwachsene Frau, die auch mal wo picken bleiben kann. Na, und heute ist Dienstag, und das Dienstagvormittagsyoga hat sie in den drei Wochen, seit sie hier am Hof ist, noch nie verpasst.« Dabei grinste Alois anzüglich.

Ein Blick von Georg, der bisher sein Augenmerk fest auf seine Notizen und auf seinen Block gerichtet hatte, brachte Alois zum Verstummen. Sein komisches Grinsen war plötzlich wie weggewischt.

Maria, die weder vorgestellt worden war noch sonst eine besondere Aufgabe erhalten hatte, griff durch das Beifahrerfenster in den Innenraum des Einsatzwagens. Einen Augenblick später hatte sie das Gesuchte gefunden.

»Sehen Sie sich bitte das Foto an.« Sie reichte der völlig aufgelösten Bäuerin das Bild, die es kurz betrachtete und schließlich in lautes Weinen ausbrach.

Alois gönnte sich nur einen schrägen Seitenblick auf die Fotografie und nickte. »Das ist die Cintia«, sagte er leise. »Die arme Frau. Wisst ihr schon, was ihr zugestoßen ist?«

Georg schüttelte den Kopf und sah sich um.

»Du, Alois, was ich schon immer fragen wollte, was machst du eigentlich den ganzen Tag mit den Frauen, die bei euch einen Urlaub buchen?« Neugierig betrachtete er Grundinger, dem sich ein feiner, recht schalkhaft wirkender Grinser aufs Gesicht zauberte.

»Meine Gästinnen legen viel Wert auf Individualität. Die schicke ich in den Wald und lasse sie einen halben Tag einen Baum umarmen oder mit einem uralten Felsbrocken über die Größe des Universums plaudern. Außerdem machen wir Nacktyoga. Schließlich muss ich mich von den anderen Anbietern abheben, und mir ist es eh wurscht, ob ich nackt oder angezogen auf der Yogamatte herumturne. Praktisch sind die Damen auch, denn die nehmen kaum etwas zu sich.«

Er räusperte sich und grinste Hammerschmied schulterzuckend an. »Weißt du, die essen fast nix. Ehrlich! Serviere ich denen einen Apfel und ein bisschen warmen Haferbrei, ist das schon Genuss hoch drei.« Alois war fast nicht mehr zu bremsen. »Da ist mir doch meine Greti viel lieber, an der ist wenigstens was dran. Da hab ich was zum Angreifen, aber bei den Damen, die da auf meine Auwiesenalm kommen, da bräuchte es doch Entwicklungshilfe, zumindest was die Ernährung betrifft. Dafür gehen sie billig her.«

Alois Grundinger unterbrach seinen Redefluss, denn ihm war wohl bewusst geworden, dass er gerade eine arg missverständliche Wortwahl verwendet hatte.

»Ich meine«, korrigierte er sich schnell, »die sind billig, wenn es um die Lebenshaltungskosten geht. Das Essen. Du weißt schon, oder?«

Fragend sah er zu Hammerschmied hin, der seine Stirn in leichten Faltenwurf gelegt hatte.

»Die verursachen kaum Kosten und zahlen gut. Aber das bleibt unter uns. Ich will das, was ich dir jetzt erzählt habe, nicht in der *DonauNews* wiederfinden. Alles klar?«

Georg war überrascht über den Alois'schen Redefluss und fand den Ansatz hin zum wirtschaftlichen Erfolg der Auwiesenalm ein wenig ungewöhnlich. Allerdings sah es auf dem Bauernhof heute besser aus als noch vor zwei Jahren. Offensichtlich lag die Familie Grundinger nicht falsch mit ihren Ideen.

Er schaute demonstrativ in Richtung Sacherl, um Alois anzudeuten, dass er jetzt die Unterkunft der Frau sehen wollte. Rasch griff sich Georg noch ein Paar Latexhandschuhe aus dem Handschuhfach seines Wagens, bevor er sich auf den Weg machte. Mit einem Kopfnicken gab er Maria zu verstehen, sie möge ihm folgen.

Kurz bevor sie an der Tür des Gebäudes angekommen waren, befahl er den beiden Grundingern zu warten.

»Ich werde mich mit meiner Kollegin in Ruhe umsehen. Ihr steht mir bitte später noch zur Verfügung.«

Das Ehepaar wechselte einen Blick, der von Georg mit einem Schnauben kommentiert wurde, dann sagte er: »Ja, eh klar. Ich kann mir denken, dass ihr schon in den Sachen der Frau herumgewühlt habt. Aber es muss ja nicht noch mehr Unordnung entstehen, als ihr ohnehin schon angerichtet habt. Klar?«

Greti und Alois sahen verlegen in die Luft und nickten.

»Ihr Zimmer ist der erste Raum im Obergeschoß, gleich rechts nach dem Stiegenaufgang«, wisperte Greti betreten. »Unten wohnt eine andere Frau, Helena Koller.«

Mit einem deutlich vernehmbaren Geräusch ließ Georg die Handschuhe, die er gerade noch zurechtgezogen hatte, zurück auf seine Haut klatschen, dann öffnete er die Eingangstür des alten Hauses.

Maria seufzte. »Georg …«, setzte sie an, wurde aber rüde mit einem »Ruhe, ich will jetzt nicht mit dir plaudern« unterbrochen.

Hammerschmied dachte nach. Sein Blick wanderte durch den offenen Vorraum. Links ging eine Tür ab, die geschlossen war. Rechts stand die Tür zur Küche offen. Mitten durchs Auszugshäuserl zog sich ein Flur. Ein kleines Fenster am Ende des Gangs warf spärliches Licht hinein, davor stand irgendein grüner Strauch, der zwar unerwünschte Einblicke tapfer abwehrte, jedoch auch für dunkelgrüne Finsternis sorgte. Von der Raumaufteilung her vermutete Georg, dass sich am hinteren Ende des Flurs die Toilette und ein Bad befinden würden, zumindest konnte er rechts und links Türen erahnen. Die Besichtigung dieser Räumlichkeiten musste noch warten.

Zuerst wollte er das Schlafzimmer sehen. Langsam stieg er die Treppe hinauf, deren Stufen bei fast jedem Schritt knarrten. Oben lief der schmale Gang weiter und zweigte wieder in ein paar Räume ab. Auf den ersten Blick konnte er drei Türen und eine Balkontür links vom Stiegenaufgang im Halbdunkel ausmachen, die alle – bis auf eine – geschlossen waren.

Die angelehnte Tür gleich rechts stieß er sachte auf. Treffer! Das Schlafzimmer. Das Bett war gemacht. Der Kopfpolster lag am Kopfende, die bunt gemusterte Bettdecke ordentlich gefaltet im Fußbereich. Ein kleiner Koffer stand auf einer alten, eckigen Holztruhe. Ein paar Kleidungsstücke hingen über der Rückenlehne eines Sessels, unter ihnen ein tomatenrotes, dünnes Kleidungsstück, das Georgs Aufmerksamkeit auf sich zog. Der alte Sessel, auf dem das zarte Nachtgewand hing, stand dekorativ in der Ecke. Retroliebhaberinnen wären vermutlich vor Begeisterung ausgeflippt, dachte Georg, diese Art Möbel waren heiß begehrt. Vermutlich wären sie auch wegen des duftigen Negligés ausgeflippt, als das sich das Stofffetzerl bei genauerer Begutachtung herausstellte. Georg, der das zarte Ding mit seiner behandschuhten Fingerspitze hochgehoben hatte, ließ es zurück auf die Stuhllehne gleiten.

Das Zimmer selbst war eher spartanisch eingerichtet. Bett, Kasten, Holztruhe, Retrosessel und als Nachttischerl diente ein alter Hocker, der aber ebenso schön wirkte wie das gesamte

Ensemble. Hier waren alte Möbel liebevoll hergerichtet worden und gaben dem Raum heimeliges Flair.

Die übrigen Kleidungsstücke waren im Kasten verstaut und hingen ordentlich aufgereiht an den Kleiderbügeln oder lagen in den Fächern. Sehr diszipliniert! Georg nickte zu seiner Feststellung. Die Frau, die hier gewohnt hatte, war viel zu sauber. Kein großartiges Durcheinander, keine wild hingeworfenen Kleidungsstücke, keine über die Kastentüren geworfenen Tücher. Viel zu korrekt, fand Georg.

Der Koffer war bis auf ein paar Kleinigkeiten leer. Ein kleines Jausenmesser lag darin. Ganz neu war dieses Trattenbacher Taschenfeitel, genauso wie die Maultrommel aus Molln, die sich noch in der Pappendeckelschachtel befand. Eine kleine Flasche Schnaps war in ein Shirt eingewickelt worden. Wohl um die Flasche nicht zu beschädigen. Vermutlich war die Frau im Nationalpark-Besucherzentrum gewesen und hatte sich dort mit ein paar Andenken versorgt. Kein Führerschein, keine Papiere, keine Brieftasche.

Nichts, was Hinweise auf die Identität der Bewohnerin zuließ.

Georg klappte den Deckel des Koffers wieder zu. Einer Eingebung folgend bückte er sich und warf einen Blick unter das Bett. Furchterregende Ungeheuer hatte er keine erwartet, auch nicht unbedingt kleine Staub- und Haarbinkerl, die sich häufig in diesen Ruhezonen sammelten, dazu war Greti als zu reinlich bekannt. Aber die zarte goldene Kette mit einem Anhänger in Herzform, die da unter dem Bett lag, fand er dann doch sehr interessant. Zu interessant, um sie einfach liegen zu lassen. Georg griff sich das Ketterl und betrachtete es.

Maria beugte sich über ihn, reichte ihm einen weiteren Kunststoffbeutel.

»Warte noch«, flüsterte er, »das lässt sich öffnen.«

Ein kleiner Verschluss an der Seite zeigte an, dass das Herz womöglich einen Inhalt hatte. Hammerschmieds Finger waren nicht gerade feinfühlig, eher schon hätte man sie als Pranken bezeichnen könnten. Außerdem steckten sie in Handschuhen, was für zusätzliche Tollpatschigkeit sorgte. Maria fand es sicher höchst amüsant, einem erwachsenen Mann zuzusehen, wie er mit der Zungenspitze zwischen den Zähnen konzentriert an einem kleinen Ding herumwerkte, bis er es schließlich geschafft hatte, es zu öffnen.

Verblüfft betrachteten beide das Porträt oder das, was davon übrig war. Es zeigte die Hälfte eines Fotos. Eine Person im Miniformat. Die tote Frau. Neben ihr musste sich eine zweite Person befunden haben, was nur daran erkennbar war, dass auf ihrer linken Schulter eine Hand lag. Das gesamte Foto war kaum mehr als fünfzehn Millimeter hoch und etwa genauso breit. Ein Papierschnipsel.

Würde sich ein Täter tatsächlich die Zeit nehmen, hier konzentriert Scherenschnitt zu betreiben, fragte sich Hammerschmied, während er das Herz zuklappte und Kette und Anhänger in den bereitgehaltenen Kunststoffbeutel fallen ließ. Wohl kaum. Vermutlich ein verflossener Liebhaber, der von Cintia weggeschnitten worden war. Aber warum hatte die Frau das Foto nicht einfach ausgetauscht? Warum sich an den Ex erinnern, immer dann, wenn sie das Herz betrachtete? Das musste doch wehtun. Welcher Mensch wollte sich freiwillig auf diese Weise quälen?

»Maria, würdest du ein Foto in einem Herz um den Hals aufbewahren, das dich immer an eine verflossene Liebe erinnert?«

Maria schüttelte den Kopf. »Auf gar keinen Fall. Wo denkst du hin?«

Georg nickte und verließ das Schlafzimmer. Der nächste Raum war beinahe leer. Nur eine dicke Matte, vermutlich zu Meditationszwecken, lag auf dem Boden. In einer Ecke stand eine große Zimmerpflanze. Neben dem Grünzeugs kauerte eine Buddhastatue.

»Die Proportionen passen nicht, die Statue ist viel zu klein«, warf Maria ein.

Georg runzelte die Stirn. »Irgendwie wirkt die Kombination komisch. Du hast völlig recht.«

Er griff sich den kleinen Buddha und stellte fest, dass das Klumpert aus Kunststoff war. Ein »Pfff!« entkam ihm. Rasch stellte er den Stilbruch zurück auf den Boden neben den grünen Riesen und widmete sich dem dritten Raum.

Ein Blick aus dem Fenster verriet ihm eine herrliche Aussicht. Der Bauernhof der Auwiesenalm lag auf einer Anhöhe, zu seinen Füßen breitete sich das Tal aus. Ein enges Tal zwar, aber immerhin eines, das durch das glitzernde Band des Reichramingbachs verziert wurde. Der gegenüberliegende Hang war geprägt durch Mischwald, der im Herbst wunderbare Farbenspiele anbieten würde. Dieses Jahr wohl zeitiger als üblich, denn der sommerliche Wassermangel setzte den Bäumen zu. Weiter unten konnte man durch die Bäume das gelegentliche Glitzern des Reichramingbachs erahnen, und über all der Schönheit wölbte sich blauer Himmel. Keine Wolke war zu sehen. Die Sommersonne nahm ihre Aufgabe ernst und strahlte.

Marias Räuspern holte Georg in die Gegenwart zurück. Das kleinste Zimmer, das letzte im Obergeschoß, diente offenbar als Vorratslager. Dort befanden sich Handtücher, Betttücher, Küchenrollen, Toilettenpapier, Hygiene- und Putzmittel und noch viel mehr nützliche Haushaltsgegenstände in Regalen. Sogar an Kerzen war gedacht worden. Sauber aufgereiht lagen die Dinge bereit. Vermutlich um Greti die Reinigung und Versorgung zu erleichtern.

Bevor Georg sich auf den Weg ins Erdgeschoß machte, warf er noch einen Blick auf den großzügigen Balkon, auf dem neben ein paar Korbsesseln auch eine niedrige Truhe stand, die als Tisch herhalten musste. Ein Kerzenständer mit fast abgebrannter Kerze stand darauf. Ein neugieriger Blick in die Truhe bestätigte nichts als gähnende Leere. Auf der Wäscheleine, die sich von einer Seite des Balkons bis zu einem hölzernen Steher in der Mitte spannte, hingen zwei Damenstrings, die wirklich hübsch aussahen.

Georg seufzte, zuckte mit den Achseln und polterte die Treppe ins Erdgeschoß hinab, Maria im Schlepptau. Hinter der geschlossenen Haustür konnte er die Grundingers miteinander reden hören. Nicht, dass er verstehen konnte, was sie sprachen, aber ihre Stimmen drangen durch die dicke Holztür an sein Ohr.

Gemächlich setzte er seine Schnüffeltour fort. Die rechts vom Stiegenabgang befindliche offene Tür führte in ein gemütliches Wohnzimmer, in dem sich ein Kachelofen befand, der in der kalten Jahreszeit hoffentlich gute Dienste leisten würde. Nichts wies auf die Mieterinnen hin, denn es standen zwar dekorative, aber keine persönlichen Dinge im Zimmer herum. Andererseits: Auch Georg hatte noch nie Familienfotos mit in den Urlaub genommen, ganz abgesehen davon, dass er seinen Urlaub ohnehin am liebsten zu Hause verbrachte.

Die gegenüberliegende Küche war spartanisch eingerichtet. Teller, Tassen und Gläser standen in genügender Anzahl zur Verfügung. Geschirrspüler gab es keinen, was die schmutzigen Pfannen in der Spüle erklärte. Auf dem Tisch stand Geschirr. Eine Kaffeetasse und ein leeres Wasserglas. Sonst wirkte auch die Küche eher unbelebt.

Georg warf einen Blick in den Mülleimer. Nichts. Gar nichts. Kein Inhalt. Der Blick in den Biomülleimer war kaum aufregender. Ein paar benutzte Teebeutel, die Schale einer Kiwi sowie eine Bananenschale. Die Tasse auf dem Tisch stellte sich als Teetasse und nicht als Kaffeetasse heraus, wie Georg mit fachmännischem Blick auf den flüssigen Restinhalt feststellen konnte. Er hob die Tasse an seine Nase, roch daran und verzog sein Gesicht.

Maria grinste.

»Riecht nach eingeweichtem Pappendeckel. Vermutlich grüner Tee. Ich kenne den Geruch aus den Tassen der Stammtischfrauen. Der hält jung und gesund, prophezeien sie mir regelmäßig, was mich im Leben nicht dazu bringen wird, dieses Abwaschwasser zu trinken.«

Maria grinste weiter. Vermutlich hatte sie durchschaut, dass für Georg die Inhaltsstoffe von Bier und Wein genauso lebensspendend waren.

Schon wollte er die Küche in Richtung der hinteren Räume verlassen, als eine kleine Warnlampe in seinem Hirn ansprang. Laut entfuhr ihm ein »Bittschön, was hat sich die Frau gekocht? Wozu braucht die drei Pfannen, wenn am Schluss nur Teebeutel und ein paar Schalen in ihrem Biomüll liegen?«.

Interessiert nahm Maria die Pfannen in Augenschein.

»In dieser hier kleben Reste von einer Eierspeis. Und die andere riecht verdächtig nach Speck«, sagte sie. Dann hielt sie sich die dritte unter die Nase. »Erdäpfel. Ganz eindeutig. Nur, wo sind die Reste, das Papier, in das der Speck normalerweise eingewickelt wird, die Eierschalen?«

»Höchst verdächtig«, murmelte Georg und machte sich auf zur weiteren Erkundung. Gerade wollte er in Richtung der hinteren Räume verschwinden, als ihm etwas einfiel.

»Gibt's hier einen Keller?«

Georg hatte die Haustür derart unerwartet aufgerissen, dass Greti einen schrillen Schrei ausstieß und Alois erst einmal nach Luft schnappte.

»Kein Keller. Zu teuer damals. Zu viel Fels im Untergrund!«, entfuhr es Grundinger.

Den letzten Satz hatte Georg nur noch halb gehört, denn er hatte die Haustür bereits wieder kräftig zugeworfen. Durch das Holz drang gedämpft ein weiterer Schreckenslaut von Greti.

»Der Schlafraum hinten rechts gehört der anderen Bewohnerin des Sacherls«, sagte Maria. »Die Tür ist verschlossen. Helena Koller heißt die Frau.«

Die beiden kleinen Räume am Ende des Flurs stellten sich tatsächlich als Toilette und Badezimmer heraus. Das Badezimmer war ein wenig aufregender als das Schlafzimmer, befand Georg, aber nicht so aufregend wie die Entdeckung der benutzten Pfannen in der Küche. Ein paar halb volle Cremetiegel, Shampoo, Seife, Zahnpasta, Zahnbürste, Kamm, Haarföhn.

Im gesamten Wohnbereich war außer dem goldenen Herzketterl nichts zu finden, was die Identität der verschwundenen Frau bestätigen konnte. Kein Buch, kein Mobiltelefon, kein Tablet, auch keine Geldbörse, keine Ausweispapiere. Nichts, was mehr über die Persönlichkeit der Bewohnerin aussagen hätte können. Sehr auffällig. Georg wurde bewusst, dass hier jemand aufgeräumt haben musste.

»Greti?« Dieses Mal hatte Hammerschmied die Tür leise aufgemacht, und wieder entfuhr Greti ein spitzer Schrei. Ihr Blick war nämlich nicht auf die Tür, sondern auf ihren Mann gerichtet gewesen, der etwas in der Wiese vor der Tür zu suchen schien.

»Hast du das Haus geputzt, bevor ich gekommen bin?«, fragte Georg streng und sah die Bäuerin scharf an.

»Aber Georg. Ich doch nicht. Ich weiß doch aus dem Fernsehen, dass zuerst die Spurensicherung gerufen werden muss und wie wichtig es ist, keine Spuren zu verwischen. Aber natürlich war ich im Haus. Ich putze fast täglich die Räumlichkeiten meiner Gäste. Na ja, zumindest mache ich täglich die Betten und reinige die Toiletten. Gestern habe ich das Zimmer von Cintia Zachariasz nicht geputzt. Es war ja noch sauber vom Sonntag. Ich schwöre …« Greti hob ihre rechte Hand ans Herz. »Ich schwöre, dass ich nichts verändert habe. Obwohl es mich schon ärgert, dass nun die Pfannen dreckig in der Abwasch stehen müssen. Das zieht lästige Fliegen an.«

Greti verschränkte die Arme vor ihrer Brust und signalisierte Hammerschmied damit deutlich, dass es dazu nichts mehr zu sagen gab.

»Hast du dir bei der Ankunft den Ausweis von der Frau zeigen lassen?«

Greti sah ihn empört an, bevor sie schließlich erwiderte: »Natürlich. Ich habe mir ihren Ausweis angesehen. Einen Führerschein. Der Name Cintia Zachariasz ist ja nicht typisch österreichisch, deswegen habe ich beim Abschreiben zweimal hingesehen. Allerdings hatte die Cintia« – Greti sprach den Vornamen so aus, dass es mehr nach Sünde klang, nämlich *Sündja* – »keinen fremden Dialekt, sondern sprach schönes Hochdeutsch. Ein Hauch von Wien, aber wirklich nur ein Hauch. So wie Studenten sprechen, wenn sie mal ein Jahr an der Uni sind. Klingt immer irgendwie gekünstelt«, setzte Greti schulterzuckend hinzu und wartete auf Zustimmung.

Maria schmunzelte, während Hammerschmied nickte. Er notierte sich den Namen, den ihm Greti buchstabierte, in seinem Notizblock.

»Apropos Führerschein. Greti, wo steht der Wagen der Frau?« Georg runzelte die Stirn und sah sich um.

»Die Zachariasz hat kein Auto bei uns stehen. Sie hat schon bei der Buchung bekannt gegeben, dass sie mit der Bahn zu uns kommt. Alois hat die Cintia am Anreisetag vom Bahnhof abgeholt.«

Georg nickte und wollte gerade sein Mobiltelefon aus der Hosentasche fischen, als ihn Alois mit einem Ausruf des Erstaunens von seinem Vorhaben ablenkte.

»Da, ich hab's doch gewusst, dass ich etwas Glitzerndes gesehen hab!«

Schon wollte sich Grundinger bücken, um das Fundstück aufzuheben, als er mit einem herrischen »Stopp!« aus Hammerschmieds Mund von seinem Vorhaben abgehalten wurde.

»DNA. Warte! Hinein damit in den Kunststoffbeutel, damit wir nichts kontaminieren!«

Alois grinste verhalten. »Kontaminieren? Wie das klingt! Jetzt sind wir doch tatsächlich bei CSI Reichraming gelandet. Was meinst du?«

Mit diesen Worten drehte er sich zu Greti um, die ihn schelmisch anlächelte.

»Verunreinigen klingt eben nicht so cool wie kontaminieren. Der richtige Wortschatz ist schon wichtig, wenn man bei der Polizei ist!«

Georg bückte sich, runzelte die Stirn und stellte fest, dass er sich gerade um einen zarten Teelöffel bemühte. Er zupfte das Silberstück aus der Wiese und hielt es anklagend in die Luft.

»Georg, das ist ein Löffel, den habe ich neulich in der Wiese verloren, als ich das Geschirr ins Bauernhaus gebracht habe, damit ich nicht alles händisch abwaschen muss. In meiner Küche steht nämlich ein Geschirrspüler.« Greti zuckte entschuldigend mit den Schultern. »Darf ich den jetzt wiederhaben? Bitte.«

Georg seufzte, wusste, dass er sich lächerlich gemacht hatte, und ignorierte Marias Blick. Jetzt war es tatsächlich an der Zeit, die Spurensicherung zu verständigen. Sollten doch die Profis ihr Werk tun. Die wurden dafür schließlich bezahlt.

»Habt ihr Lust auf Birnenmost?«, fragte Greti, nachdem Georg sein Telefonat beendet hatte.

»Später. Sind deine Gäste alle im Haus? Ich möchte gerne eine Befragung durchführen. Maria hilft mir dabei. Sie wird gewissenhaft jeden Namen und jede Adresse notieren und die Ausweise der Frauen prüfen.«

Maria schnaubte, als ihr dämmerte, dass sie soeben zu lästiger Schreibarbeit verdonnert worden war.

Einige Minuten später fanden sie sich bei einem großen Gartentisch unter dem mächtigen Birnbaum am Vorplatz des Bauernhofs ein, und Georg kugelten die Augen beinahe aus ihren Höhlen. Die Frauen praktizierten offenbar gerade Yoga. Das allein war nichts Ungewöhnliches. Aber während er hier die Befragung durchführen wollte, verbogen sich die Frauen splitterfasernackt vor seinen Augen. Rasch konzentrierte sich Georg auf seinen Schreibblock, warf einen Blick in die wunderbare Gegend und versuchte mit aller Gewalt, nicht dorthin zu sehen, wo Alois gerade darum bemüht war, so etwas wie Ernst in die Situation zu bringen. Schlimmer wäre nur noch gewesen, fand Georg, innerlich nach Fassung ringend, wenn obendrein Alois nackt um die Frauen herumgehüpft wäre. Das hätte gerade noch gefehlt.

Hinter ihm gab Maria ungewöhnliche Geräusch von sich. Es klang wie ein Grunzen. Rasch drehte sich Georg um, kniff die Augenbrauen zusammen, um Besonnenheit anzumahnen. Er blickte in das Gesicht einer Kollegin, die sich kaum mehr unter Kontrolle hatte. Schließlich nahm sie ihre Dienstkappe ab und benutzte sie als Fächer, um damit von ihrem nur schwer beherrschbaren Grinsen abzulenken.

Georg drehte sich wieder zum Yogaszenario hin. Endlich wurden dünne Baumwolltücher ausgeteilt. Er atmete auf. Doch nach der Yogaeinheit wickelten sich die Frauen zwar bunte Baumwolltücher um ihre Hüften, die vielen Brüste allerdings, in verschiedenen Größen und von unterschiedlichstem Aussehen, die ausgelassen herumgeschaukelt wurden, brachten Georg weiterhin in arge Verlegenheit. Er wusste schlicht nicht, wo er hinsehen sollte. Er konnte schließlich nicht nur in den Himmel oder auf das Grün der Wiese glotzen. Es ging hier um eine Befragung und nicht um eine Betrachtung der Himmelsrichtungen, Herrgott noch mal.

Georg beschloss, sich die Tatsache zunutze zu machen, dass er weibliche Begleitung dabeihatte, und suchte Marias Blick. Die begriff glücklicherweise sofort. Höflich, professionell und zuvorkommend notierte sie die Namen der Frauen, betrieb zwanglose Konversation und stellte ihre Fragen. Unabhängig davon, ob die Damen barbusig am Tisch Platz nahmen oder nicht.

Die wenigsten Frauen hatten Cintia Zachariasz genauer gekannt. Sie war nicht besonders zugänglich gewesen und hatte eigentlich auch nur wenig interessiert an Yoga gewirkt.

»Eine Anfängerin, das konnte man deutlich erkennen«, meinte eine Frau namens Livia, die einen roten Pareo um ihre Körpermitte geschlungen hatte, auf dem sich bunte Papageien anhimmelten. »Cintia war ein stiller Typ. Ich hatte den Eindruck, dass sie ihre Ruhe haben wollte und sich über irgendetwas den Kopf zerbrochen hat.«

Eine zweite Frau hatte offensichtlich ein Auge auf Georg geworfen. Gerade hatte sie sich über den Teller mit den Sandwiches gebeugt und machte es Georg schwer, nicht auf ihre Brüste zu blicken. Mit aufforderndem Lächeln bat sie ihn dann um ein Glas Wasser und hielt ihm das Glas so hin, dass es sich genau auf Höhe ihrer Brustwarzen befand, was Georgs Verlegenheit ins nahezu Unermessliche steigerte.

»Georg?«, fragte Alois. Der Angesprochene war sofort Ohr. »Männergespräch!«

Das ließ sich Hammerschmied kein zweites Mal sagen. Fast fluchtartig folgte er Alois, der sich mit ihm etwas abseits auf die Wiese stellte und noch einen raschen Blick zurückwarf, ob sie auch wirklich ungestört waren. Dann deutete er für alle

Anwesenden gut sichtbar irgendwohin in die Weiten des Hintergebirges, ganz so, als ob er eine Wanderroute mit Georg ausmachen wollte.

»Lass bloß die Finger von Sarah. Die ist eine schwierige Persönlichkeit.«

Hammerschmied klopfte Alois auf die Schulter, dann entgegnete er: »Danke für die Warnung, aber ich mag ohnehin lieber Frauen, die ich erobern darf.«

Alois nickte. »Gut! Wir nehmen nachher noch ein Schlammbad. Kommst du mit?«

Das dröhnende Gelächter, das Georg auf dem Rückweg zur Gruppe hören ließ, sorgte nicht nur dafür, dass Alois verdutzt dreinschaute, sondern auch für eine völlig verwirrte Henne, die gerade auf der Suche nach Körnern gewesen war. Heftig gackernd verschwand das Huhn um die Hausecke, um ihrem Hahn zu verkünden, dass es hier ungebührlich laut zuging.

Georg rutschte wieder auf die Bank neben Maria, die glücklicherweise weitergearbeitet hatte. Die Hälfte der elf anwesenden Frauen hatte angegeben, sich nur wenig mit den Angelegenheiten von Cintia Zachariasz beschäftigt zu haben, wirkte sie doch sehr zurückhaltend und war lockeren Plaudereien zwischen den Yogaeinheiten nicht zugänglich gewesen. Maria hatte sie daraufhin entlassen. Am Tisch saßen jetzt nur noch jene Frauen, die Cintia etwas näher gekannt hatten.

»Eine humorlose Frau«, notierte sich Maria die Aussage von Elisa, einer hageren Dreißigjährigen.

»Verbittert«, ergänzte Helena. »Ihre Mundwinkel hingen immer ein wenig nach unten. In den letzten Tagen wirkte sie besonders unglücklich auf mich. Einmal hat sie eine Andeutung gemacht, die Rückschluss auf Liebeskummer zuließ.« Helena zuckte mit ihren mageren Schultern. »Sie wäre wohl nach Reichraming gekommen, um eine Beziehung zurechtzurücken. Eine derartige Bemerkung hat sie mir gegenüber vor wenigen Tagen fallen gelassen.«

Helena, die im Erdgeschoß des Sacherls wohnte, war die einzige unter den Frauen, die mehr zu berichten wusste. Sie erzählte von nächtlichen Fressattacken ihrer Mitbewohnerin, was die schmutzigen Pfannen erklärte, und auch, dass sie auf jeden Fall ein Mobiltelefon gehabt haben musste. Sie hatte gehört, wie sie mit jemandem sprach, konnte dazu aber keine sicheren Angaben machen. Außerdem habe Cintia ihr gegenüber mehrfach Andeutungen gemacht, dass sie über Geld verfüge und demnächst eine große Veränderung in ihrem Leben plane. Allerdings habe die Tote nicht mit Details um sich geworfen.

Eine gewisse Johanna berichtete, dass Cintia immer unmittelbar nach dem Abendessen in ihrem Zimmer verschwunden sei. Eine andere namens Yvonne meinte gesehen zu haben, dass sie Besuch gehabt hätte. Von den Bewegungen her vielleicht ein Mann. Sie würde es aber nicht beschwören wollen.

Am Schluss war bei den Befragungen wenig herausgekommen. Zuletzt hatte Maria die Zeuginnen entlassen. Niemand hatte ein Handy gesehen. Niemand wusste von einem Freund. Einzig Helenas Hinweis auf das Geld blieb bei den Polizisten hängen.

Seufzend ließ Georg sich gegen die Lehne der Bank sinken.

»Birnenmost?« Greti hielt lächelnd einen Krug in der Hand.

»Birnenmost. Ja, bitte!«, seufzte Maria und ließ sich ein Glas einschenken.

Georg beschloss spontan, dass auch er Lust darauf hatte.

Entspannt lehnte er sich zurück, genoss den Blick über die grünen Wiesen und Wälder und hörte in einiger Entfernung den Bach leise rauschen. Irgendwo schimpfte ein Rehbock laut auf, der wohl in seiner Ruhe gestört worden war oder einfach einem Rivalen sein Platzrecht anzeigen wollte. Das hier war ein herrliches Fleckerl Erde, wenn nur nicht die tote Badenixe seine Ruhe dermaßen stören würde.

Gerade als er die Augen schließen wollte, um sich ein bisschen auszuruhen, drangen Motorengeräusche an seine Ohren. Das waren sicher die Herrschaften von der Spurensicherung. Schluss mit der angenehmen Stille. Georg seufzte und erlaubte sich dennoch, die Augen für ein paar Sekunden zu schließen.

Dass Hammerschmied mit seiner Vermutung völlig richtiglag, zeigte sich bereits nach weniger als einer Minute. Die Spurenschnüffler würden alles auf den Kopf stellen. Greti würde der Schlag treffen. Er war aus dem Schneider.

Kapitel 6

»Georg«, säuselte ihm eine wundervolle Frauenstimme ins Ohr. »Georg? Aufwachen. Wir machen uns auf die Suche nach dem Tatort.«

Er blinzelte und stellte fest, dass er in ein paar grünbraune Augen blickte. Er lächelte. Eine Hundertstelsekunde später ging Georg entsetzt auf, dass er Maria angelacht hatte. Er wollte doch böse auf sie sein. Ein Lächeln war absolut das falsche Zeichen.

Maria hielt seine Dienstkappe in der Hand und schwenkte den Autoschlüssel auf ihrem Zeigefinger hin und her.

»Die Spurensicherer aus Linz sind da. Wir sind hier überflüssig. Einer hat sich ohnehin schon beschwert, dass wir ihm alles versaut hätten. Komm, wir machen uns vom Acker und suchen nach dem Ort, an dem die Frau ins Wasser gefallen sein könnte. Du sagst mir den Weg an. Ich fahre.«

Zufrieden ließ sich Georg auf die Beifahrerseite des Einsatzfahrzeugs fallen. Wer konnte schon von sich behaupten, einen eigenen Chauffeur, geschweige denn eine Chauffeuse zu beschäftigen? Er öffnete seinen Rucksack und zog die zerfledderte Hintergebirgskarte daraus hervor.

»Wir sind hier.« Er tippte mit dem Finger auf ihren Aufenthaltsort. »Wir müssen hierher, ans Ende der Weißenbachstraße. Ab da …«, wieder tippte er auf die Karte, »gehen wir zu Fuß weiter. Zwar könnten wir auch den Wagen nehmen, aber es ist kein weiter Weg, und wir werden es zu Fuß leichter haben, wenn wir nach Spuren forschen wollen.«

Maria ließ den Motor an und fuhr langsam los.

»Auf geht's«, kommentierte Georg ihren Start.

Zehn Minuten später war ihm dermaßen übel, dass er nur mit einem kleinen Rest Selbstbeherrschung verhindern konnte, sich direkt in den Einsatzwagen zu übergeben. Er schaffte es gerade noch, sich aus dem Beifahrersitz kippen zu lassen, und kotzte beherzt in den Straßengraben. Als er nach ein paar flachen Atemzügen wieder einigermaßen ansprechbar war, keuchte er »Fahrzeugschlüssel her«, durchwühlte seinen Rucksack nach einem Pfefferminzzuckerl und steckte es in den Mund, nur um es in hohem Bogen gleich wieder von sich zu geben.

»Gott, was bist du für eine hundselendige Fahrerin? Ich habe noch nie erlebt, dass jemand vor einer Kurve auf die Bremse springt, in einer einzigen Kurve drei verschiedene Gänge braucht, nur um danach für zwanzig Meter auf hundert zu beschleunigen, um in der nächsten Kurve dasselbe Spiel zu spielen.«

Maria griff in ihre Hosentasche, holte einen Kaugummi raus und hielt ihn Georg hin.

»Gelernt ist gelernt«, kommentierte sie seine Nörgeleien trocken. »Wo müssen wir hin?«

Weitere fünf Minuten später hatte sich Georg einigermaßen erholt. Langsam gingen sie einen Güterweg entlang.

»Warum sind wir gerade hier?« Maria warf Georg einen Blick zu.

»Weiter draußen ist es zu steil, um ohne gröbere Verletzungen in den Bach zu gelangen, und die Tote wies kaum Verletzungen auf. Hierher kommst du sogar mit einem Fahrzeug, und wenn sie nicht freiwillig ins Wasser gegangen ist, dann ist es doch praktisch, sie einfach ausladen und ins Wasser kippen zu können.«

Maria verzog ihr Gesicht zu einer Grimasse, während Georg weiterhin die linke Fahrbahnseite kontrollierte. Die Seite zum Bach hin. Maria dagegen begutachtete die hangseitigen Gräben.

Schleifspuren. Stofffetzchen. Handtuch. Brille. Eine Handtasche. Brieftasche. Handy. Alles wäre willkommen gewesen. Bisher jedoch gab es keinerlei Hinweise.

»Weiter vorne«, Georg zeigte in die entsprechende Richtung, »geht ein Wegerl von der Straße ab.«

Er bog ab, Maria folgte ihm. Ein Trampelpfad zog sich zwischen den Bäumen durch. Sie kamen an einer verfallenen Wildfütterung vorbei, ließen eine schmale Felsplattform, die fast wie ein Sprungbrett wirkte und ein Stück weit über den Bach ragte, links liegen und traten schließlich aus dem Waldstück heraus, um sich am Ufer des Reichramingbachs wiederzufinden, der an dieser Stelle etwas breiter und tiefer war. Hinter ihnen ragte der Fels auf, den sie gerade passiert hatten.

Georg zeigte zum Felsen hin. »Von dort oben springen Mutige in diesen Tümpel, der weniger tief ist, als es scheint. Bachaufwärts haben wir hauptsächlich Flachwasser. Zum aktuellen Wasserstand würde ein menschlicher Körper hängen bleiben. Ab hier, in Richtung bachabwärts, wirst du zum Schwimmer. Daher vermute ich ...« Georg runzelte die Stirn und ließ den Satz offen. Sein Blick fiel hin zum Felsen. Maria folgte seinem Blick und nickte.

Sie traten den Rückweg an. Dieses Mal jedoch bogen sie auf den ausgetretenen Pfad in Richtung Felsvorsprung ab. Zusätzliche Spuren auf dem ohnehin arg ausgetretenen Weg würden nicht auffallen. Ein perfekter Platz, um jemanden loszuwerden.

Maria schwitzte und öffnete einen Knopf ihrer Dienstbluse. Georg hatte schon während der Autofahrt Blut und Wasser geschwitzt. Beide beugten sie sich nach vor, blickten nach unten in den Bach.

»Fünf Meter geht's hier runter. Das Wasser, schätze ich, ist etwa drei Meter tief. Was meinst du?«

Maria kam nicht mehr dazu, ihre Meinung kundzutun. Sie hatte einen Stoß erhalten, befand sich in der korrekten Flugbahn und war nach weniger als einem Atemzug im erfrischend kalten Wasser des Reichramingbachs gelandet. Inklusive Dienstwaffe, Handschellen, Pfefferspray und was sie sonst noch so am Körper tragen mochte.

Prustend tauchte sie auf. Holte Luft. Rief etwas, das entfernt wie »Vollidiot« klang. War da schon wieder halb untergetaucht.

Ein paar Schwimmzüge später war sie am Ufer. Georg wartete schon auf sie und bemühte sich, zerknirscht zur wirken. Sobald er sicher sein konnte, dass sie in Ordnung war, entschuldigte er sich wortreich: »Es tut mir leid. Wie ungeschickt von mir. Ich hab mich umgedreht, dir dabei einen Rempler verpasst …«

Er brach ab. Sein Gesichtsausdruck wirkte hoffentlich reumütig genug. Dabei amüsierte er sich köstlich.

Schließlich verkündete er: »Rache ist süß«, und reichte ihr die Hand.

»Remis?«

Sie griff nach seiner Hand und zog sich daran hoch. »Du kannst dir dein Remis sonst wohin stecken. Du bist ein toter Mann.«

»Bist du verletzt?« Seine Stimme klang hoffentlich ausreichend besorgt.

»Nein. Höchstens in meiner Ehre.«

»Siehst du, damit haben wir, wenn wir auch keine Beweise gefunden haben, dass die Frau wirklich hier war, zumindest den Versuch eines Nachweises angetreten, dass es hier passiert sein könnte.«

Georg griff nach einer hochgewachsenen Pflanze mit rosablauen Blüten, die am staubtrockenen Wegrand stand, zückte sein Schweizermesser und schnitt sie ab.

»Friede«, verkündete er und hielt ihr das Gestrüpp hin. »Sind ein wenig stachelig«, fügte er noch hinzu und verzog das Gesicht.

»Du weißt aber schon, was du mir da schenkst, oder bist du botanisch auch so eine Null?«

Georg schüttelte den Kopf und versuchte, möglichst harmlos dreinzublicken.

»Das ist ein Natternkopf. Nicht gerade eine charmante Ansage, Kollege Hammerschmied. Oder willst du mir damit auf liebevolle Weise mitteilen, dass ich eine Schlange bin?«

Maria drückte sich das Wasser aus den Haaren. Georg bemerkte, dass sie dabei hinreißend aussah.

»Weißt du, was ich komisch finde, außer dass du mich ins Wasser stößt? Ich finde es sehr ungewöhnlich, dass die tote Frau keine Kleidung trug. Frauen gehen normalerweise nur selten nackt baden. Deutlich seltener als Männer. Was ich heute ausgiebig bewiesen habe. Und jetzt bring mich zurück in die Inspektion. Ich will mich umziehen.«

In einem Anfall von Übermut streckte sie die Hand aus und verkündete: »Schlüssel!«

Georg lachte laut auf, zog sein Hemd aus, unter dem sich ein dunkles Shirt befand, und reichte das trockene Kleidungsstück an Maria weiter.

»Den Autoschlüssel bekommst du nur, wenn du mich bewusstlos schlägst.«

Er drehte sich um und schritt den Weg hinauf, den sie gekommen waren.

Die Blicke, die Maria begleiteten, als sie nass und mit quietschenden Schuhen an den Innendienstkollegen vorbeimarschierte, waren zumindest sehenswert. Offene Münder. Kollege Weidinger hielt ein Kuchenstück in der Hand und vergaß, dass er davon hatte abbeißen wollen. Zeisig, der gerade dabei war, sich Kaffee einzuschenken, schüttete das heiße Gebräu über seine Hose. Sein Schmerzensschrei holte alle in die Gegenwart zurück.

Wenige Minuten später trat Maria in trockener Dienstkleidung in die Dienststube. Hammerschmieds »Gibt's was Neues?« wurde gerade von Zeisig mit der Gegenfrage »Was habt ihr herausgefunden?« kommentiert.

Maria berichtete in knappen Worten über den Besuch am Hof der Grundingers. Sie würde gleich den Namen Cintia Zachariasz überprüfen. Die Tote sei Urlaubsgast am Bauernhof gewesen, die Grundingers hatten sie wiedererkannt. Die Spurenermittler seien am Werk, ein Goldketterl sei gefunden worden und ein Hinweis eingegangen, wonach Cintia Zachariasz womöglich zu Geld gekommen sei.

Georg bot an, die Pressemitteilung zu schreiben, wurde jedoch von Zeisig daran gehindert. »Die Presseaussendung stelle ich selbst ins Netz. Wer weiß, was sonst daraus wird.«

Georg konnte sich bereits jetzt vorstellen, was in der *Donau-News* stehen würde: Eine Headline – *Ermittlungen verlaufen im Sand* –, darunter jede Menge haltlose Schmiererei. Er seufzte.

»Und …« Zeisig hob mahnend seinen Zeigefinger. »Der Staatsanwalt hat sich gemeldet. Der Gerichtsmediziner kommt morgen früh aus Salzburg nach Linz. Dr. Letinowsky wird die Obduktion vornehmen. Wir erwarten noch für denselben Tag, spätestens übermorgen, ein entsprechendes Ergebnis.«

»Super, Letinowsky«, stöhnte Georg. »Perfekter Sympathieträger auf zwei Beinen. Auf der Beliebtheitsskala der charmantesten Pathologen ganz oben.«

»Treffer«, tönte es in diesem Moment hinter Weidingers Computer hervor. »Cintia Zachariasz. Wir haben sie im EKIS. Vor einigen Jahren hat sie sich durch Drogenkonsum hervorgetan. Geboren in Ungarn, seit Kleinkindesalter im Besitz der österreichischen Staatsbürgerschaft. Sie war jahrelang in Heidenreichstein gemeldet, einer Stadtgemeinde grenznahe zu Tschechien, später in Wien.« Zufrieden lehnte sich Weidinger zurück. Die Tote hatte endlich ihren Namen zurückbekommen.

Eine Stunde später lehnte sich Weidinger noch einmal zurück. Dieses Mal deutlich unzufriedener. Er hatte sich ans Handy geklemmt und die Betreiber der Almwirtschaften der Reihe nach kontaktiert. Blahbergalm, Anlaufalm, Ebenforstalm, Geschwendtalm. Am Schluss sicherheitshalber auch noch den Wirt der nahen Schosserhütte auf der Hohen Dirn. Erfolglos. Cintia Zachariasz schien ein anderes Ziel gehabt zu haben als den Grundingers gegenüber angegeben.

Kapitel 7

Während in Reichraming helle Aufregung über die angeschwemmte Tote herrschte, die Linzer Spurensicherung auf der Auwiesenalm jede Menge Spuren sichern musste und Georg und Maria eine mögliche Todesszene erfolgreich nachstellten, machte sich Bauer Bergmeiers Lieblingskuh selbstständig. Wieder einmal. Die Mooshoferischen hatten es nicht leicht, denn Theresa – also die Lieblingskuh, nicht die Frau von Dominik Bergmeier – litt unter enormem Freiheitsdrang. Inzwischen war Kuh Theresa, Kurzform Tessi, schon im Umkreis von mehreren Kilometern gesehen worden, denn es konnte durchaus passieren, dass sie dem Ortsteil Reichraming plötzlich den Rücken kehrte, die Bundesstraße überquerte und bald darauf im Ortsteil Arzberg auftauchte, wo es einen Landwirt gab, dessen leidenschaftlicher Stier rundherum bekannt war. Auch bei Tessi, die den Loisl gelegentlich besuchte. Nicht regelmäßig, aber zu bestimmten Zeiten. Zumindest aber, wenn ihr danach war. Heute war ihr also danach gewesen.

Staunend und mit offenen Mündern betrachteten die Tagestouristen die schön gefleckte Kuh, die seelenruhig am Gemeindeamt vorüberzog und zielgerichtet den Weg Richtung Eisenbahnbrücke einschlug. Am Sängerpark schlenderte sie knapp an den Ziergräsern vorüber, warf einen ungnädigen Blick darauf, da sie genau wusste, dass die Gräser schöner aussahen, als sie schmeckten, und zog – von saftigerem Grün angelockt – weiter. Der schmale Wiesenstreifen hinter dem Sängerpark, der in regelmäßigen Abständen durch eingepflanzte Bäume aufgelockert wurde, war so appetitlich grün, wie sich eine Kuh das nur wünschen konnte. Zwischendurch senkte Tessi also ganz entspannt ihr Haupt und rupfte sich ein paar Leckerbissen ab. An einer besonderen Stelle beschloss sie außerdem, für ein wenig Düngung zu sorgen, und wirkte dabei so würdevoll, dass niemand auf die Idee gekommen wäre, ihr diesen klitzekleinen Ausflug und die dazugehörende halbflüssige Mistspende zu verübeln.

Der erste Anrufer, der Dominik Bergmeier über die Sichtung seiner Kuh in Kenntnis setzen wollte, probierte kurz nach drei Uhr am Nachmittag, den Landwirt zu erreichen. Erfolglos. Das zweite ergebnislose Telefonat durchbrach mit seinem lang andauernden Klingeln die Stille im Bauernhaus gegen fünf Uhr nachmittags. Erst der dritte Anruf wurde von Dominiks Frau Katharina entgegengenommen, die gerade von der Arbeit nach Hause gekommen war und Kuh Tessi noch nicht vermisst hatte. Katharina hatte zwar auch ihren Mann noch nicht vermisst, denn schließlich hatten sie sich ohnehin erst am Morgen gesehen, wunderte sich aber dennoch, dass er für die Anruferin nicht erreichbar gewesen war. Die Frau am Telefon teilte ihr mit, dass Tessi und Loisl bereits seit vielen Stunden in inniger Verbundenheit auf der Weide stünden und Dominik seine Tessi abholen solle, oder – wenn ihnen das lieber sei, weil die Tessi ja ohnehin recht regelmäßig zu Besuch kam – sie ihnen die Kuh auch verkaufen könnten. Das würde die Sehnsucht der beiden Tiere stillen und die Transportkosten der Mooshoferischen deutlich senken.

Katharina Bergmeier brach in herzhaftes Gelächter aus. Die Idee ihrer Freundin Paulina war wirklich gut, denn alleine in den letzten fünf Wochen waren fünf Rücktransporte nötig gewesen.

»Verkaufen möchte ich sie dir nicht, denn Dominik steht auf seine Tessi. Aber seine liebste Kuh als Kostgängerin bei dir einzustellen, damit wäre er sicher einverstanden«, scherzte

Katharina, die durchaus wusste, dass es Paulina mit ihrem Angebot ernst war. Die Mutterkuh-Haltung auf dem Mooshof war in der ganzen Region bekannt. Waren doch die Zuchttiere besonders schön und das Fleisch ein Traum, wie ihr Mann nicht müde wurde zu betonen. Erst vor Kurzem hatte er eine Vereinbarung mit dem jungen Kirchfelswirt getroffen. Er war nun einer der Rindfleischlieferanten für das Lokal, dessen Küche wirklich nicht zu verachten war. Sogar Katharina, die sehr heikel war, wenn es darum ging, auswärts zu essen, konnte den Köstlichkeiten, die Jakob Seinfeld zauberte, viel abgewinnen. Zu viel, wie ihr Mann Dominik fand, der allerdings zugegeben hatte, dass sein Misstrauen nicht am guten Essen liege, sondern in erster Linie an den optischen Besonderheiten des Jakob Seinfeld, der viel zu viele Frauen begeisterte.

Katharina verletzte Dominiks Eifersucht. Zwar war ihr Mann nicht der jüngste, und sicherlich war er auch nicht der knackigste Landwirt in der Gemeinde, allerdings besaß er Vorzüge, die nicht zu verachten waren. Er hatte Geld. Immerhin mehr Geld als in vielen anderen Landwirtschaften zur Verfügung stand. Es ging ihnen im Vergleich zu anderen Landwirten durchaus gut. Viel zu gut, wie manche Menschen meinten, die ihnen ihren angenehmen Wohlstand neideten.

Katharina wusste, was im Dorf getratscht wurde: dass Bergmeier weder Geld noch eine tolle Frau wie Katharina verdient hatte. Für Außenstehende wirkten die beiden wie ein gut eingespieltes Team. Zumindest was die Arbeit am Hof betraf. Sie hätte das Bild, das andere von ihnen als Paar hatten, durchaus zurechtrücken können. Da sie aber niemand zum oft schwierigen Verhältnis mit ihrem Mann befragte, gab es dazu auch nichts zu sagen. Jedenfalls hatte Kuh Tessi in ihrer Beziehung zum Stier Loisl deutlich mehr vergnüglich-verführerische Momente als Katharina mit Dominik.

Es war längst Zeit, das Abendessen zuzubereiten. Sie hatte sich beeilt. Katharina wusste genau, dass ihr Mann es nicht leiden konnte, wenn sie nach ihm brüllend über den Hof lief, um ihn lautstark aus seiner jeweiligen Tätigkeit zu reißen. »Suchen kann man auch leise«, hatte er erst kürzlich streng verkündet, und Katharina hielt sich an seine Anweisung. Schon um des häuslichen Friedens willen.

Katharina suchte Dominik also im Stall, um ihn über die im Arzberg urlaubende Tessi und die anstehende Essenszeit zu informieren. Sie suchte im gesamten Freilaufbereich, fand ein paar Kühe, die sie interessiert ansahen, jedoch keinen Ehemann. Ein Blick in Richtung Garten bestätigte ihr, dass Dominik ihre Vogelscheuche immer noch nicht repariert hatte. Morgens war der schäbige Wächter, der Dominiks alte Kleidung stilvoll auftrug, schon recht wackelig auf seinem morschen Stock in der Erde gesteckt, inzwischen war er tatsächlich umgefallen. Katharina legte den Weg in den Garten beinahe im Laufschritt zurück und hob die Vogelscheuche vom Boden auf. Sie kehrte um und nahm eine Abkürzung über den Heuboden in den Innenhof des Bauernhauses.

Ein Blick durch das kleine Fenster in die Speisekammer verriet ihr, dass er nicht zu Mittag gegessen hatte, denn das vorbereitete Mahl stand noch im Kühlschrank. Ein weiterer, sehr vorsichtiger Blick in den Mostkeller blieb ebenso erfolglos, genauso wie die Suche nach ihrem Mann an einem seiner Lieblingsaufenthaltsorte, der Garage. Auch der Traktor stand an seinem Platz. Sein Pick-up befand sich in der zweiten Garage, doch von Dominik keine Spur.

Sie legte die Vogelscheuche auf die lange Werkbank. Schließlich fiel ihr Blick auf die Gerätschaften, die sauber aufgereiht an der Wand hingen und lehnten. Die Sense fehlte.

Beinahe täglich mähte Dominik ein Fleckchen Wiese ab. Nicht immer zur selben Zeit, aber meist schon am frühen

Morgen. Der frische Grünschnitt wurde liegen gelassen und am späten Nachmittag als Futterzugabe an die Tiere verteilt. Tessi bekam zu diesem Zeitpunkt üblicherweise jene Streicheleinheiten, die sich Katharina manchmal von ihrem Mann wünschte und nur zu Beginn ihrer Ehe regelmäßig erhalten hatte. Allerdings nur so lange, bis sich herausgestellt hatte, dass Katharina keine Kinder bekommen konnte, wobei tatsächlich nicht erwiesen war, ob es an ihr lag oder nicht vielleicht doch an ihm. Seit dieser Zeit jedenfalls war ihre eheliche Beziehung merklich abgekühlt, denn ein Stammhalter war eher nicht zu erwarten. Dominik war mit der gesamten Situation denkbar unzufrieden gewesen. Jeden Tag ein bisschen mehr, was Katharina nur zu deutlich zu spüren bekam.

Lustlos setzte sie ihren Kontrollgang fort und machte sich auf den Weg zur Wiese, die sich ein Stück hinter dem Hofgebäude befand. Durch die vielen Obstbäume von der Straße aus nur schlecht einsehbar, lag das Fleckerl, das eine Art grünes Schachbrettmuster aufwies, weil die Wiese nach dem Abmähen in unregelmäßiger Höhe nachwuchs. Katharina lächelte, denn einige Kühe hatten sich dort versammelt, wo ihr Mann üblicherweise seine Sense schwang. Wussten die Tiere doch genau, dass der eine oder andere frische Happen gleich über den Zaun geworfen wurde, wobei das Gras gar nicht Gelegenheit hatte, den Boden zu berühren, so schnell machten sich die Rindviecher darüber her.

Sie konnte die rechte Schulter ihres Mannes hinter einem Baum hervorragen sehen. Seine langen Beine hat er weit von sich gestreckt. Mit dem Oberkörper schien er am von der Sonne gewärmten Baumstamm zu lehnen, und seine Kühe sahen ihm offenbar neugierig bei seiner Entspannungsarbeit zu. Eine der Kuhdamen bohrte mit ihrer langen Zunge in ihrer Nase und schob sich, so nah es ging, an den Zaun heran, um an das frische Grün zu gelangen, das heute offenbar auf sich warten ließ. Dominik hielt also ein Schläfchen und ruhte sich von der Mahd aus.

»Na super!«, zischte Katharina und ärgerte sich über ihren Mann, der sich nicht besonders angestrengt zu haben schien, denn er hatte kaum fünf Quadratmeter Wiese abgemäht. Vermutlich musste sie jetzt auch noch für das abendliche Grünfutter sorgen. Katharina runzelte ihre Stirn. War der Kerl etwa schon wieder besoffen? Die Mostflasche, die neben ihm am Baum lehnte, ließ diese Vermutung durchaus zu. Sie stemmte ihre Hände in die Taille, umrundete den Baum und wollte schon lauthals losschimpfen, als ihr plötzlich bewusst wurde, was hier passiert war.

Die Sense, die Dominik normalerweise zum Mähen verwendete, war zweckentfremdet worden. Sie steckte in seiner Brust, und Dominik sah nicht so aus, als ob er damit einverstanden war. Seine Finger hatten sich im Todeskampf um das Sensenblatt geschlossen, ohne jedoch noch etwas ausrichten zu können. Der Tod war schnell eingetreten. Katharina stöhnte, trat einen Schritt zurück und tastete nach dem Mobiltelefon in ihrer Hosentasche.

Begleitet vom ungeduldigen Muhen einer der Kühe, die lautstark nach dem frisch geschnittenen Gras verlangte, wählte sie den Polizeinotruf.

Kapitel 8

Das Frühstück war entfallen. Für ein vernünftiges Mittagessen war keine Zeit gewesen. Das eine Glas Most, das er auf der Auwiesenalm erhalten hatte, konnte wirklich nicht als Essen bezeichnet werden. Und so wie es aussah, würde auch das Abendessen entfallen. Um kurz nach 19 Uhr hatte sich Georg in aller Eile noch einmal in sein Dienstfahrzeug geworfen und war seitdem nicht dazu gekommen, auch nur einen Bissen zu sich zu nehmen. Zumindest ging es Maria genauso. Sie saß neben ihm auf dem Beifahrersitz und schwieg. Georg kletzelte den nachmittags von Maria erhaltenen Kaugummi aus dem leeren Aschenbecher des Einsatzwagens und kaute lustlos darauf herum. Das blöde Ding war auch noch zuckerfrei. Heute hatte sich wirklich alles gegen ihn verschworen.

Der Anruf, der sich in sein Leben gedrängt hatte, war unheilverkündend gewesen. Ein Mann war tot aufgefunden worden. Ein Reichraminger. Ein Landwirt.

»Du kannst dir nicht vorstellen, auf welche Weise der Mann umgebracht wurde. Unfall war das jedenfalls keiner«, hatte ihm Kollege Schwarzenberg, der als Erster am Tatort war, am Telefon mitgeteilt.

»So etwas passiert doch normalerweise nur im Fernsehen«, sprudelte es dann auch direkt aus ihm heraus, als Hammerschmied und Maria endlich am Fundort eingetroffen waren und das makabre Bild betrachteten. Sie hatten gerade noch beobachten können, wie Katharina, die Frau des Toten, im Krankenwagen weggebracht wurde.

»Den Polizeinotruf hatte Katharina Bergmeier noch wählen können, zumindest so viel hineingestammelt, dass sich Kollege

Weidinger ausgekannt hat. Danach war sie nicht mehr ansprechbar gewesen, völlig hysterisch und nur durch Chemie ruhigzustellen, hat mir eine Nachbarin der Mooshoferischen zugeflüstert.« Schwarzenberg holte kurz Luft, um dann aufgeregt fortzufahren: »Die Frau, die sich als Anneliese Zitta vom Heferleitn-Hof vorgestellt hat, konnte ihren Mund nicht halten. Immerhin wird sie sich in den nächsten Tagen um Tiere und Hof kümmern. Nachbarschaftshilfe wird hier eben doch noch großgeschrieben.«

Maria betrachtete den Toten. Schwarzenberg schwieg. Georg hielt für einen Augenblick seine Augen geschlossen und rollte hinter verschlossenen Lidern mit den Augäpfeln, sodass niemand sehen konnte, dass er genervt war.

»Die vom LKA waren auf der Auwiesenalm gerade im Fertigwerden, sind dann sofort hier auf den Mooshof gekommen. Vielleicht wäre es überhaupt sinnvoll, wenn sich die Tatortgruppe aus Linz gleich vor Ort einmietet«, scherzte Schwarzenberg schwach und wartete auf Hammerschmieds Zustimmung, die nicht kommen wollte. »Zeugen, die den Mord beobachten konnten, hat es dieses Mal genug gegeben.« Schwarzenberg nickte in Richtung Weide. Auch jetzt standen noch eine Menge der vierbeinigen Beobachter herum und sahen wiederkäuend zu, wie der tote Bauer untersucht wurde. Sagen konnten sie halt nichts, die Kühe von den Mooshoferleuten, was ein echter Jammer war.

»Warum gehen wir von einem Mord aus?« Hammerschmied warf einen Blick zum Toten hin, der übel aussah.

»Gute Frage. Ich habe einen der Tatortspezialisten ausgequetscht. Der Kollege meint, so wie die Sense in Bergmeiers Brust steckt, kann sich der Mann nie und nimmer die Sense in die Brust gerammt haben. Nicht einmal, wenn er unglücklich gefallen und auf die Sense gestürzt wäre. Dann säße er nicht in der Position, in der er aufgefunden wurde. Und bewegt hat sich Dominik Bergmeier kaum mehr. Das wiederum schließt der Mann aus dem Blut, das in den Boden gesickert ist. Der Tod muss wahnsinnig schnell eingetreten sein. Vermutlich Herzstich.«

Hammerschmied drehte sich von der Szenerie weg. Er brauchte eine kurze Verschnaufpause. Normalerweise war es nicht alltäglich, von einer Leiche über die andere zu stolpern. Und nun das. Zwei Tote innerhalb von zwei oder drei Tagen, je nachdem, wann die Zachariasz tatsächlich zu Tode gekommen war. Das war Rekord. Das war nicht nur Reichraminger Rekord, das war Ennstaler Rekord. Georg schluckte seinen Unmut hinunter. Genau genommen konnten die Toten nichts dafür, dass sie ihm Scherereien bereiteten. Schon eher waren die Lebenden, also in Wahrheit die Täter, für seinen Ärger verantwortlich.

Während ihm diese Gedanken durch den Kopf gingen, glitt sein Blick über die Landschaft, die sich kaum von jener am Hof der Auwiesenalm unterschied. Einzig das Tal war ein wenig weiter, Obstbäume waren in reichlicher Anzahl zu sehen und trugen bereits üppig Früchte.

Inzwischen wurden aus allen möglichen Sichtwinkeln Fotos geschossen. Die Hände des Toten wurden in Kunststoffsäcke gesteckt, für den Fall, dass sich fremde DNA unter den Fingernägeln befand.

Nach einigen Stunden, es war längst dunkel und die Szenerie wurde von starken Lampen gespenstisch erhellt, war schließlich alles, was getan werden musste, getan worden. Maria, Schwarzenberg und er hatten bis zum bitteren Ende ausgeharrt, dem Abtransport des Toten in die Linzer Pathologie zugesehen. Der von Georg verständigte Staatsanwalt, den er wiederum um eine Obduktion bitten musste, hatte nur ins

Handy geknurrt: »Du schon wieder, Hammerschmied? Was ist denn bei euch los? Hat die Exekutive die Kontrolle über das Ennstal verloren?«

Schließlich aber hatte er eingesehen, dass der Todesfall mehr als mysteriös und dadurch unbedingt nachforschungspflichtig war. Gerichtsmediziner Letinowsky würde morgen zwei Leichen auf seinem Seziertisch liegen haben. Hammerschmied hätte es nie zugegeben, stand der aktuellen Situation aber beinahe fassungslos gegenüber. Reichraming, ein friedliches Nest? Im Leben nicht!

Fast hätten die Ermittler auch noch Gras und Dreck eingepackt, um ja nichts zu übersehen. Es galt zu sichern, was zu sichern war. Nach dem Abtransport betrachtete Georg das Fleckerl Erde, auf dem der tote Dominik Bergmeier gelegen war. Irgendwie sah es ganz danach aus, als ob wirklich ein Teil davon abgetragen worden wäre.

Nachdem die Spurensicherer endlich abgezogen waren, nur mehr ein LED-Scheinwerfer die Szenerie in grelles Licht tauchte, hatte sich auch Maria neugierig dem Fundort der Leiche genähert. Sie befand sich nun in der Nähe des Baumes, an dessen Stamm der Tote gelehnt hatte, und musterte die Umgebung. Nur wenige Quadratmeter Wiesenfläche waren gemäht worden. Kaum der Rede wert. Maria holte mit ihren Armen weit aus und vollführte eine Bewegung, die stark an das Mähen mit einer Sense erinnerte. Danach seufzte sie, drehte sich um, erblickte den verstört wirkenden Hammerschmied und zuckte mit den Schultern, als ob sie sagen wollte: »Kannst nichts machen, ist schon passiert, und jede Rettung wäre sowieso zu spät gekommen!«

Hammerschmied schüttelte den Kopf.

Die Nachbarin, Anneliese Zitta, hatte sich unterdessen auch wieder an den Tatort herangewagt.

»Heute Morgen hab ich Dominik noch von Weitem gesehen. Ich hab gegrüßt. Er hat mich ignoriert.« Sie blinzelte neugierig zum Baum hin, hinter dem der Tote gefunden worden war. »Katharina war gerade zur Arbeit gefahren.« Anneliese seufzte. »Die Sense vom Dominik war wohl rasiermesserscharf. Gelitten hat er sicher nicht, oder?«

Zustimmung erwartend, hob sie ihren Blick zu Georg, dem vor Verblüffung fast ein Knurrlaut entkommen wäre.

Maria kam ihm zuvor: »Sie haben völlig recht, gelitten hat er nicht. Und jetzt bräucht ich einen Kaffee. Vielleicht auch einen Schnaps. Meinen Sie, dass Sie ein bisserl Zeit für mich und meine Bedürfnisse haben?«

Mit einem charmanten Lächeln blinzelte Maria die Nachbarin an, die sich prompt erweichen ließ und Maria in die Küche des Bauernhauses bat. Sie würde schon für ihr Wohlbefinden sorgen. Versprochen!

Georg war sprachlos. Was war mit Maria los? Die hatte es doch tatsächlich mit einer Mischung aus Bestimmtheit und freundlich vorgetragenem Befehl geschafft, die nachbarlich interessierte Anneliese vom Tatort wegzuscheuchen, und ein Kaffee sprang dabei auch noch für sie heraus. Schwarzenberg grinste und schloss sich den beiden sofort an. Irgendein Getränk für einen durstigen Mann ließ sich sicher auch finden. Gemessenen Schrittes, gedämpft durch das abendlich feuchte Grün unter seinen Schuhsohlen, trottete Georg hinter Maria her. Wenige Meter vor der Eingangstür hatte er sie schließlich eingeholt, ohne so zu wirken, als würde er die Kollegin verfolgen.

»Sie sind aber schnell am Schauplatz des Verbrechens eingetroffen«, stellte Anneliese fest und scheuchte die Frau und die beiden Männer wie selbstverständlich an den Esszimmertisch der Familie Bergmeier. War ja keiner da, der sie aufgehalten hätte. Kurz darauf werkte Anneliese in der Küche herum, wobei das Tellergeklapper darauf hindeutete, dass es vielleicht zum Kaffee auch etwas Gutes geben würde. Dann hörten die Polizisten das Zischen von Kronenkorkenverschlüssen. Eine Jause und dazu Bier. Etwas, worüber sich alle Mägen freuen würden, denn nicht nur ein Bauch hatte auf das Klappern der Teller mit einem lauten Knurren geantwortet.

»Ist's dir eigentlich schon zu viel Wirbel bei uns?«, erkundigte sich Georg mit frechem Grinsen und streckte die Beine unter dem Tisch aus.

»Eigentlich«, begann Maria und blickte Georg direkt an, »habe ich mich um die Stelle in Großraming beworben, weil Onkel Erwin meinte, ich sei hier gut aufgehoben.« Sie grinste hinterhältig zurück. »Eine Frau würde euch und eurem Männerteam guttun, hat er wörtlich gesagt. Würde die starren Formen ein wenig aufbröckeln lassen und für frischen Wind sorgen. Rechte Freude hatte ich mit seinem Vorschlag ehrlich gesagt nicht. Bei euch passiert ja nix, habe ich ihm gesagt. Aber Erwin hat nicht lockergelassen.«

Hammerschmied glaubte sich verhört zu haben.

»Onkel Erwin? 's Vogerl? Ja, spinnst du? Und außerdem: Seit du da bist, haben wir zwei Tote. In dem Zusammenhang kann man wirklich nicht davon sprechen, dass bei uns nichts passiert!«

Maria ignorierte ihn. »Genau. Erwin Zeisig ist mein Patenonkel. Ich erzähle das deswegen, weil ich der Meinung bin, dass persönliche Befindlichkeiten hier nichts verloren haben, und ich verrate ihm auch nicht, dass du der Fünfhundertste bist, der ihn Vogerl nennt.«

Der Satz war in einer Gelassenheit gesprochen worden, die weder Widerspruch duldete noch einen Kommentar erforderte. Georg nickte und ließ Maria fortfahren.

»Und jetzt zum Wesentlichen. Ich meine, dass der Mann, der mit der Sense erstochen wurde, eher einer Affekthandlung zum Opfer gefallen ist. Eine Handlung, die dann geschieht, wenn sich jemand bedroht fühlt, einen Aussetzer hat und in der Schnelle der Konfrontation nur eine gewaltsame Handlung als Lösung in Betracht zieht. Die Sense war eben da und wurde damit zum spontanen Mordwerkzeug. Der Täter hat das wohl nicht geplant, sondern intuitiv ausgeführt und einfach Glück gehabt, dass der Hof abgelegen ist, die Frau nicht zu Hause war und die Kühe ihn nicht verraten können. Ich meine außerdem, dass wir es hier mit einem jungen Täter zu tun haben. Zu einem geringen Prozentsatz auch mit einer Täterin. Eine gewisse Kraft ist auf jeden Fall nötig, und eine ordentlich Portion Überraschungseffekt war sicher auch mit dabei.«

Georg unterbrach sie mit einer Handbewegung und warf ein: »Aber wenn plötzlich einer mit Sense in der Hand auf mich zukommt, renn ich doch weg!«

Maria seufzte. Offenbar war sein Einwand unter ihrer Würde.

»Der Mord mit der Sense hat nur deshalb so gut funktioniert, weil das Opfer den Täter kannte und entsprechendes Vertrauen zwischen den beiden bestand. Wobei die Vertrauensbasis genauso für den Briefträger, die Wurstverkäuferin oder für den freundlichen Wanderer gilt, der gerade des Weges kommt. Ganz sicher bin ich jedoch bei meiner Einschätzung, dass das Opfer den Täter unterschätzt hat. Das Opfer hat die Gefahr nicht kommen sehen, was auch ein bisschen dafür spricht, dass die Tat nicht von langer Hand geplant war. Die Anzeichen weisen auf eine spontane Aktion hin. Die Sense war da. Das Opfer war da. Der entsprechende Wutausbruch war da. Der Tod war nur das Ergebnis.«

Anneliese, die eben eine üppige Jause auf den Tisch stellte und schnell wieder in Richtung Küche verschwand, wagte nicht, sich zu den Polizisten zu setzen, würde aber sicherlich ihre Ohren entsprechend spitzen, um etwaige Neuigkeiten zu erfahren. Maria hielt inne.

Nach geduldig abgewarteten Sekunden, die er brauchte, um seinen Mund wieder zu schließen, räusperte sich Georg. Er hatte verblüfft zugehört. Woher wusste die Frau das alles?

»*Der* Täter?« Georg legte die Betonung fragend auf die männliche Form des Verbrechers.

Maria nickte und senkte die Stimme: »Ja, ich bin der Meinung, dass die Tat für einen Mann spricht, wobei ich natürlich auch eine Frau nicht ausschließen will. Kommt ja immer wieder vor, dass Frauen zu Messern oder messerähnlichen Waffen greifen. Gar nicht so selten übrigens. Trotzdem halte ich mich zu achtzig Prozent an einen Mann als Täter. Vom Alter her würde ich auf einen Mann zwischen fünfunddreißig und fünfzig Jahren tippen. Zumindest relativ sportlich, eher schlank. Sehr wahrscheinlich ist es auch einer, der sich regional gut genug auskennt, um schnell und ungesehen zu verschwinden. Vielleicht ein Einheimischer oder ein Wanderfreak oder jemand, der sich so selbstverständlich bewegen kann, dass er nicht mehr richtig wahrgenommen wird. Ich habe bei der Fahrt zum Hof gesehen, dass sich unten an der Kreuzung eine kleine Siedlung mit mehreren Einfamilienhäusern befindet. Heute war ein schöner Tag. Vielleicht wohnen dort Leute, die den warmen Tag brav vor ihren Haustüren sitzend und die Gegend beobachtend zugebracht haben. Mit denen werden wir plaudern. Auch mit dem Briefträger, der sicher irgendwann seine Runden gedreht hat. Vielleicht war doch mehr los, als wir jetzt wissen.«

Hammerschmied lachte laut auf. »Die Wächter am Fuß des Berges. An denen schleicht sich keiner unbemerkt vorüber. Die sehen alles. Aber worin besteht das Motiv für die Tat?«

Maria wackelte mit ihrem Kopf von links nach rechts und wieder zurück. Es sah ganz danach aus, als ob sie Entspannungsübungen für ihren Nacken vollführte.

»Motiv?«, murmelte sie. »Ich habe keine Ahnung. Ich weiß nur, dass heute Dienstag ist und ich dankbar bin, dass mir Anneliese eine tolle Jause zubereitet, denn in meiner Küche ist heute Ruhetag.«

Damit schloss sie ihre Ausführungen, und Georg und Anselm, deren Mägen schon wieder gegrummelt hatten, was beim Anblick der appetitlich hergerichteten Jause kein Wunder war, prosteten sich mit Bier zu. Beim anschließenden Kaffee, zu dem es Apfelstrudel mit Schlagobers gab, betete zumindest Georg still zu allen Heiligen, sie mögen ihm verzeihen, dass er heimlich die Augen über Anneliese verdreht hatte, denn sie war eine echte Perle und hatte seinen Tag schlussendlich noch gerettet.

Kapitel 9

»Komm und ruh dich aus. Verbinde dich vollständig mit dir selbst. Passe deinen Körper, dein Herz und deinen Geist an, um sanft und schön die Energien der Jahreszeiten in dir zu erwecken. Umarme die Erde in Harmonie. Indem wir uns im Frieden des Herzens ausruhen, sorgen wir für mehr Leichtigkeit und Ausgeglichenheit. Wir erlauben uns, von innen kommende Absichten auszusäen, um mit Anmut durch unser Leben zu gehen.«

Alois war tiefenentspannt. Fast. Also ziemlich. So gut es ihm eben möglich war, denn er konnte sich heute einfach nicht richtig auf seine Meditation konzentrieren. Die Einleitung war ihm noch gelungen. Er hatte den Eindruck, dass sich die Frauen in ihrer Mitte befanden und in sich ruhten. Nur er war völlig aus dem Häuschen. Ständig ging ihm Cintia Zachariasz durch den Kopf. Warum hatte die junge Frau sich genau seinen Hof als Domizil ausgesucht, und was war der Grund für ihren Tod?

Schließlich konnte er sich nicht mehr zurückhalten, stieß einen tiefen Seufzer aus und öffnete die Augen. Überrascht stellte er fest, dass er sich getäuscht hatte. Die rundum sitzenden Frauen betrachteten ihn fragend und schienen ganz und gar nicht meditiert zu haben.

Helena brach schließlich das Schweigen: »Was ist Cintia passiert?«

Alois überlegte, wie er den Frauen erklären sollte, dass sie sich auf seinem Hof nach wie vor in absoluter Sicherheit befanden. Dass niemand einen Rachefeldzug gegen seine Yoginis hegte und dass sie nicht um ihre Leben fürchten mussten, nur weil eine … Weiter kam er nicht mit seinen Gedanken, da er brüsk unterbrochen wurde.

»Die hat doch sicher Selbstmord begangen!« Yvonne warf einen herausfordernden Blick in die Frauenrunde. Sie war eine kühle Schönheit, deren Magersucht ihr hervorstechendstes Merkmal war, eindeutig an ihren Hüft- und Schulterknochen abzulesen, ganz abgesehen von ihren Augen, die im Gesicht den meisten Platz einnahmen. Er hatte sie schon mehrfach dabei beobachtet, wie sie ihren drahtigen Körper verbog und Gewichte in der kleinen Kraftkammer stemmte, die nicht einmal er so ohne Weiteres heben konnte.

»Nie im Leben hat sich Cintia umgebracht«, gab Helena empört zurück, »die war doch frisch verliebt. Hast du nicht bemerkt, welche Aura sich in den letzten Tagen um ihren Körper gelegt hatte? Sie als strahlend zu bezeichnen, wäre fast noch eine Untertreibung gewesen.«

Die beiden Frauen konnten sich nicht leiden. Die Blicke, die sie sich über die Köpfe der anderen hinweg zuwarfen, waren eindeutig. Helena war ein eher weiblicher Typ. Nicht, dass sie Rundungen besessen hätte, die darauf hinwiesen, aber sie hatte ihr Herz auf dem rechten Fleck. Eigentlich, so dachte Alois, hätte sie auch gut in ein Nonnenkloster gepasst. Zumindest von der Einstellung her. Ihr Geschlechtsleben, soweit er das mitbekommen hatte, war dagegen reger als das einer Nonne. Deutlich reger. Die vielen Telefonate, die Helena tagtäglich führte, waren männlich dominiert. Und Alois nahm nicht an, dass ihre Anrufer ausschließlich Brüder, Söhne oder Väter waren. Dazu waren die liebevoll geflüsterten Alex-Hasis, Pauli-Schatzis sowie sein absoluter Favorit, Stevi-Schatzipupsi, zu ungewöhnlich. Nicht nur einmal hatte Alois die Richtung gewechselt, weil er sonst in die leidenschaftlich stöhnende Helena hineingelaufen wäre, die gerade einem ihrer seltsamen Gespräche nachging. Meistens beim Wandern oder in sogenannten Meditationsphasen, während deren sich die Frauen zur Besinnung zurückziehen konnten.

»Blöde Kuh«, zischte die Frau neben Helena und ließ offen, wen von den beiden sie meinte. Wobei sich Alois sicher war, dass Yvonne gemeint war.

Andrea konnte Yonne nicht ausstehen, und mit ihrer Beherrschung war es nicht weit her.

Alois beobachtete die Frauen in der Gruppe. Johanna, die direkt neben ihm saß, war die ruhigste und niedergeschlagenste in dieser Runde. Sie wollte sich hier am Hof entspannen und zu sich selbst finden. Vor einem Jahr geschieden, hatte sie sich über den Verlust ihres Mannes, der sie nach Strich und Faden betrogen hatte, immer noch nicht hinwegtrösten können. Er kannte keinen Menschen, der so still war, beinahe lethargisch. Johanna kam ihm derart angepasst vor, dass sie sich nahezu durchsichtig machte.

Die beiden Frauen – Johanna und Cintia – hatten sich manchmal unterhalten, und dass sie sich immer dann trennten, wenn sich eine dritte Person zu ihnen gesellen wollte, ließ ihn eine innigere Freundschaft als nur eine Urlaubsbekanntschaft vermuten.

Alois ergriff das Wort: »Die Polizei wird herausfinden, was passiert ist. Wir sollen uns keine Sorgen machen, hat mir einer der Inspektoren gesagt. Es wird eine Beziehungstat vermutet.« Dass er soeben von Selbstmord auf Mord umgeschwenkt war, wurde Alois erst jetzt bewusst. Hastig bemühte er sich, keine Panik aufkommen zu lassen. Freundlich blickte er in die Runde, dann fügte er hinzu: »Da keine von euch in einer Beziehung zu Cintia stand, gibt es keinen Grund zur Sorge.«

»Das denkst du!«, grummelte Yvonne halblaut vor sich hin. »Alois, du weißt doch gar nicht, ob nicht doch eine von uns in einer«, sie malte Gänsefüßchen in die Luft, »Beziehung zu Cintia stand und die Gute loswerden wollte. Aus welchem Grund auch immer.«

»Natürlich, du hast recht, ich weiß es nicht, aber …« Er ließ den Satz unbeendet, worauf Helena trocken vollendete: »Aber es geht uns in Wahrheit absolut nichts an.«

»Durch dein ›Auuummm‹ wirst du deine Angst nicht im Zaum halten können«, stichelte Yvonne. Der Blick, den sie Helena zuwarf, hätte ein Todesurteil sein können. Helena zuckte zusammen, und Yvonne schien es zu genießen, dass Unruhe in die Frauenrunde kam.

Andrea fasste sich schlussendlich ein Herz: »Schluss jetzt mit der Nörgelei. Das bringt doch nichts, und Cintia wird davon auch nicht mehr lebendig. In unserer Mitte wird sich die Mörderin oder der Mörder« – sie warf einen Blick auf Alois, der sie irritiert anstarrte – »hoffentlich nicht befinden, und ich gehe jetzt baden. Wer kommt mit?« Sie sprang auf und stapfte davon.

»Krapfengesichter«, schnaubte Yvonne entrüstet, suchte ihre Sachen zusammen und strebte mit ihrem drahtigen Körper und einem verhärmten Gesichtsausdruck, der sogar Regenwürmer verschreckt hätte, dem Wald zu.

Alois entfuhr ein verzagtes »Die Natur ist ein Quell unerschöpflicher Freude«, was die restlichen Teilnehmerinnen im Sitzkreis mit eisigen Mienen quittierten.

Kapitel 10

»Frau Bergmeier geht es inzwischen ein wenig besser, aber die Ärzte haben sie über Nacht zur Beobachtung dabehalten, sie liegt noch im Spital.« Onkel Erwin warf einen Blick zu Georg, und wenn Maria die Gesichtsausdrücke ihres Kollegen inzwischen korrekt deuten konnte, was kein Hexenwerk war, dann tat der gerade so, als denke er angestrengt nach. Ihr Blick blieb an seinen Lippen hängen. Schöne Lippen waren das. Perfekte Kusslippen mit einem wunderbaren Amorbogen. Beim Gedanken an die Knutscherei wurde sie rot. Maria seufzte. Rasch senkte sie den Kopf, betrachtete ihre Schuhspitzen und verbarg ihre Verlegenheit. Was hatte sie sich nur dabei gedacht, den künftigen Kollegen tags vor ihrem Dienstantritt zu küssen? Ein scheinheiliges Grinsen stahl sich in ihr Gesicht. Ach, war das herrlich gewesen, ihn mit ihrem Erscheinen in der Inspektion in Verlegenheit zu bringen.

»Wir werden Kollegin Klingenberg zu Katharina Bergmeier ins Krankenhaus schicken. Vielleicht findet sich einer von euch, der unbedingt mit Maria mitgehen will?«

Das Schweigen, das daraufhin eintrat, war erdrückend.

»Gerne, Onkel Erwin. Danke, Onkel Erwin!«, hörte Maria Kollegen Schwarzenberg an ihrem Ohr flüstern. Beherzt trat sie ihm auf den Fuß. Schwarzenbergs unterdrückter Schmerzlaut war eine Wohltat in ihren Ohren. Sie seufzte. Keiner wollte zu einer trauernden Witwe ins Krankenhaus geschickt werden und sie über ihre Erlebnisse ausfragen. Maria schnaubte, entnervt über die vielen Freiwilligen, die gerade einen Schritt zurückgetreten waren. Es war doch immer dasselbe Theater, wenn es darum ging, heikle Befragungen bei Zeuginnen durchzuführen. Dann hieß es verallgemeinernd: »Bekanntlich können Frauen das wesentlich besser als wir Männer!« Immerhin etwas, worin sich die männlichen Kollegen einig waren.

»Hammerschmied, du kommst mit mir«, verkündete sie schließlich in einem Ton, der keine Widerrede vertrug. »Ich brauche jemanden, der der Frau ein gewisses Heimatgefühl vermittelt, und das bist in diesem Fall ganz eindeutig du. Näher wohnt keiner an ihr dran. Alles klar!«

Ihr »Alles klar« trug kein Fragezeichen am Ende der Aussage, sondern war eindeutig als das zu verstehen, was es war. Als ein Befehl. Hammerschmied nickte nur.

»Leidenschaft sieht anders aus«, grölte Kollege Schwarzenberg von hinten in den Raum. Ächzend hatte er sich auf einem Bürosessel niedergelassen.

»Du wirst doch nicht etwa alt, Anselm? Hast du Schmerzen?« Maria bemühte sich, ihrer Stimme fürsorglichen Klang zu verleihen, während ihr spöttischer Gesichtsausdruck das Gegenteil verkündete. Anselm war harmlos. Ein wenig behäbig. Nichtsdestotrotz brauchte er nicht zu glauben, sich ihr gegenüber respektlos verhalten zu dürfen.

»Ruhe! Alle beide!«, schimpfte Zeisig. »Schwarzenberg, willst du lieber an Hammerschmieds Stelle mitgehen?«

Auf dessen »Ähhh!« folgte beklommene Stille, bevor Onkel Erwins Stimme schließlich erneut durch den Raum tönte: »Wir haben keine Ahnung, was da bei euch im Tal los ist, aber das sieht ganz eindeutig nach persönlichen Problemen aus. Zuerst der Tod von der Zachariasz. Und jetzt dieser Bergmeier. Mir stinkt, dass wir immer noch keine Nachricht aus der Pathologie haben. Ich habe versucht, Dr. Letinowsky zu erreichen. Erfolglos.«

Seine Stimme war nahe dran, sich zu überschlagen, und Maria musste kämpfen, um nicht loszuprusten. Wie sich 's Vogerl aufplusterte! Manchmal war ihr der Onkel peinlich. Andererseits war seine Show echt sehenswert. Sein Gebrüll jedenfalls sorgte für die nötige Ruhe unter den Kollegen. Schwarzenberg hatte den Kopf eingezogen. Weidinger betrachtete eine Büroklammer, als hätte er noch nie im Leben Interessanteres gesehen.

»Zurück zur Zachariasz. Wir vermuten einen Eifersuchtsmord oder vielleicht auch Raubmord, da die Frau Geld hatte, wie Weidinger in Erfahrung bringen konnte. Ich fasse zusammen: Sie saß auf einem echten Geldberg. Es ist die Rede von zweihunderttausend Euro. Wohlgemerkt ein Teil in bar, Kollegen. Der andere Teil befand sich auf einem Wertpapierdepot, wie wir inzwischen erfahren haben. Eine Eigentumswohnung gibt es auch. Ein Erbe ihrer verstorbenen Tante, die wohl auch ihre Ersatzmutter war, sie sogar adoptiert hatte. Die Zachariasz war von ihrer Tante finanziell durch ein abgebrochenes Studium begleitet worden, hatte nicht mit Geld um sich geworfen, allerdings auch nicht am Hungertuch genagt. Das Geld tröpfelte so dahin, bis die alte Frau starb und Cintia Alleinerbin des beträchtlichen Nachlasses wurde. Was wir hier haben könnten, ist Mord aus Gier, Mord aus Leidenschaft, Mord aus Habsucht. Eine echte Steilvorlage für jeden grauslichen Film. Vielleicht aber auch nur bittere Wahrheit.«

Er warf einen scharfen Blick in die Runde, der den Anwesenden eindeutig Versagen im Polizeieinsatz unterstellte. Dann fuhr er, wie Maria sich eingestehen musste, mit erschreckend weinerlich wirkender Stimme fort: »Erst kürzlich hat sie einen Großteil ihres angelegten Buchvermögens zu Bargeld gemacht. Bisher ist von den nahezu zweihunderttausend Euro – lasst euch das auf der Zunge zergehen – noch kein einziger Cent aufgetaucht. Papiergeld, das irgendwo sein muss. Das stinkt gewaltig.«

Hammerschmied befand sich noch immer am Anfang der Zeisig'schen Rede. Die von Zeisig inflationär verwendete erste

Person Plural hatte ihn aus der Bahn geworfen. Wen meinte er bloß mit »wir«, fragte sich Georg und überlegte, ob sich zu Zeisigs Ego eventuell noch ein paar multiple Persönlichkeitsabspaltungen dazugesellt hatten. Außerdem versuchte Georg, sich besagten Geldberg bildlich vorzustellen. Das waren zwanzig Packerl mit jeweils einhundert Euroscheinen zu einhundert Euro. Ein Packerl hatte den Wert von zehntausend Euro. So riesig war der Haufen gar nicht, sinnierte er. Den konnte man durchaus gut verstecken, wenn man es darauf anlegte.

Georg zückte seinen Notizblock. Sollte 's Vogerl ruhig glauben, dass Gruppeninspektor Hammerschmied eifrig Mitarbeit leistete. In Wahrheit überhörte er das Gezwitscher und notierte:

Hat Z. das Geld mit nach Reichraming gebracht?

Wenn ja, warum? Als finanzielle Unterstützung für jemanden?

Wer war der Nutznießer des Geldes, und wo ist das Geld jetzt? Freund, Partner, (Yoga-)Freundin? (Lesbisch, bisexuell?)

Hatten die Grundingers gewusst, dass sie neben einem Geldberg schlummerten?

Hat Greti das Geld beim Putzen entdeckt?

Was hatte das mit dem Bergmeier vom Mooshof zu tun?

Während Georg noch überlegte, ob Dominik Bergmeier überhaupt Teil dieser Mordsgeschichte war oder ob nur der Zufall wollte, dass es zwei Tote hintereinander gab, hatte er gedankenverloren eine Kuh neben dessen Namen gekritzelt.

»Beim Bergmeier-Mord brauchen wir die Aussage der Frau. Dringend!«, holte Zeisig Georg aus seiner Zeichenübung.

»Es deutet alles auf Eifersucht hin, oder war es vielleicht ein Verbrechen aus Rache? Wurde der Täter vom Opfer erpresst? Die Frau muss doch irgendetwas mitbekommen haben. Maria und Georg – diese Infos brauchen wir von euch!«

Zeisigs wirre Fragen und Anweisungen schossen durch den Raum, und wieder verlor sich Georg in Gedanken: Bauer

Bergmeier am Mooshof war anonymer Alkoholiker. Genauso anonym wie viele der Wirtshaussitzer, die sich tagtäglich ihre drei bis fünf Halbe Bier gönnten und nicht wahrhaben wollten, dass sie ihr tägliches Bier dringender brauchten als ihr täglich Brot. Geschlagen hatte er seine Frau nie, wobei sich Hammerschmied in dieser Hinsicht nicht ganz sicher war. Allerdings würde es ihn nicht wundern, wenn sich Katharina einen Liebhaber zugelegt hätte. Doch hätte dies in einer kleinen Gemeinde wie Reichraming tatsächlich verborgen bleiben können? Vor allem da Katharina im Nachbarort ihren Arbeitsplatz hatte. Es war so gut wie unmöglich, dass sie unbeobachtete Schritte in Richtung Affäre hätte unternehmen können, wenn ihr Tagesablauf zwischen der Arbeit im Lagerhaus Großraming und der heimischen Landwirtschaft doch sehr eingeschränkt wurde. Zumindest hatte im Wirtshaus nie jemand abfällig über die Mooshoferin gesprochen. Nein, der Fisch fing am Kopf zum Stinken an. In diesem Fall war der Kopf derjenige von Dominik Bergmeier, den Georg leider nicht mehr befragen konnte. Aber ins Wirtshaus konnte er später noch gehen und sich ein wenig umhören. Vorfreude war bekanntlich die schönste Freude.

Irgendwann war Zeisig tatsächlich ans Ende seines Monologs gekommen. Genau im richtigen Augenblick, während 's Vogerl schimpfte: »Was steht ihr jetzt hier so blöd rum, ihr sollt ins Krankenhaus fahren, hab ich gesagt«, war Georg aus seinen Überlegungen aufgetaucht. Er hechtete zum Schlüsselbrett. Gerade noch rechtzeitig schnappte er Maria den Wagenschlüssel vor der Nase weg. Da würde die Kollegin schon früher aufstehen müssen. Auf keinen Fall wollte er sich wieder die Blöße geben und seinen Mageninhalt präsentieren. Dann schon lieber Chauffeur spielen.

Unterwegs traf endlich der Anruf aus der Pathologie ein. Dr. Letinowsky konnte zumindest ein paar erste Befunde an die Beamten übermitteln. Zähneknirschend blieb Georg nichts anderes übrig, als einen Ausflug nach Linz für den Nachmittag einzuplanen. Sein Wirtshausbesuch musste wohl oder übel noch etwas länger warten.

Im Krankenhaus angekommen, fanden Georg und Maria Katharina Bergmeier ansprechbar vor, allerdings in einer Art Schockzustand gefangen, der sie nur sehr eingeschränkt auf die Befragung der beiden Beamten reagieren ließ. Erst als Maria die Hand der weinenden Frau in ihre nahm, veränderte sich deren Aufmerksamkeitszustand, und sie schien ihre Umgebung erstmals wahrzunehmen.

Maria und Georg wollten sich gerade verabschieden, als sie von Katharina Bergmeiers rauer Stimme überrascht wurden: »Mein Mann hatte Freundinnen. Immer wieder. Ich konnte ihm nicht bieten, was er wollte.«

Schluchzend sank sie auf ihr Kopfkissen zurück, und Maria, die sich wieder neben dem Bett niedergelassen hatte, griff erneut nach ihrer Hand. Gleichzeitig hielt sie der Frau Taschentücher unter die Nase, die auf dem Nachttisch gelegen hatten.

»Ich glaube, dass er gewusst hat, dass ich von seinen außerehelichen Beziehungen weiß«, sagte Katharina und schniefte. »Was mich natürlich höchst verdächtig macht. Das ist mir schon klar. Dominik hat sich nie besonders um Verschwiegenheit bemüht. Und ich weiß auch nicht, ob es mir wirklich leidtut, dass er gestorben ist, denn die Situation mit den Nebenbuhlerinnen war auch für mich nicht einfach. Ausgelacht haben sie mich. Andererseits war ich froh darüber, dass er mich in Ruhe gelassen hat. Aber einen derartigen Tod hätte ich ihm niemals gewünscht. Der Anblick war furchtbar.« Sie stockte und sah Georg aus rot geweinten, geschwollenen Augen an.

»Frau Bergmeier«, setzte er an. »Sie brauchen sich keine Sorgen machen, dass wir Sie verdächtigen. Sie waren den ganzen Tag in der Arbeit, und unser Gerichtsmediziner meint, dass Ihr Mann gestern am späten Vormittag ermordet wurde. Außerdem ist sich ihre Nachbarin Anneliese sicher, dass sie ihn noch gesehen hat, als Sie längst das Haus verlassen hatten.«

Wieder wurde Katharina von Schluchzern geschüttelt.

»Sie hätten nicht mehr helfen können«, ergänzte Maria, die genau wie Georg den Funken der Erleichterung in Katharinas Mimik wahrgenommen hatte. »Unser Ziel ist es, den Mörder Ihres Mannes zu finden, und dabei brauchen wir Ihre Hilfe.«

Katharina Bergmeier sah sich um, fixierte einen Punkt hinter Georg und richtete sich im Bett auf. Dann sagte sie: »Wie kann ich helfen?« Ihre Stimme, die bisher gezittert hatte, war plötzlich fest. Die Erkenntnis, nicht als Hauptverdächtige zu gelten, hatte offenbar eine Veränderung bewirkt.

»Ist Ihnen in letzter Zeit eine Veränderung an Ihrem Mann aufgefallen?« Georg stockte, denn allein Dominik Bergmeiers wiederkehrende Gelegenheitsfreundinnen waren wohl Veränderung genug für die Frau gewesen. Die Art Veränderung, die man sich normalerweise als Partner nicht wünscht, und erst recht nicht als der betrogene Teil in einer Partnerschaft. Ein Blick auf Katharina bewies ihm, dass die Frau die letzten Tage Revue passieren ließ. Sie dachte intensiv nach, und ihr ganzes Wesen schien in diesem Augenblick nach innen gekehrt.

»Er war nicht anders als sonst. Höchstens besser aufgelegt. Er hat mit mir gelacht und gescherzt, was sonst eigentlich kaum der Fall war. Er hat sich verhalten wie ein kleines Kind, das sich ein Geschenk zum Geburtstag wünscht, aber nicht sicher ist, ob es das Ersehnte auch bekommt, und es dann nach langer Suche im Schrank der Eltern entdeckt. So eine Mischung aus Vorfreude und Siegessicherheit.«

Katharina blickte sie unsicher an, wie um zu erkunden, ob die beiden Polizisten ihre Erklärungen verstanden hatten. Maria, die noch immer auf dem Sessel neben dem Bett saß, nickte.

»Ich kenne das von meiner Nichte. Wenn die ihre Geschenke schon vorher findet, ist sie immer ganz aufgeregt, völlig überdreht und gleichzeitig voller Freude.«

Bestätigend nickte Katharina. »Genau so hat sich Dominik in den letzten Tagen verhalten. Uns geht es …«, sie stockte. »Also finanziell geht es der Wirtschaft gut, aber die viele Arbeit, die Dominik allein machen musste, war belastend für ihn. Es wäre schön gewesen, hätte auch ich mehr in der Landwirtschaft arbeiten können und nicht nur am Abend oder am Wochenende. Aber mein Verdienst aus dem Lagerhaus hilft uns schon, und so arbeite ich tagsüber außer Haus, während Dominik sich um Hof und Vieh gekümmert hat. Ein bisserl mehr Zeit und Geld, wenn wir gehabt hätten, wäre nicht schlecht gewesen.«

Das erste Mal, seit Maria und Georg das Krankenzimmer betreten hatten, lächelte Katharina Bergmeier verlegen.

»Aber das geht vermutlich vielen Menschen so«, setzte sie hinzu und zögerte kurz, bevor sie fortfuhr. »Irgendwie hatte ich in letzter Zeit den Eindruck, dass mein Mann an einer Geldquelle dran war. Dabei hat er doch nie Lotto gespielt. Wussten Sie, dass ein Teil des Nationalparks einen besonderen Titel erhalten hat?«

Katharina Bergmeier sah fragend in die Runde und setzte ihren Monolog fort, als keine Reaktion seitens der Polizisten kam: »Das Reichraminger Hintergebirge wurde zum Weltnaturerbe ernannt. Wir haben gelacht und festgestellt, dass wir nun genauso interessant sind wie das Great Barrier Reef in Australien, das Okavango-Delta in Botswana oder das Wattenmeer. Wir haben auf meinem Handy gegoogelt und nachgesehen, mit welchen berühmten Naturschönheiten sich das Hintergebirge jetzt in eine Reihe stellen darf. Mein Mann hat uns sogar mit dem Yellowstone Nationalpark verglichen, nur dass wir halt keine vulkanischen Aktivitäten unter unserem Nationalpark haben, was wir beide gar nicht so schlecht gefunden haben. Das war ein schöner Abend. So entspannt habe ich ihn in letzter Zeit selten erlebt. Das war mein Mann. Der Mann, den ich geheiratet habe. Freundlich, humorvoll, liebenswert!«

Herzhaftes Gelächter kam über Katharinas Lippen, als sie sich an den offenbar angenehmen Abend mit ihrem Mann zurückerinnerte. Erschrocken blickte sie Hammerschmied und Maria an, als ob sie um Entschuldigung für ihren Heiterkeitsausbruch bitten würde. Unmittelbar darauf strömten wieder Tränen über ihre Wangen.

»Das war vor wenigen Wochen. Und dann hat er sich wieder in den mürrischen Kerl verwandelt, der er in letzter Zeit war, und ich habe meine Hoffnung auf eine gute Ehe wieder begraben. Schade eigentlich, denn es ist uns gut gegangen, nur der Hoferbe hat gefehlt. Kinder kann man sich halt nicht einfach in einem Geschäft kaufen.« Katharina wischte energisch in ihrem Gesicht herum. Die Krankenhausbettwäsche diente ihr dabei als übergroßes Taschentuch.

Schlagartig wurde Georg klar, woher der Wind wehte: Die Kinderlosigkeit der Bergmeiers hatte zu einem Ehezerwürfnis geführt.

Schließlich verabschiedeten sich die Polizisten. Bevor er das Krankenzimmer verließ, steckte Georg der wieder in sich gekehrt wirkenden Frau eine Visitenkarte mit seiner Nummer zu. Nur falls ihr noch etwas einfiele, was sie unbedingt loswerden wolle.

»Kinder kann man sich halt nicht einfach in einem Geschäft kaufen«, murmelte Georg vor sich hin, während er neben Maria den Krankenhausflur hinunterlief.

»Wusstest du, dass auch die Dolomiten Weltnaturerbe sind und der Ätna und der Grand Canyon?«, wandte sich Maria schließlich an Georg.

Aus seinen Gedanken gerissen, nickte er zustimmend, fand die Information aber gerade nebensächlich. Konnte es sein, dass Dominik Bergmeier aus irgendeinem Grund einen Geldsegen zu erwarten hatte?

Wenn es jedoch kein Lottogewinn war, was dann? Gab es eine Verbindung zwischen Cintia Zachariasz' Geldberg und Dominik Bergmeier?

Weil Georg jemanden an seinen Überlegungen beteiligen wollte und Maria ihn von der Seite her erwartungsvoll ansah, schlug er vor, eine kurze Nachdenk- und Kaffeepause einzulegen. Diese Pause würden sie aber nicht in der Umgebung des Steyrer Krankenhauses machen, sondern zu einem kleinen Ausflug nutzen.

Kapitel 11

Über Ternberg und Losenstein ging es nach Reichraming. Während Georg gemütlich fuhr, vor allem Polizeipräsenz zeigte, bemerkte er grinsend, dass Maria immer wieder ein imaginäres Gaspedal auf der Beifahrerseite durchtrat.

»Jetzt hör aber auf. Ich lass dich eh wieder mal fahren, zuvor werfe ich mir aber ein paar Tabletten gegen Reiseübelkeit ein.«

»Du hast mir Kaffee versprochen. Und eine Pause.« Ihre Stimme klang vorwurfsvoll.

»Greif mal nach hinten in meinen Rucksack. Darin befindet sich eine Thermoskanne mit schwarzem Kaffee. Und wenn du ein wenig wühlst, wirst du Punschkrapferl in einer Box finden. Du darfst dich bedienen. Während du dir den Bauch vollschlägst und ich dich sicher zurückbringe, erzählst du mir von deinem bisherigen Ausbildungsweg.«

Maria, die erst kürzlich die Polizeischule beendet hatte, war voller Energie und neuer Ideen, die sie in ihrer zweijährigen Ausbildung vor allem theoretisch hatte üben dürfen. Natürlich war ein Teil ihrer Ausbildung auch praxisbezogen gewesen. Sie erzählte Georg, dass sie ein wenig später als üblich die Polizeischule besucht hatte. Sie war schon einige Jahre älter als der Durchschnitt ihrer Klasse gewesen.

»Teilweise bin ich mir vorgekommen wie deren Mutter. Ich als fast Dreißigjährige zwischen noch nicht mal Zwanzigjährigen.« Sie hatte den Dienstbetrieb in einem mehrmonatigen Ausbildungsteil auf einer Polizeiinspektion im ländlichen Raum absolviert.

»Du kannst dir gar nicht vorstellen, nichts, aber auch gar nichts war dort los. Die paar Autounfälle und abgängige Alzheimerpatienten zähle ich nicht mit, denn das sind wirklich keine beruflichen Highlights, mit denen man Eindruck schinden kann. »Total langweilig!«, jammerte Maria und sah nun, da es bereits den zweiten ungeklärten Todesfall in der direkten Umgebung gab, recht zufrieden aus. Im Krankenhaus hatte sie sich zusammengerissen. Georg hatte jedoch deutlich an Marias Gesichtsausdruck erkannt, dass ihr diese Art von Action sehr gelegen kam.

»Ich bin im Übrigen gewaltig beeindruckt von deinen Analysen. Das wollte ich dir eigentlich schon am Mooshof sagen.« Georg warf ihr einen Seitenblick zu und freute sich über das Lächeln, das Marias Gesicht plötzlich aufhellte.

»Seit Kurzem mache ich eine Art Zusatzausbildung. Fallanalytikerin-to-go.«

»Was? Also ich weiß schon, was eine Fallanalytikerin ist, aber das *to go* kenne ich nicht.«

»Na ja, das ist so eine Art Lightvariante, die die Sinne schärfen soll, aber eben ohne Studium abläuft. Eine Art Seminar. Du weißt schon. Polizeiliche Ermittlungsarbeit kombiniert mit Spezialwissen im Bereich Kriminalistik. Logik. Analyse. Interdisziplinär.«

Georgs Mund stand offen. Maria grinste, fischte eines der kleinen Punschkrapferl aus der Box und steckte es Georg in den Mund. Der Rumgeruch im Einsatzfahrzeug intensivierte sich dramatisch.

»Wohin fährst du mich?«

»Wir fahren zu den Bergmeiers auf den Mooshof. Mal was anderes: Hast du eigentlich schon einmal ein Fahrtraining gemacht?«

Marias Gelächter auf Georgs Frage klang so fröhlich, dass Georg nicht umhinkam mitzulachen.

»Fahrtraining? Gib mir die Autoschlüssel, wenn du ein Mann bist, und ich zeige dir ein Fahrtraining.«

»Lieber nicht. Jedes Mal, wenn du einen Blick auf den Schlüssel des Einsatzfahrzeugs wirfst, rebelliert mein Magen. Die Kollegen hatten noch nicht das Vergnügen, von dir gefahren zu werden, aber du bist eine echte Gefahr, was das betrifft.«

»Meine Fahrkünste«, Marias Stimme hatte einen eigenartigen Klang angenommen, »sind womöglich gefürchtet, aber tatsächlich grandios. Mein Großvater war lange Jahre Fahrer bei der Semperit-Rallye gewesen. Er hat mir die Leidenschaft für schnelles Fahren vererbt. Außerdem hat er mich in jungen Jahren spitzenmäßig trainiert. Sei übrigens beruhigt, du bist nicht der Erste, dem mein Fahrstil nicht bekommt. Die Kollegen, die mich während meiner Praxiszeit am Hals hatten, haben alle gekotzt. Ohne Ausnahme. Ich schalte auf zehn Metern schneller in vier Gänge, als du einen Furz lassen kannst. Das ist im Schnitt natürlich zu viel für die verwöhnten Mägen meiner Mitfahrer. Ich kenne sogar welche, die glauben, wenn sie häufig genug mit mir fahren, dass sie sich die Übelkeit abgewöhnen können. Allerdings funktioniert mein Fahrstil nicht in homöopathischer Dosis zum Antrainieren. Ich war schon Beifahrerin bei Rallyes, und einmal durfte ich sogar selbst hinters Steuer. Nicht mit dem schlechtesten Ergebnis, dass du's weißt. Wenn du also weiterhin kein Risiko eingehen willst, dann lass den Fahrzeugschlüssel nur nie aus den Augen. Rechne aber auch damit, dass ich dieselbe Intention habe. Ich werde einen herrenlos herumliegenden Autoschlüssel hemmungslos an mich bringen, und wenn ich ihn erst einmal in der Hand habe, werde ich ihn nicht mehr hergeben. Dann gibt es kein Zurück.«

»Bitte noch ein Punschkrapferl«, bat Georg, »und ich werde bei passender Gelegenheit um Gnade winseln. Ist dir das recht?«

Weil sich Maria gerade ebenfalls ein weiteres Punschkrapferl in den Mund geschoben hatte, konnte sie nur nicken. Er bremste. Vor ihnen lag der Mooshof.

»Was machen wir jetzt?«

»Wir suchen! Irgendwo muss es doch eine Spur geben, die uns zum Täter führt.«

»Aber am Hof wurde doch schon alles durchkämmt. Wozu soll das gut sein?«, murmelte Maria gerade so laut, dass Georg ihren Einwand hören konnte.

»Hör zu! Ich muss dir doch sicher nicht die Polizeiarbeit erklären. Hier liegen nirgends Pfeile herum, die auf mögliche Hinweise zeigen. Es gibt auch keine Typen in Anzug und Krawatte oder Ladys in Kostümchen und Stöckelschuhen, die mit der Nase auf Hinweise stoßen. Reichraming ist nicht CSI Miami. Hier gibt's keine Stars oder kotzgeniale Ermittler aus einer Sonderkommission. Die Drecksarbeit erledigen wir, und das heißt für uns: raus auf die Wiese, Nase auf den Boden und schnüffeln! Alles klar?«

Maria öffnete grummelnd die Wagentür. »Zumindest einen kleinen Tipp für Nichteingeweihte könntest du bitte, bitte loslassen, ehrwürdiger Hammerschmied!«

Auf ihr Gespöttel zeigte er nur Richtung Misthaufen und befahl: »Such!«

»He, ich bin doch kein Hund!«, empörte sich die junge Frau, zog aber trotzdem los, missmutig zwar, aber immerhin. Sollte sie ruhig ein paar Runden schleichen und abwarten, was sich ergab.

Hammerschmied mochte Maria. Zwar war sie ein echter Rebell, aber heute im Krankenhaus hatte es an ihrem Einfühlungsvermögen gelegen, dass Katharina Bergmeier zu erzählen begonnen hatte. Niemals hätte er die Hand einer fremden Frau einfach so in seine genommen. Niemals!

»Hammerschmied! Komm mal rüber zu mir zum Misthaufen«, tönte es vom Hof. »Hier ist es total romantisch, und der Duft hat eine atemberaubende Wirkung auf mich. Auf den

Dominik Bergmeier hatte es die vermutlich auch. Schau mal, was ich gefunden habe. Das pure Aphrodisiakum.«

Georg bog um die Ecke. Maria stand neben dem Misthaufen und hob einen langen Stock in die Höhe, an dessen Ende etwas Braunes hing, das in seinen sauberen Zeiten einmal ein rotes Kleidungsstück gewesen sein musste. Die aufregende Farbe war gerade noch zu erahnen. Bei näherer Betrachtung und unter beinahe gänzlichem Verschluss des Riechorgans mittels zweier Finger stellte Hammerschmied fest, dass es sich um eines dieser Dinger handelte, die man in einem Sexshop online bestellen konnte. Recht dünn. Recht durchsichtig. Viel Spitze. Mithilfe des Stocks hatte Maria das Spitzending aus dem Misthaufen gestochert und legte es nun am Boden ab.

»Wieso hat die Spurensicherung das Spitzenzeugs übersehen?« Hammerschmieds fragender Blick wandte sich Maria zu.

»Der Body ist nicht oben auf dem Misthaufen, sondern unter einer getrockneten Scheißhaufenhaube gelegen. Ich habe nur ein Futzerl Rot gesehen und mir das Ding aus dem Mist gezupft. War nicht leicht zu finden«, stellte sie zufrieden fest und bat Hammerschmied grinsend um ein Sackerl fürs Gackerl. Das würde eine Gaudi werden, wenn die Kollegen von der Spurensicherung das Vergnügen des Geschenkeauspackens hatten.

Der Stock wurde erneut aktiviert, und geschickt bugsierte Maria das, was sie als Body identifiziert hatte, in den Kunststoffsack.

Hammerschmied verschloss das Sackerl ehrfürchtig und brachte es zurück zum Wagen, in dessen Innenraum es vermutlich für viel zu intensive Gerüche sorgen würde. Immerhin hatten sie etwas gefunden.

Kaum dass sich Georg auf den Weg zurück zu Maria machen wollte, wurde er von einem Ruf abgelenkt: »Herr Inspektor, hallooo? Huhu, Herr Inspektor Hammerschmied. Hier bin ich!«

Die Stimme kannte er eindeutig. Anneliese rief nach ihm. Maria, die ein paar Meter weiter hinter einer halbhohen Mauer stand, von der aus sie nicht gesehen werden konnte, grinste hinterhältig. Schließlich deutete sie mit einem Fingerzeig auf ihre Augen und einem Wedeln ihrer Hand auf die Misthaufen-Umgebung an, dass sie noch weitersuchen würde.

»Frau Anneliese! Guten Tag, wie geht es Ihnen?« Georg dachte an die Jause, die ihm die Frau serviert hatte, und beschloss, freundlich zu sein. Wer weiß, wozu das heute noch gut war.

»Lust auf einen Kaffee und ein Tratscherl?«, lockte ihn Anneliese und deutete auf die herrlich beschattete Hausbank neben der Tür zum Bauernhaus.

»Ach, Frau Anneliese, Sie erwärmen mein Herz!«

Wenig später stand ein gut gefüllter Kaffeetopf, denn Tasse wäre untertrieben gewesen, vor Georg. Daneben breitete sich auf einem Teller ein Riesenstück Topfenstrudel aus, der in Vanillesoße badete. Kalte Vanillesoße, die für angenehm erfrischende Effekte sorgte. Die Dienstjacke hatte Georg ohnehin längst ausgezogen, und so krempelte er sich die Hemdsärmel hoch, um es sich bequemer zu machen.

»Wie geht es Ihnen am Hof der Bergmeiers? Viel zu tun?«

Die Frau, die Georg auf etwa fünfundsechzig oder siebzig Jahre schätzte, nickte. »Ist aber nicht so schlimm, wie ich anfangs gedacht hatte. Die Kühe brauchen nicht gemolken werden, ist ja Mutterkuh-Haltung. Und mein jüngster Enkel Alexander hilft mir. Der wäre ein toller Landwirt. Er hat Freude an der Arbeit, ganz im Gegensatz zu seinem Bruder, der lieber studieren möchte. Mein Sohn will unbedingt, dass der Älteste den Hof übernimmt, aber das ist natürlich totaler Blödsinn. Wenn sich einer nicht fürs Geschäft interessiert, dann wird das nichts.«

Hammerschmied betrachtete die Frau nachdenklich. Er hatte sie völlig unterschätzt. Sicher, sie war neugierig, hatte womöglich geschnüffelt. Kein Wunder, wenn es den ganzen Tag eher ruhig zuging. Vielleicht konnte sie etwas zur Lösung des Falles beitragen?

»Frau Anneliese …«

»Anneliese genügt, dafür sag ich Georg zu dir«, unterbrach sie ihn freundlich lächelnd und tätschelte ihm die Hand.

»Gerne! Anneliese, warum denkst du, ist Dominik so grausam ermordet worden?«

Ein Stirnrunzeln später stand Anneliese auf, sagte nur knapp: »Wart einen Augenblick, bin gleich wieder da«, und verschwand im Haus.

Hammerschmied nutzte die Zeit, um den Strudel auf Herz und Topfen zu testen.

»Mmmh, ist der flaumig! Hier bleib ich!«

Mit einem breiten Grinsen lehnte er sich zurück und streckte die Beine lang unterm Tisch aus. Ein leises Rascheln brachte ihn in die Wirklichkeit zurück. Er öffnete die Augen und betrachtete den Zettel, der vor ihm auf dem Tisch lag. Aufgeklebte Buchstaben zierten das Blatt Papier. Der fragende Blick, den er Anneliese zuwarf, brachte Aufklärung.

»Ich mache gerade Hausputz. Wenn Katharina aus dem Krankenhaus kommt, soll sie zumindest mit dem Bauernhof nicht mehr Arbeit haben, als unbedingt sein muss. In der Stube habe ich die Brotlade des Esstischs reinigen wollen, und unter dem Brotschneidbrett habe ich den Zettel gefunden. Der kann noch nicht lange darin gelegen sein, denn die Brotlade war ziemlich sauber, kaum Brösel. Es war sicher nicht geplant, dass ich das finde!« Sie legte eine Klarsichthülle mit ausgeschnittenen Buchstaben aus verschiedenen Zeitungen auf den Tisch.

»Ist scheinbar nicht fertiggestellt worden, der Schrieb!«

Kapitel 12

»Das gibt's doch nicht!« Halblaut vor sich hin schimpfend, wischte Maria ihre verschmutzten Schuhe an einem Grasbüschel ab. Der Gestank nach Kuhmist war schlimm, ließe sich allerdings mit einer ordentlichen Bürste und reichlich Wasser entfernen, nur woher sollte sie Wasser und Bürste bekommen? Energisch rieb sie weiter, sah sich um.

»Verflixt, wohin hat sich Georg schon wieder verdrückt?«

Begeistert davon, dass sie einen wichtigen Fund gemacht hatte, hatte sie ihre Schnüffeleien zunächst fortgesetzt, aber wenig später entnervt festgestellt, dass ihr Vorgesetzter eine besondere Begabung besaß: Er tauchte auf und verschwand, ohne großartig Aufsehen zu erregen. Eigentlich *die* perfekte Eigenschaft eines Polizisten, aber nicht gerade dann, wenn man dessen Kollegin war und etwas von ihm haben wollte. Gerade war er doch noch mit Annemarie neben dem Einsatzfahrzeug gestanden, und nun?

Maria war auf die Schotterstraße getreten und zog ihre Schuhsohlen energisch über die Kiesel, in der Hoffnung, den Mist aus den Vertiefungen ihrer Sohlen zu reiben. Sonst musste sie sich wohl damit abfinden, dass sie in nächster Zeit penetranter Geruch begleiten würde.

Maria wollte sich den Stadl noch einmal näher ansehen. Ein hölzernes Hoftor, das durch eine Kette und ein Schloss gesichert war, war kein Hindernis für sie. Sie zwängte es so weit auf, dass sie in eine Art Lagerraum hineinschlüpfen konnte. Strohballen waren an einer Seite aufgestapelt, auf der anderen Seite Bretter. Jede Menge Staub flog durch die Luft und wurde im durch Ritzen einfallenden Sonnenlicht reflektiert, was tatsächlich schön anzusehen war. Generationen von Spinnen hatten ihre Spinnweben gewoben, was nicht so schön anzusehen war. An der rückwärtigen Wand lehnte ein hölzernes Rad, davor stand ein Schubkarren, der irgendwann einmal aufgebockt, vielleicht für eine Reparatur vorgesehen, aber nie repariert worden war. Maria kapitulierte. Schob sich wieder aus der alten Garage, klopfte den Staub von ihrer Uniform und ärgerte sich nur noch mehr.

Schließlich machte sie sich frustriert und genervt auf die Suche nach Georg, der, sie konnte es kaum glauben, gemütlich, völlig entspannt und mit offenbar gut gefülltem Magen auf der Hausbank im Schatten saß. Vor ihm ein leerer Teller. Ein Kaffeehäferl. Der Typ ist unmöglich, schoss es ihr durch den Kopf. Neben ihm saß Anneliese Zitta, die Nachbarin. Die zwei schienen sich blendend zu verstehen. Beide hielten ihre Köpfe über etwas gebeugt, das auf dem Tisch lag.

»Einen wunderschönen guten Tag, lasst euch nur nicht von mir stören!«

Die beiden zuckten erschrocken zusammen.

»Kaffee, Topfenstrudel?«, fragte Anneliese zuvorkommend, nachdem sie sich von ihrem Schrecken erholt hatte, sodass sich Maria im selben Augenblick für ihre barschen Worte schämte und das Angebot erfreut nickend annahm.

»Was ist das?« Mit einem Kopfnicken zeigte Maria auf den Zettel, der vor Hammerschmied auf dem Tisch lag.

»Eine Erpresserstudie in Weiß. Ansehen!«, befahl Hammerschmied und klopfte auf die Bank neben sich. Nicht mehr auf seine Worte, sondern auf den Text konzentriert, setzte sich Maria gedankenverloren auf Hammerschmieds Hand, die immer noch auf der Bank lag.

Rasch zog er seine Hand unter ihrem Hintern weg, entschuldigte sich betreten und räusperte sich verlegen, was Maria nur ein abwesendes »Hm-m!« entlockte.

Gestern!
Kurz nach Mitternacht!
Ich weiß, was du getan hast!
100.000 Euro für mein Schweigen!
Übergabe:

Der Ort der Übergabe war nicht mehr aufgeklebt worden. Nur ein Kleberrest zierte die Stelle, an der der Text sicherlich fortgeführt hätte werden sollen. Irgendetwas – oder vermutlich eher irgendjemand – hatte den Erpresserbriefhersteller bei seinem Tun gestört.

Eine weitere Tasse Kaffee und ein Topfenstrudel im Format XL wurden in diesem Moment von Anneliese angeliefert.

»Hab's fast vergessen!«, schnatterte sie aufgeregt. »Die Schere lag auch in der Brotlade. Die habe ich nicht berührt, denn so etwas wie eine Schere hat in einer Brotlade nichts zu suchen. Das ist höchst verdächtig, nicht wahr? Hab sie auch gleich eingepackt, weil ich das ja schon vom Fernsehen kenn!« Sie hielt eine Bastelschere in die Höhe, die in einem durchsichtigen Plastiksackerl lag. In ihrem Blick lag Sensationslust.

»Meint ihr, der Dominik oder die Katharina haben den Brief gebastelt? Aber, warum hätten sie das tun sollen?« Sie hielt bestürzt inne. »Und wer hätte damit erpresst werden sollen?«

Schließlich holte Anneliese Luft und flüsterte: »Aber darauf sind sicher die Abdrücke des Bastlers. Wisst's, ich sehe mir regelmäßig alle CSI- und SOKO-Folgen an. Man weiß ja nie, wozu das gut ist!«

Schließlich nahm sie einen Schluck aus ihrer Tasse, die für Marias Nase verdächtig nach Cognac duftete, und schenkte den Polizisten einen siegessicheren Blick.

Georg klappte noch den Mund zu, da griff Maria schon vergnügt nach dem Wagenschlüssel, den der Kollege unachtsam am Tisch hatte liegen lassen. Sie lachte und bedankte sich ausgelassen bei Anneliese für Kaffee und Topfenstrudel, und schon war sie Georg einige Schritte voraus. Der Weg nach Linz in die Gerichtsmedizin, um Body und Erpresserbrief abzuliefern, würde lustig werden. Zumindest für sie.

Maria lehnte sich im Fahrersitz zurück. Georg stand die Reue, gerade noch üppig gegessen zu haben, übers ganze, blasse Gesicht geschrieben. Er klopfte energisch an das Fenster der Fahrertür, als Antwort bedachte sie ihn mit einem liebevollen Fingerzeig auf die Beifahrerseite. Ab jetzt galt die eindeutige, wenn auch ungeschriebene Vereinbarung, an die sich Maria beinhart halten würde. Die Rangniedrigere chauffierte den Ranghöheren. Der Ranghöhere würde darunter leiden. Oberösterreichs Landeshauptstadt Linz war ohnehin nur knapp sechzig Kilometer von Reichraming entfernt. Ein Katzensprung also. Ein Leidensweg also.

Kapitel 13

Dieses Mal, und Georg empfand es als einen beachtlichen Fortschritt, hatte er sich nicht übergeben. Er war regelrecht stolz auf sich. Nicht dass die Übelkeit ihn während Marias unorthodoxer Fahrweise nicht geplagt hätte, aber er hatte sich absolut unter Kontrolle gehabt. Erst das letzte Bremsmanöver am Parkplatz der Gerichtsmedizin in der Linzer Johann-Metz-Straße hätte ihn beinahe überfordert. Georg hatte sich krampfhaft lächelnd entschuldigt und war in das Gebäude gestürmt.

Maria, dessen war sich Georg beinahe sicher, würde es nicht wagen, das Männer-WC zu stürmen, wo er gerade damit beschäftigt war, seinen Kreislauf mittels kalten Wassers zu stabilisieren. Seine Hoffnung hatte sich jedoch als unberechtigt erwiesen, als ein ungeduldiges Klopfen an der Eingangstür zu den Männertoiletten erklang.

»Hammerschmied, komm raus, wir haben zu tun!«

Heftig verfluchte er den Tag, an dem die neue Kollegin den Dienst in der Polizeiinspektion Großraming angetreten hatte. Dieses Weib war Pest und Cholera zugleich. Ihr einziger Bonus waren ihre Hartnäckigkeit und ihr gutes Aussehen.

»Geh schon mal vor. Such nach Dr. Letinowsky«, brüllte er und drehte den Kaltwasserhahn noch einmal auf.

Wenige Minuten später bremste Georg vor einem Türschild mit der Aufschrift *Dr. M. Letinowsky*. Die weibliche Stimme, die aus dem Raum hinter der angelehnten Tür drang, kannte er. Maria schien den armen Mann bereits zu verhören. Da drang ein herzliches Lachen an Georgs Ohr, nicht nur das von Maria, sondern auch das von Dr. Letinowsky.

Die beiden waren bereits zum ungenierten »Du« übergegangen, stellte Georg erstaunt fest, als er in den Türrahmen trat, und führten ein interessantes Gespräch über Freeclimbing. Mit einem Räuspern brachte er sich in Erinnerung, und damit auch Maria zurück auf den ursprünglichen Grund ihres Besuchs.

»Ach ja, Michael, weswegen wir eigentlich hier sind ...« Maria hielt inne.

Georg hatte das unbestimmte Gefühl, die beiden gestört zu haben. Marias Blick wurde plötzlich kühl. Sachlich.

»Was kannst du uns über die tote Frau aus Reichraming erzählen, die Gruppeninspektor Hammerschmied aus dem Wasser gezogen hat?« Sie deutete auf Georg, der sich wie ein unerwünschter Dekorationsgegenstand fühlte.

Der Pathologe fiel in sich zusammen, als er den Mann im Türrahmen erkannte. Ob Maria das aufgefallen war, konnte Georg nicht beurteilen. Ihm allerdings war es nicht entgangen. Es schien, dass die Flamme einer unerfüllten Liebe gerade am Ersticken war.

»Tag, Hammerschmied!« Letinowsky nickte in Georgs Richtung. »Die junge Frau, identifiziert als Cintia Zachariasz, war gesund. Muskeltonus perfekt. Vielleicht ein wenig zu mager, aber das ist Geschmackssache, und leider ist sie tot. Eine hübsche Tätowierung befindet sich im Nacken der Toten. Wirklich interessant. Wunderschön.« Letinowsky kramte ein Foto hervor und schien zufrieden. Er legte den beiden Polizisten den Ausdruck hin, der Haaransatz und Nacken der Toten zeigte. Etwa ab Halsmitte wand sich eine tätowierte Schlange in Richtung Haaransatz. Der Kopf des Tieres endete direkt unter dem rechten Ohr der Frau. Letinowskys Zeigefinger folgte den Windungen der Schlange bis zum Kopf. Er tippte sacht auf das Papier.

»Eine Natter. Keine Giftzähne. Seht ihr.«

»So so!« Hammerschmied nickte. »Was war der Grund für ihren Tod?«

Interessiert begutachtete er die vielen Fotos, die vor dem Arzt auf dem Tisch lagen. Noch hatte er die Körperteile, die er da sah, nicht zuordnen können. Als Hammerschmied aber dann so etwas wie ein Ohr erblickte, das an einem Hautfetzen zu hängen schien, der wiederum an einem Kopf zu hängen schien, der sich offenbar leichtsinnig von einem Körper losgelöst hatte, sah er schnell wieder zu Dr. Letinowsky auf. Sicherheitshalber. Er konnte jedoch nicht verhindern, dass ihm ein Stöhnen entkam, was ihm einen schrägen Seitenblick und ein Grinsen Letinowskys einbrachte, der Hammerschmieds Ekel vor Obduktionen und dem unappetitlichen Drumherum nur allzu gut kannte.

»Die Frau war narkotisiert. Eine hohe Schlafmitteldosis. Ob selbst verursacht oder durch Fremdeinwirkung, kann ich nicht sagen. Meiner Meinung nach war sie jedenfalls nicht in der Lage, alleine zu gehen, es sei denn, sie hat vor Ort – also direkt am Bachufer – die Medikamente zu sich genommen und ist dann betäubt ins Wasser gefallen. Allerdings …«

Dr. Letinowsky griff zum unvermeidlichen Aktenordner und fächerte Detailfotos der Leiche auf dem Tisch auf.

»Es gibt keine Verletzungen, die auf einen Sturz oder ein Abrollen in unwegsamem Gelände hinweisen. Der Körper weist vor dem Tod keine Wunden, gröbere Prellungen oder Schnittverletzungen auf. Diese Abschürfungen sind erst im Wasser entstanden.« Er zeigte auf ein paar Detailstudien. »Da war sie bereits tot. Wasser habe ich in ihrer Lunge gefunden. Sie war also noch am Leben, als sie ins Wasser fiel oder hineinbefördert wurde. Ich schließe ganz allgemein Fremdeinwirkung jedenfalls nicht aus. Wenn es Mord war, dann war es ein sehr gut durchgeführter. Eiskalt umgesetzt, würde ich sagen, denn alles weist auf den ersten Blick auf Selbstmord hin. Im Bericht finden sich noch eine Menge Details, die interessant sind.«

Er hielt Hammerschmied ein Kuvert hin und spöttelte: »Keine Sorge, die Erklärungen sind weder auf Latein noch in unserem Fachjargon geschrieben. Schließlich sollen auch Laien etwas damit anfangen können.«

Vor Letinowsky lagen die beiden sichergestellten Fundstücke. Bereits während des Gesprächs hatte er interessierte Blicke auf Body und Papier geworfen. Nun war es still geworden. Behutsam befreite der Gerichtsmediziner das Wäschestück aus seiner Kunststoffhülle, schüttelte den Kopf und legte das dreckstarrende Fetzchen Stoff vor sich hin. Der Geruch, den er gemeinsam mit dem Body aus der Kunststoffhülle entlassen hatte, bereicherte den Raum unglaublich. Hammerschmied hielt sich die Nase zu.

»Die Unterwäsche, die ihr gefunden habt, würde unserer Toten durchaus passen, zumindest größenmäßig.«

Der Gerichtsmediziner verharrte in gebeugter Haltung über dem Fundstück.

»Ob es ihr gestanden hat, kann ich allerdings nicht beurteilen!«, fügte er hinzu und schaute fragend in die Runde, was Maria, die seine Ergänzung offenbar für absolut unpassend hielt, mit einem eisigen Blick bestrafte. Die junge Liebe schien innerhalb weniger Gesprächsminuten deutlich abgekühlt zu sein. Hammerschmieds Gesichtszüge hellten sich auf.

»Wir werden jedenfalls versuchen, DNA zu finden, was vermutlich aufwendig, aber nicht schwierig sein wird. Wenn man bedenkt, dass sich die DNA von mindestens zwanzig Kühen finden wird und sicherlich auch von ein paar Hühnern.«

Grinsend zupfte Letinowsky eine Feder aus der eingetrockneten Masse.

Hammerschmied fand Letinowsky arrogant und taktlos und hatte ihn bereits des Öfteren als unsensibles Arschloch betitelt. Eine Eigenschaft, die er gerade wieder unter Beweis stellte. Letinowsky dagegen hielt Hammerschmied für steif, hinterwäldlerisch und einen Volltrottel. Beide Männer hatten sich ihre Ansichten bislang mehrfach und wechselweise an den Kopf geworfen. Aber wenn Georg Marias Gesichtsausdruck richtig deutete, neigte sie in ihrer Einschätzung des Pathologen momentan eher in seine Richtung.

Letinowsky nahm eine Lupe zur Hand, beachtete das verschmutzte Kleidungsstück nicht weiter und wandte sich dem beklebten Papierblatt zu. Wieder herrschte eine Weile Stille, während er einen Blick auf das Fundstück warf.

»Später werden wir das Blatt natürlich genauer untersuchen. Mikroskopisch genau, aber zur Befriedigung der schnellen Neugier genügt auch meine Lupe.«

Letinowskys grobe Begutachtung wurde nur unterbrochen von Atemgeräuschen und dem Ticken einer Uhr, dann sagte er: »Ich ziehe die Fundstücke natürlich den anderen Fällen vor. Passiert ja nicht oft, dass bei euch ein ungewöhnlicher Todesfall auf der Tagesordnung steht. Der Zettel mit den aufgeklebten Buchstaben ist übrigens ein echter Hit. Auf einer Klebestelle kann ich ein kleines Fingerabdruckfragment erkennen. Recht begabt scheint mir der Erpresser nicht zu sein. Wobei es durchaus möglich ist, dass derjenige, der den Drohbrief verfasst, und derjenige, der das Papier zur Verfügung gestellt hat, nicht dieselbe Person sind. Das wird sich noch herausstellen.«

Er drehte die Plastikhülle um und studierte ebenso gründlich die Rückseite. »Schau an. Da befindet sich sogar ein Fingerabdruck. Ein sehr deutlicher Abdruck. Da hat sich wohl jemand die Hände nicht gewaschen. Eine herrliche Aufgabe für die Spurensicherung. Die bekommt den Abdruck und auch den kleinen Fragmentabdruck von mir, damit sie beides bei euch durch den Computer laufen lässt.«

Hammerschmied und Maria seufzten im gleichen Augenblick. Noch bevor Georg etwas sagen konnte, wandte sich Maria an den Pathologen, der prompt an ihren Lippen hing.

»Michael, es gibt inzwischen nicht nur einen, sondern zwei ungewöhnliche Todesfälle in Reichraming. Zur Frau kommt auch noch ein mit einer Sense erstochener Mann hinzu. Der müsste eigentlich auch längst zu euch in die Gerichtsmedizin gebracht worden sein. Ich weiß gar nicht, ob die Kollegen am Posten schon jemals eine derartige Ansammlung an Todesfällen in so kurzer Zeit zu bearbeiten hatten.«

Letinowsky lachte laut auf, dann antwortete er: »Liebste Maria, den Sensenmann hatte ich schon auf meinem Seziertisch. Die Untersuchung des Toten, ich gestehe es nur ungern, langweilte mich beinahe. Aber«, er unterbrach seine Ausführungen und nickte zu den beiden Fundstücken hin, »wenn ihr mich nicht weiter bei meiner Arbeit stört, dann weiß ich heute Abend auch zu Kleidungsstück und Erpresserbrief mehr und lasse euch die Infos zukommen.«

Recht abrupt drehte er sich von seinen Besuchern weg, die nun doch irritiert wirkten. Jedenfalls ging es Maria so. Er nahm wieder an seinem Labortisch Platz, tippte auf seinem Computer herum, nickte und schien zufrieden.

»Ist noch was?«, fragte er kühl.

Maria nickte zum Body hin, was der Pathologe nicht sehen konnte, weil ihm Wesentliches dafür fehlte. Augen am Hinterkopf nämlich.

»Wäre schon gut, wenn du bald Info für uns hättest. Danke, Michael.«

Letinowsky grinste, was wiederum Maria nicht sehen konnte, da er ihr immer noch den Rücken zuwandte.

»Ich muss euch jetzt aus meinem Labor werfen, ich bekomme jede Sekunde einen neuen Fall auf den Tisch.«

Georg war über den Rauswurf nicht böse, im Gegenteil. Maria dagegen wirkte irritiert, was ihn amüsierte. Das, was Letinowsky gerade mit ihnen aufführte, war sein typischer Abschied.

»Du weißt, wo du mich erreichen kannst?« Letinowsky wandte sich in Richtung Georg und Maria, fixierte beide mit eindringlichem Blick und lächelte halbwegs charmant.

Georg kniff die Augen zusammen und gab ein unwilliges Geräusch von sich, er hatte nicht den Eindruck, dass das Gesagte auch nur annähernd für ihn galt. Maria nickte und lächelte freundlich. Von draußen kam ein quietschendes Geräusch näher, das Hammerschmied nur zu gut kannte. Aus dem Augenwinkel konnte er eine Trage erkennen, die zur Tür hereingeschoben wurde. Darauf lag ein zugedeckter Körper.

»Bitte!« Dr. Letinowsky wies mit seiner Hand zur Tür, und nur zu gerne verließen Hammerschmied und Maria das Labor, in dessen Anschluss sich der Sektionsraum befand.

»Ach, über den toten Mann muss ich euch nichts erzählen, oder?«, rief ihnen der Gerichtsmediziner hinterher. »Der wurde ganz eindeutig ermordet. Die Sense war das Mittel der Wahl. Der Bericht befindet sich ebenfalls im Kuvert.«

Hammerschmied winkte nur mehr, ohne sich umzudrehen. »Das ist aber eine Überraschung, damit haben wir wirklich nicht gerechnet«, gab er zurück.

Leiser, sodass es nur Maria hören könnte, flüsterte er: »Vollidiot.«

Maria lachte und rief so laut, dass es Letinowsky auf jeden Fall hören konnte: »Danke Michael, *we keep in touch.*« Dann wirbelte sie Georg hinterher, der sich mit ausgestreckter Hand vor ihr aufbaute.

»Den Autoschlüssel, bitte!«

»Warum? Ich fahre dich.«

»Maria, ich habe eine Überraschung für dich, das bedeutet aber, dass ich den Schlüssel für das Einsatzfahrzeug brauche.«

Zu seinem Glück war Marias Neugier geweckt. Sie griff in ihre Hosentasche und legte den Schlüssel in Georgs offene Handfläche.

»Welche Überraschung?«

»Dass mir heute auf der Heimfahrt nicht übel wird.«

Kapitel 14

»Er ist abgehauen!«

Schwarzenberg blinzelte verwirrt, bevor er sich hinter den Computer klemmte und zu tippen begann.

»Wer ist abgehauen?«

Frau Schmiedinger, die ihm gegenüber Platz genommen hatte, ohne auf eine entsprechende Aufforderung zu warten, schüttelte ob so großer Begriffsstutzigkeit leicht den Kopf.

»Rufus ist weg. Das sieht ihm gar nicht ähnlich. Ich weiß auch gar nicht, wo er entkommen sein könnte.«

Der Polizist, der die Anzeige aufnahm, wirkte inzwischen leicht genervt.

»Wer ist Rufus? Wohin, meinen Sie, ist er entkommen, und was haben Ihre Angaben mit einer Sachbeschädigung mit Fahrerflucht zu tun, die Sie bei mir anzeigen möchten, Frau Schmiedinger?«

Frau Schmiedinger blickte Schwarzenberg interessiert an und legte los:

»Rufus ist ein eMover. Sie sind jung genug. Sie sollten auf jeden Fall wissen, was ein eMover ist. Aber für den Fall, dass Sie so ein Gerät nicht kennen: Ich meine mit eMover einen Rasenmähroboter.«

Sie stieß einen Seufzer aus, den man auch unter »Diese Jugend heute, wirklich schwer von Begriff« hätte einreihen können, was Schwarzenberg nun doch ein Grinsen entlockte, denn Frau Schmiedinger war bereits über achtzig und der »junge« Polizist bereits nahe an seinem sechzigsten Geburtstag.

»Jedenfalls muss Rufus eine Lücke im Zaun gefunden haben und von meinem Grundstück entkommen sein. Aber …« Sie hob mahnend den Zeigefinger, etwa in derselben Geste, die man von Donald Trump kennt. »Das ist noch nicht das Schlimmste, denn als ich ihn endlich gefunden hatte, war er tot. Total tot! Er lag am Straßenrand und bestand nur noch aus Einzelteilen, die ich übrigens draußen im Auto habe, damit sie sich ein Bild machen können. Der, der das getan hat, ist einfach weitergefahren. Was, wenn das nun kein Rasenmähroboter gewesen wäre, sondern ein Kind? Was ist das für ein Mensch, der einfach weiterfährt?«

Schwarzenberg musste zugeben, dass der Vorfall kaum noch an Dramatik zu überbieten war. Was waren da schon die ungeklärten Mordfälle, die sich in letzter Zeit zu mehren schienen? Vermutlich ein Lerchenfurz, zumindest in den Augen der Frau Schmiedinger.

»Ich werde mir nachher die Einzelteile Ihres Rufus' ansehen, zuerst aber: Wann ist der Vorfall passiert?«

Weidinger, der bisher unbeteiligt an seinem Schreibtisch gesessen und sich kaum für den Roboterunfall interessiert hatte, wurde hellhörig, als er die Adresse der Frau vernahm – Weißenbachstraße – sowie ihre Angaben zur möglichen Tatzeit.

»Wir wohnen in Reichraming, recht abgelegen am Bach. Ich lasse meinen Rufus auch spätabends mähen, denn der mäht leise, und außerdem haben wir keine Nachbarn, die sich durch das Brummen gestört fühlen könnten. Den ganzen Samstag hat er brav gemäht. Sonntagabend hat er auch noch gemäht. Mit Pausen natürlich!«

Sie schien damit sagen zu wollen, dass sie von ihrem Rasenmähroboter wirklich nichts Unmenschliches verlange und er natürlich auch Pausen machen dürfe.

»Am Montagmorgen habe ich ihn schon ein wenig vermisst und mich am frühen Vormittag auf die Suche gemacht und ihn schließlich völlig zerschmettert gefunden. Nichts ging mehr. Ich habe die Teile aufgesammelt. Und …«

Frau Schmiedinger legte eine entrüstete Pause ein und plusterte sich noch ein wenig mehr auf, bevor sie fortfuhr: »Ich will von dem Verursacher Schadenersatz, auch Schmerzensgeld, wenn möglich!«

Anselm Schwarzenberg drehte sich in Richtung Fenster, damit die alte Frau nicht sehen konnte, dass er mit einem Lachanfall kämpfte. Dennoch entkam ihm ein leises Schnauben, das er mittels eines Taschentuchs dämpfte.

»Gesundheit!«, wünschte ihm Frau Schmiedinger. »Das Auto habe ich sogar gehört, denn normalerweise fahren kaum Autos an unserem Haus vorüber. Höchstens mal der Bergmeier oder seine Frau. Aber der kann ja jetzt nicht mehr vorbeifahren«, setzte die Frau hinzu, und dieses Mal war eindeutig so etwas wie Trauer in ihrer Stimme zu hören.

Zu diesem Zeitpunkt waren sowohl Schwarzenberger als auch Weidinger hellwach.

»Wenn das von der Zeit her stimmt, dann …« Diesen unvollendeten Satz schickte Anselm mit einem entsprechenden Blick zu seinem Kollegen hinüber, woraufhin der andere einfach nickte.

»Dürfen wir uns Rufus mal ansehen, Frau Schmiedinger?«

»Sie dürfen!«

Gnädig stand Frau Schmiedinger auf, winkte den beiden Männern, ihr zu folgen, und führte sie zu einem mittelalten VW, der nicht nur schon bessere Zeiten gesehen haben musste, sondern vermutlich auch Schwierigkeiten haben würde, die nächste Begutachtungsplakette zu erhalten. Mal ganz davon abgesehen, welches Drama sie auslösen würden, wenn sich Schwarzenberg und Weidinger jetzt dem Fahrzeug anstelle des Rasenmähroboters widmeten.

Im Kofferraum des Autos befand sich eine große Kunststoffwanne. Darin lagen Rufus' Einzelteile. Die Männer hoben die Wanne aus dem Wagen und brachten das gesamte Paket in ihr Büro. Frau Schmiedinger wurde mit einer Anzeigebestätigung für die Versicherung getröstet, die ihr dabei helfen sollte, einen passenden Ersatz für Rufus zu erhalten. Wenn auch Rufus unersetzlich war, wie sie den beiden Polizisten noch einmal ans Herz legte.

Es war gar nicht so einfach, der Frau zu erklären, dass die Beweismittel gesichert werden mussten. Normalerweise sei das bei einer Sachbeschädigung zwar nicht der Fall, was für die alte Frau aber unerheblich sei, denn so brauche sie sich nicht um die Entsorgung der Rufus'schen Reste kümmern. Außerdem hatten Hammerschmied und Weidinger einen Plan, der nicht nur für eine Menge Einzelteile auf dem Besprechungszimmertisch sorgen würde, sondern auch für ein wesentliches Extrastück, das sich bei näherer Begutachtung als ein Kunststoffteil eines Autos herausstellte, wollte es doch ganz und gar nicht zum schwarz-grünen Rufuspuzzle passen.

»Treffer!«, jubelten beide Männer gleichzeitig. Ein dunkelgraues, von der Sonne gebleichtes, etwa zehn Quadratzentimeter großes Kunststoffstück, das wohl von einem Teil im Bodenbereich oder von der Seitenverblendung eines Fahrzeugs stammen musste, war der erste mögliche Hinweis auf den Fahrer eines Fahrzeugs, der möglicherweise zum Zeitpunkt des Verschwindens der Cintia Zachariasz die Weißenbachstraße befahren hatte. Jener Straßenzug, der am Bach entlanglief. Jener Straßenzug, den Georg mit Maria abgegangen war und in dessen Nähe sich besagter Felsvorsprung befand, von dem Cintia Zachariasz in den Bach gestürzt oder unfreiwillig hineinbefördert worden war.

Anselm Schwarzenberg und Franz Weidinger nickten sich zu. Nur wenige Minuten später führte Schwarzenberg ein informatives Telefonat mit Georg Hammerschmied, der sich gerade auf dem Rückweg von Linz befand, während Weidinger die lästige Pflicht übernahm und mit den Besitzern der umliegenden Autowerkstätten telefonierte, um nach kleineren und größeren Unfallschäden zu fragen.

Kapitel 15

»*DonauNews*, Bernhard Staub«, hatte er sich beim Kirchfelswirt Jakob Seinfeld vorgestellt, in der Hoffnung, Informationen über den Tod Dominik Bergmeiers zu erhalten. Erhalten hatte er das gewünschte Glas Bier und Schweigeminuten und von den Dauergästen an der Bar ein paar Belanglosigkeiten, die er nur mit viel Mühe zu einer Sensation würde aufblähen können. Er sah sich um und stellte fest: Großformatige, sepiafarbige Fotos an den Wänden hatten Flair. Ein zweiter, genauerer Blick ließ ihn schmunzeln. Auf den Bildern waren keineswegs nur Szenen aus der Vergangenheit des Gasthauses festgehalten. Vor allem fanden sich darauf Gäste in ungewöhnlicher Kostümierung. Offenbar ein Rückblick auf launige Zeiten. Er grinste ein Pärchen an, das der Hippiezeit entsprungen schien. Daneben hing ein Paar, das Hawaiihemden in schönster Blütenpracht trug. Beinahe schmerzhaft für die Augen, sogar in Sepia. Die Bilder taten seiner Stimmung gut. Leider brachten sie ihn keinen Schritt weiter. Heute Morgen hatte er mit der reißerischen Schlagzeile *In Reichraming lebt selbst der Sensenmann gefährlich* getitelt. Es war nur Blabla gewesen, das wusste er selbst. Standardfloskeln. Deswegen versuchte Staub an diesem späten Nachmittag, Neuigkeiten in Erfahrung zu bringen. Und wo war dies besser möglich als im örtlichen Wirtshaus?

Anselm Schwarzenberg und Franz Weidinger hatten beschlossen, ihren sensationellen Fund entsprechend zu begießen. Kaum dass ihr Innendienst vorüber war, hatten sie sich ins Auto gesetzt und waren nach Reichraming gefahren. Offiziell zur Zeugenbefragung, was ihnen allerdings niemand abnehmen würde.

Inoffiziell, um ihren Frauen zu entkommen, sich ein saftiges Steak in die Figur zu werfen, auf den dekorativen Salat zum Steak gänzlich zu verzichten und ein paar Gläser Bier zu kippen. Sie hatten sich über den ruhigen Seiteneingang zum Wintergarten Zutritt zum Kirchfels verschafft, den Weg vorbei an der Bar vermieden und damit keinerlei Aufsehen erregt.

»Perfekte Vorgehensweise«, beschied Anselm seinem Kollegen zufrieden, während er sich auf der Bank niederließ. Auf der anderen Seite des Raumes saßen ein paar Touristen. Niemand, der ihr Gespräch würde belauschen können, hielt sich in ihrer Nähe auf.

»In den Werkstätten habe ich nichts in Erfahrung bringen können«, seufzte Franz gerade, als der Wirt die erste Runde an den Tisch brachte. »Weißt du was, Anselm, wir werden uns morgen ins Auto setzen und ausgiebige Runden drehen. Wir werfen neugierige Blicke in Reichraminger Garagen, Carports und die alten Ställe, schauen uns Autos an. Ältere Jahrgänge, denn so ausgeblichen, wie das Fundstück ist, kann das kein Fahrzeug sein, das jünger als fünf Jahre ist. Wird zwar eine echt blöde Arbeit, aber irgendeiner muss sie schließlich übernehmen.«

Anselm nickte. Gemeinsam genossen sie die Ruhe und ihr Bier. Zwanzig Minuten später servierte Jakob die bestellten Steaks. Die Arbeit war vergessen. Allerdings nur für kurze Zeit, denn kaum dass die ersten Bissen in den Mägen der beiden Männer verschwunden waren, gesellte sich Georg Hammerschmied zu ihnen.

»Guten Abend, die Herren Kollegen. Schluss für heute?«

Die Angesprochenen nickten und kauten.

»Gibt's was Neues aus Linz?«

Anselm bedeutete Georg, neben ihm auf die Sitzbank zu rutschen.

»Gerichtsmediziner Letinowsky ist sich bei der Todesart der Frau nicht sicher. Könnte ein Unfall, vielleicht auch Selbstmord gewesen sein oder tatsächlich ein geschickt getarnter Mord, wogegen er bei Bergmeier recht eindeutige Aussagen macht. Aus dem Eintrittswinkel des Sensenblattes in die Brust des Mannes will Letinowsky erkannt haben, dass der die Sense nicht selbst geführt hat. Hier also«, Georg hatte seine Stimme längst zu einem Flüstern gesenkt, »müssen wir von Mord ausgehen.«

Schwarzenberg betrachtete sein Steak, dessen rosa Fleischsaft ihn plötzlich anekelte, und schob den Teller von sich.

»Dein Achterl Rot.« Georg wurde vom Wirt unterbrochen, der ihm mit einer Kopfbewegung zu verstehen gab, dass jemand an der Bar saß.

»Bernhard Staub. *DonauNews*. Gerade hat er seine Rechnung bezahlt. Wenn er euch sieht, wird er mit Genuss sitzen bleiben, und ihr werdet den ganzen Abend keine Ruhe vor ihm haben. Zieht die Köpfe ein, dann merkt er nicht, dass ihr da seid. Er ist gleich weg«, flüsterte Jakob und verschwand wieder.

Georg hob sein Glas, prostete den Kollegen zu. »Gratistipps, Kollegen: Erstens, sprecht leise. Zweitens, überlasst Maria niemals, wirklich niemals den Schlüssel des Einsatzwagens. Ihr werdet es bereuen, wenn ihr meinen Ratschlag ignoriert. Und apropos Maria: Die kennt hier noch keiner als unsere neue Kollegin, und sie kennt hier auch niemanden außer den Ladys vom Gärtnerinnenstammtisch. Wir müssen Maria demnächst ins Kirchfels verschleppen, sie offiziell als unsere Neue einführen und ihr all die wilden Gestalten zeigen, die hier herumlungern. Das wird ihr gefallen.«

Bernhard Staub von der *DonauNews* hatte inzwischen offenbar genug erfahren. Georg sah gerade noch den Rücken des Mannes, der den Gastraum verließ. Er entschuldigte sich bei den beiden Kollegen und schlenderte an die Bar. Zuerst wurde noch über die Presse geplaudert, die heute im Dorf unterwegs gewesen war. Doch bald sprach man über das *eine* Thema, das aktuell wie eine Welle durch alle Ortsteile brandete.

In der Zwischenzeit hatten sich die Kollegen Schwarzenberg und Weidinger zu den täglichen Originalen gesetzt. Hammerschmied lümmelte lässig am Nebentisch, halb über die Rückenlehne der Sitzbank gelehnt, und hörte den Männern zu. Hier wusste auf jeden Fall jeder alles. Bald machten Geschichten über Dominik Bergmeier die Runde. Seine Liebschaften wurden ausgebreitet, wobei Hammerschmied den Eindruck gewann, dass Neid mitschwang.

»Der war schon ein richtiger Frauenheld«, warf Matthias Gretzinger mit glänzenden Augen ein und nippte an seinem Bier.

»Die Ehe muss glücklich gewesen sein«, erwiderte Josef Haidlinger und lachte. Die anderen blickten ihn fragend an. »Na ja, wenn du als Mann nie zu Hause bist, dann geht es auch deiner Frau gut.«

Bei diesen Worten stand Kurt Braunstingel auf, zahlte und ging.

»Seine Frau«, flüsterte Sebastian Danninger, »hatte doch was mit Bergmeier, oder nicht?«

»Braunstingel muss froh sein, dass Dominik Bergmeier nicht mehr lebt. Jetzt hat er seine Frau wieder für sich«, warf Gretzinger ein und tunkte seine Zunge in das Bier, was unanständig und seltsam zugleich aussah.

Die Gerüchteküche über Bergmeiers üblen Charakter, seine ständigen Frauengeschichten und die sicherlich unglückliche Ehe brodelte noch eine Weile weiter, bis sich schließlich Danninger wieder ins Spiel brachte.

»Komisch.«

Das eine Wort brachte die Männer dazu, Danninger ihre ungeteilte Aufmerksamkeit zu schenken. Der kratzte sich am Kinn.

Sebastian Danninger wusste nicht, was er gesehen hatte. Eigentlich konnte er auch nicht wirklich behaupten, etwas gesehen, aber doch zumindest etwas Eigenartiges gehört zu haben. Ganz bestimmt etwas Wichtiges. Sebastian gefiel, dass ihm die Leute plötzlich Aufmerksamkeit schenkten. Endlich einmal stand er im Mittelpunkt des Interesses. Spätabends sei es gewesen, erzählte er, weil seine Freundin nicht irrtümlich von seinen Wirtshausbrüdern erfahren sollte, dass er tatsächlich frühmorgens unterwegs gewesen war. Nun ja, jedenfalls war er von einem Stelldichein mit einer Urlauberin (auch das durfte seiner Freundin keinesfalls zugetragen werden) von der Auwiesenalm heimgegangen. Seiner Liebsten hatte Sebastian natürlich etwas anderes erzählt. Die Wirklichkeit unterschied sich nur unwesentlich von seiner Notlüge, denn seiner Freundin hatte Sebastian erklärt, dass er sich auf einen kapitalen Rehbock ansitzen würde. Die Wahrheit war, dass er bereits von seiner Tagesarbeit als Holzarbeiter müde gewesen war, und dann war ja da auch noch das kleine Intermezzo mit der Urlauberin dazwischengekommen. Seine Kräfte waren nicht unerschöpflich, also hatte er am Heimweg vom Stelldichein eine Pause in seinem Hochstand eingelegt und war prompt eingeschlafen. Peinlich, aber so etwas passiert eben.

Irgendwann war er durch ungewöhnliche Geräusche wach geworden. Zuerst hatte er an ein Tier gedacht, das sich den Weg durch den Wald bahnte. Dann aber war ihm klar geworden, dass die Geräusche eher menschlicher Natur waren. Er hatte unterdrücktes Stöhnen vernommen.

So ein Stöhnen, wie es normalerweise ertöne, erzählte Danninger der neugierigen Runde, wenn jemandem der Mund zugehalten wird, oder wenn jemand Sex hat, was Sebastian nicht erwähnte, jedoch auch für möglich hielt. Und dann sei dem Stöhnen ein lautes Platschen gefolgt, das mit Sicherheit von keinem Stein gekommen sei, den jemand irrtümlich losgetreten hatte. Steine, fügte Danninger hinzu, stöhnten außergewöhnlich selten, was die lauschende Zuhörerrunde mit eifrigem Nicken zur Kenntnis nahm. Die Augen seiner Zuhörer wurden größer. Genau das hatte er bezwecken wollen.

»Das Gestöhne«, fuhr Sebastian Danninger fort, »war eher ein Jammer- oder Schmerzenslaut gewesen und kam sicherlich von einem Menschen. Womöglich von einem, der ins Wasser gefallen war. Womöglich von einem, der nicht freiwillig ins Wasser gefallen, sondern ins Wasser geschmissen worden war. Womöglich war derjenige«, hier korrigierte sich Sebastian und legte eine Kunstpause ein, »oder diejenige schon mehr tot als lebendig, als sie ins Wasser geworfen wurde.«

Haidlinger schüttelte den Kopf, Gretzinger grunzte ungläubig, und Schwarzenberg warf skeptisch ein, dass Sebastian nun vermutlich auch auf der Todesliste des Mörders stehen würde, da dieser ja davon ausgehen könne, dass er von Sebastian beobachtet worden war.

»Du willst sagen, du hast den Mord an der Frau beobachtet?«, kam es staunend und auch ein wenig zweifelnd von Haidlinger.

Die gesamte Männerrunde wartete gebannt auf Sebastians Antwort. Schließlich schluckte Danninger betroffen. Sein Kehlkopf wanderte sichtbar auf und ab, und er beeilte sich – lauter als nötig – hinzuzufügen, dass er in der Dunkelheit nichts, aber auch gar nichts gesehen und dass er nur ein Stöhnen und ein Platschen vernommen habe.

»Trotzdem! Ich bin mir sicher, dass ich das Mordopfer gehört habe. Ein Reh war es jedenfalls nicht, denn dann wäre ein Reh und nicht eine Frau im Bach angeschwemmt worden.«

Zustimmung heischend, sah er sich in der Männerrunde um. Die anwesenden Herren konnten seiner Argumentation offenbar etwas abgewinnen und nickten, bevor sie mit ihren Gläsern anstießen und Sebastian ein langes Leben wünschten. Sebastian Danninger lächelte unglücklich.

Hammerschmied, der ein und derselben Geschichte inzwischen bestimmt zum fünften Mal lauschte, stellte fest, dass sich deren Inhalt seit etwa acht Uhr abends mehrfach verändert hatte. Zumindest wurde die Geschichte immer besser und spannender vorgetragen. Das musste man Sebastian lassen.

Jetzt – Hammerschmied sah auf die Uhr – war es kurz vor Mitternacht. Schwarzenberg und Weidinger hatten sich längst verabschiedet. Maria lag vermutlich schon im Bett. Er war müde, wünschte sich auch ins Bett, überlegte eine übermütige Sekunde lang, bei Maria anzuläuten, und verwarf den Gedanken wieder. Gut, dass er in seiner Funktion als Ortsschnüffler hartnäckig sitzen geblieben war. Inzwischen wunderte sich Hammerschmied nur noch über Danningers Promilletauglichkeit und weniger über die recht interessante Entwicklung der Geschichte. Bereits vor zwei Stunden war die Variante des Todeskampfes der jungen Frau vom Hören eines Stöhnens hin zu schrillen Schreien und Kampfgeräuschen variiert worden. Nach dem Genuss von mindestens neun Halben Bier und ein paar Schlückchen Schnaps war Danningers Sprachfluss ein wenig gebremst und dadurch die Geschichte ein bisschen gekürzt, dafür aber weitaus unverständlicher vorgetragen worden. Wenn er noch zwei Stunden sitzen blieb, würde Danninger vermutlich sogar mit dem Mörder gekämpft haben. So aber, und weil die Blase des Polizisten schon inniglich einen Toilettengang erflehte, bezahlte Georg und machte sich auf den Weg zum WC, um im Anschluss das Gasthaus zu verlassen. Der Tag war lang gewesen, und er wollte noch ein paar Stunden Schlaf bekommen, bevor der nächste Arbeitstag anstand.

Auch beim Danninger zeigten die vielen Genussbiere ihre Wirkung, und so traf es sich, dass unmittelbar nach Hammerschmied auch Sebastian die Toilette aufsuchen musste. Dem Gespräch, das sich dort entwickelte, hätte selbst jemand, der des einheimischen Dialektes sehr gut mächtig war, kaum folgen können.

»Es scheint, als hättest du kürzlich einen aufregenden Jagdabend gehabt«, setzte Hammerschmied zum Gespräch mit Sebastian an, der sich während des Wasserlassens mit einer Hand an der Wand abstützen musste.

Sebastian konzentrierte sich sichtlich. Seine Gesichtszüge, die benebelt wirkten, entspannten sich, nachdem er etwa dreißig Sekunden lang ausgiebig für Feuchtigkeit gesorgt hatte. Zufrieden blickte er von der Wand auf.

»Ahhh! Dia sag ischs. S'sch wa mogensch un esch wa nu finschta. Isch hab nisch g'schen, nua g'höat. Aba dasch wa'a Mann, dea da dusch'n Wald ganga isch. Un'er hat geschnauft un vamutli wasch Schwas trogn.«

Hammerschmied ahnte, dass diese Darstellung mehr der Wahrheit entsprach als das, was er im Gastraum erzählt hatte.

»Aba sag nischd zu die andan, Inschpekta, mia g'faltsch, wenns ma zuahoachn un'a Rune zoin.« Mit diesen letzten Worten zog Danninger den Reißverschluss seiner Hose hoch, verfehlte kompetent die Ausgangstür der Herrentoilette und steuerte auf die Abteilung für sitzende Angelegenheiten zu. Sekunden später drangen leise Schnarchgeräusche aus der WC-Kabine.

Hammerschmied überlegte, während er sich die Hände wusch. Gesehen hatte Sebastian nichts, aber im Nachhinein durchaus richtig kombiniert, denn er war davon ausgegangen, dass die Frau in der Nähe seines Hochstandes vorbeigetragen und ein paar Meter weiter ins Wasser geworfen worden war.

Das Schnarchen wurde lauter, und Hammerschmied beschloss, dass es nun Zeit war, nach Hause zu gehen. Lieber früher als später wollte er den Hochstand aufsuchen und sich die Gegend dort genauer ansehen. Ungefähr wusste er ja, wo er zu suchen hatte.

Kapitel 16

Katharina Bergmeier fühlte sich unwohl. Noch am Vorabend war sie aus dem Spital entlassen worden, aber das, was früher ihr Zuhause gewesen war, wirkte nun bedrohlich. Jedes nächtliche Geräusch hatte sie aus ihrem ohnehin seichten Schlaf aufschrecken lassen. Außerdem war sie überfordert. Es galt aufzuräumen, Dokumente und Unterlagen, die ihren Mann betrafen, zu suchen und seine Angelegenheiten zu regeln, aber sie kam nicht voran.

Die Nachbarin, Anneliese Zitta, hatte glücklicherweise Katharinas nervösen Zustand an diesem Morgen bemerkt und ihr angeboten, sie weiterhin im Haushalt und am Hof zu unterstützen. Zu allem Überfluss hatte sie ihr einen kalbsgroßen Hund namens Baskerville aufgedrängt, der sie nachts beschützen sollte. Katharina konnte sich nicht helfen, irgendwie mochte sie diese tapsige Dauerleihgabe der Familie Zitta, und mit dem Riesen im Haus war ihr tatsächlich gleich etwas wohler.

Gerade werkelte Anneliese im Wohnzimmer, während Katharina bereits seit einer halben Stunde in Dominiks altem Arbeitszimmer saß und die Wand anstarrte.

»Essen auf Rädern«, tönte es da laut über den Hof.

Katharina trat ans Fenster und sah, wie Anneliese aus der Haustür stürmte, dicht gefolgt von Baskerville. Jakob Seinfeld, der junge Wirt vom Kirchfels, hob einen Behälter hoch über seinen Kopf. Aus Baskervilles Freudensprüngen schloss Katharina, dass darin eine Menge Essen sein musste.

»Er ist recht gutmütig, wenn er nicht gerade den Befehl hat, auf Haus und Katharina aufzupassen!«, rief Anneliese in diesem Moment, verschränkte ihre Arme vor der Brust und wartete amüsiert, wie Hund und Jakob reagieren würden. Das Tier stoppte seinen Freudentanz, beschnupperte den Besucher interessiert und setzte sich direkt vor ihn.

Katharina eilte zur Haustür.

»Baskerville!« Sie klopfte überschwänglich auf ihre Oberschenkel. Der Hund grunzte laut, wandte sich in einer geschmeidigen Bewegung um, die man dem Tier nicht zugetraut hätte, und stob auf sie zu.

»Braver Wuff!«, säuselte sie.

»Darf ich dir etwas geben?«, rief der Kirchfelswirt und setzte sich, ohne abzuwarten, in Bewegung.

»Wie gefällt dir mein neuer Freund? Annelieses Sohn hat ihn mir geborgt, damit ich nicht allein bin am Hof. Ich glaube, der will gar nicht mehr weg von hier.« Mit dem Kopf deutete sie fragend auf den Essensbehälter in Jakobs Händen. »Etwas zu essen? Für mich?«

»Du bist heute meine Testesserin, und ich werde auf jeden Fall dabei zusehen, wie du alles aufisst. Nicht nur, weil ich finde, dass du ein bisserl Fleisch auf deinen Rippen brauchen kannst, sondern auch, weil ich ein ehrliches Urteil brauche. Es geht nämlich um vegetarische Kost. Alois Grundinger hat mich auf die Idee gebracht. Ein Spezialmenü für alle, die fleischlos, aber nicht langweilig essen wollen.«

Katharina hatte interessiert zugehört. Zwischen ihr und dem Behälter mit dem Essen türmte sich ein erwartungsvoller Hundeberg auf. Sie tätschelte Baskervilles Kopf und bat Jakob herein. Der Hund betrachtete daraufhin den Wirt als gern gesehenen Gast und legte sich im kühlen Vorhaus auf eine Decke, die ihm als Hundebett diente.

»Was ist das für eine Rasse?«

»Eine gefährliche Bestie, wie du dir denken kannst«, warf ihm Katharina über ihre Schulter zu und hielt Jakob die Küchentür auf. Der junge Wirt stellte den Behälter auf die Anrichte und begann damit, die Speisen auszupacken.

Anneliese, die den beiden neugierig in die Küche gefolgt war, warf einen misstrauischen Blick auf die Menüfolge, und auch Katharina konnte sich zunächst nur bedingt für die vegetarischen Speisen begeistern. Doch Anneliese hatte bereits Besteck und Teller auf ein großes Tablett gestellt und trug es nun hinaus zum Essplatz unter dem großen Apfelbaum. Vergnügt begannen die beiden Frauen mit der Verkostung der durchaus gewöhnungsbedürftigen Kreationen.

Die Nachspeise, die sich wenig später duftend in ihre Nasen schlich – ein saftiger Rum-Kokos-Tortentraum –, traf nicht nur den Nerv Katharinas, sondern auch den von Anneliese, für die ebenfalls ein großzügiges Stück abfiel. Dazu servierte Anneliese Kaffee mit Schlagobers und stamperlweise Schnaps, um die Verdauung anzuregen.

Zufrieden saßen die drei Reichraminger schließlich im Schatten des Apfelbaums und ließen ihre Verdauung arbeiten. Ein halber Teil des großen Wolfshundes – inzwischen war die Rassenzuordnung Jakob gegenüber ausführlich erläutert worden – hing über die Haustürschwelle (der Kopf nämlich). Die andere Hälfte (Bauch und Hintern) lag im kühlen Hauseingang und genoss die himmlische Ruhe.

Anneliese hatte zum Glück irgendwann gespürt, dass Katharina alleine mit Jakob sprechen wollte. Rasch hatte sie das Geschirr eingesammelt und sich zurückgezogen. Katharina war sich ziemlich sicher, dass sie es auch gleich abspülen würde.

Katharina drehte sich zu Jakob hin. Schließlich gab sie sich einen Ruck: »Ich weiß noch nicht, wann Dominiks Beerdigung stattfinden kann. Ich weiß auch nicht, warum er ermordet wurde, und ich glaube, dass ich das auch gar nicht wissen will. Soll doch die Polizei herausfinden, worin mein Mann verwickelt war, dass ihm dieses Ende beschert wurde. Ich hoffe nur, ich selbst bin nicht in Gefahr.« Sie stockte und betrachtete für eine Weile die Baumkrone, in der schon fast reife Äpfel hingen.

»Er war doch zuletzt bei dir. Wegen dem Fleisch für deine Küche. Ist dir irgendetwas an ihm aufgefallen, was dir eigenartig vorgekommen ist?«

Jakob dachte sichtlich angestrengt über die Frage nach. Schon wollte er zu einer Antwort ansetzen, beließ es dann aber doch bei einem Schulterzucken und einem Seufzer.

»Jakob, du bist mir ein bisschen zu ruhig.« Katharina runzelte die Stirn. Ihr Gegenüber rutschte verlegen auf seinem Stuhl hin und her. »Ich weiß sehr wohl, dass mein Mann fremdgegangen ist. Das war ja nicht mehr zu verbergen. Meinst du, dass ein eifersüchtiger Ehemann der Grund für Dominiks Tod war?«

Jetzt stand Jakob die Überraschung ins Gesicht geschrieben. Ob er schockiert war, mit welcher Unverblümtheit Katharina, so kurz nachdem sie Witwe geworden war, mit dem Thema umging? Damit hatte er jedenfalls nicht gerechnet. Unbehaglich wand er sich unter ihrem Blick.

»Weißt du, ich denke so wie du«, sagte er schließlich. »Wir sollten die Ermittlungsarbeit der Polizei überlassen. Die wissen, genauso wie du und ich, dass dein Mann Liebschaften hatte. Es tut mir leid, vielleicht wird mehr ausgegraben, als du wissen möchtest. Ich gehe davon aus, dass sich die Polizei …« Er stockte verlegen, als wollte er sie schonen, dann fuhr er fort: »Nun, die werden sich sicherlich auch die dazugehörenden Partner zu Dominiks Frauengeschichten ansehen. Das wird wohl alles in die Aufklärungsarbeit mit einfließen.«

Jakob räusperte sich und schwieg.

»Er hat mich geschlagen.« Katharinas Satz zerschnitt die Stille.

»Ich glaube …« Jakob sprach so leise, dass ihn Katharina fast nicht verstehen konnte. »Du warst nicht die einzige Frau, die dein Mann geschlagen hat. Kurt Braunstingel ist vor einigen Wochen mit deinem Mann im Kirchfels aneinandergeraten. Er hat ihn in den Hof hinausbefördert und ihm angedroht, dass er nun dasselbe einstecken würde, was er ausgeteilt habe. Braunstingels Frau hatte zu jener Zeit eine aufgeplatzte und genähte Oberlippe. Ich hatte keine Ahnung, aber dann ist bei mir der Groschen gefallen.«

Katharina nickte. »Entschuldige, dass ich dich mit meinen Sorgen belaste. Danke, dass du mir zugehört hast.« Sie warf Jakob einen scheuen Blick zu und stand auf.

»Wenn du Hilfe brauchst, weißt du, wo du mich finden kannst. Und morgen, morgen bekommst du Flammkuchen mit Erdäpfeln, roten Zwiebeln, ein bisserl Feuer in Gewürzform, Ziegenkäse werde ich draufpacken, Sardellen, Kräuter … lass dich überraschen!«

Er stand auf und küsste sie übermütig auf die Wange. Katharina wusste nicht, ob ihr das unangenehm sein sollte, aber in Wirklichkeit freute sie sich über die Geste.

Baskerville hob den Kopf und ließ ein halblautes Bellen hören, das an eine weit entfernte, dumpfe Sprengung in einem Steinbruch erinnerte. Durch das Geräusch wurden Katharina und Jakob wieder in die Gegenwart befördert und lachten herzlich auf.

»Einen tollen Aufpasser hast du dir da ins Haus geholt.«

Baskerville bellte Zustimmung, während sich Jakob lächelnd verabschiedete.

Kapitel 17

Aus Zeisigs Büro drangen Stimmen. Interessanterweise hatte sich an diesem Vormittag Gerichtsmediziner Letinowsky bei Zeisig eingefunden, und nun hatte Maria im Vorbeigehen Michaels Stimme aus dem Büro ihres Onkels gehört. Sie wunderte sich, was der Pathologe hier vor Ort wollte. Sie konnte nicht widerstehen, presste ihr Ohr an das Türblatt und lauschte.

»… Fingerabdrücke der Toten genommen. Alle gemeinsam, auch die Fingerabdrücke auf dem Erpresserbrief, jenem Brief, der bei den Bergmeiers gefunden wurde, den habe ich einem Kollegen von der Tatortgruppe gegeben. Die Spurensicherer gleichen das ab und befördern die Abdrücke zweifellos bereits durch das AFIS, durch euer Identifizierungssystem …«

Sie hörte, wie Onkel Erwin etwas entgegnete. Aber was?

Schließlich hielt Maria es nicht mehr aus. Ihre Neugier siegte. Sie lief zu ihrem Schreibtisch, zog die schon etwas zerlesene Tageszeitung unter einem Stapel Akten hervor und klopfte an die Zeisig'sche Bürotür.

»Guten Morgen, die Zeitung.«

Onkel Erwin musterte sie verwirrt. Michaels Gesicht dagegen hellte sich auf, er strahlte sie an.

Maria reagierte gespielt überrascht: »Hallo, Michael, schön dich zu sehen. Was machst du bei uns in Großraming?«

»Ach, nur einen kleinen Ausflug und ein bisserl Neugierbefriedigung, was eure Toten betrifft.«

Zeisig schwieg zu Letinowskys Offenbarung und blickte nachdenklich zum sicherheitsvergitterten Fenster seines Büros hinaus. Schließlich sagte er: »Bleib doch bitte hier, Kollegin Klingenberg, wir haben ohnehin gleich Besprechung.«

Er zeigte auf den Sessel neben Letinowksy, woraufhin sich Maria neben Michael niederließ.

Der Gerichtsmediziner wirkte eine Sekunde lang irritiert, ergab sich schließlich Zeisigs schauspielerischer Ausführung von polizeilicher Strenge, lächelte süffisant und fuhr fort: »Der Fragmentabdruck und auch der Totalabdruck bestanden hauptsächlich aus Kaffeepulver und Wasser, und ein bisserl Kuhmist war auch dabei.«

In diesem Augenblick betraten Georg und seine beiden Kollegen den Raum. Irritiert sahen sie zu Maria und Michael, die die Sessel belegten, dann suchten sie sich Stehplätze. Hammerschmied lehnte sich an die Fensterbank, während Anselm und Franz neben der Tür stehen blieben.

»Alle auf dem Papier gefundenen Abdrücke sind jedenfalls vom toten Dominik Bergmeier«, fügte Zeisig hinzu. »Wir haben die Info vor wenigen Minuten erhalten.«

Letinowsky nickte, wie um sich selbst zu bestätigen, und warf einen lobheischenden Blick in die Runde, den Zeisig geflissentlich ignorierte.

Maria zog ihrerseits eine Augenbraue in erstaunliche Höhe und murmelte ein paar Worte, was der Gerichtsmediziner nur mit viel gutem Willen als Dank interpretieren konnte. Sie wollte ihn ja nicht gleich vergraulen, auch wenn es ihr gefiel, ihn auf die Folter zu spannen.

Der räusperte sich daraufhin, rieb heftig an seinem gepflegten Dreitagebart und fuhr fort: »Logischerweise könnte es sein, dass Bergmeier während des Briefbastelns überrascht worden ist, von seinem Mörder nämlich. Anders lässt sich das unvollständige Schriftstück fast nicht erklären. Wäre es nicht so gewesen, hätte er nach der Störung weiter an dem Schriftstück gearbeitet, anstatt es an einem Ort zu belassen, an dem es recht leicht entdeckt werden konnte. Ihr habt gesagt, das

Blatt wurde in einer Brotlade gefunden. Ich stelle mir vor, dass er am Tisch saß, vor sich hin klebte, unterbrochen wurde, den Zettel rasch verschwinden ließ. In die Brotlade. Was sich anbietet. Auf jeden Fall war ihm danach eine Fertigstellung offenbar nicht mehr möglich.«

Letinowksy brach ab und lächelte Maria an. »Steht ja alles in dem Bericht, den ich euch gegeben habe, aber weil ich schon da bin …« Er zuckte mit den Schultern. »Nun zum toten Bergmeier. Schwierig war es für mich, den Todeszeitpunkt Bergmeiers festzustellen. Er wurde am frühen Abend von seiner Frau gefunden. Ob er zu diesem Zeitpunkt bereits acht oder zehn Stunden tot war, lässt sich nur schwer eingrenzen. Ich vermute, dass er irgendwann gegen Mittag ermordet wurde, aber nagelt mich bitte nicht fest. Der Sommer, die Temperaturen, es ist schwer, den Todeszeitpunkt auf die Minute genau anzugeben.«

Zufrieden mit seiner schier meisterlichen Expertise rekelte er sich neben Maria in seinem Sessel, dann führte er genüsslich weiter aus: »Das rote Wäschestück, der Body, ein sehr hübsches Stück übrigens, das ihr mir da vom Bergmeierhof gebracht habt, der gehörte tatsächlich Cintia Zachariasz. Zumindest muss sie das Teil getragen haben, denn ihre DNA konnte daran gefunden werden. Sehr eindeutig.«

Zeisig nickte und unterbrach Letinowsky: »Im Stoff befand sich nicht nur die DNA von der Zachariasz, sondern auch männliche DNA-Spuren. Aber leider gab es kein Match bei der Überprüfung in der polizeilichen Gendatenbank. Bisher sind diese Genspuren noch in keinem Kriminalfall registriert worden.«

Letinowsky fuhr fort: »Die Goldkette mit dem kleinen Fotoschnipsel im Inneren, das mir von euch für DNA-Tests überlassen wurde, kann ich ebenfalls Cintia zuordnen. Vielleicht braucht ihr das ja noch für eure Ermittlungsarbeit?«

Mit diesen Worten legte er eine Kunststoffhülle auf Zeisigs Tisch, in der sich das goldene Schmuckstück befand. Dann warf er einen Blick auf seine Uhr und sprang hektisch auf.

»Noch Fragen?«

Der Pathologe hatte die Bürotür bereits erreicht, bevor überhaupt jemand auf die Idee kam, Luft zu holen. Im Gehen drehte sich Letinowsky um und zwinkerte Maria zu, dann sagte er: »In der Medizin liegen ein paar Tote herum, die warten auf mich, und ungekühlt haben die nicht ewig Zeit. Schönen Tag euch allen!«

Aus dem Augenwinkel sah Maria, wie Georg entnervt den Kopf schüttelte. Schnell sagte sie mit einem Blick auf die halb voll zurückgebliebene Tasse: »Der fährt extra von Linz zu uns nach Großraming, damit er ein wenig mit uns plaudern und einen Kaffee trinken kann?«

Sie schüttelte scheinbar ebenso entrüstet den Kopf. Dabei ahnte sie ziemlich genau, was – oder besser wer – der eigentliche Anlass für Letinowskys Stippvisite war. Und eines wusste sie sicher: Hammerschmied war es nicht.

Onkel Zeisig grinste und zuckte mit den Schultern. »Vielleicht ist er froh, sich wieder einmal unter Lebende zu begeben und Frischluft zu tanken? Aber jetzt zu Wichtigerem. Was ist los, welche Ergebnisse haben wir?«

»Wir hatten gestern im Kirchfels ein interessantes Erlebnis«, legte Georg los und deutete mit einem Kopfnicken auf Schwarzenberg und Weidinger. »Sebastian Danninger, stockbesoffen, hat in kleiner Runde verlautbart, dass er auf seinem Hochsitz eingeschlafen ist und durch ungewöhnliche Geräusche geweckt wurde. Jemand ist unter seinem Hochsitz vorbeigegangen. In der Nacht von Sonntag auf Montag. So wie Sebastian das geschildert hat, muss es schon Montag gewesen sein. Jedenfalls noch eine Weile vor Morgendämmerung. Es war stockfinster, er konnte nichts sehen, meint aber, gehört zu haben, dass etwas …« Hammerschmied pausierte und warf seinen Kollegen einen Blick zu. »… oder jemand ins Wasser geworfen wurde.«

Zeisig nickte, dann sagte er: »Wenn der Danninger nüchtern ist, soll er noch mal auf die Inspektion zur Befragung kommen. Der soll seine Aussage auf jeden Fall schriftlich machen.«

»Kann es zwischen den beiden Toten eine Beziehung gegeben haben?«, warf Schwarzenberg ein und betrachtete den Inhalt seiner Tasse. »Dominik Bergmeier war kein Kostverächter. Wenn man dem Stammtischgeschwätz glaubt, hatte er zumindest ein Verhältnis mit der Frau von Kurt Braunstingel. Vielleicht lief ja auch was mit der Zachariasz? Die Ehe der Bergmeiers stand nicht zum Besten. Die Zachariasz hatte Geld. Das Geld ist weg.«

»Wenn der Erpresserbrief nicht zu Ende gebracht wurde, den wir im Bergmeier'schen Haushalt gefunden haben …«, ergänzte Weidinger. »Kann es sein, dass der Letinowsky recht hat und Bergmeier tatsächlich vom Mörder bei seiner Kleberei überrascht wurde?«

Maria ergriff das Wort: »Aber wen wollte Bergmeier erpressen?«

»Vielleicht war der Zufall im Spiel, der Mörder hat Dominik überrascht, den Brief gelesen und musste handeln, weil es ihm an den Kragen ging?«, ergänzte Hammerschmied.

»Und wenn der Bergmeier nicht oder zu spät begriffen hat, dass er sich bereits in höchster Gefahr befand, ist er sorglos in eine Falle getappt, und dann …« Schwarzenberg ließ den Satz unvollendet und deutete stattdessen einen Sensenhieb an, woraufhin sich der restliche Inhalt aus seinem Kaffeehäferl auf dem Boden ergoss.

Zeisig stöhnte, dann fragte er: »Was gibt es sonst noch Neues?«

»Ich war heute Morgen im Lagerhaus, habe nach Katharina Bergmeiers Arbeitsablauf gefragt.« Maria setzte sich aufrecht hin. »Sie ist Dienstagfrüh regulär zur Arbeit gekommen. Bereits vor acht Uhr. Mittags hat sie eine halbe Stunde Pause gemacht. In dieser Zeit hätte sie den Weg nach Hause und zurück zur Arbeit nicht schaffen können. Ist gegen halb sechs abends weggefahren. Es war viel los an dem Tag, meinten die Kollegen, und Katharina war etwas länger geblieben. Auf dem Rückweg habe ich noch bei den Nachbarn geklingelt, aber niemand hat etwas Verdächtiges gehört oder gesehen. Sie haben bestätigt, dass Katharina gegen halb acht zur Arbeit gefahren und erst abends zurückgekehrt ist. Vom Bergmeier haben sie nichts gesehen, sein Auto kam nicht vorbei. Ansonsten gab es an dem Tag wohl auch keine besonderen Vorkommnisse. Auch bei den Zittas war ich noch einmal. Von Anneliese Zitta wissen wir, dass sie Dominik Bergmeier morgens noch gesehen hat. Die restliche Familie hat keine Auffälligkeiten bemerkt.« Maria fuhr sich durchs Haar. »Keine Neuigkeiten, die uns weiterhelfen. Ärgerlich!«

Weidinger stieg ungeduldig von einem Fuß auf den anderen, und als Maria geendet hatte, fuhr er fort: »Mit dem Fahrzeugfragment, das wir vom Rasenmäherunfall haben, kommen wir nicht weiter.«

Zeisigs Augenbrauen schossen in die Höhe. »Rasenmäherunfall? Was gebt ihr euch mit solchen Banalitäten ab?«

»Wir suchen ein Fahrzeug, das zum möglichen Zeitpunkt des Todes von Cintia Zachariasz auf der Weißenbachstraße unterwegs war«, sprang Schwarzenberg dem Kollegen bei.

Hammerschmied warf ein: »Wenn das stimmt, was Sebastian Danninger in der Nacht gehört haben will, haben wir hier durchaus eine Spur, bei der uns das Fahrzeugteil weiterhelfen kann. Konntet ihr bei den Werkstätten in der Umgebung denn nichts in Erfahrung bringen?«

»Bisher noch nicht«, entgegnete Weidinger. »Aber wenn wir hier dem Täter auf der Spur sind, wird der sich hüten, in einer Autowerkstatt aufzutauchen. Anselm und ich wollten heute Vormittag eigentlich mal in ein paar Garagen und Höfen spitzeln, aber der Innendienst ... « Entschuldigend schaute er zu Zeisig, der reglos hinter dem Schreibtisch verharrte. »Wir könnten ja wenigstens mal beim Braunstingel Kurt vorbeischauen.«

»Braunstingel. Den nehmen wir uns unbedingt vor«, warf Maria ein. »Männer und Eifersucht ...« Sie ließ den letzten Satz im Raum stehen, lächelte Georg charmant an und wandte sich ab.

»Frauen und Geld«, entgegnete der Angesprochene trocken. »Eine durchaus tödliche Kombination.«

Zeisig seufzte, und Maria fragte sich, ob er es eigentlich bereute, eine Frau auf die Inspektion geholt zu haben, auch wenn die Frau seine Nichte und die Idee auf seinem Mist gewachsen war.

»Männer und Frauen, genau«, sagte ihr Onkel nach einer kurzen Pause. »Die Leichen der beiden Opfer wurden von der Gerichtsmedizin zur Beerdigung freigegeben. Beerdigungen, an denen ihr auf jeden Fall teilnehmen solltet.« Er schob Maria die Goldkette hin. »Und vielleicht solltet ihr damit Nachforschungen anstellen. Schließlich weiß man nie, ob es nicht etwas bringt. Vielleicht gibt es einen Schenker zu diesem Schmuckstück?«

Mit einem resoluten Nicken wurden sie von Zeisig in den Arbeitsalltag entlassen. Maria stand auf und wollte an ihren Schreibtisch zurückkehren, da tönte Georgs Stimme durch die Stube.

»Mitkommen!«

Einer so charmanten Aufforderung konnte Maria kaum widerstehen. Sie folgte Georg in sein Büro, schloss die Tür.

»Sag mir, was du denkst!«

»Na ja, ich finde, du könntest mich mal ins Kirchfels mitnehmen. Vielleicht kann ich als Frau ein wenig mehr aus den Männern herauslocken. Du musst mich ja nicht als Kollegin vorstellen. Ich bin erst kurz hier im Einsatz. Noch bin ich ein unbekanntes Wesen. Die Leute wissen höchstens, dass ich gerne mal mit dahergelaufenen Wirtshausgängern rumknutsche.«

Ihr entwaffnendes Lächeln ließ Georg tiefrot werden, was sie diebisch amüsierte. »Bevor es die Runde macht, dass ihr euch auf der Inspektion jetzt unter absoluter Frauenherrschaft befindet, sollten wir meine Anonymität womöglich sinnvoll nutzen.«

Maria musterte Georg, der sich ihre Worte offenbar durch den Kopf gehen ließ, dann fügte sie hinzu: »Ich weiß nicht, warum, aber vom Gefühl her war es in beiden Fällen ein männlicher Täter.«

»Ach, Frau Fallanalytikerin. Warum das denn?«

Maria ignorierte seine Sticheleien, mahnte sich zur Gelassenheit und sagte ruhig: »Liebe, Neid, Gier und Hass. Tolle Kombinationen, die eher einen Mann als eine Frau zum Auszucken mit Todesfolge bringen. Wenn eine Person eine andere Person erpresst, dann weiß sie etwas Unangenehmes, etwas Peinliches oder Gefährliches. Jedenfalls wusste Dominik Bergmeier offenbar zu viel, während seine Frau eher unterwürfig wirkt. Die ist eine, die ihre Augen vor der Realität verschließt und sich lieber fügt, als aufzubegehren. Nett, aber langweilig.«

Hammerschmied grinste. »Ganz das Gegenteil von dir. Diabolisch und ungehorsam. Und jetzt raus mit dir, ich muss noch kurz telefonieren. Du kannst ja inzwischen Kaffee machen oder irgendetwas in der Art.«

»Ich liebe dich auch sehr«, fügte Maria trocken hinzu, bevor sie ihm den Rücken kehrte.

Zwei Minuten später knallte Maria eine Tasse Kaffee auf Georgs Schreibtisch, was ihn aus seinem Telefonat aufschrecken ließ.

»Ein Kollege aus Heidenreichstein«, flüsterte er, legte den Hörer neben dem Telefon ab und schaltete den Lautsprecher ein, damit sie mithören konnte.

»Einer ehemaligen Arbeitskollegin hat Cintia Zachariasz erzählt, dass sie ins Ennstal ziehen wird, zu dir halt, nach Reichraming.« Maria konnte das Feixen des Mannes durchs Telefon hören. »Geldsorgen würden sie keine plagen, daher würde sie sich dort – gemeinsam mit ihrem neuen Freund, wie die Zeugin sagt – ein völlig neues Leben aufbauen. Die beiden hatten scheinbar vor zu heiraten.«

Eine kurze Pause entstand, die Maria zu Georgs Entsetzen dazu nützte, rasch einen Schluck Kaffee aus seiner Tasse zu trinken.

»Die Informantin hat zu meinen Nachfragen zu den Hochzeitsvorbereitungen allerdings Zweifel geäußert. Der Teil mit dem Umzug hat wohl gestimmt. Die schon ins Haus stehende Hochzeit dagegen war anscheinend eher ein Wunsch von Cintia, meint sie.«

Betreten sahen sich Georg und Maria an.

»Wir werden die Sauerei auf jeden Fall aufklären«, sagte Hammerschmied, bedankte sich und beendete das Gespräch.

»Was hältst du davon?«, fragte er Maria.

»Geld. Neid. Gier.«

Maria lehnte sich nachdenklich auf Georgs Besucherstuhl zurück und betrachtete den Inspektor noch für einen Augenblick, bevor sie aufsprang und entschied, die Kollegen über die Neuigkeiten zu informieren.

Kapitel 18

Katharina hatte es nicht mehr im Haus ausgehalten. Der Tag war bislang angefüllt gewesen mit Aufräumarbeiten, nur unterbrochen von telefonisch übermittelten Trostworten aus ihrer Umgebung. Sie hatte sich den vierbeinigen Riesen geschnappt und war am frühen Nachmittag aus dem Haus geflohen. Lächelnd beobachtete sie nun, wie ihr Leihhund am Ufer ihres kleinen Teichs auf und ab rannte, die Zunge knapp über dem Boden. Baskerville sah rundum glücklich aus. Warum war sie nicht schon viel früher auf die Idee gekommen, sich einen Hund zuzulegen? Das waren treue Seelen. Viel treuer, als es jeder Mann sein konnte.

Ein tiefes »Rrrrrfff!« ließ Katharina aufhorchen. Baskerville hatte alle Enten auf einen Haufen gestaubt, sie wieder auseinandergejagt und dasselbe Spiel von vorne begonnen. Nur jetzt stand er wie erstarrt an einem Punkt am anderen Teichufer und bläffte entrüstet vor sich hin.

»Baskerville, hierher!« Ihr Rufen half gar nichts. Katharina musste sich schon ein wenig mehr Mühe geben, und weil das Tier einfach nicht hören wollte, schlenderte sie auf die gegenüberliegende Seite, um sich anzusehen, was Baskerville gestellt hatte.

Früher war der Tümpel deutlich größer gewesen, dachte Katharina. Dominik hatte erst kürzlich davon gesprochen, den Teich ausbaggern zu wollen. Sein Vater hatte ihn vor Jahrzehnten als Fischteich angelegt und einen Zu- und Abfluss gebaut, damit der Teich auf natürliche Weise Frischwasser erhielt. Damals hatte seine Mutter die besten Fische in der Umgebung auf den sonntäglichen Mittagstisch gebracht, hatte er ihr stolz erzählt.

Der Teich wäre sein nächstes Projekt gewesen. Wasserpflanzen hatten inzwischen die Randgebiete erobert und dadurch die Wasserfläche deutlich reduziert. Am Anfang ihrer Ehe hatten sie gelegentlich im Teich gebadet. Da dieser jedoch sehr schlammig war, war das kein Vergnügen gewesen. Zumindest nicht für Katharina, der vor dem morastigen Grund ekelte und die es gar nicht mochte, wenn sich ihre Zehen in den matschigen Boden gruben. Die früher zahlreich vorhandenen Fische hatten sich inzwischen auf ein paar wenige reduziert, die nur noch gelegentlich Futter bekamen. Sonntags, meist irgendwann nachmittags, hatte sich Dominik auf den Weg gemacht, um die Fische zu füttern. Irgendwo musste der Behälter mit dem Fischfutter stehen. Katharina sah sich suchend um. Ihr Blick blieb an Baskerville hängen, der knurrend an etwas zog, das sich zwischen der steinernen Uferbefestigung und dem Abflussgitter des Schachtes verwickelt hatte.

»Was hast du gefunden, Großer?« Sie tätschelte den Rücken des Hundes und schob ihn von seinem Fundstück weg, was kein leichtes Unterfangen war, denn Baskerville wollte seine Beute nicht loslassen. Ein baumwollartiges Gewebe hatte sich zwischen Astwerk, Schilfhalmen und Blättern im Gitterrost des Abflusses verfangen. Das Wasser des Teiches stand deutlich höher als sonst, das fiel Katharina erst jetzt auf, denn Äste, Blätter und auch das Stoffteil hatten für eine Art Damm gesorgt.

Sie umrundete den Hund, griff ins Wasser und zog kleine und große Äste sowie Schilfhalme vom Gitter weg. Nachlässig warf sie das Zeug die Böschung hinunter, wusch sich ihre Hände in der neu entstandenen Strömung und konnte dabei hören, wie sich der Abfluss gurgelnd zu reinigen begann. Der Stoff allerdings hatte sich so fest verwickelt, dass sie ihn nicht einfach herausziehen konnte. Katharina stellte sich also auf den Schachtrand und zog kräftig am Schachtgitter, das nicht nur schwer war, sondern sich auch nur mühsam aus der Führung ziehen ließ. Endlich bewegte sich das Gitter, und Blätter und kleinere Zweige wurden durch den Schacht gerissen. Das aufgestaute Teichwasser würde nun langsam auf die ursprüngliche Höhe abfließen. Blätter, die im Wasser schwammen, wurden vom Schachtabfluss angezogen und verschwanden durch das große Rohr in den unterhalb fließenden Bach. Katharina hievte das Gitter zur Seite, legte es in der Wiese ab und begann schließlich damit, das Stück Stoff vom Rost zu wickeln. Baskerville sah ihr interessiert dabei zu, wie sie den Stoff auf die Wiese warf und das Gitter wieder in die Führung schob.

»Den Gitterrost müssen wir regelmäßig reinigen«, ermahnte Katharina den Hund, der seinen Kopf aufmerksam neigte. »Vielleicht machst das künftig du. Du bist viel schneller als ich und kräftiger sicher auch, oder?«

Baskerville schien einverstanden zu sein, zumindest kamen keine Widerworte. Er legte sich hin, wedelte freundlich mit seiner Rute und warf – genauso wie Katharina – einen aufmerksamen Blick auf das Stoffstück.

Mit spitzen Fingern breitete sie das Teil aus. Eine dünne, zerrissene Bluse. Pastelliges Blumenmuster zierte das beinahe transparente Kleidungsstück. Eigentlich sehr hübsch, wenn da nicht die rostfarbenen Flecken gewesen wären, deren dunkle Ränder sich auf der Vorderseite der Bluse deutlich vom Muster abhoben. Trotz des vielen Wassers, das die Flecken ausgewaschen hatte, konnte Katharina erkennen, dass hier jemand im besten Fall nur Nasenbluten gehabt hatte. Im schlimmsten Fall …

Kapitel 19

Der Notruf, der, nur Sekunden nachdem Maria Georgs Büro verlassen und die Kollegen über die Neuigkeiten aus Heidenreichstein informiert hatte, bei Anselm Schwarzenberg einlangte, ließ Georg zum Schlüsselbrett sprinten. Hatte er aus dem Augenwinkel doch gerade noch sehen können, wie Maria mit ihrem rechten Fuß zuckte. Mit einer Hundertstelsekunde Vorsprung riss er den Autoschlüssel an sich.

»Pech gehabt! Beim nächsten Mal vielleicht!«, tröstete er die Kollegin und grinste sie breit an. »Danke für den Kaffee, und wir wollen schließlich gesund ankommen, nicht wahr?«, fügte er frech hinzu.

»Ja, aber bitte heute noch, wenn es geht, und nicht erst nächste Woche!«, entgegnete Maria kühl.

Tatsächlich kamen die beiden am selben Tag am Mooshof an. Tatsächlich dauerte Georgs Fahrt sogar nur wenige Minuten länger, als Maria gebraucht hätte. Das einzige Hindernis auf der Strecke, das ihn aufgehalten hatte, war der neue eMover von Frau Schmiedinger, der sich offenbar noch nicht an seinen neuen Arbeitsplatz gewöhnt hatte und gerade leidenschaftlich die Straße hinter Schmiedingers Anwesen mähte. Da niemand auf das Klingeln an der Haustür reagierte, beförderten Georg und Maria den eMover eigenhändig zu seinem eigentlichen Wirkungsbereich in den Garten zurück. Erst dann konnten sie den Straßenabschnitt risikofrei passieren. Undenkbar, würde der neue eMover gleich wieder einem Autounfall zum Opfer fallen.

Katharina Bergmeier sah deutlich erholter aus als bei ihrer gestrigen Begegnung im Krankenhaus. Sie stand bereits aufgeregt neben der Haustür, neben ihr ein Wolfshund von geschätzt fünfundfünfzig Kilo. Seine Ohren zuckten immer wieder aufmerksam zu Katharina hin, seine Augen und der gesamte Körper waren jedoch begeistert auf die beiden Neuankömmlinge ausgerichtet.

»Das Vieh sieht aus, als könnte es mit einer Pfote eine halbe Kuh niederhalten«, flüsterte Maria wenig begeistert.

Hammerschmieds Freude hielt sich ebenso in Grenzen. Da er aber schon Bekanntschaft mit Baskerville und seinen Geschwistern gemacht hatte, ließ er sich sein Unbehagen vor Maria nicht anmerken und stieg mutig aus dem Fahrzeug.

Baskerville hatte nur darauf gewartet, schoss in wildem Galopp auf Georg los und war auch nicht mehr durch Katharinas verzweifeltes »Hier, hier, hier!« zurückzuhalten. Mit freudigem Schwanzwedeln legte er seine beiden Riesenpfoten auf Georgs Schultern und fuhr ihm mit der Zunge übers Gesicht. Leider befand er sich dabei noch halb in Schwung, und fünfundfünfzig Kilogramm Schwungmasse, wenn auch freundlich gesinnt, legten sogar den kräftigsten Polizisten lahm.

Es war, als ob sich zwei Zementsäcke auf Hammerschmied gestürzt hätten, er schwankte bedrohlich. Schließlich kippte er nach hinten, konnte sich nicht mehr rechtzeitig abfangen und wurde unter dem dunkelgrauen Riesen begraben, der ihn trotz seines lauten Protests gleich noch einmal freundlich im gesamten Gesicht ableckte.

»Es tut mir leid! Mir tut das so leid!«, entschuldigte sich Katharina völlig aufgelöst beim immer noch am Boden liegenden Hammerschmied. Baskerville, vor Freude gänzlich überwältigt, hatte es sich mit vollem Gewicht auf Georgs Brustkorb gemütlich gemacht. Die Begeisterung des Hundes schien hemmungslos.

»Wir kennen uns«, ächzte Georg schließlich und versuchte, den Riesen von sich zu schieben, was nicht recht gelingen wollte. »Jedenfalls ist es offensichtlich, dass er mich mehr mag als ich ihn.«

Er keuchte unter der Last des Tieres und wandte das abgeschlabberte Gesicht zum Dienstwagen. Maria, die nur das Seitenfenster heruntergelassen hatte, konnte ein Lachen kaum unterdrücken.

»Soll ich das Vieh vielleicht erschießen?«, rief sie. »Und wohin hättest du den Schuss gerne, damit du im Anschluss daran nicht noch lädierter aussiehst, als es jetzt schon der Fall ist?«

»Höflichkeit ist eine deiner Stärken«, ächzte Hammerschmied in Marias Richtung und beschloss, dass es an der Zeit war, wieder Herr über die Situation zu werden. Möglichst elegant, wenn er schon im Hinfallen eine furchtbare Vorstellung abgeliefert hatte. Georg rang heftig nach Luft und kämpfte mit dem auf ihm befindlichen Lebendgewicht.

»Runter«, befahlen Georg und Katharina gleichzeitig, und siehe da, es funktionierte.

Baskerville erhob sich mit einer Eleganz, die man von einem derart großen Tier nicht erwartet hätte, und tat, als könne er kein Wässerchen trüben. Brav setzte sich der Wolfshund neben Georg nieder, wohl um sich noch ein paar Streicheleinheiten zu holen, denn er schien überzeugt davon, das einzig Richtige getan zu haben.

Hammerschmied erhob sich langsam, klopfte sich den Staub von der Uniform und griff sich seine auf dem Boden liegende Kappe.

»Bitte, mir ist das sehr unangenehm. Der Hund ist sonst nie so stürmisch. Mir ist gar nicht klar, warum das jetzt passiert ist.«

Hammerschmied schüttelte nur den Kopf und streckte seine Glieder aus. Wie nebenbei tätschelte er den Kopf des Riesen. Gnädig nahm dieser Hammerschmieds Liebesbeweise entgegen.

»Wir kennen uns, seit der ein Welpe war. Baskerville liebt mich einfach. Ich habe ihn einmal aus einem Schacht geholt, in den er sich selbst versenkt hat. War keine angenehme Situation für den damals noch recht kleinen Burschen.«

Mit einem schiefen Lächeln humpelte Hammerschmied auf die Hausbank zu und setzte sich.

»Sie können das nicht wissen, aber sein Verhalten ist jedes Mal, Sie haben es ja gerade selbst erlebt, sehr freudig. So wild gefreut hat er sich allerdings schon länger nicht mehr, aber das liegt vermutlich daran, dass wir uns auch schon länger nicht mehr gesehen haben. Meine Kollegin«, sagte er lauter als notwendig, »traut sich heute vermutlich nicht mehr aus dem Auto. Ist aber auch kein Problem bei fünfunddreißig Grad in der Sonne. Im Auto wird es nur geringfügig wärmer.«

Marias entrüstetes Schnauben war bis zur Hausbank zu hören. Schließlich öffnete sie doch die Wagentür, schätzte sichtlich nervös die Distanz zwischen dem Fahrzeug und der Hausbank ab, dann setzte sie langsam einen Fuß vor den anderen, als ginge sie auf Eis.

Baskerville würdigte die Frau keines Blickes. Er lag Georg zu Füßen und himmelte ihn an. Nach kurzem Zögern nahm Maria auf der äußersten Kante der Hausbank Platz.

»Sie haben etwas gefunden, das Sie uns zeigen wollen?«, fragte Georg.

Katharina nickte, verschwand kurz im Vorraum und reichte den Beamten einen Behälter.

»Die Bluse habe ich unten beim Teich gefunden, wie ich Ihrem Kollegen am Telefon bereits erklärt habe. Zuletzt war mein Mann etwa vor einer Woche am Teich. Die Bluse wäre ihm sicher aufgefallen. Ich habe sie natürlich einfach so aus dem Wasser gefischt. Erst im Nachhinein wurde mir bewusst, dass ich das vielleicht nicht hätte tun sollen.«

Georg schüttelte den Kopf. »Es ist ziemlich unwahrscheinlich, dass sich Fingerabdrücke auf nassem Stoff finden lassen, wenn Sie das meinen. Ein recht aussichtsloses Unterfangen. DNA, also genetische Spuren, können allerdings – mit ein wenig Glück – durchaus noch gefunden werden, selbst wenn die Bluse schon sehr ausgewaschen wirkt.« Er zeigte auf die dunklen Stellen im vorderen Stoffbereich. »Das sieht auf den ersten Blick nach Blut aus. Es war schon richtig von Ihnen, sich deswegen bei uns zu melden. Wir werden das Kleidungsstück mitnehmen. Es ist nicht zufällig eines Ihrer Teile?«

Katharina verneinte.

»Gehen wir noch an die Fundstelle. Wir möchten uns den Platz unbedingt genauer ansehen.«

Kaum hatten sich die drei Personen und ein großer Hund auf den Weg zum Teich gemacht, bog ein Wagen in die Hofeinfahrt.

»Jakob, ich komme gleich zurück!«, brüllte Katharina und winkte zu dem Mann hinauf, den Hammerschmied aus der Ferne nur deswegen als den Kirchfelswirt erkannte, weil er dessen Fahrzeug kannte.

»Er bringt mir etwas zum Essen, was eigentlich nicht nötig wäre, aber ich wurde von Jakob zur Testesserin auserkoren. Heute übrigens schon zum zweiten Mal, als ob ich verhungern würde.«

Ihr Blick glitt noch einmal in Richtung Bauernhaus.

»Schön ist, dass er mich auf diese Weise zumindest ein wenig von meinen trüben Gedanken ablenkt. Wissen Sie, ich finde es schwer, Dominiks Beerdigung nicht vorbereiten zu können. Er liegt ja immer noch in der Gerichtsmedizin und …« Katharina brach den Satz ab und streichelte den Hund, der sich nahe an ihrer Seite befand. »Jedenfalls bin ich froh, dass mich Jakob zum Lachen bringt.«

»Obwohl das Baskerville auch sehr gut kann«, setzte Maria hinzu. »Mich hat er jedenfalls zum Lachen gebracht, als er Gruppeninspektor Hammerschmied unter sich begraben hat.«

Sofort löste sich die angespannte Stimmung, und Katharinas Gesicht hellte sich auf.

Hammerschmied zog seine Augenbrauen hoch. »Hauptsache, ich kann euch eine Freude machen.«

Inzwischen waren sie am Teich angekommen, und Katharina führte sie an den Fundort.

»Soll ich bleiben?«, fragte sie und warf einen Blick zurück zum Hof.

»Gehen Sie ruhig, wir sehen uns am Teich um.«

Maria runzelte die Stirn, überlegte kurz und räusperte sich schließlich, dann sagte sie: »Was Ihrem Mann passiert ist, tut mir leid. Und weil Sie vorhin von seiner Beerdigung gesprochen haben, ich denke, Sie sollten wissen, dass der Gerichtsmediziner Ihren Mann zur Beerdigung freigegeben hat. Rufen Sie einen Bestatter an, den Sie mit den Vorbereitungen betrauen möchten. Er wird Ihnen helfen.«

Katharina Bergmeier nickte, flüsterte ein leises »Danke« und wischte sich Tränen aus den Augen, bevor sie schließlich zum Hof zurückging.

Hammerschmied und Maria blickten Katharina nach. Baskerville trabte hinter der Frau her. Von Weitem sah er aus wie ein struppiges Pony.

Als sich Georg noch einmal umdrehte, konnte er gerade noch ausmachen, wie der Kirchfelswirt lässig auf Katharina zuging und sie mit einem Kuss auf die Wange begrüßte. Er stieß Maria in die Seite, damit sie auch einen Blick auf die Szene erhaschen konnte. Die stellte sich in den Schatten einer Weide, nahm ihre Schirmmütze ab und wischte sich den Schweiß von der Stirn, dann sagte sie: »Na, da wird sich doch nicht etwa ein Liebespaar gefunden haben?«

Eine Stunde später fuhren sie vom Hof. Georg am Steuer, eine schmollende Maria auf dem Beifahrersitz. Gefunden hatten sie nichts.

Jakob war zu diesem Zeitpunkt schon längst wieder auf dem Weg zurück in sein Gasthaus. Eine rot werdende Katharina hatte ihnen das beiläufig mitgeteilt, während sie über den schlafenden Baskerville stieg, der völlig entspannt vor der Haustür lag und keinen Millimeter von seinem Platz abrückte.

Maria hielt die Arme vor der Brust verschränkt und war in Gedanken versunken. Nach einer Weile unterbrach sie die Stille: »Georg, wir müssen reden.«

Georg zuckte heftig zusammen. Dieser Satz erinnerte ihn an nichts Gutes. Meist folgten derartigen Ankündigungen ausschließlich Vorwürfe. Vielleicht wäre es dienlich, fand Georg, eine entsprechende Mimik zu präsentieren. In vorauseilendem Gehorsam. Er versuchte sich in Zerknirschtheit, was ihm offenbar gelang, denn Maria lachte bei seinem Anblick laut auf.

»Entspann dich.« Sie richtete sich energisch im Beifahrersitz auf. »Was hältst du von folgendem Vorschlag: Heute Abend setze ich mich ins Wirtshaus und lass mich von den Männern bewundern. Die wissen ja noch gar nicht, dass ihr eine neue Kollegin habt. Das sollten wir ausnutzen, denn wenn ich keine Uniform trage und mein Kapperl nicht aufhab, erkennen die mich ja nicht als Polizistin. Für die bin ich nur irgendeine Frau. Außerdem werde ich mich aufbrezeln und das eine oder andere Achterl kippen. Das wäre doch gelacht, würden wir keine Informationen erhalten. Irgendwer sieht immer irgendetwas. Grundbedingung ist allerdings, dass du mich nach der wilden Zecherei aufklaubst und im Anschluss an die Orgie nach Hause bringst, weil gehen werde ich vermutlich nicht mehr können, und ich will nicht, dass mich einer der Typen abschleppt, weil ich wehrlos bin.«

Das hinterhältige Grinsen, das das Gesicht seiner Kollegin zierte, zeigte Hammerschmied, dass sie es ernst meinte. Vermutlich war sie nicht von ihrer Idee abzubringen, die auch zugegebenermaßen gar nicht schlecht war. Nichtsdestotrotz runzelte er streng die Stirn und schwieg sich aus.

»Morgen wissen wir mehr. Wirst sehen!«

»Aber die Leut im Kirchfels haben uns doch schon zusammen gesehen. Soll ich nicht vielleicht mitkommen, sicherheitshalber?«

»Nein, wo denkst du hin? Wenn deine Reichraminger dich und mich gemeinsam sehen, dann trauen sie sich doch nicht an die Eroberung vom ortsansässigen Polizisten heran.«

Georg seufzte. Er ahnte, dass er diese Diskussion nicht würde gewinnen können, und wollte Maria auf keinen Fall die Genugtuung geben, auch nur einen Funken Eifersucht zu zeigen. Ihre entwaffnende Logik setzte ihm außerdem zu, das musste er sich eingestehen. Er wollte sie aber wirklich ungern allein auf die Stammtischbrüder loslassen, noch dazu aufgebrezelt. Ganz zu schweigen vom Kirchfelswirt, dem Schönling. Wobei der sich ja nun offensichtlich für Katharina Bergmeier interessierte und wohl nicht die Frechheit haben würde, Maria schöne Augen zu machen.

Als könne sie kein Wässerchen trüben, fuhr seine Kollegin fort: »Du verstehst doch, dass ich das allein machen muss, oder? Am Schluss geht denen vielleicht doch ein Licht auf, und sie kapieren, dass wir Kollegen sind. Jetzt bekomm um Gottes willen keinen Eifersuchtsanfall.«

Georg wusste, wann er verloren hatte.

Kapitel 20

Anneliese kümmerte sich um Katharina.

Anneliese kümmerte sich auch um Baskerville.

Anneliese kümmerte sich überhaupt um alle, die sich von ihr versorgen lassen wollten. Das war schon immer so gewesen. Das würde immer so sein.

Um die junge Frau von ihrem unerfreulichen Witwendasein abzulenken, würde Anneliese von nun an für wohldosierte Abwechslung in Katharinas Leben sorgen. Der frische Wind bestand nach Annelieses Meinung aber nicht darin, für männliche Interessenten zu sorgen, und diesen Jakob wollte sie hier und heute kein weiteres Mal antreffen müssen. Diese Besuche waren wahrlich unpassend, denn noch war Dominik nicht begraben und für mindestens fünf Jahre unter die Erde verlegt worden. Nein, der frische Wind bestand darin, Katharina zu beschäftigen. Und nichts war besser, als sich durch ein Bauernhaus zu kämpfen, das schon seine Jahrhunderte auf dem Buckel hatte, und den Staub aus den Ritzen desselbigen zu befördern.

Außerdem hatte Anneliese auch persönliches Interesse – man hätte das durchaus auch Neugier nennen können – am Innenleben des Mooshofs, denn gerade auf dem Dachboden musste es doch sicherlich einige interessante Fundstücke geben, die nicht nur dekorativ in einen Bauerngarten oder in ein Antiquariat passen würden, sondern zudem für ein wenig Geld in der Kassa sorgen konnten. Gegen eine geringe Aufwandsentschädigung, die beispielsweise die Futterkosten der Spielzeuge ihres Sohnes – die Irischen Riesenwolfshunde – abdecken würde, hätte Anneliese nichts einzuwenden gehabt, für das eine oder andere Stück einen kaufkräftigen neuen Besitzer zu suchen.

Also staubte sie Katharina auf den Dachboden, verfügte sich selbst hinterher, und Baskerville, der ohnehin nicht zurückgeblieben wäre, fand den Geruch nach Mäusen auf dem Dachboden einfach bezaubernd. So hatten alle etwas von ihrem Ausflug. Katharina einen Niesanfall nach dem anderen, zu dem sich noch tränende Augen gesellten. Anneliese dagegen überkam im ersten Moment Frustration, denn der gesamte Dachboden war, bis auf wenige, eher unansehnliche Möbelstücke, leer.

Nur Baskerville war so richtig in seinem Element. Mehr als einmal konnte Anneliese hören, wie etwas vom Leben zum Tode befördert, mit lautem Knacksen von einem Hundekiefer zermalmt wurde und offenbar mit viel Genuss in Richtung Magen verschwand.

»Also los, wir räumen auf! Besser ein leerer Dachboden, den wir zum Tanzboden umfunktionieren können, als dieses Klumpert hier herumstehen zu haben«, rief Anneliese aufmunternd. Noch hatte sie die Hoffnung auf einen wertvollen Fund nicht aufgegeben.

Um ihrem Enthusiasmus Nachdruck zu verleihen, klopfte sie auf einen Stapel alter Jutesäcke, die nur mehr durch wenige Fäden zusammengehalten wurden, um sogleich für ein wenig Wirbel unter dem Stapel zu sorgen, dessen sich der Wolfshund mit Interesse annahm.

Der künftige Tanzboden erwies sich als Schmutzhölle. Dessert-tellergroße Fensterausschnitte in Form von Herzen dienten als Gucklöcher und ließen sparsam Licht ins Innere des großen Raumes fallen. Der aufgewirbelte Staub tanzte im Gegenlicht und sorgte für interessante Lichteffekte. »Discoambiente«, keuchte Katharina unmittelbar vor einem erneuten, lang andauernden Niesanfall. Dem folgte ein »Hausstaub! Tödlich!«

Anneliese ignorierte die pietätlose Wortwahl. Sie trat näher an eine der herzigen Öffnungen. Vom Dachboden aus konnte sie aus einer völlig anderen Perspektive über den Innenhof blicken. Durch eine Galerie, die über zwei Innenseiten des Vierkanthofs lief, war sogar ein Zugang vom Heuboden in den Hofbereich möglich, erkannte sie. Über eine äußerst schmale Holzstiege, die mehr einer Hühnerleiter glich, konnte man dort hinten in den Hof hinabsteigen.

Dann wanderte Annelieses Blick noch einmal durch den Dachboden und blieb auf ein paar alten Möbeln, die an der Längsseite der Holzwand abgestellt worden waren, hängen. Daneben befand sich eine doppelflügelige Holztür. Mit ein paar Schritten durchmaß sie den Raum und entriegelte rasch die Tür, die nur durch ein dickes Querholz gesichert war. Sie drückte energisch gegen die Bretter. Quietschend schwangen die beiden Flügel nach außen.

Etwa zwei Meter unter ihr lag die Weide. Einige Kühe, die unter den Bäumen grasten, blickten interessiert auf die Gestalt, die für Unruhe in ihrem gemächlich verlaufenden Mutterkuh-Leben sorgte.

»Früher wurde hier der Heuwagen vorgefahren. Wusstest du, Katharina, dass sogar noch Dominiks Eltern ihre Heufuhren händisch abgeladen haben? Das ganze Heu wurde dann auf dem Boden hinter uns gelagert«, schwelgte Anneliese in Erinnerungen. »Das waren noch Zeiten. Damals haben wir als Kinder noch im Heu geschlafen.«

Sie drehte sich zu Katharina um, deren Nase lief und deren Augen vom Staub gerötet waren. Anneliese lachte herzhaft auf: »Unglaublich, eine Bäuerin, die gegen Heustaub allergisch ist. Wo gibt's denn so was?«

Katharina schnäuzte sich laut und sah sich um. Anneliese konnte ihren skeptischen Blick durchaus nachvollziehen: Der alte Kasten, die Truhe, der Tisch mit der Lade, ein paar Holzkisten und Bretter, die an der Wand aufgestapelt worden waren, das alles wirkte vermodert, brüchig und holzwurmig. Der Berg Jutesäcke war inzwischen in sich zusammengefallen, denn Baskerville hatte gewisse Aufräumarbeiten bereits erfolgreich erledigt.

Anneliese sah, wie Katharina die Hand ausstreckte, als wolle sie dem Hund über den Kopf streicheln, und sie mit einem Mal ruckartig zurückzog. Etwas hing aus Baskervilles Maul. Eine Art langer Faden. Überrascht warf sie einen zweiten Blick auf die Hundeschnauze. Das war kein Faden, das Ding bewegte sich noch! Ein langer Mauseschwanz wedelt hektisch. Allerdings nur kurz, denn keine Sekunde später krachte es zwischen den Kiefern des Hundes, und Schwanz samt dazugehörender Maus waren verschwunden.

»Wääääh!«, rief Katharina. »Wehe, du leckst mir heute noch einmal über meine Hand. Igitt! Mir graust!«

Das gelassene Schwanzwedeln ihres vierbeinigen Beschützers und sein treuer Blick brachten beide Frauen zum Lachen.

»Auf geht's!«, rief Anneliese. »Schauen wir mal nach, was wir hier haben und ob noch etwas zu retten ist. Was wir nicht mehr brauchen, schneiden wir mit der Motorsäge in Teile und machen Feuerholz daraus.«

Annelieses Energie steckte nun auch Katharina an, und so machten sich die Frauen daran, ihre morschen Fundstücke genauer in Augenschein zu nehmen.

Die alte Truhe fiel auseinander, kaum dass sie von der Wand weggeschoben worden war.

»Schade, die war sicher einmal ein teures Stück!«, seufzte Katharina verdrossen.

Mit beherzten Griffen zogen die beiden Frauen an den Einzelteilen und warfen die Holzstücke in hohem Bogen durch das offene Scheunentor ins Freie, wo sie krachend am Boden landeten, sodass die neugierig zusehenden Kühe vor Schreck das Weite suchten.

Katharina hatte mindestens fünfzig Niesattacken erfolgreich hinter sich gebracht. Ihre Fingernägel waren eingerissen, und an mehreren Stellen ihres Körpers würden sich blaue Flecken bilden. Dennoch war sie zufrieden mit sich. Der Nachmittag war nicht nur schnell vergangen, sondern auch noch sinnvoll genutzt worden. Irgendwann hatte sich Anneliese glücklicherweise in die Küche begeben, um das Abendessen vorzubereiten, was ein echter Segen war, denn Katharina war inzwischen hungrig wie ein Bär. Sie sah sich um, nickte zufrieden, klopfte Staub von ihrer Kleidung und wandte sich dem Abgang zum Innenhof zu.

»Eigenartig«, murmelte sie und blieb unter einem Dachbalken stehen. Sie ging vor und zurück, betrachtete das Holz aus verschiedenen Blickwinkeln und zog sich schließlich einen alten Heuschlitten heran, der nicht so schwer war, wie er aussah, und stabil genug, um ihr Gewicht zu tragen. Die Holzwürmer hatten das alte Eichenholz weitgehend verschont, und der Schlitten würde später einmal für eine schöne Innenhofdekoration herhalten müssen. Jetzt aber interessierte sie sich brennend für das, was sie zu sehen geglaubt hatte. Da oben auf dem Balken war ihr etwas ins Auge gestochen.

Längst hatten sich Katharinas Augen an die Dämmerung gewöhnt. Der Schlitten war hoch genug, sodass sie freie Sicht auf den soliden hölzernen Balken hatte. In einer Vertiefung, die aus welchen Gründen auch immer ins Holz gearbeitet worden war, lag etwas, dessen oberer Rand gerade ein paar Millimeter höher war als die Aushöhlung im Holz. Das Blitzen des blanken Deckelrandes war nur im richtigen Winkel zum schwach einfallenden Licht der Abendsonne zu erkennen gewesen. Das hatte Katharina also gesehen: eine alte Metalldose.

Sie griff nach dem Behälter, der lose in der Mulde steckte und schon viele Jahre auf dem Buckel haben musste, denn das Produkt, eine Blechdose mit der Aufschrift *Ohropax. Schutz für Gesunde und Kranke, gegen Lärm und Geräusche. Bestes Nervenberuhigungsmittel* in fadem Beige mit einem darauf abgebildeten Ohr, in dessen Gehörgang eine Art Kugel steckte, gab es schon lange nicht mehr. Neugierig öffnete sie die Box und erkannte sofort, dass das darin befindliche Ding nichts Altertümliches an sich hatte. Kein wertvoller Ring, keine schöne Goldmünze und schon gar keine klitzeklein gefaltete Schatzkarte.

Um sich das, was sie hier gefunden hatte, genauer ansehen zu können, brauchte sie zumindest Dominiks Kamera. Bei der Erforschung des Inhalts der Speicherkarte, die in der Blechdose lag, würde sie hilfreich sein. Katharina vermutete, dass Dominik die Dose mit Inhalt auf dem Dachsparren versteckt hatte.

Baskerville hatte seinem Frauchen interessiert zugesehen. Plötzlich war ein tiefes Brummen aus seinem Hals gepurzelt und hatte sich am Schluss zu einem fröhlichen Bellen gesteigert. Schritte erklangen auf den alten Holzstufen. Anneliese.

Rasch drückte Katharina den Deckel der Dose zu und legte sie zurück an ihren Platz. Sie hüpfte vom Schlitten und schob ihn an die Wand, aber sie stellte mit Entsetzen fest, dass man sowohl ihre Fußabdrücke als auch die Schleifspuren genau nachverfolgen konnte, worauf sie den alten Birkenreisigbesen zur Hand nahm, der noch von der erfolgreichen Putzaktion an der Wand lehnte, und energisch zu kehren begann. Geschwind fegte sie den Staub zur großen Heubodentür hinaus, um damit die verräterischen Spuren in alle Himmelsrichtungen davonzukehren.

»Kommst du? Es gibt Schinkennudeln mit Ei und grünem Salat.«

Katharina wischte sich den Schweiß von der Stirn, stellte den Besen zur Seite und folgte Anneliese.

Kapitel 21

Matthias Gretzinger sah es als Erster. Nicht weil das Schmuckstück so besonders bemerkenswert gewesen wäre, sondern weil es vor seiner Nase herumbaumelte und er dadurch Gelegenheit hatte, einen lupenreinen Ausblick in ein auffällig reizvolles Dekolleté zu werfen. Es war wirklich nicht seine Absicht gewesen, der jungen Frau in den Ausschnitt zu starren, allerdings wäre es unhöflich gewesen, einfach wegzusehen. Schließlich, und das musste in diesem besonderen Augenblick durchaus betont werden, war es nun wirklich nicht seine Schuld, dass sie sich genau vor ihm so niederbeugte, dass sich seine Augen auf der richtigen Höhe befanden.

Matthias betrachtete liebevoll seine Halbe Bier. Langsam fielen ihm die Augen zu, und er neigte sich zur Seite, um eine angenehme Position an Seppi Haidlingers Schulter einzunehmen.

»Himmel, Arsch und Zwirn, du fängst auch jedes Jahr früher an, dir deinen Winterspeck anzufressen«, schimpfte Haidlinger und versuchte, ihn in die Vertikale zu hieven. In der Tat war Matthias ein Bär von einem Mann, der für den Winter entsprechende Vorbereitungen getroffen hatte. Aber er sah keinen Anlass, seine Position zu verändern, und war immer noch begeistert von dem Einblick, der sich ihm bot. Derart hübsche, runde Brustansätze hatte er schon lange nicht mehr gesehen. Im selben Augenblick fiel ihm ein, dass er den Anhänger am entzückenden Hals der Frau zuvor schon an jemandem gesehen hatte. Nur an wem, das wollte sich ihm nicht recht erschließen.

»Das kenn ich«, nuschelte er, wofür er einen verwunderten Blick von der Frau erntete. Dann wandte er schwerfällig den Kopf zum Kirchfelswirt hin, der eben an den Stammtisch getreten war.

»Hast du das Pupperl gesehen?« Matthias' Augen leuchteten.

Jakob nickte, beugte sich vor und senkte die Stimme, damit ihn die Frau, die gerade unter dem Tisch ihre Sachen zusammenklaubte, nicht hören konnte: »Ja, die sehe ich nicht das erste Mal. Vielleicht gehört sie zu Grundingers Yogafrauen …«

»Der reicht es mit dem Gemüse, die will sich endlich mal eine Kalorienbombe gönnen!«, polterte Seppi los, dass Matthias das Ohr dröhnte, aber die Frau schien keine Notiz von ihnen nehmen zu wollen.

»Kein Wunder, bei der Mangelernährung«, seufzte der Wirt.

Matthias gähnte nur herzhaft, lehnte sich nach rechts, wo sich noch immer die gepolsterte Schulterpartie von Seppi befand, und verschnarchte die Frage des Wirtes nach dem nächsten Getränkewunsch.

Maria, die im strategisch günstigsten Moment ihren Schlüssel hatte fallen lassen, danach ihre Geldtasche und am Schluss auch noch eine Packung Tampons, um ein Maximum an Aufmerksamkeit zu erlangen, war vor dem Männerstammtisch in die Hocke gegangen und hatte äußerst umständlich damit begonnen, alles wieder aufzuklauben und in ihre Handtasche zurückzubefördern. Gekonnt ignorierte sie die geifernden Herren, sah sich im Gastraum um und steuerte auf einen Tisch zu.

»Hunger«, flötete sie dem Wirt im Vorbeigehen zu, und der beeilte sich, die Menükarte zu präsentieren.

Maria platzierte sich so geschickt am Tisch, dass die anwesenden männlichen Gäste ihre langen Beine ausgiebig bestaunen konnten. Die anwesenden Frauen, Kellnerin Daniela, die ob des Geraunes der Männer gerade einen Blick aus der Küche in den Gastraum riskierte sowie eine mittelalte Radfahrerin verhielten sich deutlich dezenter.

Daniela grinste verhalten. Und die Radfahrerin, die gerade herzhaft gegähnt und offenbar einen kilometerreichen Tag hinter sich hatte, sah erleichtert aus. Das musste damit zu tun haben, vermutete Maria, dass der Mann der Radlerin mit dem Rücken zu ihr saß und somit nicht Gefahr lief, ebenso debil aus der Wäsche zu gucken wie das restliche männliche Lokalinventar.

»Schweinsbraten haben wir heute. Steht nicht auf der Karte.«

Jakob Seinfeld hatte sich schon weggedreht, wohl um der attraktiven Frau Zeit zur Auswahl zu gönnen, als ihn ihr erotisch geraunte »Mmmmmh, ein Traum« umkehren ließ.

»Möchten Sie eine Portion davon?«

»Unbedingt. Ich weiß gar nicht, wie lange es her ist, dass ich Schweinsbraten gegessen habe. Dazu bitte eine schönes, schaumgekröntes Seiterl. Nein, bitte gleich eine Halbe.«

Maria setzte sich bequem zurecht und wartete. Scheinbar in Gedanken drehte sie den Herzanhänger an der Halskette zwischen ihren Fingern hin und her. Sie fand, dass das Lokal hübsch hergerichtet war. Die Wände waren augenscheinlich frisch gestrichen. Ein Großteil der Inneneinrichtung war neu. Hell und freundlich wirkten die Räume, und das Gewölbe, das sicherlich schon so uralt war wie das gesamte Haus, war frei von Spinnweben. Hier hatte jemand geputzt und investiert.

Nur wenige Minuten später wurde Maria aus ihren Gedanken gerissen. Unter ihren entzückten Augen wurde eine große Portion Schweinsbraten mit Krautsalat und Semmelknödel abgestellt. Mit einem Lächeln übers ganze Gesicht wünschte ihr der Wirt einen guten Appetit. Bereits ihr erster Bissen ließ ein lautes Krachen hören, denn die Kruste war exakt so, wie Maria es mochte. Fest und knusprig.

»Die Nachspeise geht aufs Haus. Tiramisu und Hauskaffee mit ein bisschen Cognac, aber wirklich nur ein Fingerhut, damit der gute Geschmack nicht beim Teufel ist.«

Der Wirt stellte die Nachspeise auf dem Tisch ab, was Maria ein heiteres Schmunzeln entlockte.

»Gut sieht die aus. Hausgemacht ist hausgemacht.« Sie versenkte ihre Gabel ins Tiramisu. »Wie lange sind Sie hier schon der Chef?«

Der Wirt warf einen Kontrollblick in den Gastraum, aber alle Gäste schienen versorgt. Er setzte sich Maria gegenüber hin.

»Seit einem halben Jahr gehört mir das Kirchfels.«

»Ach, erst seit so kurzer Zeit? Ich habe geglaubt, das hier ist ein Familienbetrieb, da es doch ein recht altes Gebäude ist.«

Jakob lächelte und warf einen Blick in die Runde. »Es war ein Familienkonkursbetrieb, bevor ich es gekauft habe. Der Wert des Inventars tendierte zum Schrottwert. Inzwischen habe ich allerlei Sanierungsmaßnahmen vorgenommen und für fünf ordentliche Zimmer gesorgt. Für Übernachtungsgäste. Wir liegen hier immerhin inmitten einer recht schönen Wander- und Radfahrgegend. Ich habe noch einige Ideen, wie ich das Genuss- und Erlebnisangebot verbessern kann. Nur die Zeit fehlt mir und ein bisschen auch Geld, aber ich habe schon vieles geändert.«

Maria nickte, dann sagte sie voller Bewunderung: »Ist vermutlich viel Arbeit, so ein altes Haus behutsam zu modernisieren.«

Das Stirnrunzeln des Wirts zeigte ihr, dass sie richtiglag.

»Im Nebentrakt befindet sich ein Saal, der unbedingt wiederhergestellt werden muss«, fuhr er fort. »Für große Veranstaltungen ist der wie geschaffen. Einen Teil der Finanzierung habe ich schon gesichert, aber der gesamte Dachboden könnte eigentlich zu Unterkünften ausgebaut werden. So etwas verschlingt Millionen.«

Plötzlich stürmte ein Mann mittleren Alters in erdverschmierter Outdoorkleidung und schweren Stiefeln in den Gastraum.

Maria erkannte ihn wieder, es war der Betrunkene, der sie vor einigen Tagen buchstäblich in Georgs Arme getrieben hatte. Ausgelassen rief er den Herren am Stammtisch zu: »Habt ihr den wahnsinnsheißen Mustang am Parkplatz draußen gesehen?«

»Danninger, reiß dich zusammen, bitte«, entgegnete der Wirt. »Wir sind hier keine Spelunke, in der jeder nach Lust und Laune herumschreit.«

Er setzte eine entschuldigende Miene auf, lächelte Maria an und zuckte mit den Schultern, dann fuhr er an Danninger gewandt fort: »Und du wirst in deinem Leben doch sicher schon einmal einen Ford Mustang gesehen haben?«

Danninger verdrehte die Augen.

»Ja, aber das Gefährt ist echt der Hammer. Der hat einen 5-Liter-V8-Benzinmotor, braucht wahrscheinlich zwölf Liter auf hundert Kilometer und kostet sicher an die sechzigtausend Euro. Der Lack ist ein echt teuflisches Rot. Und wenn du in der Nacht die Autotür öffnest, das weiß ich mit Sicherheit, wird automatisch ein Licht in Form eines Mustangs auf den Boden projiziert. Schon geil!«

Maria lehnte sich lächelnd auf der Bank zurück. Die Begeisterung des Hobbyjägers schien keine Grenzen zu kennen.

»Der Kühlergrill, die Innenausstattung, ich habe schon hineingeschaut, die Leichtmetallräder, der pure Wahnsinn. Der röhrt sicher wie ein Donnergott«, rief Danninger, japste nach Luft und lief zum Fenster. »Da!«

Zahlreiche schon etwas trübe Augenpaare vom Stammtisch folgten seinem Finger, der zitternd auf den Parkplatz deutete. Jetzt war es auch um die restlichen Männer geschehen. Hektisch drängten sie sich um Sebastian Danninger, um einen neugierigen Blick aus dem Fenster werfen zu können. Nur der Dicke, der sie vorhin angestarrt hatte, sackte schlafend in sich zusammen. Das musste Gretzinger sein, von dem Georg erzählt hatte.

Maria setzte sich zurecht, griff wie zufällig nach der Kette um ihren Hals und räusperte sich. »Der braucht übrigens zwischen fünfzehn und achtzehn Liter auf hundert Kilometer, und ja, der röhrt wie der Donnergott höchstpersönlich.«

Mit einem Ruck wandten sich die Männer um. Einige, schon ziemlich angeheitert, richteten sich prompt zu voller Größe auf, zogen ihre Bäuche ein und stolzierten gelassen zurück zu ihren Sitzplätzen. Ein wenig erinnerte Maria dieser Gänsemarsch an die Balz verliebter Auerhähne.

Sie unterdrückte einen akut auftretenden Lachanfall und wandelte ihn in ein kokettes Lächeln um. Immerhin hatten sich die Kirchfels-Auerhähne verbal unter Kontrolle, was sicherlich daran lag, dass Baucheinziehen und gleichzeitiges Reden fast ein Ding der Unmöglichkeit waren. Erst unter der Tischoberkante durfte sich der jeweilige Bauch wieder entspannen. Nur das Sabbern, ja, das Sabbern wurde deswegen nicht weniger. Nicht nur, weil am Parkplatz vor dem Kirchfels ein göttliches Auto stand, sondern auch, weil sich die Göttin im kurzen Rock, mit beinahe endlos langen Beinen, in ihrer Mitte befand und lolitahaft an ihrem Kettchen herumspielte.

»Sportlich, sportlich, und auch ziemlich kultig«, ließ Jakob Seinfeld anerkennend hören.

»Die Servolenkung geht wie Butter. Ich kann sie auf einen sportlichen, normalen und komfortablen Fahrstil einstellen, wobei ich eher den sportlichen bevorzuge«, sagte sie beiläufig und wandte sich an Danninger. »Jede Menge Extras sind auch drin, aber die brauche ich eigentlich gar nicht. Sind halt dabei. 421 PS. Das Pferdchen geht ab wie eine Rakete. Die Farbe heißt übrigens Ruby-Rot und nicht teuflisches Rot, wobei mir Ihre Bezeichnung dafür auch sehr gefällt.«

Inzwischen hatte sich die Kellnerin zu der entzückten Männertruppe gesellt und nickte zustimmend. »So ein Auto würde mir auch gefallen. Leisten muss man sich das Fahrzeug halt können …«

Maria zuckte die Schultern. »Billig ist er nicht, aber ich habe geerbt und bin froh, dass mein Onkel so sparsam war, das erleichtert mir jetzt das Geldausgeben.« Wenn die wüssten, dass ich mir so ein Auto nie würde leisten können, dachte sie. Wenn die wüssten, dass ich mir den ausgeborgt habe, vom Besitzer eines Linzer Nachtclubs, der normalerweise damit Werbung für sein einschlägiges Etablissement macht.

Gekonnt zauberte sie ein unschuldiges, wenn auch ein wenig arrogantes Lächeln auf ihr Gesicht, dann fuhr sie fort: »Schade nur, dass man den Mustang hier nirgends ausfahren kann. In der Gegend wäre ich mit einem Kleinwagen besser dran als mit diesem Teufelskerl.«

Der Kirchfelswirt und seine Gäste, die noch immer ziemlich sprachlos waren, reckten noch einmal ihre Hälse und warfen einen letzten sehnsüchtigen Blick auf den exklusiven Flitzer. Wenige Sekunden später saßen alle an Marias Tisch. Die Radfahrerin hatte sich längst verzogen. Ihr Mann hatte sich mitverziehen müssen. Keinen einzigen Blick hatte er aus dem Fenster auf den Ford werfen dürfen, so herrisch hatte seine Frau ihn am Ärmel aus der Gaststube gezerrt.

Maria lud die anwesenden Herren auf ein Getränk ein und war überhaupt recht redselig. Schon bald kannten alle die angenehme Höhe ihres Kontostandes. Außerdem die leider traurige Wahrheit, dass sie Single sei und zudem gerade über eine Investition nachdenke, denn arbeiten müsse sie, wenn sie mit dem Erbe ihres Onkels geschickt umginge, ihr Leben lang nicht mehr. Ein Haus täte ihr gefallen, daher sei sie hergekommen, denn ihr Onkel habe von dieser Gegend immer geschwärmt. Als Kind sei sie gelegentlich hier gewesen, könne sich aber an die verschiedenen Ortschaften, die doch sehr knapp beieinanderliegen, nicht mehr exakt erinnern und wisse daher nicht, wo genau sie gewesen sei.

»Na ja, mit fünf Jahren merkst du dir halt Ortsnamen nicht so genau«, fügte sie hinzu. »Dafür weiß ich sicher, dass das Pferd am Bauernhof, wo wir übernachtet haben, Zita geheißen hat. Wie die ehemalige Kaiserin, hat der Bauer mir damals erzählt. Das habe ich mir gemerkt.«

Mit einem herzhaften Lachen bestellte sie eine neue Runde für die Gesellschaft und achtete darauf, an ihrem Getränk nur zu nippen, um es wenig später dem neben ihr sitzenden Mann unterzujubeln, der offenbar nicht erstaunt war, dass sein Nachschub nie abriss. Anlässlich der neuen Runde setzte sich auch der Wirt zu seinen Gästen. Maria wunderte sich, denn es war außergewöhnlich ruhig in der Gastwirtschaft, obwohl es gerade erst Zeit für den Hauptabendfilm war. Das Wirtshaussterben schien also doch ernster zu sein, als sie bisher geglaubt hatte.

Sebastian Danninger hatte das Kinn in seiner Hand aufgestützt und betrachtete Maria mit glänzenden Augen.

»Was für ein Weib!«, flüsterte er, was Maria geflissentlich ignorierte. »Was für ein Weib«, schnulzte er daher nochmals. »Und so ein hübsches goldenes Ketterl am Hals. Hat dir das ein Verehrer geschenkt?«

Von Marias Desinteresse angestachelt, wandte Danninger sich nun an den Wirt: »Jakob, auf die müssen wir aufpassen. Nicht dass sie noch unser Mörder in die Finger bekommt, weil der geil auf ihr Geld ist.«

Plötzlich war es still am Tisch.

»Mörder?«, flüsterte Maria leise und riss die Augen auf. Insgeheim musste sie über ihr Schauspiel grinsen.

»Hast du nichts darüber gelesen oder davon gehört, Schätzchen?«, säuselte sich Danninger in Marias Gehörgang, dass ihr ganz schwindlig wurde.

»Nein, weder noch. Ich war eine Weile im Ausland. Eine klitzekleine Weltreise«, entgegnete sie und wandte sich interessiert dem betrunkenen Hobbyjäger zu. »Erzähl mal! Das klingt brutal.«

Sebastian wurde wieder lebendig und rief: »Eine Frau ist ermordet worden.«

»Das weißt du doch gar nicht so genau«, fiel ihm der Wirt scharf ins Wort, dem es offensichtlich unangenehm war, dass sein weiblicher Gast verschreckt werden sollte.

»Doch, doch, das weiß ich. Ich habe genau gehört, wie die Frau umgebracht wurde. Ganz genau, jawohl! Und ich habe inzwischen einen Verdacht. Den werde ich aber nicht in der Runde ausplaudern, sondern den Namen bekommt der Schwarzenberg morgen zu hören. Das ist einer unserer Ermittler, ein Polizist nämlich«, setzte er an Maria gerichtet hinzu. »Angerufen hat er mich heute. Gruppeninspektor Hammerschmied möchte, dass Schwarzenberg meine Aussage zu Protokoll nimmt. Weil ich nämlich der wichtigste Augenzeuge bin.« Den letzten Satz betonte Danninger mit stolzgeschwellter Brust.

Der Wirt schüttelte den Kopf. »Du weißt gar nichts. Du willst dich nur wichtigmachen. Hör genau zu, Sebastian: Ich will nicht, dass du mit deinen Schauergeschichten hier hausieren gehst. Du bist doch nicht ganz bei Trost. Außerdem verscheuchst du mit deinen Horrorstorys nur die Gäste. Du tust ja gerade so, als ob bei uns Mord an der Tagesordnung wäre. Genauso klingen deine Schwafeleien.«

Diejenigen unter den Männern, die dem halblauten Streitgespräch noch folgen konnten, nickten zustimmend. Der Bär am Nebentisch schnarchte laut auf, was allgemein ebenfalls als Zustimmung gedeutet wurde. Mit glasigen Augen betrachtete der Rest der besoffenen Bande die Oberfläche des Holztisches.

»Ersäuft wurde sie, die Frau.« Danninger machte eine wegwerfende Geste in Richtung des Wirts, dann erzählte er mit erstaunlicher Wortgewandtheit genau jene Geschichte noch einmal, die Maria bereits von Georg gehört hatte: »Der, wo das getan hat, ist denselben Weg wieder zurückgeschlichen. Ach geh! Zurückgetrampelt ist er. Still habe ich mich verhalten, damit niemand weiß, dass ich da oben auf dem Hochstand sitze.«

Maria betrachtete ihn mit großen, staunenden Augen und fragte gespielt einfältig: »Ja, und was machst du da so allein, mitten in der Nacht, am Hochstand?«

»Na, ich bin hier vor Ort der Jäger, gnä' Frau. Zufällig hat sich der Vorfall in meinem Revier ereignet. Hege und Pflege, das muss auch nachts sein.«

Mit einem Mal ergriff der Mann, den Maria nach Beschreibungen der Kollegen als Kurt Braunstingel identifiziert hatte, das Wort: »Danninger, du willst doch nur angeben. Wahrscheinlich warst du besoffen und hast deinen Rausch am Hochstand ausgeschlafen. Geträumt hast du irgendeinen Schmarrn, und jetzt willst du dich wichtigmachen.«

»Du«, stieß der Angesprochene aufbrausend aus, »warst du es vielleicht? Nun, Kurt? Du brauchst doch ständig Geld, dabei hast du auch keinen Geldscheißer.« Er blickte in die Runde. »Erinnert ihr euch, er hat doch von einem teuren Urlaub gesprochen? Und dass seine Frau Ansprüche stellt, die er kaum erfüllen kann. Sie trägt am liebsten Designerzeugs, und für eure kleine Tochter kauft sie auch ausschließlich Markenware.«

Als Danninger die kleine Tochter von Kurt Braunstingel erwähnte, fuhr dieser auf: »Meine Kleine lässt du aus dem Spiel, sonst …«

»Was sonst?« Danninger spottete weiter. »Sei doch froh, dass ich sie überhaupt deine Kleine nenne! Hast du überhaupt schon mal einen Vaterschaftstest gemacht?«

Braunstingel wollte sich auf Danninger stürzen, wurde aber gerade noch vom Wirt und dem schon etwas älteren

Mann, gegen den Gretzinger sich zuvor gelehnt hatte, zurückgehalten.

Aber der Hobbyjäger, der offenbar immer noch nicht genug Häme gestreut hatte, verhöhnte Braunstingel weiter: »Wo doch inzwischen jeder hier im Ort weiß, dass die tote Frau eine Menge Geld geerbt hatte, das sie übrigens nur wenige Wochen vor ihrem Tod bei der Bank abgeholt hat. Die wollten ihr das Geld zuerst gar nicht geben. Viel zu gefährlich, mit so viel Bargeld durch die Welt zu ziehen, haben sie gemeint. Aber sie hat drauf bestanden.« Er deutete auf die Bar und rief: »Kannst die Daniela fragen, die kennt jemanden in der Bank. Die weiß das aus erster Hand. Blöd nur, dass das Geld bisher nicht gefunden wurde! Wer hat das wohl?«

Maria drehte sich um. Die Kellnerin, die aus sicherer Distanz zugehört haben musste, wurde knallrot. Sie verzog ihr Gesicht zu einer Grimasse und stürmte grantig in die Küche.

Inzwischen war Danninger aufgesprungen, hatte sich mit seinen kräftigen Armen auf dem Tisch abgestützt, wankte ein wenig vor und zurück und wartete auf Braunstingels Reaktion, ein hämisches Grinsen auf den Lippen. Sein schweißglänzendes Gesicht schwebte nahe an dem seines Saufkumpanen.

Gnadenlos ruhig, mit einem Ausdruck im Gesicht, der nichts Gutes verhieß, antwortete Braunstingel: »Den Schmarrn habe ich auch schon gehört, aber dass ich jetzt der Mörder sein soll, das ist mir neu. Und nur dass du's weißt: Ich war auf Dienstreise. Du kannst ja in meiner Firma nachfragen, wenn du dich traust.«

Maria war hellwach. Mit angehaltenem Atem hatte sie Danningers Vorwürfen zugehört. Da stellte sich der Wirt, der seine Kundschaft und deren Bereitschaft zur Wirtshausschlägerei vermutlich schon kannte, direkt zwischen die Streithähne.

»Jetzt aber bitte Ruhe bewahren, gell? Wo wir so eine nette Dame zu Gast haben, wollen wir doch nicht die Nerven verlieren.

Was soll sie denn von uns denken? Vielleicht erinnern wir uns lieber an den toten Dominik Bergmeier, legen für ihn eine Schweigeminute ein und stoßen auf das Leben an. Ich lade euch ein.«

Braunstingel murmelte leise: »Auf den Sauhund stoß ich sicher nicht an. Einer, der von den Frauen die Finger nicht lassen konnte, ist es nicht wert.«

Danninger murrte etwas, warf einen Geldschein auf den Tisch und verließ, leicht schwankend, aber zielstrebig, das Gasthaus. Hätte die Eingangstür nicht einen Türschließer besessen, dessen Aufgabe es war, das Zufallen der Tür zu verlangsamen, so wäre vermutlich die Glasscheibe zu Bruch gegangen, mit solcher Wucht hatte Danninger die Tür hinter sich zugeworfen.

Daniela stand im Türsturz der Küchentür und beobachtete das Durcheinander. Luder! Sie hatte es nicht gesagt, aber gedacht. Ihr Gesichtsausdruck, was die Einschätzung dieser Frau betraf, war vermutlich nur allzu verräterisch. Die sollte bloß die Finger von Jakob lassen.

Seit Wochen, ach, seit Monaten hatte sie sich unentbehrlich gemacht, war langsam, aber sicher auf ihr Ziel zugesteuert. Es war nur noch eine Frage der Zeit, bis sie sich den Wirt krallen würde. Und dann kam dieses blonde Flittchen und warf mit ihren Reizen um sich.

»Schamloses Biest«, wisperte Daniela und kniff ihre Augen zusammen. In weniger als einer halben Stunde hingen alle anwesenden Männer an den Lippen dieser Frau. Auch Jakob schien beeindruckt. Diese Maria war unnötige Konkurrenz. Wie sie schon dreinsah. Eingebildet. Hochnäsig. Zu viel Geld in der Tasche. Und wie sie ihre Kette schwang.

»Tussi!«, zischte Daniela, allerdings so leise, dass es niemand hören konnte. Maria schon gar nicht.

Mit einem geräuschvollen *Wusch* zog die wirbelnde Kette Danielas Aufmerksamkeit auf sich. Eine Runde um die andere drehte sie in Marias Fingern. Plötzlich riss sie. Der herzförmige Anhänger löste sich, flog schwungvoll durch den halben Gastraum und war nur einen Augenblick später irgendwo im halbdämmrigen Dunkel unter den Tischen verschwunden.

Ungerührt blieb Daniela hinter der Bar und gab vor, den Tresen zu polieren, als sich jene Männer, die dazu noch fähig waren, hilfsbereit auf die Knie fallen ließen und den Boden nach dem hübschen Schmuckstück absuchten. Es half nichts. Es blieb verschwunden. Geschieht ihr ganz recht, dachte Daniela. Wobei sie beobachten konnte, wie die Männer von der erfolglosen Suche profitierten und sich über Marias kurzes Röckchen freuten, während sie am Boden und unter den Tischen Nachforschungen zum möglichen Landeplatz des Anhängers anstellten. Nicht nur einer seufzte beim Anblick, der sich ihm bot, laut auf.

Daniela dagegen fand das Blondchen billig, effektheischend, ihr Benehmen einer emanzipierten Frau nicht würdig. Unsittlich. Aber die Blonde blieb trotz der verstohlenen Blicke unter ihren Rock, die sie wohl nicht übersehen konnte, völlig gleichgültig.

Sogar die zwei Tische weiter sitzende Frauengruppe, deren Gespräche sich bisher um einen geplanten Workshop zum Weidenrutenbau gedreht hatten und darum, ob eine dünne hautfarbene oder eine blickdichte braune Strumpfhose besser zu einem roten Kleid passen würde, beteiligte sich nun eifrig an der Suche nach dem Herz. Eine der Frauen diskutierte sogar noch unter einem Tisch mit ihrer Bekannten weiter, dass sie absolut sicher sei, dass es beim Schach eine Spielfigur namens Hofnarr gebe, was Daniela zu herzhaftem Lachen verleitete.

Schließlich war es Jakob, der mit seinem »Schluss für heute!« energisch das Ende der unwürdigen Sucherei einläutete.

Er richtete sich auf und klopfte sich die Knie ab. »Wir werden das Schmuckstück schon finden, aber nicht mehr jetzt. Sperrstunde!«

Daniela kam hinter dem Tresen hervor, es war Zeit abzukassieren. Im Vorbeigehen schenkte sie Jakob ihr schönstes Lächeln und schwang die Hüften. Aber ihr Chef hatte heute keinen Blick für sie übrig.

Als die letzten Gäste ihre Rechnungen bezahlt hatten, schnappte sich Seppi den immer noch friedlich schlafenden Matthias und entschuldigte sich im Namen aller bei Jakob für das blöde Benehmen Sebastians, worauf dieser nur nickte. Und dann hockte nur noch das blonde Flittchen an ihrem Tisch. Trotz der eisigen Blicke, die Daniela ihr zuwarf, machte sie keine Anstalten, das Feld zu räumen.

Maria seufzte erleichtert auf. Insgeheim hatte sie sich gesorgt, die Kellnerin würde nie verschwinden. Schließlich war sie aber doch abgehauen und klapperte nun mit dem Geschirr in der Küche herum. Aufräumarbeiten, ganz so hörte sich das an. Unnötig laut außerdem. Jakob schlenderte auf sie zu. Nun befanden sich nur noch sie und der Kirchfelswirt im Gastraum.

»Es tut mir leid, dass der schöne Abend in einem derartigen Desaster enden musste. Ihren schönen Anhänger, ich bin mir sicher, den findet Daniela beim Putzen. Außerdem hoffe ich, dass Sie mir glauben, dass wir hier keine Mörder sind«, fügte Jakob hinzu.

Maria sah ihm zu, wie er Zirbenschnaps in zwei Gläser füllte und ihr schließlich ein Glas über den Tisch schob. Jakob hob sein Stamperl und seufzte dramatisch. »Auf die Wirkung alkoholischer Getränke zu kaum fortgeschrittener Stunde und einen Wirt, der es nicht verstanden hat, den Alkoholhahn zur rechten Zeit zuzudrehen. Als Zugezogener hat man das manchmal nicht so im Gefühl.« Nun musste Maria laut lachen, denn auch wenn der Ausklang des Abends anders verlaufen war, als sie es sich vorgestellt hatte, so bewunderte sie doch den rabenschwarzen Humor des Mannes.

»Maria«, stellte sie sich vor. »Jakob«, kam es prompt zurück.

»Du solltest vielleicht über ein Hausverbot für diesen Revierjäger nachdenken.«

Jakob lächelte, wenn es auch gequält wirkte.

»Der Danninger ist sonst nicht so. Ich glaube, der wollte sich dir gegenüber nur wichtiger geben, als er ist. Es dürfte doch ein Macho in ihm schlummern, was man gar nicht glauben möchte, wenn man ihn sonst kennt. Aber eine schöne Frau, noch dazu mit einem rassigen Auto, weckt halt das Tier im Mann.« Entschuldigend zuckte er mit den Schultern und begann damit, die Gläser vom Tisch zu räumen.

»Fahren kann ich heute nicht mehr«, griff Maria seine Worte auf. »Ist bei dir noch ein Zimmer frei? Oder ist alles belegt?«

»Natürlich habe ich noch Platz. Du kannst gerne über Nacht bleiben, wenn du willst.«

Maria sah Jakob zu, wie er mit geübten Bewegungen die Tische abwischte. »Entschuldige mich kurz, ich muss dringend ...« Sie deutete in Richtung Ausgang. Jakob nickte nur.

Maria blieb in der Tür zum Toiletteneingang stehen, warf einen Blick zurück. Sie wollte sich keinesfalls erwischen lassen. Behutsam schloss sie die Tür und wartete. Endlich nahm Hammerschmied das Gespräch an.

»Maria, was gibt es Neues?«

»Ich habe mich gerade auf die Frauentoilette verzogen, daher nur kurz das Wichtigste: Matthias Gretzinger scheint den Anhänger zu kennen. Bevor er in seinen üblichen Tiefschlaf versunken ist, hat er etwas Derartiges angedeutet. Ich wollte nicht zu offensichtlich nachfragen, schon gar nicht in der Runde der Stammtischleute. Nicht, dass wir uns die Rösser scheu machen und dann alles umsonst war.«

»Hast du wirklich das angezogen, was du angekündigt hast. Minikurz und extraknapp?« Georgs Frage klang unangenehm in ihrem Ohr. »Hat Jakob ein Auge auf dich geworfen?«

Maria fühlte sich plötzlich unwohl und wurde – obwohl niemand anwesend war, der ihr ihren Kleidungsstil zum Vorwurf hätte machen können – knallrot. Sie warf einen Blick in den Spiegel. Sogar hier, am recht dunklen WC, konnte sie deutlich erkennen, wie sich ihre Gesichtsfarbe verändert hatte.

»Na, du Turteltäubchen?« Hammerschmied konnte sich eine Bemerkung nicht verkneifen. »Das beruht doch wohl nicht auf Gegenseitigkeit? Nicht dass du dadurch betriebsblind wirst. Du bist auf Mörderjagd, zumindest aber solltest du ermitteln!«

Maria schnaubte entrüstet auf. »Ich werde nicht betriebsblind. Keine Angst. Es macht mir aber auch gar nichts aus, wenn er ein wenig verliebt in mich ist. Vielleicht weiß er etwas, was uns dienlich ist. Wirte, Friseure und Gemeindeleute wissen doch alles. Ich melde mich wieder.«

Sie hörte noch Hammerschmieds »Händewaschen nicht vergessen!«, bevor sie das Gespräch beendete.

Zurück im Gastraum, verkündete sie: »Ich hole meine Tasche aus dem Auto«, bewegte sich schwankend in Richtung Ausgang und ließ schließlich ein »Ach du lieber Himmel« hören, worauf ihr Jakob hilfsbereit mit einem »Alles klar, ich helfe dir tragen« zur Seite sprang.

Keine zehn Minuten später hatte Maria ihr Zimmer bezogen und Hammerschmied eine SMS geschickt, ihm mitgeteilt, dass sie im Kirchfels übernachten würde und dass er sie nicht mehr abzuholen bräuchte. Weitere zehn Minuten später klopfte es an ihrer Zimmertür. Maria hatte sich gerade geduscht und bettfertig gemacht. Zögernd öffnete sie die Tür. Mit einem Tablett in der Hand stand Jakob vor ihr. Schnell verwandelte sich Maria wieder in die leicht angetrunkene, etwas naive Blondine zurück.

»Betthupferl gefällig?«

»Das Zimmer ist schön«, erwiderte Maria verlegen.

»Neu eingerichtet. Hell und freundlich wollte ich sie haben. Die Zimmer haben zwar keinen Balkon«, setzte er hinzu, »aber jedes hat ein großes Fenster zum Hof mit einem französischen Balkon, den ich halbrund habe anfertigen lassen, sodass der Eindruck eines Minibalkons entsteht. Schau!« Er überreichte Maria das Tablett, durchquerte mit einer Selbstverständlichkeit ihr Zimmer, die gar keine Verwirrung entstehen ließ, schob die dünnen Vorhänge zur Seite und öffnete das hohe Fenster. Auf der gegenüberliegenden Hofseite wurde zeitgleich ein Fenster geschlossen. Maria hatte das Tablett, auf dem sich interessanterweise nicht nur eine, sondern zwei Tassen mit duftendem Kakao befanden, auf einen kleinen Beistelltisch gestellt. Sie war zu Jakob ans Fenster getreten und musste zugeben, dass die Balkongitter aus Edelstahl gut aussahen. Sie fügten sich harmonisch in die Fassade des Hauses ein.

»Sieht wirklich schön aus. Geschmackvoll!« Maria hatte sich umgedreht und fand sich Jakob und einer Tasse Kakao gegenüber. Zarter Rumduft entströmte der Tasse, und Maria lächelte, bevor sie einen Schluck davon nahm.

»Himmlisch!« Jakob ließ das Fenster offen, schloss jedoch die Vorhänge. Als er sich zu Maria umdrehte, wurde ihr beim Blick in seine schönen Augen schwindlig. Verlangen durchströmte sie plötzlich derart heftig, dass sie sich über sich selbst wundern musste. Jakob hatte diesen Ausdruck in ihren Augen als das erkannt, was es war. Leidenschaft. Er zog Maria in seine Arme.

Kapitel 22

Es war kurz nach ein Uhr nachts, als Daniela die Gaststube des Kirchfels in Ordnung gebracht hatte. Jakob war mit dem blonden Flittchen verschwunden, und so waren die Aufräumarbeiten wieder einmal an ihr hängen geblieben. Sie schloss die Eingangstür von innen ab und zog ihren Mantel über. Nun stand sie gedankenverloren im Barbereich und betrachtete ihre Handfläche. Sie hatte tatsächlich das Herz gefunden, das Maria verloren hatte. Es war unter einer ketchupfeuchten Serviette, die jemand achtlos hatte fallen lassen, zum Vorschein gekommen. Sie wischte das klebrige Schmuckstück sauber. Hübsch war es.

Daniela öffnete den Anhänger und wunderte sich, dass sich in dessen Innerem kein Bild befand. Das war doch eher unüblich. Sie hob das Schmuckstück ans Licht. Exakt dort, wo sich normalerweise ein Foto befinden sollte, verlief ein Kratzer quer über die Innenseite des Anhängers. Jemand musste mit einem spitzen Gegenstand unter das Foto gefahren, es entfernt und dabei den Kratzer verursacht haben. Schon wollte sie das Schmuckstück auf die Theke des Barbereichs legen, als ihr plötzlich Matthias Gretzingers Worte in den Sinn kamen: »Das kenn ich …«

»Eigenartig«, flüsterte Daniela, wickelte den Anhänger in ein Taschentuch und schob ihn in ihre Handtasche. Warum hatte ihr noch nie jemand ein derart hübsches Geschenk gemacht? Tränen stahlen sich in ihre Augenwinkel. Daniela rieb sie energisch weg. Sie wollte nur noch nach Hause und ins Kopfkissen weinen. Jakob hatte einfach keinen Blick für sie übrig. Dabei gab sie sich wirklich Mühe, attraktiv, aber nicht aufdringlich zu wirken. Sie wollte keinesfalls den Eindruck vermitteln, einen Mann dringend nötig zu haben. Doch der

Wirt hatte es ihr schon seit geraumer Zeit angetan, und sie fragte sich, warum er auf ihre Avancen einfach nicht reagieren wollte. Vielleicht musste sie offensiver werden. Das Blondchen hatte ja gezeigt, wie es gehen konnte.

Daniela zog die Tür hinter sich zu, schloss ab, querte den Innenhof und trat durch das Hoftor ins Freie. Ihr Weg führte sie unterhalb der Kirche leicht bergab und die Straße am Bach entlang. Ihr verdammtes Auto hatte mal wieder gestreikt, und Geld für Reparaturen war irgendwie immer knapp.

Daniela seufzte. Die Strecke, die vor ihr lag, war tagsüber ein reizvoller Weg, aber zu einer Hunde-Gassi-Strecke verkommen, erkennbar an den vielen Kothaufen am Straßenrand. Sie hatte nichts gegen Hunde oder deren Halter, aber sie hatte etwas gegen den Kot der Tiere, der überall anders zu liegen kam außer zu Hause in deren Gärten.

Ein Lächeln entkam ihr. »Was wäre, wenn?«, wisperte sie vor sich hin. »Was wäre, wenn ich dieser Maria einen herrlich großen Hundehaufen auf ihre protzige Karre legen würde?« Die würde schön blöd schauen. Und grausen würde ihr.

Wieder wich Daniela einem Haufen aus. Ihr Nachhauseweg könnte so schön sein, wenn nicht die Tretminen der Hunde überall herumliegen würden. Sie ärgerte sich, dass sie nicht rechtzeitig an eine Taschenlampe gedacht hatte. Die Strecke führte durch dichteren Baumbestand, und der Mond schien nicht sonderlich hell.

Den Blick fest auf den Weg vor ihren Füßen gerichtet, nahm Daniela gerade schwungvoll einen kurzen Anstieg, als sie hinter sich plötzlich gedämpftes Motorengeräusch wahrnahm. Das Knacken von Ästen, über die die Reifen eines Fahrzeugs rollten, klang in der nächtlichen Stille bedrohlich laut. Daniela fühlte sich unwohl, die Straße war schmal und an dieser Stelle noch viel enger. Der Gedanke, zu später Stunde gesehen zu werden, behagte ihr gar nicht. Ein Holzstoß, der glücklicherweise in ihrem Blickfeld auftauchte, bot wenigstens einen gewissen Sichtschutz. Wer wusste schon, auf welche Gedanken ein Autofahrer um diese Uhrzeit beim Anblick einer unbegleiteten Frau kommen konnte?

Rasch wechselte Daniela die Straßenseite, stellte sich an das eine Ende des Holzstoßes und wartete.

Der Holzarbeiter, der diesen Haufen aufgeschichtet hatte, musste ein humorvoller Mensch gewesen sein, oder ein Idiot, dachte Daniela, denn der Haufen war nicht auf einer geraden Wegstrecke errichtet worden, sondern zog sich einige Meter um eine Kurve. An einer ohnehin engen Stelle machte er den Güterweg absichtlich noch enger. Sehr schlau …

Sie hörte das Fahrzeug, konnte jedoch den Lichtkegel der Schweinwerfer nicht sehen. Das Auto wurde immer langsamer, und Daniela wurde bewusst, dass der Fahrer mit seinem Auto regelrecht um die Kurve schlich. Erst im zweiten Gedankengang wunderte sie sich, warum das Fahrzeug unbeleuchtet durch den Wald fuhr. Der Fahrzeuglenker konnte doch sicherlich auch kaum mehr etwas erkennen. Das Verhalten dieses nächtlichen Autofahrers wirkte überaus eigenartig.

Ein mulmiges Gefühl beschlich Daniela, und sie trat einige Schritte zurück, um sich hinter dem Holzstoß zu verstecken. Im gleichen Atemzug griff sie in ihre Handtasche und schaltete ihr Handy aus, nicht dass es im unpassendsten Augenblick losträllern würde.

Etwa am Anfang des Holzstoßes blieb das Fahrzeug stehen. Sie hörte, wie der Motor abgeschaltet wurde und sich eine Tür öffnete. Sie hörte Schritte, wieder eine Tür, und duckte sich nur noch tiefer in die Stauden hinter dem Holzstoß, in denen es unangenehm nach Urin roch. Die Stelle war also auch ein beliebter »Warte kurz, ich muss mal dringend«-Platz. Sie presste ihre Hand auf Mund und Nase, um nur ja keinen

Laut von sich zu geben. Mit angehaltenem Atem lauschte sie in die Nacht.

Daniela hörte Schritte, aber auch etwas, das ganz nach einem Schleifgeräusch klang, dann jedoch verstummte und in ein sich entfernendes Rascheln überging. Ein Rascheln, wie es klingt, wenn man durch einen Wald voller am Boden liegender Herbstblätter geht. Nur dass jetzt noch nicht Herbst war. Allerdings war der Sommer bisher überaus trocken gewesen. Viele Bäume hatten unter Wassermangel gelitten und daraufhin vorzeitig ihre Blätter fallen lassen.

Jedenfalls betrachtete Daniela das vom Unbekannten verursachte Rascheln als Vorteil für sich, denn der nächtliche Schleicher bewegte sich eindeutig von ihr weg und war nach weniger als einer Minute nicht mehr zu hören. Daniela verhielt sich still. Sicherheitshalber würde sie noch ein wenig warten, bevor sie sich aus ihrem Versteck wagte. Und während sie hinter dem Holzstoß hockte, angeekelt vom Uringeruch, kam ihr auf einmal etwas in den Sinn. Sie wusste plötzlich, an wessen Hals sie dieses hübsche Herzmedaillon vor einiger Zeit gesehen hatte. Wer der Verschenker des Medaillons war, ahnte sie nun auch. Hatte sie doch genau gesehen, wie er die Frau angehimmelt hatte. Sie hatte es nur nicht wahrhaben wollen. Gott, war sie blöd gewesen. Daniela stöhnte halblaut, erschrak über das Geräusch und schalt sich eine dumme Kuh. In jeder Hinsicht. Sie hatte Offensichtliches zur Seite geschoben. Ängstlich lauschte sie in die Finsternis. War ihr Stöhnen gehört worden? Eine weitere unendlich lange Minute verstrich, während Ärger in Daniela aufstieg. Jetzt musste sie nur noch scharf darüber nachdenken, wie sie ihr Wissen für sich nutzen konnte. Wäre doch gelacht! So schwierig konnte das nicht sein.

Mit aufgeregt klopfendem Herzen und so leise es ihr möglich war, kroch Daniela aus ihrem Versteck hervor und klopfte sich die Blätter von der Kleidung. Sie warf einen Blick auf das andere Ende des Holzstoßes, sah nichts als Finsternis und ein schwaches Glänzen von Metall. Näher heran wagte sie sich nicht, aus Angst, unnötige Geräusche zu verursachen. Nun bereute es Daniela, ihre Brille zu Hause gelassen zu haben. Es gelang ihr weder die Fahrzeugtype noch das Nummernschild zu erkennen. Zu unscharf. Zu dunkel. Zu alte Augen. Nur dass es sich um eine Art Geländefahrzeug handelte, sah sie.

Rasch setzte sie sich in Richtung ihres Hauses in Bewegung. Nur nicht zurücksehen, wer weiß, was da hinter mir los ist, schoss es Daniela durch den Kopf. Und war es nicht auch in diesem Teil des Waldes, dass Danninger seine nächtliche Beobachtung gemacht haben wollte? Vielleicht hatte er ja wirklich etwas gehört und wollte sich nicht bloß wichtigmachen? Eine ordentliche Gänsehaut rieselte über ihre Arme, und die Haare in ihrem Nacken hoben sich, während ein Schaudern über ihren Rücken lief.

Daniela rannte inzwischen fast den Güterweg entlang. Zumindest hatte sie halbwegs passende Schuhe für ihren ungewollten Nachtlauf. Die Furcht, von dem Fahrzeuglenker eingeholt zu werden, ließ sie ihr Seitenstechen, das heftig schlagende Herz und ihr unkontrolliertes Hecheln beiseitewischen. Sie beschloss, die Polizei auf jeden Fall über ihre Beobachtung zu unterrichten, auch wenn es sein konnte, dass sie sich furchtbar blamierte oder als Angsthase entlarvte.

Die letzten Meter vor ihrem Haus drosselte sie ihr Tempo und versuchte, wieder zu Atem zu kommen. Einatmen. Ausatmen. Ruhe bewahren. Haltung annehmen. Der automatische Bewegungsmelder hatte Danielas Ankunft erfasst und beleuchtete die letzten Meter hin zur Haustür.

In genau jenem Augenblick, in dem sie in ihrer Handtasche nach dem Haustürschlüssel wühlte, hallte ein Schuss durch den Wald, und Daniela entfuhr ein spitzer Schrei.

Kapitel 23

Baskerville war zufrieden. Er hatte in seinem neuen Heim viel Platz. Viel mehr als bei seinem bisherigen Herrchen. Außerdem bekam er eine derart üppige Menge an Streicheleinheiten, dass er fast schon wundgestreichelt war. Allerdings nur fast.

Sein großes Bett, eine zusammengezimmerte geräumige Holztruhe, stand im Eingangsbereich des alten Bauernhofs und war mit vielen Decken ausgelegt. Sogar ein Polster lag darin. Sicher waren es nicht die neuesten Decken, und es befand sich auch nicht das neueste Kissen in seinem Bett, aber alles roch furchtbar interessant. Ein wenig nach Maus, ein wenig nach verschiedenen Dachbodendüften, sogar nach Eichkätzchen und Haselmaus und vor allem nach Kühen. Wo er doch Kühe so gerne mochte. Besonders die Kälber, die kurz nach der Geburt noch kleiner waren als er selbst. Nach wenigen Wochen hatten sie eine angenehme Spielgefährtengröße, dann wuchsen sie ihm leider immer über den Kopf. Die Folge war, dass sie ihm von oben über denselben lecken konnten, was Baskerville aber auch sehr mochte, denn – wie gesagt – Streicheleinheiten konnte Hund fast nie genug bekommen.

Zu Hause bei seinem Herrchen hatte es das nicht gegeben. Also Kühe. Der Bauernhof vom Herrchen war auf Schweine ausgelegt. Mit denen zu spielen war auch lustig, denn die etwas eigenartige, recht pelzige Rasse durfte sich im Freien aufhalten, was für Abwechselung in Baskervilles Tagesablauf sorgte. Vor allem, wenn er die Tiere ein bisschen über die Koppel jagen durfte. Platz für Kühe gab es allerdings nicht. Schon lange nicht mehr.

Baskerville streckte seine langen, kräftigen Beine, lag entspannt auf seiner rechten Seite und gab einen zufriedenen Laut von sich. In der Ferne erklangen Autogeräusche. Er spitzte die Ohren. Sie waren so weit weg, dass er sich nicht aufzuregen brauchte. Und jede unnötige Erregung hätte seinen Magen, der eine ordentliche Portion Restlessen bekommen hatte, sinnlos aufgeregt.

Baskerville erhob sich, drehte sich wie eine Katze einmal im Kreis, trampelte die duftenden Decken zurecht und ließ sich mit einem wohligen Seufzer wieder nieder. Mit seinem Hundehintern landete er auf dem Kissen, eine perfekt weiche Unterlage.

Baskerville träumte gerade davon, wie er Mäuse aus einem Misthaufen holte, als ihn ein lauter Knall unsanft in die Wirklichkeit zurückbeförderte. Ein Schuss war gefallen.

Ein Schuss mitten in der Nacht war völlig unangebracht. Um diese Zeit konnte schließlich kein Jäger mehr sein schießbares Wild sehen. Es gab keinen Grund für einen Schuss. Gar keinen!

Laut bellend tat er seinen Unmut kund.

Als der Schuss fiel, verbog sich Alois Grundinger gerade. Er hatte beim Abendessen eine Besonderheit angekündigt: Eine Mitternachts-Yogaeinheit bei Mondschein. Und die Frauen waren seinem Aufruf gefolgt. Greti hatte die Matten im Kreis auf der Wiese ausgebreitet und Laternen aufgestellt. Weiches, warmes Kerzenlicht sorgte für positive Stimmung.

Etwas abseits des Übungsplatzes flackerte Feuer in einem Feuerkorb. Das Knistern des verbrennenden Holzes war der romantischen Stimmung äußerst zuträglich. Dabei waren es die Teilnehmerinnen selbst, die für Höhepunkte sorgten, denn heute praktizierten die Damen auf Teufel komm raus Nacktyoga.

Nacktyoga, wo gab es das schon?

Zumindest nicht in der näheren Umgebung, das wusste Alois Grundinger genau. Sein Penis baumelte frei, die Damen rund um ihn herum riskierten neugierige Blicke.

»Ist das der Sich-krümmende-Hund?«, flüsterte Andrea in diesem Augenblick, gut hörbar.

Große Brüste, kleine Brüste, hübsche Beine, schlanke Taillen, üppige Rundungen. Gnadenlos verbog sich eine nach der anderen nach hinten, sodass man hätte meinen können, die Frauen wären aus Gummi, was Alois' Fantasie in besondere Anregung versetzte. Er versuchte, sich zu konzentrieren, denn wie peinlich wäre es, wenn er im Anschluss an die Yogaübung mit hochaufgerichtetem … Nein, darüber wollte Alois wirklich nicht nachdenken.

Atmen, dachte er nur. Atmen. Und schon bog er sich in eine andere Stellung, die Einblicke in seinen Intimbereich verwehrte, ihm jedoch immer noch Ausblick auf schaukelnde Brüste bot.

Und dann fiel der Schuss. Alois richtete sich ruckartig auf, spürte einen scharfen Schmerz im Rücken und heulte im selben Augenblick los wie ein Wolf, der den Mond anplärrt.

Nicht bei allen hinterließ der nächtliche Schuss bleibenden Eindruck. Anneliese, die hilfsbereite Bewohnerin des Nachbarhofs der Mooshoferischen, schlief tief und fest, wenn sie auch am Morgen behaupten würde, dass sie nicht besonders gut geschlafen habe. Wie immer eigentlich. Genauso tief schlief ihre Nachkommenschaft sowie die dazugehörige Angeheiratete. Die Bewohner des Heferleitn-Hofs wurden auch nicht vom energischen Bellen der beiden Irischen Wolfshunde geweckt, die normalerweise Haus und Hof schützten, denn die beiden wertvollen Tiere waren zu Zuchtzwecken mit ihrem Herrchen im benachbarten Ausland unterwegs.

Stier Loisl und Kuh Tessi befanden sich zu weit entfernt von jenem Ortsteil, in dem der Schuss gefallen war. Sie waren vor allem mit leichtem Dämmerschlaf und wiederkehrendem Wiederkäuen beschäftigt. In der Ruhe liegt die Kraft!

Kapitel 24

»Scheißdreck!«, fluchte Georg Hammerschmied laut. Verzweifelt versuchte er seit einer halben Stunde, den Weg zum Hochstand vom Danninger zu finden. Potenzielles Rehwild, das sich im Wald aufgehalten hatte, war sicherlich längst geflüchtet, denn Georgs lautstarkes »Scheißdreck« erklang nicht zum ersten Mal. Dieses Mal stimmte es allerdings, denn mit seinem linken Fuß, genauer mit seinen neuen Gummistiefeln, die ihn ein wenig an den Fersen drückten, wäre er beinahe im Scheißdreck irgendeines Viehs ausgerutscht. In letzter Sekunde hatte er sich gefangen, und nun pickte ihm der stinkende Dreck an den Sohlen. Das tiefe Profil würde sich nur schwer reinigen lassen, und so würde das ganze Auto nach dem viel zitierten Scheißdreck stinken. Das Knurren, das aus seinem Hals kam, klang wie das eines wütenden Hundes. Georg zog eine Grimasse zwischen Zorn und Ekel. Er hatte seine Taschenlampe mitgenommen, die blöderweise immer wieder ausfiel, sodass er von einer Sekunde zur nächsten plötzlich von absoluter Finsternis umgeben war. Noch einmal, weil das Wort abreagierende Wirkung hatte, tönte es stinksauer durch den Wald: »Scheißdreck!«

Er hatte sich darauf gefreut, Maria vom Kirchfels abzuholen. So schön hätte der Abend mit ihr werden können. Jetzt, wo sie sich endlich wieder einigermaßen vertrugen, auch wenn Georg wusste, dass ihr beider Verhalten eher schwarzhumorig war. In seinen Vorstellungen jedenfalls wäre Maria bereits an der Haustür in seine Arme gesunken, und er hätte sich noch viele ergänzende Umarmungen vorstellen können. Aber nein! Sie musste unbedingt im Kirchfels versumpfen. Noch dazu mit dem Kirchfelswirt anbandeln. Diesem Fetznschädel. Hatte die

Frau den Verstand verloren? Georg erkannte entsetzt, dass er tatsächlich eifersüchtig war. Aber noch mehr schockierte ihn, wie sich Maria als Polizistin einen solchen Fauxpas leisten konnte. Während der laufenden Ermittlungen bei einem möglichen Zeugen zu übernachten, ja ging's noch? Der Kerl würde das doch ausnutzen. Dass Georg selbst gerade von einer Affäre mit einer deutlich jüngeren, ihm unterstellten Arbeitskollegin fantasierte, betrübte ihn dagegen nicht.

Zu allem Überfluss kam mitten in der Nacht der Anruf: Eine Zeugin, die Koglerin, habe seltsame Geräusche und einen Schuss gehört, der sie derart in Aufregung versetzte, dass er jetzt im Morgengrauen nicht umhinkam, den Angaben der Frau nachzugehen. War ja sonst nichts zu tun!

Der von der Zeugin beschriebene Holzstoß war leicht zu finden. Diese Engstelle kannte Georg gut, und er vermutete sogar, dass Danninger, der dort das Holz vom Berg herunterholte, absichtlich eine Engstelle gebastelt hatte. Immer wieder hatte der sich über Leute geärgert, die zu jeder Tages- und Nachtzeit in seinem Holzberg herumschlichen. Zu Fuß waren sie ihm schon mehr als lästig, aber motorisiert hatten sie in seinem Jagdrevier erst recht nichts zu suchen.

Mit seiner halbherzig aktiven Taschenlampe hatte Georg den Boden am Holzstoß untersucht, doch es hatte schon eine Weile nicht mehr geregnet, daher gab es keine nennenswerten Reifenspuren, auch nicht an jener Stelle, an der das Auto, das von der Zeugin nicht besonders gut beschrieben worden war, angehalten hatte.

»Wenn du Matsch brauchst, gibt es keinen. Wenn du keinen brauchst, dann bekommst du ihn«, grantelte Georg laut vor sich hin und dachte mit Widerwillen an die Reinigung seiner Gummistiefel, woraufhin ihm gleich wieder ein Fluch entkam.

Umgeben von riesenhaften Fichten und nur blass vom Mond beschienen, versuchte Hammerschmied nun, sich an die Danninger'sche Standortbeschreibung seines Hochstands zu erinnern. Eigentlich hatte Sebastian im Laufe der Wirtshaussitzungen die Standorte aller seiner Hochsitze beschrieben, und das zuletzt erbaute Jägerbaumhaus musste irgendwo in der Nähe dieser Holzstoß-Kurve sein, da war sich Georg sicher. Aber in der Finsternis verlief sich sein Instinkt in den vielen alten Spuren, in den unmerklich zu erahnenden Trampelpfaden und geknickten Büschen, die wahrscheinlich nicht nur von Danninger gezogen worden waren, sondern auch von dessen Rehlein. Und da Hammerschmied keinen Weg erkennen konnte, stapfte er einfach weiter, geradewegs durch Unterholz und niedriges Brombeergestrüpp.

Ein Nachtvogel schimpfte laut auf, als Hammerschmied unter dessen Lieblingsbaum entlangstolperte. Schließlich blieb er stehen, versuchte sich neu zu orientieren, leuchtete umher, klopfte seiner blinkenden Taschenlampe ein paarmal auf die Metallhülse und horchte auf das Rauschen des Baches. Schlussendlich setzte er sich frustriert auf einen bemoosten Baumstamm.

»Wenigstens sitz ich weich«, murmelte er und spürte die Feuchtigkeit des Mooses durch seine Hose dringen. Hammerschmied sah sich um. Seine Augen hatten sich an die nachtschwarze Finsternis, die vom am Himmel stehenden Mond nur mangelhaft aufgehellt wurde, eher schlecht als recht gewöhnt. Er beschloss, seine unfreiwillige Wanderung noch um höchstens fünf Minuten zu verlängern, dann würde er aufgeben und Sebastian Danninger einfach bitten, ihn zu seinem Hochstand zu führen. Ganz offiziell.

Ein guter Plan, wie Hammerschmied fand, wohingegen sein derzeitiger Plan eher unter die Rubrik »mäßig durchdacht« fiel. War ja auch eine richtige Schnapsidee gewesen zu glauben, er könne den Flecken aufgrund der Beschreibung eines besoffenen Forstarbeiters einfach so finden. Die waren doch in den Wäldern zu Hause. Wenn der eine Holzarbeiter zu seinem Kollegen sagte, dass er an der dritten umgefallenen Esche bachabwärts abbiegen solle, dann wusste der andere vermutlich ganz genau, welche Stelle in welchem Teil des Hintergebirges damit gemeint war.

Seufzend erhob sich Hammerschmied und setzte sich wieder in Bewegung. Er war kaum dreißig Meter durch den Wald gegangen, da rutschte er so herzhaft aus, dass das bisserl Feuchtigkeit, das das Moos auf seinem Hosenhintern als nassen Abdruck hinterlassen hatte, im Verhältnis zu dem Dreckfleck, der nun sein gesamtes rechtes Hosenbein zierte, richtig niedlich aussah. War aber auch egal, denn zu einer genauen Begutachtung war ohnehin der falsche Zeitpunkt. Die Schmerzen in der Hüfte überwogen. Gut, dass die Taschenlampe in diesem Augenblick wieder ihren Dienst quittierte, sodass Hammerschmied nicht sehen konnte, was noch auf ihn zukam, denn er rutschte ein Stück des steilen Abhangs hinunter und hörte dabei, wie seine Hose aufriss. Unmittelbar danach fühlte er einen beeindruckend scharfen Schmerz am Oberschenkel. Als seine Rutschpartie endlich zu Ende war, die Taschenlampe wieder Licht spendete (ein Wunder) und er seinen rechten Oberschenkel vom Schmutz gesäubert hatte, konnte er die Schnittwunde bewundern, die ihn mittlerweile ordentlich schmerzte.

Der deftige Fluch, der Hammerschmied entkam, betitelte unter anderem eine Berufsbezeichnung aus dem Rotlichtmilieu, und außerdem hatte es noch mit einem umgangssprachlich verwendeten, recht derben Wort für Geschlechtsverkehr zu tun. Pubertierende Zwölfjährige hätten vermutlich ihren Wortschatz erheblich bereichern können. Es war gut, dass keine entsprechenden Jünglinge in der Nähe waren.

Georg wusste jetzt schon, dass er die blutende Wunde zu Hause mit Schnaps behandeln würde und sich selbst auch ein wenig. Bei dem Gedanken an seinen Zirbenschnaps oder vielleicht ein gutes Zwetschkendestillat wurde Hammerschmied wieder munter, wollte sich gerade aufrichten und den Dreck – so gut es jetzt noch möglich war – abklopfen, als sein Blick im Lichtkegel der Lampe auf eine Leiter fiel, die sich ein wenig verborgen an eine Fichte lehnte.

»Der Hochsitz! Schau, schau. Hab ich dich doch noch gefunden.«

Humpelnd eilte er auf den Bau zu, prüfte die Stabilität der Sprossen, sah sich um und befand, dass der Bach tatsächlich nur einen Steinwurf vom noblen Danninger-Jagdhaus entfernt lag. Das silberne Glitzern der Wellen im schwachen nächtlichen Licht sah regelrecht romantisch aus, was man von der blutenden Wunde an Georgs Bein nicht behaupten konnte. Es war also durchaus möglich, dass Sebastian etwas gehört hatte, wie er ihm lallend auf dem Wirtshaus-WC berichtet hatte.

Georg riss sich aus seinen Gedanken und begann zuversichtlich, die Holzleiter hinaufzusteigen. Er wollte sich von oben einen Überblick verschaffen, soweit dies in der Dunkelheit eben möglich war.

Der Hochsitz stand schlecht, fand Hammerschmied. Er leuchtete die lange Leiter hinauf, an der großen Fichte entlang, an der das Prunkstück aufgebaut worden war. Mit schlechten Standverhältnissen meinte Hammerschmied nicht die Stabilität des Bauwerks, nein, wirklich nicht, denn der Hochsitz war ziemlich neu, stabil und in einem gewissen Sinn sogar formschön. Die Luxusausführung eines Hochsitzes also. Allerdings war er ungeeignet zur Wildtierbeobachtung, denn das relativ große Baumhaus war von zu vielen Bäumen umgeben. Eine Sicht auf Tiere war hier denkbar unmöglich. Normalerweise richteten Jäger ihre Beobachtungsposten dort ein, wo sie direkt in einen forstwirtschaftlichen Kahlschlag schießen konnten, aber doch nicht hier, wo ein Baum dicht neben dem anderen stand und die Sicht damit gleich null war. Zugewachsen war der Hochsitz. Er wirkte eher wie ein Versteck. Ein romantischer Rückzugsort vielleicht? Wahrscheinlich hatte Danninger in den letzten Jahren hier nicht Wildtiere beobachtet, sondern sich der menschlichen Natur zugewandt. Üppigen weiblichen Rundungen war er schon immer zugetan gewesen.

Georg grinste und setzte Fuß um Fuß auf die Quersprossen der Leiter. Oben angekommen, leuchtete er in den Innenraum des Hochsitzes und wunderte sich, dass er im Lichtkegel seiner Lampe die Sohlen eines Schuhpaares mit geschätzter Schuhgröße 45 bestaunen konnte. In den Schuhen befand sich ein lebloser Körper. Die Mündung einer Jagdwaffe starrte Georg bedrohlich an. Im selben Augenblick begriff Georg, wen er vor sich hatte.

Dass Hammerschmied in diesem Augenblick schlecht wurde, kann man ihm wirklich nicht zum Vorwurf machen. Erst kürzlich hatte er sich noch mit Danninger unterhalten, und nun lag dieser in seinem Lieblingshochsitz, neben ihm eine Waffe, und es schien ganz so, als wäre er mausetot. Wie er im Vollrausch hierhergekommen war, war Georg zwar ein Rätsel, schließlich war Danninger nie zu Fuß unterwegs, und sein Wagen stand hier nirgends herum, aber das würden andere zu klären haben. Er wusste nur noch nicht, wie er erklären sollte, dass das Erbrochene auf dem Boden vor dem Hochsitz und an der Leiter von ihm war, denn darüber würden die Kollegen wieder monate-, wenn nicht sogar jahrelang lachen. Vielleicht sollte er die Übelkeit einfach auf seine Schnittwunde schieben. Vielleicht würde ihm sogar geglaubt werden.

Kapitel 25

Maria wurde von fröhlichem Vogelgezwitscher geweckt.

»Müssen die Viecher so laut sein?«, entfuhr es ihr mit einem Stöhnen, das sie selbst erschreckte. Ihre Stimme klang, als hätte sie drei Tage lang durchgesoffen. Sie stützte sich im Bett ab und wollte sich gerade aufrichten, was ihren Magen dermaßen beunruhigte, dass ihr davon übel wurde. Schnell stellte sie jede Bewegung ein und wartete, bis sich Hirn und Magen wieder besonnen hatten. Der Blick auf ihre Uhr erzählte etwas von sechs Uhr morgens. Langsam ließ sich Maria wieder auf das Bett zurücksinken. Sie konnte sich an absolut gar nichts erinnern. Sie hatte doch nicht etwa …? Nein, so betrunken war sie nicht gewesen. Nach dem zugegeben leidenschaftlichen Kuss mit Jakob hatte sie sich aus seiner Umarmung gelöst, ein schnelles, heiseres »Gute Nacht« gemurmelt und dem verdutzten Wirt die Tür vor der Nase zugedrückt.

Das passierte ihm sicherlich nicht oft, aber Maria war immerhin eine verdeckte Ermittlerin im Dienst und hatte einen Ruf zu verlieren. Zweimal in einer Woche in der Wirtschaft mit einem anderen Mann flirtend gesehen zu werden reichte in kleinen Gemeinden wie Reichraming aus, um für immer als Flittchen abgestempelt zu werden. Solchen Gerüchten musste sie durch unbedachte Liebeleien nicht noch zusätzlich Zunder geben.

Tatsächlich war Maria recht flau im Magen, ihr Kopf dröhnte, der Mund war trocken. Dabei hatte sie wenig getrunken. Ein Bier, einen Schnaps und den Schluck Rum mit Kakao. Der Inhalt aller Weißweinspritzer war wahlweise beim Sitznachbarn gelandet oder in einem günstigen Moment auch mal in einem bedauernswerten Gummibaum auf dem Fensterbrett der Gaststube. So recht konnte sie sich nicht erklären, wieso sie mit dem hübschen Wirt dermaßen die Contenance verloren hatte, und sie war froh, gerade noch im richtigen Moment die Tür geschlossen zu haben und aufs Bett gefallen zu sein.

Schließlich raffte sich Maria auf, zog die Vorhänge zurück und betrachtete den Innenhof des Gebäudes bei Tageslicht. Schön sah er aus. Üppig grün und friedlich. Ein Fenster auf der gegenüberliegenden Hofseite stand offen, und die Radfahrerin, die Maria schon vom gestrigen Abend her kannte, band sich dahinter gerade ihr Haar zu einem Zopf. Dabei warf die Frau ebenfalls einen Blick aus ihrem Fenster. Das Kopfschütteln, mit dem sie Maria bedachte, wirkte wie eine Rüge. Da war er ja schon, der Flittchenstempel. Die Frau trat zurück ins Zimmer und schien mit ihrem Mann ein paar Worte zu wechseln. Marias Gedanken wanderten. Sie wusste nicht, ob sie sich nun schämen sollte oder nicht.

Geschirrgeklapper brachte sie in die Gegenwart zurück. Im Innenhof wurden die Tische für das Frühstück hergerichtet. Jakobs Aushilfe sauste fleißig zwischen Küche und Freiluft-Frühstücksraum hin und her. Der Tag zeigte sich bereits jetzt wieder als herrlicher Sommertag. Herrlich für die Urlauber. Weniger herrlich für jene, die zur Arbeit gehen und in irgendeinem Büro schwitzen mussten, oder für jene, die nach einer durchfeierten Nacht mit Kopfschmerzen und Übelkeit kämpften.

Maria schloss das Fenster wieder und suchte ihr Handy. Sie fand es in einem Regalfach im Badezimmer. Komischer Ablageort. Allerdings kein Wunder nach dem gestrigen Abend. Sie tippte ihren Code ein und wählte Hammerschmieds Nummer, der bereits nach dem zweiten Signalton abhob.

»Alles gut bei dir?«

»Kopfschmerzen habe ich. Voller Körpereinsatz im Dienst. Eine außerordentliche Belobigung wäre mehr als angebracht. Aber ja, fast alles in Ordnung und keine nennenswerten Neuigkeiten, die die Kopfschmerzen zumindest gerechtfertigt hätten. Wir sehen uns. Muss aufhören. Es kommt jemand.«

»Mir ist völlig gleichgültig, ob jemand kommt. Willst du nicht zumindest eine höfliche Gegenfrage stellen?« Hammerschmieds Stimme klang unfreundlich.

»Also gut. Wie geht's?«

»Während du dich mit dem Wirt im Bett gewälzt hast, haben wir hier einen Toten.«

»Ich habe mich nicht mit dem Wirt im Bett herumgewälzt«, zischte Maria erbost ins Telefon. »Wofür hältst du mich eigentlich? So leicht bin ich für euch Scheißmänner wirklich nicht zu haben.«

Der zweite Satz mit dem Toten war zwar auch in Marias Hirn gelandet, sie hielt aber die Korrektur des ersten für vordringlich angebracht.

»Wir haben einen Toten? Das ist ein schlechter Scherz, oder? Du willst mich doch nur wach kriegen, oder ärgern. Was weiß ich, was du dir dabei denkst?«

»Sebastian Danninger. Erschossen am Hochstand. Mitten in die Brust. Mausetot. Und weißt du, was der größte Bock ist, den wir in diesem Zusammenhang abgeschossen haben?«

»Sebastian Danninger? Aber ... das gibt's doch nicht! Der saß doch gestern noch ...« Maria brach ab.

»Anselm Schwarzenberg wollte Danninger gestern zur Befragung bestellen. Hat ihn nicht erreicht, ihm aber aufs Handy gesprochen, damit er sich meldet und eine Aussage macht. Nur leider ist es dazu nicht mehr gekommen.«

Sie hörte, dass Hammerschmied einen heftigen Fluch ausstieß, kaum dass er den Satz beendet hatte, dann fuhr er fort:

»Während du dir gemütlich einen Wirt auf den Bauch legst, sterben uns die Reichraminger weg!«

»Spinnst du total, Hammerschmied? Ich lege mir keinen Wirt auf den Bauch. Woher hast du solche abgedroschenen Phrasen? Und selbst wenn, dann ginge dich das gar nichts an. Ich bin erwachsen. Ich kann mir auf den Bauch legen, wen ich will, schließlich sind wir zwei nicht miteinander verheiratet. Und noch was: Ich scheiß auf die Meinung der Hinterwäldler hier im Dorf. Nur für den Fall, dass du noch etwas von Ehre und dem richtigen Verhalten einer Frau in einem kleinen Nest hinzufügen möchtest. Wir leben im einundzwanzigsten Jahrhundert und nicht in irgendeinem prüden Zeitalter!« Letzteres hatte Maria nicht mehr nur gesagt, sondern laut ins Handy geschrien.

»Besprechung in einer Stunde in Großraming«, war das Einzige, was Georg kühl entgegnete.

Sie drückte das Gespräch weg, warf das Handy zornig aufs Bett und stieß etwas aus, das wie ein Urschrei klang.

»Frühstück ist fertig«, drang Jakobs Stimme in diesem Moment gedämpft durch die Tür. »Wenn du so weit bist, komm einfach in den Innenhof.«

Maria nickte, beeilte sich dann aber, ein »Ja« hören zu lassen, und beschloss, das Spiel weiterzuspielen. Eine dickere Schicht Make-up als nötig würde ihr dabei helfen. Im Beruf trat sie nur wenig geschminkt auf. Das war einfach bequemer. Doch nach ein paar Minuten Pinselei und Arbeit mit dem Inhalt ihres Necessaires stellte sie wieder einmal verwundert fest, dass ein bisschen Farbe tatsächlich Wunder wirkte. Sie erkannte sich selbst kaum wieder. Sie seufzte. In ihrem Übernachtungsset für Notfälle, das sie immer im Auto hatte, hatten keine Klamotten zum Wechseln Platz gefunden, daher würde sie mit dem Kleidchen vom Vorabend vorliebnehmen müssen. Bei Georgs engem

Zeitplan blieb ihr keine Gelegenheit, sich zu Hause noch einmal umzuziehen. Notgedrungen würde sie also in ihrem Lockvogeloutfit in die Polizeiinspektion müssen. Einige Minuten noch, dann würde sie sich aufraffen und lächelnd der unangenehmen Situation stellen. Sie würde einfach so tun, als sei nichts passiert.

Bevor Maria das Zimmer verließ, dachte sie belustigt darüber nach, sich einer Schönheitsoperation zu unterziehen. Wie peinlich, wenn sie später einmal irgendjemand als jene Maria erkennen sollte, die im Wirtshaus mit dem Stammtisch gebechert hatte. Polizistin Maria würde das jedenfalls nicht dienlich sein. Aber das war jetzt nicht mehr zu ändern.

Kapitel 26

Den Jammerlaut, der ihm beim Aufstützen auf seinen Oberschenkel beinahe entkommen wäre, hielt er gerade noch erfolgreich zurück. Die Kollegen hatten schließlich schon genug über seine Ungeschicklichkeit gelacht. Ein eigenartig klingendes Geräusch jedoch hatte er nicht mehr unterdrücken können.

»Du findest das lustig, Hammerschmied, nicht wahr!«, traf ihn Zeisigs kühler Satz. Der Inspektionskommandant hatte alle in sein Büro zitiert und wartete ungeduldig auf den Lagebericht.

Bereits frühmorgens hatte Georg lautstark vernommen, wie Zeisig den dritten Toten kommentiert hatte. In seinem Büro. Hinter verschlossenen Türen. Schuld an Zeisigs Wutausbruch war auch Maria, die es geschafft hatte, absolut unpassend gekleidet zum Dienst zu erscheinen. Anstatt in der standesgemäßen Uniform war seine Nichte in einem Outfit angerauscht, dessen spektakuläre Kürze nur noch in Konkurrenz zum tiefen Ausschnitt stand. Forsch hatte er sie in den Spindraum zum Umkleiden geschickt.

Etwa zeitgleich hatte es Zeisig zudem noch geschafft, die *DonauNews* vor allen anderen in die Finger zu bekommen, und so durften die Kollegen einem einsamen Wutmonolog lauschen, der die Worte »Anarchie« und »Mördertal« enthielt. Außerdem »Ermittlungserfolg« und »ausbleibend«, was nicht gerade für gute Stimmung gesorgt hatte. Hammerschmied, der eigentlich krankgeschrieben war, nickte zustimmend zu Zeisigs Kommentar.

»Meine Schmerzmittel trüben derzeit mein Denkvermögen ein wenig. Auch meine Reaktionen sind etwas anders, als sie gemeinhin zu erwarten wären, hat der Arzt gemeint, als er mir das Zeugs in die Hand drückte.«

Zeisig vernahm ein entsetzt geflüstertes »Georg« aus Marias Richtung. Seine Nichte zog die Augenbrauen hoch und schien mit Hammerschmieds Wortwahl nicht einverstanden zu sein. Im selben Augenblick bemerkte er, dass sich Marias Gesichtszüge aufhellten. Zeisig konnte sich ein Schmunzeln nicht verkneifen. Er meinte instinktiv zu verstehen, dass seine Nichte die unschlagbaren Vorteile der aktuellen Situation kapiert hatte. Augenblicklich hatten sich für sie völlig unerwartete und neue Perspektiven eröffnet, denn ganz offenbar war Hammerschmied endlich einmal fahruntüchtig. Mit den vielen Medikamenten, die der intus hatte, konnte man den Mann doch nicht hinters Steuer lassen.

»Georg«, fuhr Zeisig daher energisch dazwischen, bevor noch Maria einen Ton von sich geben konnte. »Mit dem Auto fahren Maria oder einer der Kollegen, zumindest solange du die Schmerzmittel nehmen musst. Alles andere wäre verantwortungslos!«

Maria nickte eifrig. Die Kollegen rundum grinsten hinterhältig.

Hammerschmied seufzte leise: »Kleine Sünden straft Gott sofort.«

»Also, was haben wir?«, fragte Zeisig gereizt.

Schwarzenberg räusperte sich. »Der Briefträger hat im Zusammenhang mit dem Mord an Dominik Bergmeier absolut gar keine Beobachtungen gemacht. Er war am fraglichen Tag am Hof nicht einmal stehen geblieben. Gab keine Post zum Zustellen. Und dann war ja eigentlich der Termin mit dem Danninger fixiert. Nur leider …« Er warf einen geknickten Blick in die Runde. »Leider ist der erschossen worden, bevor es zur Befragung kam. Ich konnte ihn schlicht nicht mehr erreichen.«

Selbst im Tablettendunst bemerkte Hammerschmied, wie Zeisig der Kamm anschwoll.

»Soll das bedeuten, wir haben keine offizielle Aussage? Uns bleibt also nur Danningers betrunkenes Gestammel?«

»Chef, woher hätte ich denn wissen sollen, dass jemand in der Nacht hergeht und den Danninger abknallt?«, sagte Anselm und schaute schuldbewusst drein.

»Ich hab die Story gestern im Wirtshaus auch noch mal aufgetischt bekommen. Vielleicht reichen Georgs und meine Angaben zum Erzählten ja völlig aus«, sprang ihm Maria bei.

»Als ob du dich noch an etwas erinnern könntest«, zischte Hammerschmied in Marias Richtung.

»Georg, jetzt hör aber auf, ich habe den ganzen Abend kaum etwas getrunken, nur einen kleinen Schlaftrunk mit Rum. Ich kann mich an alles gut erinnern.«

»Das hat heute frühmorgens aber ganz anders geklungen.« Georg hoffte, dass er nicht allzu beleidigt klang.

Schwarzenberg sah die beiden Streithansln verwirrt an. Dann sagte er: »Könnt ihr bitte aufhören, euch ständig anzugiften? Das ist ja erbärmlich. Es ist mir ein Rätsel, warum sich zwei erwachsene Menschen derart unprofessionell verhalten.« Er verschränkte seine Arme und setzte einen Gesichtsausdruck auf, der ihn wie eine männliche Diva erscheinen ließ, die darauf wartete, hofiert zu werden.

»So kann ich nicht arbeiten«, murrte Weidinger.

»Kollegen. Tatsachen. Nicht mehr«, zischelte Zeisig, und sein grimmiger Blick verhieß nichts Gutes.

Hammerschmied sah Maria warnend an, dann fragte er: »Also? Was ist mit dir? Hast du Erkenntnisse aus dem gestrigen Kirchfelsbesuch gewonnen, und können wir uns mit dir überhaupt noch mal in Reichraming sehen lassen?«

Wieder war das fauchende Atmen Zeisigs zu hören. Mit der zu einer Rolle gedrehten *DonauNews* schlug er auf den Tisch. Schon befürchtete Georg einen neuen Wutanfall, aber dann setzte Maria rasch an zu erzählen, was am Abend vorgefallen war.

»Ich habe die Kette, die wir unter Cintia Zachariasz' Bett gefunden haben, blöderweise im Kirchfels verloren. Ob die Idee, sich damit zu zeigen, klug war, ob sie jemand erkannt hat und wir diesbezüglich Rückmeldungen bekommen, wird sich herausstellen. Außerdem hat Braunstingel, den wir aufgrund der kolportierten Liebschaft seiner Frau mit dem Bergmeier als Verdächtigen im Auge hatten, ein Alibi. Ich habe vorhin mit seinem Arbeitgeber telefoniert. Zum Zeitpunkt des Todes von Dominik Bergmeier war Braunstingel auf Dienstreise. Deutschland. Maschinenfabrik in Straubing. Nachweislich.«

»Ich finde die Bevölkerungsdezimierung in Reichraming bedenklich.«

Zeisigs Stimme klang feindselig in Georgs Ohren.

»Was ist mit der Bluse, die ihr am Teich der Bergmeiers gefunden habt? Da waren doch Blutflecken drauf, oder? Von wem stammen die? Wem gehört die Bluse? Gibt es DNA-Spuren? Also, ich will Ergebnisse. Was ist?«

Wieder drosch Zeisig die *DonauNews* auf den Bürotisch, betrachtete sie dann irritiert und hatte offenbar etwas gefunden, woran er sich austoben konnte. Er versuchte tatsächlich, die Zeitung zu zerreißen, was ihm nicht gelang, da seine Kräfte an jene eines berühmten, jedoch toten österreichischen Telefonbuchzerfetzers einfach nicht heranreichten. Wütend zerrte er an den gebündelten Blättern, und schließlich machte er sich einfach über die einzelnen Doppelseiten her, die er schon viel müheloser in Konfetti verwandeln konnte. Nachdem die Fetzen endlich auf dem Boden gelandet waren, stampfte er wutentbrannt darauf herum.

»Wie kann es sein, dass derart hässliche Mordfälle genau in meinem Dienstgebiet passieren?«, brüllte er. »Warum haben meine Leute ganz offensichtlich keine Ahnung von Ermittlungstätigkeit? Ich will Erfolge sehen. Wir haben es dringend nötig, dass endlich wieder etwas Positives über uns in der Zeitung steht.«

Zeisigs Stimme überschlug sich: »Bernhard Staub von der *DonauNews* geht mir mit Hohn und Spott auf die Nerven. Kapiert doch endlich, es geht um Ermittlungserfolge.«

Sein letzter Satz hatte Zeisig derart aufgeregt, dass sich heftiger Schluckauf einschlich. Er war nicht mehr in der Lage, auch nur ein weiteres Wort loszuwerden. Er ließ sich in seinen Drehsessel fallen, rollte schwungvoll einen Meter zurück, prallte heftig gegen sein Bücherregal und tat einen lautstarken Schrei. Wieso war er nur von derart lahmen Gäulen umgeben?

Sein Gehalt brauchte dringende Aufbesserung. Schließlich war das Leben eines Polizisten nicht gerade durch Reichtum gekennzeichnet. Ein klitzekleiner Geldaufschwung kurz vor seiner Pensionierung würde tatsächlich nicht schaden. Dies gelang am besten mit dem Abschluss spektakulärer Fälle. Nun gab es diese Situation, und keiner seiner Leute kam damit zu einem positiven Ende.

Aufgeregt sprang er auf. Warum versagte man ihm seinen Erfolg? Wütend stampfte er mit den Füßen mehrfach fest am Boden auf. Trampelte noch einmal auf den Papierschnipseln herum. Da unterbrach zaghaftes Klopfen seinen Zornausbruch.

»Was ist?«

Seine gebrüllte Einladung sorgte dafür, dass sich die Tür öffnete und die Putzfrau ihren Kopf ins Chefbüro steckte. Mit großen Augen betrachtete sie die Unordnung am Boden, schüttelte vorwurfsvoll den Kopf, stieß schließlich einen Seufzer aus und schloss die Tür wieder, wie um zu sagen: »Räum dir deinen Dreck doch selbst weg, wenn du ihn schon so hervorragend und eigenhändig fabriziert hast!«

»Nicht einmal das Reinigungspersonal tut, was es soll«, brüllte Zeisig der Frau hinterher, sank in seinen Sessel und wollte schon nach seiner ungeöffneten Flasche Cognac greifen, die er erst gestern gekauft hatte, um den Inhalt auf seine Qualität zu prüfen, als ihm bewusst wurde, dass er nicht allein im Büro war.

Während die von Zeisig angeraunzten Beamten nach Luft schnappten, läutete es im Eingangsbereich der Polizeiinspektion Sturm.

Weidinger nutzte die Chance auf ein Entkommen reflexartig, sprang auf und kam nur wenige Sekunden später mit einem freudigen Grinsen im Gesicht zurück. Im Schlepptau einen bekannten Gerichtsmediziner, der sich erneut aus seinem Totenkeller an die frische Luft begeben hatte.

Georg fühlte sich elend. Die Medikamente brachten seinen Magen in Unordnung, und nun auch noch das. Ein grinsender Letinowsky, der Maria anerkennende Blicke zuwarf. Das war einfach zu viel des Guten.

Letinowsky schmalzte: »Ich war gerade zufällig in der Gegend und dachte, ich bring euch den Akt *Danninger* persönlich vorbei, dessen Körper ich in Windeseile untersucht habe.«

Hammerschmieds Unwohlsein wurde dadurch nur noch größer.

»Ist doch praktisch, oder? Dann kann ich gleich für allfällige Fragen zur Verfügung stehen.«

Letinowsky lächelte sein charmantestes Pathologenlächeln. Maria reagierte darauf mit ihrem charmantesten Polizistinnenlächeln. Jeder nicht so abgebrühte Gangster hätte allein dieses

Lächelns wegen schleunigst ein Geständnis abgelegt, und Georg hätte am liebsten gekotzt.

»So ein angenehmer Zufall.« Maria wirkte aufgeregt.

Hammerschmied brachte es nicht fertig, Letinowskys Eintreffen unkommentiert zu lassen.

»Wie eine pubertierende Teenagerin«, bemerkte er halblaut und eindeutig missbilligend, was Maria mit dezent gerötetem Gesicht zu ignorieren versuchte.

Hammerschmied verfolgte argwöhnisch, wie Dr. Letinowsky von Maria kohlteufelschwarzen Kaffee serviert bekam. In ihrer eigenen, mit Herzen verzierten Tasse. Mit einem derart sinnlichen Lächeln, dass der Pathologe augenscheinlich verlegen wurde. Georg hätte auch gerne eine Tasse frischen Kaffee getrunken, ihm jedoch blieb dieser besondere Service versagt.

»Das ist ja ganz neu«, kommentierte er das Geschehen.

»Richtig, die Tasse ist ganz neu«, wiederholte Maria und setzte sich, worauf sich Letinowsky mit strahlendem Lächeln bei ihr bedankte. Hammerschmied reagierte ebenso, zeigte eine Reihe vollständig vorhandener Zähne und knirschte damit. Hörbar.

Der Pathologe trank einen Schluck Kaffee, stöhnte erfreut auf, sodass sich Marias Gesichtsfarbe noch intensivierte, und wollte gerade loslegen, als Georg ihm zuvorkam: »Wie kommt es, dass nur wenige Stunden nach dem Fund des Toten schon Ergebnisse auf dem Tisch liegen? Dass der schon seziert wurde? Ihr seid doch sonst nicht so flott.«

Gelangweilt sah er hin zu Letinowsky, der sich nicht aus der Ruhe bringen ließ und Marias Kaffeehäferl lächelnd betrachtete. Schließlich richtete der Pathologe seinen intensiven Blick auf die Polizistin, himmelte sie regelrecht an und legte los, ganz so als wäre sie die einzige Person im Raum.

»Ein paar Infos zu Sebastian Danninger. Wir haben in der Gerichtsmedizin festgestellt, dass der Tote derart viel Alkohol im Blut hatte, dass er weder fahren noch einen Hochsitz hinaufklettern hätte können. Der war so hinüber, dass ihm – außer seinen Rausch auszuschlafen – gar nichts mehr möglich gewesen wäre.«

Letinowsky schaute in die Runde, um sich zu versichern, dass jegliche Aufmerksamkeit ihm gehörte. Und dieses Mal war er erfolgreich, denn alle Anwesenden blickten ihn gebannt an. »Von …«

»Halt«, unterbrach ihn Hammerschmied. »Der Danninger war ein Profi, wenn es um heftigen Alkoholkonsum ging. Der vertrug mehr als jeder normale Mensch. Ich traue dem durchaus zu, dass er noch gefahren ist.«

Im selben Augenblick bereute Georg seinen Einwand. Danningers Auto hatte sich nicht am Tatort befunden. Von Weidinger wusste er, dass man es vor dem Musikheim unweit des Wirtshauses gefunden hatte. Unversperrt. Wie es der Danninger zu Lebzeiten häufig praktiziert hatte. Außerdem hatte Daniela Kogler von Schleifgeräuschen berichtet, die vermuten ließen, dass der Mann zum Hochstand geschleppt worden war.

Georg biss sich auf die Lippen. Er warf einen verstohlenen Blick zu Maria, deren Mimik Bände sprach, als wollte sie sagen: »Halt doch deinen Mund«, dann betrachtete er den Pathologen, der seinen Einwand mit einem hämischen Grinsen bedachte, bevor er schlussendlich mit seinen Erklärungen ungerührt fortfuhr.

»Wenn da einer geglaubt hat, er könne mir den Toten als Selbstmörder unterjubeln, hat er sich getäuscht. Von Anfang an ohnehin von euch vermutet und nun auch von mir bestätigt: Es war Mord. Danningers Körpergröße spricht nicht dafür, dass er sich selbst getötet hat. Der Lauf seiner Langwaffe und seine Armlänge hätten es zumindest extrem erschwert, den Lauf an seiner Brust anzusetzen und abzudrücken. Der Eintrittswinkel der Kugel passt einfach nicht zur Anatomie des Toten. Ich habe das getestet.«

Hammerschmied und Maria sahen einander an und versuchten sich vorzustellen, wie dieser Test ausgesehen haben musste. Gleichzeitig waren sie froh, nicht dabei gewesen zu sein, falls dieses makabre Schauspiel mit dem toten Danninger im Keller der Pathologie zur Aufführung gekommen war.

»Es kann natürlich sein, dass der Danninger vom Täter am Hochstand angetroffen wurde. Aber sein Fahrzeug befand sich nicht am Fundort der Leiche.« Letinowsky warf Georg einen schadenfrohen Blick zu. »Durchaus möglich also, dass der Mann in sein Fahrzeug gepackt, zum Tatort gebracht, die Leiter des Hochstands hinaufgeschafft und dort oben erschossen wurde, was sicherlich für einen kräftigen Menschen spricht, wohl eher einen Mann als eine Frau, wobei ich natürlich auch eine kräftige Frau nicht ausschließen möchte. In Zeiten des Genderns sollten wir auch diese Möglichkeit nicht außer Acht lassen. Gleichbehandlung für alle. *Peace*, Mann!«, setzte der Mediziner noch salopp hinzu.

Eine wirkungsvolle Pause ließ Letinowsky genug Zeit, um die verblüfften Gesichter seiner Zuhörer zu bewundern. Die Polizisten wussten nicht, ob sie sich ein Lächeln erlauben durften oder lieber doch betreten aus der Wäsche schauen sollten. Deutlich erkennbar für alle, verkniff sich Letinowsky ein Grinsen.

Wieder war es Hammerschmied, der den Pathologen unterbrechen wollte. Gerade hatte er scharf eingeatmet und zu einem Einwand angesetzt, als ihn ein eiskalter Blick zum Schweigen brachte.

»Hammerschmied, ich komme nicht mit halben Informationen zu euch in die Inspektion. Ich habe mit einem Freund bei der Spurensicherung geplaudert. Die haben sich das Fahrzeug des Toten angesehen. Das stand zwar völlig harmlos auf seinem Parkplatz beim Musikheim, aber es scheint tatsächlich das Fahrzeug zu sein, das benutzt wurde, um euren Mann zum Hochstand zu bringen.« Sein Blick wurde lauernd. Schließlich stahl sich ein Funken Siegessicherheit in Letinowskys Mimik.

»Um etwaige Informationslücken zu schließen, grüßt euch der Spurensicherer und richtet euch aus, dass der Täter oder auch die Täterin auf jeden Fall einen Schutzanzug getragen hat. Ein weißes Ganzkörperdings aus Polypropylen. Das ist eine Kunststoffart, die für die Produktion derartiger Anzüge üblicherweise verwendet wird.« Letinowsky grinste siegessicher. »Fasern eines Einweganzugs wurden sowohl am Fahrersitz als auch am Toten gefunden.«

Immer noch herrschte andächtiges Schweigen. Letinowsky schien die Situation zu genießen.

»Wenn das Auto des Toten in der Nähe eines Wirtshauses steht und der Mann ein Säufer war, dann würde ich jetzt an eurer Stelle seine Wirtshauskumpel genau befragen oder wahlweise alle die, mit denen er sich regelmäßig abgegeben hat. Vielleicht die lieben Jagdkollegen eures Toten? Aber, was erzähl ich euch über eure Arbeit?«

Letinowsky unterbrach seinen spöttischen Vortrag, nahm einen Schluck vom inzwischen nur mehr lauwarmen Kaffee, bedankte sich mit einem Zwinkern bei Maria, die prompt wieder rot wurde, und wollte gerade fortfahren, als ihm Anselm Schwarzenberg hektisch ins Wort fiel.

»Eins noch. Danningers Auto wurde auf Schäden untersucht. Ihr wisst schon, wir suchen immer noch nach dem Fahrzeug, das in der Todesnacht der Zachariasz den Rasenmähroboter erledigt hat. Wir haben viele Dellen, Kratzer und Makel an Danningers Auto gefunden, jedoch keine Beschädigung, zu der das Kunststoffteil passt.«

Dr. Letinowsky atmete ein, wollte gerade wieder zu einer Erklärung ansetzen, als er neuerlich von Anselm unterbrochen wurde.

»Und noch was: Nachher ist die Beerdigung von Dominik Bergmeier. Seine Witwe hatte es offenbar eilig, ihn unter die Erde zu bringen. Vielleicht sollten wir bei der Beerdigung dabei sein. Man weiß nie, wozu es gut ist.«

Zeisig, der bisher stillschweigend zugehört hatte, ein recht ungewöhnliches Verhalten für den sonst aufbrausenden Inspektionskommandanten, sagte gereizt: »Natürlich wird die Polizei daran teilnehmen, aber darüber sprechen wir später.«

»Fertig?« Letinowsky warf Schwarzenberg einen scharfen Blick zu.

»Eh klar!« Anselm zuckte mit den Schultern.

Der Gerichtsmediziner wirkte verblüfft, lächelte schließlich und warf Georg einen Blick zu.

»Zurück zu den Fasern des Schutzanzugs, von denen ich vorhin gesprochen habe, bevor ich rüde unterbrochen wurde. Diese Schutzanzüge kann man sogar in Onlineshops kaufen. Häufig werden sie in der Veterinärmedizin, natürlich bei Tatortuntersuchungen oder in Chemielaboren und in der Lebensmittelindustrie eingesetzt, genauso wie bei Schmutzarbeiten im Haushalt. Vermutlich werden viele dieser Anzüge aber auch zweckentfremdet verwendet, siehe Danninger, oder«, dabei zuckten seine Mundwinkel verräterisch, »auch für interessante Rollenspiele.«

Schließlich glitt ein feines Lächeln über Letinowskys Gesicht, und er zwinkerte Georg zu, was diesem Unbehagen bereitete, ging doch das Gerücht die Runde, dass sich der liebe Herr Doktor nicht nur für Tote, sondern auch für Lebende interessierte. Was eigentlich nachvollziehbar war. Allerdings hieß es, dass er sich im Privatleben nicht ausschließlich für Frauen begeistern konnte, sondern auch dem einen oder anderen Männerhintern faszinierte Blicke zuwarf. Gerne auch mit Kontaktoption.

Maria schaute möglichst desinteressiert aus dem Fenster. Die Kollegen grinsten verhalten. Zeisig schnaubte.

Letinowsky meldete sich wieder zu Wort: »Und nun kommen wir zu der Bluse, die ihr gefunden habt. Die Flecken waren tatsächlich Blutflecken. Das Blut wiederum, ich will es kurz machen, stammt von Cintia Zachariasz.«

Maria schüttelte den Kopf.

»Haben Dominik Bergmeier und Cintia Zachariasz wirklich etwas miteinander gehabt? Warum weiß davon in Reichraming niemand? Sonst sehen die Leute doch auch alles. Zuerst finden wir ihre Unterwäsche, also den Body im Misthaufen, dann ihre Bluse am Teich. Sehr romantisch.«

Georg veränderte seine Sitzhaltung und unterdrückte ein Stöhnen.

»Das Alter ist ein Luder«, kommentierte Letinowsky süffisant.

Georg ignorierte die Provokation und entgegnete: »Was, wenn die beiden ein Verhältnis hatten? Was, wenn Dominik Bergmeier die Zachariasz wegen ihres vielen Geldes umgebracht hat? Ihr Geld ist bisher nicht aufgetaucht.«

»Aber wer hat dann schlussendlich Dominik Bergmeier auf dem Gewissen? Und wem ist Sebastian Danninger auf den Schlips getreten? Warum sich die Mühe machen, seinen Tod wie einen Selbstmord aussehen zu lassen?«, warf Maria ein.

»Wusstet ihr, dass die Bergmeier einen Batzen Geld aus einer Lebensversicherung bekommen soll? Anneliese Zitta hat's nebenbei erwähnt.« Georg dehnte seine müden Glieder.

Letinowsky grinste. »Wenn wir da nicht einen guten Grund für ein vorzeitiges Ableben haben …«

Marias Lächeln wurde breiter: »Hey Doc, glaubst du, wir schwimmen auf der Nudelsuppe daher? Natürlich haben wir das Alibi der Witwe geprüft und uns nicht nur auf ihre eigenen Angaben verlassen. Alles im mordfreien Bereich. Sie kommt als Täterin nicht infrage.«

Frischer Kaffeeduft zog durch das Inspektionsbüro. Weidinger hatte beschlossen, für Nachschub zu sorgen, und versorgte alle mit schwarzem Wachmacher. Georg schlürfte aus seiner Tasse, warf einen Blick aus dem Fenster und überließ sich seufzend seinen Überlegungen, die prompt von Maria unterbrochen wurden.

»Inzwischen hatte sich herausgestellt, dass Katharina Bergmeier die Erbin des Anwesens ist. Tatsächlich gibt es nicht einmal ein Testament, sodass einfach die gesetzliche Erbfolge zum Tragen kommt. Nachkommen gibt's nicht, Eltern und Geschwister auch nicht. So bleibt automatisch die Ehefrau als Nutznießerin. Dominik Bergmeier hatte zu Lebzeiten keine Vorkehrungen getroffen, was die Aufteilung seines Besitzes betraf. Wie viele Menschen seines Alters ist er wohl davon ausgegangen, noch lange zu leben.«

Letinowsky meldete sich ungefragt zu Wort: »Wie viele Menschen seines Alters hatte er das Verfassen seines Letzten Willes vielleicht auch deshalb vor sich hergeschoben, weil er die Anfertigung eines Testaments wohl mit einem möglichen Ableben gleichsetzte.«

»Ist schön bei uns, oder?«, hänselte ihn Georg. »Mord und Totschlag. Der tägliche Traum jedes Pathologen.«

»Ich merk schon, nicht jeder hier mag mich.« Letinowsky erhob sich elegant, gab die Herztasse zurück an Maria und war schneller aus dem Büro verschwunden, als jemand einem Herzschlag hätte erliegen können. Nur mehr die zufallende Tür kündete von seinem blitzartigen Abgang.

»Katharina, Dominiks Frau und seine Erbin. Auf sie haben wir zuallererst ein Auge geworfen, doch dann wurde ihr Alibi von Anneliese Zitta bestätigt«, fasste Maria zusammen. »Anneliese hat die Frau auf ihrem frühmorgendlichen Weg zur Arbeit gesehen. Auch ihr Arbeitgeber verbürgt sich für die Anwesenheit der Mitarbeiterin.«

Maria deutete auf die Liste der Fragen, die Georg auf seinem Flipchart niedergeschrieben hatte.

1. *Wer hat Dominik Bergmeier die Sense ins Herz gesäbelt?*
2. *Gibt es jemanden in Reichraming, der auffällig mit Geld um sich schmeißt (tolles Auto, teurer Urlaub, neues Schwimmbecken im Garten)? Ist jemand zu plötzlichem Wohlstand gekommen?*
3. *War Sebastian Danninger wirklich Zeuge eines Mordes?*
4. *Gibt es eine Beziehung der Morde zueinander?*
5. *Wer hatte Motiv und Gelegenheit, alle drei Personen zu töten?*

»Immer mehr Fragen, immer weniger Antworten«, seufzte Georg. Frustriert erhob er sich, griff nach seinem rollbaren Flipchart und humpelte, das Gestell hinter sich herziehend, in sein Büro zurück. Die Wunde an seinem Bein schickte Stiche durch seinen Körper. Stöhnend ließ er sich in den Sessel fallen. Schließlich warf er einen interessierten Blick auf die Fotos der Opfer.

Cintia Zachariasz. Todeszeitpunkt zwischen Mitternacht und dem frühen Morgen, von Sonntag auf Montag. Betäubungsmittel. *Ersticken durch Ertrinken*, hatte er unter ihr Foto gekritzelt.

Dominik Bergmeier. Todeszeitpunkt Dienstagvormittag oder -mittag, eventuell früher Nachmittag? Seine Frau war zum Todeszeitpunkt bereits in der Arbeit, zumindest aber auf dem Weg dorthin, wie Augenzeugin Zitta und ihr Arbeitgeber bestätigten. *Erbschaft?*, stand neben dem Foto des toten Mannes, das ihn mit der Sense in der Brust am Baumstamm lehnend zeigte. *Erbin: Katharina Bergmeier!*, notierte Hammerschmied darunter.

Sebastian Danninger. Tod durch Schuss in die Brust. Langwaffe. Jagdgewehr. Todeszeitpunkt heute zwischen Mitternacht und Morgengrauen. *Mord,* schrieb Hammerschmied neben das Foto des toten Danninger, das so unappetitlich war, dass ihm beinahe übel wurde.

Eines wusste Hammerschmied gewiss: Derart viele Beerdigungen, wie nun in kurzer Zeit auf die Reichraminger zukommen würden, hatte es noch nie gegeben.

Kapitel 27

Es war ein wunderschöner Freitagmittag. Die Sonne brannte vom Himmel, in Reichraming wimmelte es von Bade- und Wandergästen. Ganz bestimmt kein Begräbniswetter. Dem Anlass entsprechend würden nicht nur die Tränen, sondern auch der Schweiß in Strömen fließen. Und sowohl was die Hitze als auch was die zahlreichen Friedhofsbesucher anbetraf, würde es wohl noch einige Tage so weitergehen.

Der Leichnam ihres Ehemanns machte nur den Anfang, dachte Katharina. Sebastian Danninger würde nur mehr wenig länger auf seine Grablegung warten müssen. Bei Cintia Zachariasz lag die Situation ein wenig anders, hatte Anneliese ihr heute Morgen zu berichten gewusst. Zwar sei auch deren Leiche zur Bestattung freigegeben worden, aber da sich bisher noch niemand gefunden habe, der die Kosten dafür übernehmen wolle, und auch ihr beträchtlicher Nachlass noch nicht wieder aufgetaucht sei, verzögere sich die bürokratische Abwicklung. Sollte nicht bald doch noch ein Angehöriger oder nahestehender Freund auftauchen, würde die Gemeinde übernehmen. Schließlich könne die Ermordete nicht gut bis zu ihrer Auferstehung im Kühlfach der Gerichtsmedizin liegen.

Dominiks Begräbnis jedenfalls würde als eine schöne Leich in Erinnerung bleiben. Dominik war Mitglied in mehreren Vereinen gewesen, beim Bauernbund sowieso, außerdem war er gerne im Wirtshaus gesessen, war – obwohl man sich in dieser Hinsicht nicht einig wurde – sogar der Gründer des Mutterkuh-Stammtischs gewesen, der sich allerdings längst aufgelöst hatte und im Stammtisch der Jäger aufgegangen war. Dominik war beliebt, und er war für fast jeden Spaß zu haben gewesen. Wenn schon kein sonderlich guter Ehemann, dann doch wenigstens ein höchst angenehmer Wirtshausbruder, wie sowohl Wirt als auch Wirtshauskollegen bestätigen konnten.

Dominik, wir werden dich vermissen!, prangte auf der Schleife des Blumenkranzes, den die Stammtischbrüder niedergelegt hatten.

An Katharinas Seite fand sich nicht nur Anneliese Zitta, auch ein paar Freundinnen hatten sie in ihre Mitte genommen und in der Kirche vor neugierigen Blicken geschützt. Der Sarg wurde nicht, wie früher üblich, von starken Männern auf den Friedhof getragen, sondern in das Auto des Leichenbestatters verladen und auf den Friedhof gefahren. Seine letzte Reise, dachte Katharina und schnüffelte in ihr Taschentuch. Sie war froh, dass sich ihre Freundinnen eng um sie scharten, denn die Blicke – vor allem jene der älteren Menschen, die nur darauf warteten, dass die junge Witwe völlig in Tränen aufgelöst sein oder vielleicht gleich am Sarg zusammenbrechen würde – waren ihr zuwider. Sie fühlte sich beobachtet und unwohl in ihrer Haut.

Angestrengt versuchte Katharina, an etwas anderes zu denken, etwas Fröhlicheres, etwas Spannendes, etwas, worauf sie sich freuen konnte. Sie nahm ihr feuchtes Stofftaschentuch von Mund und Nase, zerknüllte und knetete es zwischen ihren Fingern und hatte sich – ohne dass es von den Trauergästen bemerkt worden war – einen Knoten in das Baumwolltuch gemacht. Schließlich wollte sie keinesfalls vergessen, dass heute am späten Nachmittag noch eine Kleinigkeit zu erledigen gab.

»Gestorben wird immer!«, murmelte Matthias Gretzinger leise, als er sich dem Begräbniszug anschloss. Ganz vorne wollte er nicht mitgehen, dort gehörten die Angehörigen hin. Ganz hinten wollte er auch nicht gehen, dort wanderten nur jene mit, die sich rasch verabschieden wollten, ohne gesehen zu werden. Die goldene Mitte war genau der richtige Platz für einen trauernden Stammtischkollegen, der heute noch ein Glas Bier auf Dominik trinken würde.

Vielleicht, so sinnierte Matthias vor sich hin, würde er dieses Mal auch ein zweites Glas trinken. Auf Sebastian. Mit ein wenig Glück würde er den Boden des Glases sogar bei Bewusstsein erleben, bis ihn sein hinterhältiger Gendefekt wieder überwältigte. Zwei Halbe Bier hatte er noch nie wach überlebt, und er war sich auch nicht sicher, ob der heutige Tag der richtige dafür war. Eventuell, und er nickte mit dem Kopf beim Gedanken daran, würde er sich mit seiner zweiten Halben einfach auf die Toilette verziehen. Dort waren er, seine Trauer um Sebastian und das zweite Bier ungestört, und sollte im Darmbereich etwas total danebengehen, saß er zumindest goldrichtig am perfekten Örtchen, ohne sich zu blamieren.

Seine Gedanken schlossen im selben Augenblick, in dem der Kapellmeister des Musikvereins mit seinem Stab das Aviso für Chopins Trauermarsch gab. Standardtöne auf Beerdigungen. Die ersten Takte erklangen. Irgendwo seufzte jemand schwer. Eine Frau weinte leise.

Am Kopf der Trauergesellschaft marschierte der Musikverein Reichraming, der dem Toten den Weg bereitete. Hintendrein der Pfarrer und die Ministranten, und dann folgten Katharina und all jene, die Dominik auf seinem letzten Weg begleiteten. Normalerweise standen die Friedhofstore sperrangelweit offen für den Trauerzug. Doch erstaunt stellte Katharina fest, dass es dieses Mal offenbar vergessen worden war, die Tore zu öffnen. Vielleicht hatte der Bestatter, der mit seinem Leichenwagen für den Transport Dominiks zuständig war, die Tore hinter sich geschlossen? Jemand aus Dominiks Freundeskreis, den Katharina nicht kannte, löste sich aus der Trauergesellschaft, eilte an Witwe, Pfarrer, Ministranten und Musikkapelle vorüber und zog die schweren schmiedeeisernen Tore auf. Für einige Sekunden übertönte unmelodisches Quietschen die melodischen Töne des Trauermarsches, der Zug staute sich kurz und setzte sich dann wieder in Bewegung. Die Menschen strömten in den Friedhof. Manche stellten sich zu Gräbern von Angehörigen, die meisten aber folgten der Witwe.

Katharina sah sich um. Ihr hatte der Friedhof immer schon gefallen. Er war gepflegt, lag sanft ansteigend an einem felsigen Hang, der sich beinahe wie ein Mantel um den Friedhof legte. Der wunderbare Ausblick auf den Schieferstein, der jedes jemals abgehaltene Begräbnis würdevoll begleitet hatte, lenkte die Augen automatisch gen Himmel. Dorthin, wo man sich die meisten Verstorbenen im Allgemeinen wünschte. Links und rechts vom breiten Mittelgang, an dessen Ende ein hohes Kreuz aufragte, reihten sich die Grabmäler. Katharina gefiel das Knirschen von Kies unter ihren Schuhsohlen und dass, auch wenn die Toten davon nichts mehr hatten, der Ausblick auf die Landschaft ein herrlicher war. Als sie mit ihren Begleiterinnen unmittelbar nach dem großen Eingangstor links abbog, den kurzen Anstieg hinaufschritt, ein paar Stufen hinter sich brachte und schließlich – etwa in der Mitte des langen Weges – am Familiengrab angekommen war, seufzte sie.

Wenige Augenblicke später war es am Friedhof so still geworden, dass jedes Flüstern als aufdringlich empfunden worden wäre. Der Pfarrer sprach seine Gebete. Die Gläubigen antworteten. Die Musik stimmte eine traurige Melodie um die andere an. Eine davon, *Time to say goodbye,* war nicht auf Katharinas Wunsch hin gespielt, sondern angeblich von Dominik selbst gewünscht worden, der wohl zu seinen Saufkollegen irgendwann einmal gesagt hatte, dass er sich auf seinem Begräbnis dieses Lied wünschen würde. Nun ja, die Säuferpartie hatten es ganz offensichtlich geschafft, die Musiker davon zu überzeugen, dass dies das passende Lied sei, um in die Grube hinuntergelassen zu werden.

Die Grabstelle der Mooshoferischen befand sich seit Generationen im oberen Bereich des Friedhofsgeländes. Direkt an der Friedhofsmauer. Sogar im Tod konnten sie auf diese Weise noch auf die anderen Toten herabblicken. »Herrschen bis in alle Ewigkeit«, hatte Dominik einmal scherzhaft erwähnt. Es war vergangenes Jahr zu Allerheiligen gewesen. Katharina konnte sich noch gut an seine Worte erinnern. Dabei hatte er über den Friedhof geblickt, den gegenüberliegenden Schieferstein innig betrachtet und war – in einem seltenen Augenblick von Melancholie – in sich gegangen. Allerdings nur kurz. Danach war er ins Wirtshaus gegangen und besoffen heimgekommen.

»Gut, dass wir nicht wissen, wann unsere letzte Stunde geschlagen hat!«

Der Pfarrer riss die Friedhofsbesucher aus ihren jeweiligen Gedanken, und Katharina verfolgte, wie der Sarg langsam im Grab verschwand. Der helle Schieferstein leuchtete in der grellen Mittagssonne. Rund um sie standen Menschen und betrachteten entweder den Sarg oder die trauernde Witwe, die ein wenig abwesend wirkte.

Der anstrengendste Teil für Katharina bestand darin, vor aller Augen an das offene Grab ihres Mannes zu treten, ein leises Gebet zu sprechen, ein Kreuz zu schlagen und die bohrenden Blicke in ihrem Rücken zu ertragen. Sie griff mit den bloßen Fingern ihrer rechten Hand in die Erde, die in einem Gefäß bereitstand, wühlte gedankenverloren in der angenehm kühlen Krume herum und warf endlich eine Handvoll davon auf Dominiks Sarg. Dumpf klang der Ton der aufprallenden Erde aus der Grube herauf. Wenn die Menschen nur wüssten, dass ihr Herz weit weniger Düsternis und Trauer über seinen Tod empfinden konnte, als sie vielleicht vermuten mochten. Im

Gegenteil: Katharina fühlte sich frei. Frei zu tun, was sie wollte. Nun ja, zumindest fast. Der Hof würde sie schon noch beschäftigen, aber ein paar frische Ideen würden ihren Bauernhof in einen lebendigen, von Urlaubern bewohnten Hof machen. Die Kühe würden bleiben, hatte sie längst beschlossen. Ein Bauernhof ohne Tiere war kein Bauernhof.

Behutsam legte ihr Anneliese die Hand auf die Schulter und zog sie sanft zurück. Es war an der Zeit, Platz für die anderen Trauernden zu machen.

Seite an Seite standen Katharina und ihre Freundinnen in der grellen Sommersonne, die unbarmherzig auf ihre schwarze Kleidung niederbrannte. Nun galt es, die allgemein üblichen Beileidsbekundungen möglichst gefasst entgegenzunehmen. Die Menschen schaufelten mit der kleinen Kelle dunkle Erde auf den Sarg, zogen an ihr vorüber und drückten ihr Mitgefühl aus. Alles nur Floskeln und das, weil es sich so gehörte.

Katharina starrte geradeaus, nickte, bedankte sich automatisch und schaffte es sogar, die Beileidssprüche jener zwei Frauen entgegenzunehmen, von denen sie wusste, dass sie die Kurzzeitgeliebten ihres Mannes gewesen waren. Beiden Frauen blickte sie besonders intensiv in die Augen und drückte ihre dargebotenen Hände ein wenig fester als üblich. So fest, dass beide zusammenzuckten, trugen sie doch ihre goldenen Eheringe an den Ringfingern ihrer rechten Hände. Die zwei würden sich schon auskennen, dachte Katharina verdrießlich, und hoffentlich den Anstand besitzen, nicht zum anschließenden Leichenschmaus zu erscheinen.

Nachdem der Pfarrer seine Predigt mit einem »Gehet hin in Frieden« beendet hatte, und die Trauergäste brav mit einem »Amen« geantwortet hatten, lud er, weil dies so üblich war, im Namen der Familie, die eigentlich nur aus einer Person bestand, zum Totenmahl.

Kapitel 28

Maria wollte sich weniger aus Gründen tiefer Trauer als vielmehr aus ermittlungstechnischen Anlässen unter die Gästeschar im Kirchfels mischen. Als Beobachterin. Aussegnung und Begräbnis hatte sie schon verpasst, weil sie dringend einen Boxenstopp zu Hause hatte einlegen müssen. Dass sie nun, nach einer neuerlichen Dusche, ohne Make-up im Gesicht und in der nüchternen Polizeiuniform im Kirchfels auftauchen würde, würde denjenigen, mit denen sie gestern noch gezecht hatte, sicher sauer aufstoßen. Davon war auszugehen. Ihr Magen rebellierte bei dem Gedanken, was absolut nicht standesgemäß für eine Polizistin war. Ganz besonders grauste ihr davor, Jakob erneut unter die Augen zu treten, hatte sie sich doch nach dem Frühstück äußerst wortkarg von ihm verabschiedet. Sie konnte sich beim besten Willen nicht daran erinnern, was in sie gefahren war, ihn zu küssen. War sie doch so betrunken gewesen?

Ohnehin würde es viel zu lange dauern, bis Gras über die Sache gewachsen war. In der Zwischenzeit würde sie zig Mal Dienst haben, sicher auch mal im Kirchfels antanzen müssen. Es half alles nichts, sie musste da jetzt durch und die Situation abhaken.

Mit einem tiefen Seufzen schloss sich Maria dem an ihr vorübereilenden Matthias Gretzinger an, der sie nicht annähernd wiedererkannte. Als sie den Gastraum betrat, entdeckte sie Hammerschmied in der Gruppe der fröhlichen Trauergäste, denn genauso klangen die inzwischen: Quietschfidel und quicklebendig. Georg fand es offensichtlich unproblematisch, aus ermittlungstechnischen Gründen ein Bier oder zwei zu trinken. Bei Gelegenheit würde sie ihn auf seine Doppelmoral hinweisen.

Maria ging schnurstracks auf den Tresen zu, hinter dem Jakob ein Bier nach dem anderen zapfte. Erst sah er sie nur hastig und aus dem Augenwinkel an und fragte: »Was darf's denn sein?« Einen Sekundenbruchteil später durchfuhr ein nervöses Zucken seinen zugegebenermaßen höchst anziehenden Körper, und sein bohrender Blick kam auf ihrer Uniform zum Ruhen.

»Entschuldigung«, flüsterte Maria, und dann legte sie wortreich los: Sie hatte ihn nicht hintergehen wollen, aber manchmal verlangten besondere Situationen eben besondere Vorgehensweisen. Ihr Beruf brachte es mit sich, dass Ermittlungen auch auf ungewöhnliche Weise geführt werden mussten.

»Es tut mir leid, wenn ich dich verletzt habe, indem ich vorgegeben habe, jemand zu sein, der ich nicht bin. Das war nicht meine Absicht, gehört aber manchmal zu meiner Arbeit. Ich hoffe, du kannst das verstehen?«

Jakob nickte, schob Maria eine Tasse mit frischem Kaffee hin, seufzte und tat das Gesagte mit einer lässigen Handbewegung als erledigt ab.

»Vergiss es!«

Sein Gesichtsausdruck hingegen drückte das Gegenteil aus.

»Nur eins noch«, fragte Maria zögerlich. »Haben wir … haben wir zwei etwas miteinander gehabt, oder nicht?«

Blitzartig setzte Jakob einen derart unschuldigen Blick auf, wie es sonst nur junge Hunde und kleine Kinder können. Maria konnte ein Lächeln nicht verhindern. Schließlich lächelte auch Jakob, allerdings wirkte er verlegen.

»Wie es scheint, habe ich keinen besonders guten Eindruck bei dir hinterlassen. Dabei habe ich mich die ganze Nacht um dich bemüht.«

Maria sog die Luft scharf ein, worauf Jakob die Theke umrundete und sich zu ihr setzte. Rasch rückte sie ein wenig zur

Seite. Dem Wirt konnte das nicht entgangen sein, aber schließlich war sie hier in offizieller Mission.

»Hast du mein goldenes Ketterl mit dem Herzanhänger gefunden?«, versuchte Maria abzulenken.

»Es tut mir leid. Bisher ist dein Schmuck nicht aufgetaucht.«

Schweigend saßen sie noch eine Weile nebeneinander an der Bar. Sie in Uniform, er auch. Allerdings bestand seine Uniform aus schwarzer Kellnerschürze, dunkelgrauer Hose und einem schwarzen Hemd. Er rührte in seinem längst erkalteten Kaffee, während die Gesellschaft im Nebenraum Dominik Bergmeier immer wieder lautstark hochleben ließ.

Während es an der Bar peinlich berührt und recht still zuging, unterhielt sich Georg hervorragend. Natürlich hatte er aus dem Augenwinkel genüsslich verfolgt, wie sich die rosaroten Wölkchen um Marias hübschen Kopf verzogen, sobald der Kirchfelswirt sie in ihrer Polizeiuniform erkannt hatte. Eine gewisse Gehässigkeit konnte Georg sich nicht verkneifen. Und weil der schöne Jakob mal wieder mit den Auswirkungen eines amourösen Abenteuers beschäftigt war, blieb die Arbeit an Daniela Kogler hängen, die innerhalb kürzester Zeit vermutlich fünftausend Kalorien nur dadurch verbrannte, Essen und Getränke an die Tische der Trauergäste zu liefern. Georg zwinkerte ihr jedes Mal aufmunternd zu und hatte ihr in einer ruhigen Minute sogar streng geheime Informationen seiner nächtlichen Entdeckung mitgeteilt, die er ohne ihren Tipp ja nicht gemacht hätte. Aber Danielas Miene verfinsterte sich im Laufe des Leichenschmauses immer mehr, und Georg kam nicht umhin zu verstehen, dass auch sie nicht sonderlich glücklich über die Liaison war, die Maria naiverweise gestartet hatte.

Das Ergebnis aus Georgs Nachforschungen und seinen regelmäßigen Sitzplatzwechseln blieb mager. Es half weder, mit Bier anzustoßen, noch, gelegentlich interessierte Fragen einzuwerfen. Es half weder, dass der Alkohol Zungen löste, noch, dass Georg sein charmantestes Verhalten an den Tag legte. Nichts. Niente. Nada. Zwar hatte er für einen kurzen Augenblick den Eindruck gehabt, dass Daniela eine Information zurückhielt. Darauf angesprochen, hatte sie nach Luft geschnappt, offenbar auch nach Worten, dann aber einen Blick in Richtung Bar geworfen, an der Maria sich soeben erhoben hatte und Richtung Toilette entschwand. Noch einmal hatte sie nach Luft geschnappt, wollte gerade zum Sprechen ansetzen, da winkte ihr Jakob zu und deutete auf die Uhr. Daniela verschwand hektisch in der Küche, nicht ohne sich noch einmal nach Georg umzusehen und ein Wort zu formen, das Hammerschmied als »Später!« zu erkennen meinte. Spätestens in ein paar Stunden, wenn der größte Wirbel, den die Beerdigungsgäste verursachten, vorüber wäre, würde er ihr auf die Zehen steigen. Telefonisch, denn so langsam hatte er genug vom Kirchfels und sehnte sich förmlich nach seinem ruhigen Schattenplätzchen im Garten. Lange würde er jedenfalls nicht mehr hier hocken bleiben. Maria hatte sich offensichtlich ebenfalls verdrückt, wahrscheinlich über den Seitenausgang davongestohlen. Vielleicht würde er sie später noch in sein kleines grünes Paradies einladen, auf ein Zwetschkenschnapserl oder zwei. Fragen kostet nix, beschloss er, er könnte Maria auf jeden Fall später einmal anrufen. Wer weiß, vielleicht hatte er Glück und ihr Interesse am Kirchfelswirt war doch kleiner, als er zunächst befürchtet hatte? Schnell unterdrückte Georg die aufkeimende Eifersucht. Es war eine verrückte Woche gewesen, und wenn er daran dachte, wie viele offene Ermittlungsergebnisse er noch würde zusammentragen müssen, wie viele offene Fragen er noch würde beantworten müssen und wie oft er in den letzten Tagen bereits hier im Wirtshaus gewesen war, schlugen ihm die dritte Halbe und das typische Beerdigungsessen, das ihm Daniela vorgesetzt hatte, bereits jetzt auf den Magen. Rindfleisch mit Semmelkren. Der Kren so scharf, dass dessen aufsteigender Dunst spontan für Rührung in Georgs Augen sorgte. Wirklich, es war höchste Zeit, das Wochenende einzuläuten.

Georg griff zum Besteck und wandte sich wieder der Tischgesellschaft zu. Matthias Gretzinger, erkannte er scharfsinnig, war schon wieder nicht ansprechbar. Bedauerlich, aber nicht unerwartet.

Kapitel 29

Entgeistert stellte Matthias fest, dass er beinahe das gesamte Totenmahl verpasst hatte. Verschlafen natürlich. Gemütlich lehnte er in seiner üblichen Position in der Ecke seiner Lieblingswirtshausbank, eingeklemmt zwischen einem weichen Polster und einer weichen Person an seiner linken Seite, die sich als Kurt Braunstingel herausstellte.

»Weißt du …« Kurt klopfte Matthias auf die Schulter und zog ihn in die Senkrechte. »Wenn du dauernd hier schläfst, bekommst du später mal üble Kreuzschmerzen. Das ist nicht gesund, und normal ist das übrigens auch nicht.«

Matthias streckte sich verlegen, denn sein Rücken schmerzte ihn tatsächlich.

»Normalerweise schlafe ich auch eher auf der Toilette ein. Dort sitzt es sich wirklich besser.«

Kurt betrachtete Matthias verwirrt, hob sein Bier an den Mund und trank das halbe Glas mit einem einzigen großen Schluck aus. In diesem Moment servierte Jakob ungefragt Kaffee und stellte ein paar süße Spezialitäten, die vom Totenmahl übrig geblieben waren, in die Mitte des Tisches.

»Wäre schade drum!«, sagte er.

Beherzt griff Matthias nach einer Nussschnecke. Sein Magen grummelte begeistert Zustimmung.

»Auf das Begräbnis vom Bergmeier bin ich nur gegangen, weil ich sicher sein wollte, dass der Kerl wirklich tot ist«, raunte ihm Kurt ins Ohr. »Um den war es nicht schade.«

Bevor Braunstingel weitersprechen konnte, stürmte ein kleines Mädchen in den Raum, rannte auf Matthias' Sitznachbarn zu und klammerte sich an dessen Fuß.

»Papa«, rief es treuherzig, blickte mit kugelrunden und himmelblauen Augen zu ihm auf und nuschelte, da ihm mindestens vier Zähne fehlten, um seine Zunge entsprechend im Zaum zu halten und die Worte perfekt zu formulieren: »Daf isss bittä ein Eis habm?«

Jakob, der vom hereinstürmenden Kind beinahe umgerannt worden wäre, wenn man denn von einem knapp hundertzehn Zentimeter großen Wirbelwind umgerissen werden konnte, grinste.

»Unglaublich, dass dein Papa so ein hübsches Mäderl zustande gebracht hat!«

Bei diesen Worten traf ihn Kurts eisiger Blick. »Wenn du wüsstest!«, zischte er leise, erhob sich, beförderte das vor Begeisterung johlende Mädchen in die Höhe und klemmte es wie einen mittelschweren Erdsack unter seinen Arm.

»Zahlen«, brummte er und warf einen Schein auf den Tisch, während Jakob noch schnell das heiß ersehnte Eis am Stiel in die erwartungsvoll geöffnete Hand des kleinen Mädchens drückte. Dann stapfte Kurt mit dem Kind unter dem Arm grußlos aus der Gaststube.

Nun war Matthias Gretzinger auch noch um seinen letzten Freund gekommen. Der Lieblingstisch der Stammtischrunde hatte sich geleert. Zu den letzten Trauergästen wollte er sich nicht setzen, wenn an deren Tisch die Stimmung auch langsam einen lustigen Höhepunkt erreichte, der in auffallendem Kontrast zu ihrer trauerdunklen Kleidung stand. Langsam tigerte er sich also hin zur Bar. Die Polizistin in Uniform, die vorhin noch an der Theke gesessen hatte und die er von irgendwoher zu kennen glaubte, war längst verschwunden. Er klemmte sich in einen Barhocker und bestellte Apfelsaft, der ihm von Jakob in seinem Lieblingsglas mit persönlicher Namensgravur serviert wurde. Hatte er doch länger geschlafen als zunächst gedacht?

Kurt Braunstingel hatte Dominik Bergmeier wirklich nicht gemocht. Die letzte Bemerkung, als Jakob dem Vater des kleinen Mädchens ein Kompliment hatte machen wollen, war offenbar gehörig in die Hose gegangen. Kurt schien Zweifel an seiner Vaterschaft zu haben. Zumindest hatte der Beiklang seiner Worte entsprechend geklungen.

Matthias grunzte. Er fand seinen Gedankengang schlüssig, trank aus, zahlte und machte sich ebenfalls auf den Weg nach Hause.

Kapitel 30

Daniela betrachtete sich wohlwollend. Ihr Gesicht, das ihr aus dem WC-Spiegel freundlich entgegenblickte, sah heute trotz der harten Arbeit richtig hübsch aus. Ihre Haare glänzten. Sie hatte etwas roten Lippenstift aufgetragen. Außerdem stand ihr Schwarz hervorragend. Daniela drehte sich, fand, dass sie in ihrem schwarzen Kleid damenhaft elegant wirkte. Das Herzketterl, das sie im Ausschnitt ihres Kleides verborgen hielt, war eine Besonderheit. Hätte es die blöde Blondine von neulich, die sich nun als Polizistin geoutet hatte, nicht in der Gaststube verloren, hätte sie jetzt nichts um ihren Hals hängen. Eine hübsche Kleinigkeit, mit der sie – zur rechten Zeit präsentiert – ordentlich Aufsehen erregen würde. Daniela fühlte sich gut. Wenn hier jemand Jakob für sich erobern würde, dann wäre sie das.

Im Laufe des Leichenschmauses hatte sie nicht nur einmal gemeint, Jakobs anerkennende Blicke zu spüren. Irgendwann während der Arbeit, sie hatte sich rasch zu ihm ungewandt, hatte er einen Blick in ihren Ausschnitt geworfen. In ihren Ausschnitt, der tief, aber nicht unanständig tief gewählt worden war. Daniela war keinesfalls von gestern. Sie wusste genau, dass sie mit einer hübschen Kette die Aufmerksamkeit der Männer exakt dorthin lenken konnte, wo sie hinfallen sollten. Normalerweise war ein üppiges Dekolleté ein hervorragender Anreiz, um die Trinkgelder ebenso üppig ausfallen zu lassen. Auch Jakob schien Freude am Ausschnitt ihres Kleides zu finden, zumindest waren seine Augen mehr als nur einmal auf ihren Busen gewandert.

Von der Trauerfeier waren inzwischen nicht mehr viele Gäste anwesend, aber die wenigen, die dageblieben waren, feierten ausgelassen. Immer wieder war auf Dominik angestoßen worden, und auch Daniela hatte zu viel getrunken, deutlich zu viel. Ihr Blick war glasig, die Wangen gerötet, sie kicherte ihr Spiegelbild an. Zugegeben, die seltsame Polizistin, die am Vorabend noch als Pretty-Woman-Verschnitt im Kirchfels für Aufruhr gesorgt hatte, war Daniela alles andere als geheuer und schlug ihr schon auf die Laune. Aber dann war das Flittchen schließlich mit langem Gesicht davongeschlichen, und auch Jakob sah nicht mehr sonderlich eingenommen aus.

Trotz allem war Danielas Tag erfolgreich verlaufen. Ihre Chancen bei ihrem Chef stiegen mit jeder Stunde, er war heute aufmerksam wie selten, hatte ihr sogar einen Bonus in die Hand gedrückt, »für die viele Arbeit«, und sie freundlich, aber bestimmt aufgefordert, für heute Schluss zu machen, mit der Handvoll Gäste käme er auch alleine klar. Dabei hatte er sie verführerisch angezwinkert. Endlich schien bei ihm der Groschen gefallen, dass seine Kellnerin, die er sonst gerne übersah, vielleicht doch eine gute Partie wäre.

Doch alles Glück hilft nichts, wenn die Blase zwickt. Die Türen beider Toiletten waren verriegelt, und das dahinter hörbare Plätschern und Kichern dauerte Daniela viel zu lang. Schon stieg sie unruhig von einem Fuß auf den anderen, befahl ihrer übervollen Blase Geduld und wollte sich dennoch nicht die Blöße geben, die beiden Dauersitzerinnen zur Eile zu drängen. Außer Gelächter hätte dies vermutlich auch zu nichts geführt. Der letzte Kaffee, der eigentlich nicht mehr nötig gewesen wäre, jedoch für Ausnüchterung hatte sorgen sollen, plagte sie nun beträchtlich.

»Ich platze«, rief Daniela schließlich grantig, was ihr nun tatsächlich Gelächter von den beiden Frauen in den WC-Kabinen einbrachte. Eine der beiden legte sogar noch einen lautstarken Furz nach, der immerhin für einen Augenblick peinlicher Ruhe, dann aber für eine schallende Lachsalve in den Kabinen sorgte.

»Pfui Teufel!«, entfuhr es Daniela, doch ihr Schimpfen ging im fröhlichen Jauchzen unter. Die Heiterkeit auf diesen wenigen Quadratmetern schien keine Grenzen mehr zu kennen. Missmutig nahm Daniela den Weg, den sie hatte vermeiden wollen, durchquerte die Gaststube, hörte, wie Jakob in der Küche mit Tassen und Tellern klirrte, und benutzte den Ausgang zum Hof. Der Seufzer, der ihr in dem Augenblick entkam, als sie endlich ihre Unterhose hinuntergezogen und es sich hinter einem großen, angenehm blickdichten Wildrosenstrauch bequem gemacht hatte, war von beeindruckender Intensität. Ihr Blick fiel auf den steinernen Trog neben der Wildrose, und sie dachte einen Augenblick daran, wie sie letztes Jahr darin Natternköpfe gepflanzt hatte. Schwach angeleuchtet vom Licht ragten die hohen Stauden in die Höhe und hoben sich wie ein Scherenschnitt vor dem nächtlichen Himmel ab.

Das folgende, sekundenlange Rauschen hätte der Lautstärke eines heftigen Sommerregens Konkurrenz gemacht.

»Da bist du ja!«, ertönte plötzlich ein heiseres Flüstern in ihrem Rücken. »Hab dich schon gesucht.«

Daniela riss erschrocken ihre Unterhose hoch, stolperte, verfing sich in den langen Ranken der Wildrose, die ihre Haut zerkratzten, und gab einen erschrockenen Schrei von sich. An einem dicken Ast des Wildrosenstrauchs baumelte vor ihren Augen die goldene Herzkette. Sie musste sich bei der Bewegung im Ast verheddert haben und abgerissen sein. Daniela wollte sich gerade umdrehen und den Rüpel, der eine Dame beim Wildpinkeln störte, zurechtweisen, auch wenn ihr die Situation natürlich fürchterlich peinlich war, als sich von hinten eine kalte Hand um ihren Hals schloss. Panisch versuchte sie sich zu befreien, schlug um sich, erwischte aber nur die dornigen

Äste der Wildrose. Da wurde etwas um ihren Hals gelegt. Der Druck verstärkte sich. Sie öffnete ihren Mund. Wollte schreien. Doch ihr fehlte der Atem. Mit letzter Kraft wehrte sie sich mit Händen und Füßen. Ihr Angreifer war jedoch größer, zog sie nach oben, sodass ihre Füße kaum mehr den Boden berührten. Daniela rang verzweifelt nach Luft und versuchte in einem letzten hilflosen Aufbäumen, ihre Finger unter das Ding zu schieben, das ihr die Luft abschnürte. Draht, schoss ihr durch den Kopf, während der goldglänzende Herzanhänger, wie um sie in Trance zu versetzen, vor ihren Augen hin und her baumelte. In ihren Ohren summte es. Ihr Gesichtsfeld engte sich ein, und schließlich verschwamm der Anhänger vor ihren Augen. Erlösende Dunkelheit umfing sie.

Kapitel 31

Das Begräbnis war endlich vorüber, Dominik unter der Erde, und Katharina hatte seit Langem wieder einmal das Gefühl, frei atmen zu können. Gestern noch hatte sie an seinem offenen Grab gestanden. Heute saß sie hier, gemütlich auf ihrer Hausbank, einen Polster in ihren Rücken gestopft, und hielt ihre Augen geschlossen. Sie lauschte dem Zwitschern der Vögel und dem Wind, der sich in den Blättern des großen Apfelbaums verfing. Katharina genoss die Ruhe, die auf dem Hof eingekehrt war, während die Mittagshitze immer schwerer wurde. Keine grantige Stimme störte, die sie zusammenzucken ließ, weil sie zu langsam für etwas gewesen war oder das Essen nicht so schmeckte, wie es hätte sein sollen. Sie stellte sich vor, wie sich lachende Frauen um den großen Tisch scharten. Wie Seminarleiterinnen auf eigenwilligen Instrumenten ungewöhnliche Töne erklingen ließen. Wie Exotik auf ihrem Hof Einzug hielt.

Ideen hatte Katharina bereits gesammelt. Es ging nur noch darum, die richtigen Leute für diese Ideen zu begeistern. Sie öffnete ihre Augen. Just in diesem Moment fiel ihr ein, weswegen sie sich gestern während des Begräbnisses einen Knoten in ihr Taschentuch gemacht hatte.

»Dominiks Kamera«, entfuhr es ihr halblaut. »Ich muss sie finden.«

Im nächsten Augenblick stellte Katharina fest, dass sie zwar nun allein auf dem Hof lebte, aber doch nie allein war. Schluss war's mit dem häuslichen Frieden, denn Anneliese bummelte gerade den Weg entlang, direkt auf sie zu. Seufzend stemmte Katharina sich von der Bank hoch.

»Nun gut«, flüsterte Katharina, »du kommst gerade recht, um mir zu helfen.«

Die Nachbarin war noch eine Frau vom alten Schlag. Wenn sie irgendwo Dreck oder Staub vorfand, Kleidung nicht dort lag oder hing, wo Kleidung eben zu hängen oder liegen hatte, oder der Abwasch in der Spüle stand, konnte sie nicht anders und startete mit dem Erledigungsprogramm. So auch heute. Ungefragt.

»Anneliese«, säuselte Katharina ränkevoll. »Ich suche verzweifelt die Digitalkamera meines Mannes. Das Bauernhaus ist zwar groß, die meisten Räume sind jedoch den Tieren vorbehalten. Im Stallbereich würde er das teure Stück sicherlich nicht liegen gelassen haben. Den Traktor und das Auto habe ich auch schon erfolglos durchsucht, und im Schlafzimmer und in der Küche ist sie auch nicht.«

Katharina hatte das Schlafzimmer im Alleingang – denn dorthin hatte sie Anneliese in den vergangenen Tagen nicht gelassen – von Dominiks Kleidungsstücken und Krimskrams befreit. Viel hatte er ohnehin nicht besessen. Ihr Mann war bescheiden gewesen, nahezu geizig. Vor allem, was seine Kleidung betraf, die tatsächlich bis zu Fadenscheinigkeit und Selbstauflösung getragen wurde. Die Küche war ihr Reich gewesen. Auch dort war die Kamera sicher nicht, sondern Geschirr, Töpfe, alles, was in einem halbwegs ordentlichen Haushalt eben benötigt wurde. In der Speisekammer und im Haushaltsraum ebenso wenig.

Anneliese betrachtete Katharina fast schon mütterlich, dann fragte sie: »Hast du schon das Büro durchsucht?«

»Nein, das habe ich mir bis zuletzt aufgehoben. Aber du hast recht, ich sollte das angehen.«

Katharina graute es vor Dominiks Büro. Zwar war sie seit jeher für die Sortierung der Unterlagen verantwortlich gewesen, die in den Ordnern nach Jahren getrennt auf eine eventuelle Kontrolle durch das Finanzamt lauerten, bis die Aufbewahrungsfrist abgelaufen war. Aber das Durcheinander, das abseits der Ordner auf sie wartete, war beträchtlich. Der Zugang zu Dominiks Schreibtisch war ihr verboten worden, außerdem auch schwierig, denn er hatte auf eine Art Bodenstapelung vertraut. Diese Art der Archivierung war ihr – abgesehen von den Ordnern – schleierhaft.

Katharina erinnerte sich mit einem Stirnrunzeln daran, dass sie vor langer Zeit einmal versucht hatte, für Ordnung in seinem Büro zu sorgen, doch bereits beim Versuch, mit dem Staubsauger den Dreck vom Boden zu saugen, war sie gescheitert. Der erste Archivstapel war umgekippt, und zeitgleich hatte Dominik einen beträchtlichen Wutanfall erlitten. Danach war das Arbeitszimmer zur Katharina-freien Zone erklärt worden.

»Auf geht's! Wir machen sein Büro zu deinem Büro.«

Forschen Schrittes durchquerte Anneliese den Vorraum, öffnete die Tür zum Büro und erstarrte zur Salzsäule.

»Mindestens zehn Bäume sind für diesen Müll gefällt worden«, stöhnte Anneliese, und ihre Mimik wirkte so, als ob sie es gerade bereute, diese unselige Tür zu diesem noch viel trostloseren Raum geöffnet zu haben.

Eine feine Staubschicht zierte die Unterlagen. Das Licht, das durch die beiden Fenster einfiel, beleuchtete die Szene gnadenlos. Tote Fliegen auf der Fensterbank sorgten zusätzlich für triste Stimmung, und ein Fliegenfänger, an der Fliegenleiche um Fliegenleiche klebte, war nicht nur uralt, sondern auch längst nicht mehr funktionsfähig. Anneliese schlug entsetzt die Hände über dem Kopf zusammen und drehte sich zu Katharina um, die verlegen grinste und mit den Schultern zuckte.

»Staubmaske, Handschuhe, Entsorgungsbehälter!«, befahl Anneliese, und ihr Gesichtsausdruck nahm eine Entschlossenheit an, die selbst einen Finanzbeamten in Ausübung seiner Pflicht in die Flucht geschlagen hätte.

Drei Stunden später war der Raum beinahe staubfrei, jedenfalls aber überwiegend papierfrei. Anneliese und Katharina dagegen waren völlig verschmutzt. Kiloweise hatten sie Stoß um Stoß ins Auto befördert, damit Katharina den Weg zur Entsorgung antreten konnte. Schweiß war geflossen. Muskeln würden in den nächsten Tagen schmerzen.

Dominiks alter Pick-up war auf diese Art unfreiwillig tiefergelegt worden. Zumindest hatten die Hinterreifen eindeutig und für alle sichtbar ein paar Hundert Kilo Belastung zu tragen. Katharina dachte mit Widerwillen an die Entladung der gesamten Papier- und Kartonmenge, während sie die Soft-Top-Plane energisch über die Ladefläche spannte. Eine hustende Anneliese kämpfte sich gerade aus dem beinahe leeren Büro.

Zurück im Arbeitszimmer, stellte sich der alte Schreibtisch als schönes Möbelstück heraus, das ein wenig Auffrischung mit Bienenwachs vertragen konnte. Interessant war auch, dass sich in einem der Schreibtischfächer ein Safe befand. Nichts Großartiges. Weder war der Safe verankert, noch sah er besonders sicher aus. Dafür hatte er Gewicht. Sicherlich nicht jenes eines gut befüllten Zementsacks, aber dennoch war das Ding ordentlich schwer, was es Katharina und Anneliese nicht leicht machte, die Schatzkammer aus dem Schreibtisch zu befreien. Schlussendlich stand der Safe jedoch vor ihnen am Boden und wehrte sich erfolgreich gegen ein Öffnen, denn blöderweise – was an sich ja normal und verständlich war – befand sich auf der immerhin nur vierstelligen Nummernkombination, die den Rädchen eines alten Kofferschlosses sehr ähnlich war, kein Hinweis auf die begehrte Ziffernfolge.

»Pech gehabt!« Anneliese warf einen neidlosen Blick hin zu Katharina, die sich gerade ausrechnete, wie lang sie brauchen würde, um alle 9 999 Möglichkeiten durchzuprobieren.

»Immerhin sind es nicht 99 999 Varianten, die du einstellen musst. Das ist schon mal das Positive daran.«

»Der nächste Winter kommt bestimmt. Wenn ich jeden Tag tausend Kombinationen ausprobiere, bin ich in zehn Tagen fertig.«

Lachend rüttelte Katharina am Griff der Tür, probierte es mit »Sesam öffne dich« und warf noch einen letzten Blick in den fast leeren Schreibtisch, nur um festzustellen, dass sie eine Kleinigkeit übersehen hatten. Ganz hinten in dem großen Fach stand noch etwas. Nur schlecht erkennbar. Katharina griff ins Fach. Ihre Finger schlossen sich um einen Karton, der sich als Ummantelung einer Whiskeyflasche herausstellte. Annelieses Blick zeugte von purer Neugierde, aber auch etwas Ekel. Sie musste eins und eins zusammengezählt haben und auf ein Alkoholproblem schließen. Auch das Mitleid, das sie in diesem Augenblick mit Katharina empfand, war deutlich in ihrem Gesicht zu sehen.

Der Karton war grün, trug die Aufschrift *Bushmills* und wurde durch einen Deckel aus Blech verschlossen, der ein blechernes, hohles Geräusch ertönen ließ, als ihn Katharina vom Karton zog. *1608* und *Original grant to distil* stand auf der Whiskeyflasche, die zudem ein Alter von sechzehn Jahren bescheinigte. Bevor sie geheiratet hatten, bevor sie sich überhaupt gekannt hatten, war Dominik im Ausland gewesen. Für ein Jahr. Landwirtschaften in anderen Ländern hatten ihn immer interessiert, und sie konnte sich erinnern, dass er von Irland geschwärmt hatte. Bevor er die Landwirtschaft übernommen hatte, war ihm auch der Gedanke an eine Auswanderung nicht fremd gewesen. Sehnsuchtsvoll hatte er ihr davon erzählt, bevor er diesen Traum begraben hatte. Diese Whiskeyflasche war vermutlich ein Andenken gewesen.

Anneliese warf einen Blick auf Katharina. Katharina warf einen Blick auf den Safe, drehte an den Rädern, bis sie schließlich die Kombination 1-6-0-8 eingestellt hatte. Kurz darauf ertönte ein feines Klicken, gefolgt von einem leisen Signalton, der das erfolgreiche Öffnen der Safetür verkündete.

Gleichzeitig läutete Annelieses Mobiltelefon. Hektisch hob sie ab, verdrehte ihre Augen und verabschiedete sich mit einem Winken von Katharina, nicht ohne noch einen sehnsüchtigen und auch unverhohlen neugierigen Blick auf den nun geöffneten Safe zu werfen.

Katharina folgte Anneliese zur Tür, schloss hinter ihr ab und fiel fast über Baskerville, der sich ihr in den Weg gestellt hatte.

»Du armes Vieh, du hast Hunger!«

Sie streichelte über den Kopf des Riesen, und das arme Vieh setzte seinen treuherzigsten Blick auf. Katharina schaufelte Hundefutter in eine alte Suppenschüssel, goss heißes Wasser darüber und ließ das Trockenfutter ein paar Minuten aufquellen. Baskerville reckte den Kopf, schaute tieftraurig aus seinen dunklen Augen und wollte sich nicht mehr länger vertrösten lassen, was durch sein leidendes und tiefes Winseln nur noch verstärkt wurde. In wenigen Minuten würde er eines grausamen Hungertodes gestorben sein, wenn er nicht endlich die Schnauze in seinem Futter vergraben durfte. Noch während Katharina die Schüssel auf den Boden stellte, war schon ein Drittel des Inhalts im Magen des Tieres verschwunden. Der Rest war nach nicht mehr als einer Sekunde aufgefressen, und nach weiteren zehn Sekunden war die Schüssel so sauber, dass nicht einmal der Geschirrspüler bessere Arbeit hätte leisten können.

Katharina flitzte zurück in Dominiks Büro. Endlich würde sie in Erfahrung bringen, was ihrem Mann so wichtig gewesen war, dass er sich einen Safe zugelegt hatte.

»Nichts. Das gibt's doch nicht. Ich glaub das nicht.«

Der Safe enthielt fast nichts. Ein paar persönliche Dokumente. Staatsbürgerschaftsnachweis. Zeugnisse. Haus- und Autoversicherung. Eine uralte, zerfledderte Geburtsurkunde und einen Impfpass, der so unleserlich war, dass er auch für eine Kuh hätte gelten können. Ein alter Hundertschillingschein lag zwischen den Sachen. Wohl ein Andenken an frühere Zeiten. Außerdem eine Tafel Schokolade, deren Ablaufdatum vor mehr als zehn Jahren gewesen, sowie ein Sparbuch, das durch eine Lochung entwertet worden war. Auf dem Sparbuch hatten sich zum Zeitpunkt der Auflösung immerhin dreitausend Euro befunden. Sie warf einen Blick auf das Datum der letzten Abhebung und vermutete, dass Dominik mit dem Betrag sein Mountainbike gekauft hatte. Ein Rad, das er kaum benutzt hatte. Katharina schlug die Safetür zornig zu. Die Kamera hatte sie immer noch nicht gefunden, und im Safe war nur Schund aufbewahrt worden. Nichts, was tatsächlich von Wert wäre. Die ganze Mühe umsonst.

Katharina grantelte leise vor sich hin. Irgendein Erfolgserlebnis wollte sie heute noch haben, also setzte sie ein weiteres Mal dazu an, sich Dominiks aufregendes Geheimnis anzueignen. Rasch holte sie die Speicherkarte vom Dachboden. Die Leiter war schnell aufgestellt und die geheimnisvolle Blechdose ihrem Versteck entnommen. Minuten später befand sich die Leiter wieder an ihrem Platz, und Katharina hatte sich an den Schreibtisch ihres Mannes gesetzt. Zufrieden blickte sie sich um und stellte fest, dass der Raum bereits deutlich wohnlicher wirkte.

Sie drehte die Dose zwischen den Fingern, hörte das Scheppern der kleinen Karte im Inneren. Jetzt brauchte sie nur noch Dominiks Kamera. Ein uraltes Kartenlesegerät hatte sie bereits ausfindig gemacht: zwischen den Unterlagen für die künstliche Besamung der Kühe, der unbedingt passende Ort für ein Kartenlesegerät. Das Lesegerät hätte aber nur dann weitergeholfen, wäre sie noch im Besitz von Dominiks Computer gewesen. Dummerweise war das alte Ding von der Spurensicherung sichergestellt worden. Der Kriminaltechniker, der sich den Computer angesehen hatte, hatte zuerst den Staub von der Tastatur gewischt, dann den Staub vom Bildschirm und war schließlich in lautes Gelächter ausgebrochen, bevor er den Rechner eingepackt hatte. Erst als ihm bewusst wurde, dass er im Büro eines Ermordeten herzhaft lachte, war er rasch still geworden, hatte sich geräuspert und Katharina zur letzten aktiven Verwendung des antiquarischen Geräts befragt. Schließlich – so meinte er – sei es durchaus möglich, dass sich auf der Festplatte interessante Hinweise zu Dominiks Tod befänden. Katharina hatte hilflos mit den Schultern gezuckt und ausführlich darüber nachgedacht, wann der Computer zuletzt benutzt worden war. Es war eine Ewigkeit her. Sie konnte sich erinnern, dass Dominik eine Rechnung bezahlen wollte, zeitgleich Computer und Drucker gestartet hatte. Dann war die Hauptsicherung rausgesprungen, und es hatte plötzlich nach Kabelbrand gerochen, woraufhin die fragliche Rechnung nicht online bezahlt worden war. Dominik war zornig und fluchend aus seinem Büro gestürmt und hatte etwas von einer Neuanschaffung gebrüllt. Die Neuanschaffung war jedoch nie ins Haus gekommen. Die Rechnungen wurden wieder – wie früher auch – auf der Bank bezahlt, und der Computer ruhte in Frieden. Seit mindestens drei Jahren.

»So ein Mist!« Verärgert schüttelte Katharina die Blechdose, erhob sich und ging in die Küche, um sich ein Häferl Kaffee zu holen. Kaum dass sie sich den ersten Schluck gegönnt hatte, knurrte ihr Wächter. Gab eine Reihe tiefer, blaffender Laute von sich. Rasch verbarg Katharina die Dose unter den Baumwolleinkaufstaschen in einer Küchenlade und schlenderte durch die Diele zur Hoftür, um aus dem schmalen seitlichen Fenster ins Freie zu spähen. Im selben Augenblick rollte der Jeep des Kirchfelswirts durch die Einfahrt. Katharina seufzte, drehte den Schlüssel im Schloss und öffnete die schwere Eingangstür, um ihren Gast zu begrüßen.

»Du kannst dir nicht vorstellen«, keuchte der atemlos, während er einen Korb vor ihr abstellte, »was passiert ist!« Irritiert bemerkte Katharina, dass seine Augen freudig funkelten, so als ob er sich über einen Lottogewinn freute. Sein Blick musterte sie einmal von oben bis unten. Verwirrt unterbrach er seinen Begrüßungsmonolog und fragte: »Warum bist du so schmutzig? Was machst du gerade?«

Katharina zog die Strickjacke aus. Im Haus war es, auch wenn im Freien hohe Temperaturen herrschten, immer kühl. Sie schüttelte ihre Jacke. Staub flog durch die Luft, schlich sich in Jakobs Augen und legte sich in seine Nasenlöcher, was zu einem ausgiebigen Husten- und Niesanfall führte.

»Ich mache gerade sauber.« Katharina nieste ebenfalls herzhaft und mehrfach hintereinander, bis ihr Tränen über die Wangen rollten und in ihrem schmutzigen Gesicht feuchte Laufspuren hinterließen. Schließlich lächelte sie verhalten und sagte: »Putzen befreit. Ich säubere mein Leben!«

»Komm, setzen wir uns nach draußen, in den Schatten des Baumes. Ich habe dir was Feines mitgebracht. Mach Schluss mit Lebenssäuberung und gönn deinem Bauch was Gutes!«

Bereitwillig folgte sie ihrem Besucher, jedoch nicht, ohne noch einmal den gröbsten Staub aus ihrer Kleidung zu klopfen. Froh über die Unterbrechung, aber auch ein wenig missmutig stellte Katharina fest, dass sie wirklich kaum einmal für sich war und tun konnte, wonach ihr gerade der Sinn stand. Es würde offenbar noch ein bisschen mehr ihrer Geduld erfordern, bis sie den Inhalt der Speicherkarte endlich ansehen konnte.

»Blunzengröstl hat's heute gegeben.«

Jakob hatte den mitgebrachten Korb inzwischen auf den Tisch gestellt. Er entfernte ein Geschirrtuch, das die mitgebrachte Nahrung abdeckte, hob den Deckel von einem Topf, entnahm dem Korb einen Teller und Besteck und fischte das Gröstl, das er in runde Formen gefüllt hatte, aus dem Gefäß, um es aus der Form zu drücken.

»Brauchst nicht so schauen. Ein Blunzengröstl ist auch kalt sehr gut. Überhaupt dann, wenn es, so wie heute, extrem heiß ist. Wirst schon noch schmecken, wie gut das ist! Und ein paar andere feine Sachen habe ich dir auch noch eingepackt.«

Er stellte einen gut befüllten Teller vor Katharina ab.

»Wie kommst du zurecht?«

Katharina seufzte mehrmals tief auf, während sie genussvoll kaute.

»Ach, es geht so!« Sie zuckte mit den Schultern. »Und wie geht's dir?«

Katharina hatte die Frage mehr aus Höflichkeit denn aus Interesse gestellt und war verwundert über den eigenartigen Blick, den ihr Jakob zuwarf.

»Meine Kellnerin, die Daniela Kogler, ist verschwunden. Die sagen nicht, was passiert ist. In ihrem Haus ist sie jedenfalls nicht.«

Mit »die« meint er wohl die Polizei, schloss Katharina und wunderte sich über Jakobs Erregung. Er fuhr sich ständig durch die Haare, rieb sich die Stirn. Sie kannte Jakob in Wirklichkeit kaum, aber bislang hatte er einen recht gefassten, besonnenen Eindruck auf sie gemacht. Sein Gezappel passte überhaupt nicht zu seinem sonst sehr ruhigen Verhalten.

»Es ist so ein schöner Nachmittag«, unterbrach Katharina Jakobs Rastlosigkeit. »Steh nicht hier herum, setz dich zu mir auf die Hausbank. Und überhaupt: Wie kommt es eigentlich, dass du jetzt hier bist? Solltest du nicht im Kirchfels sein?«

»Sag ich doch, die Daniela ist verschwunden. Heute nicht zur Arbeit erschienen. Deshalb hab ich die Wirtschaft für heute geschlossen, nachdem die Übernachtungsgäste versorgt waren. Allein kann ich den Laden nicht stemmen.«

»Oje, das klingt ja dramatisch.« Katharina klopfte auf den freien Platz neben sich. »Nach dem, was passiert ist, wird es dir sicher nicht schaden, einen Gang herunterzuschalten. Und mir schon gar nicht.«

Sie zeigte auf ihre schmutzige Kleidung, Schließlich machte Jakob ein paar Schritte hin zum Jausentisch, stoppte und wirkte verloren. Nicht einmal die Grillen, die sonst bei jedem Geräusch, bei jeder Bodenvibration ihr Zirpen unterbrachen, ließen sich von seinem sinnlosen Gestampfe beeindrucken. Ungerührt führten sie ihre Lockrufe fort. Mit dem Geschirrtuch über dem Arm stand er nun vor dem Tisch, und es schien, als wüsste er nicht, was er tun sollte.

Katharina erhob sich, nahm Jakob das Tuch ab, drückte ihn auf einen der umstehenden Sessel und warf dann einen interessierten Blick in den Korb, den Jakob auf dem Tisch abgestellt hatte.

»Hmmm«, seufzte sie, »du verwöhnst mich.«

Der verwirrte Blick, der sie traf, verdeutlichte Katharina, dass Jakob doch nicht so zäh war, wie er sich gab.

»Ich hole uns etwas zu trinken. Dann erzählst du mir in Ruhe, was vorgefallen ist.« Rasch verschwand sie im Haus.

Ein paar Minuten später saß Katharina Jakob gegenüber, hatte ihm eine Tasse Kaffee gereicht und – sicherheitshalber, denn man wusste nie – zwei Gläschen Schnaps mitgebracht. Ein Teller mit Annelieses Topfenstrudel, den sie vor Jakob abgestellt hatte, würde wohl unberührt bleiben. Der Mann machte keine Anstalten, auch nur ein Häppchen anzurühren.

»Daniela Kogler ist also verschwunden?«

Katharina hatte die Frage bereits vor zwei Minuten gestellt und bisher keine Reaktion darauf erhalten. Jakob starrte vor sich hin, atmete mehrmals tief ein und ebenso laut wieder aus, schien zu einem Gespräch ansetzen zu wollen und schaffte es dennoch nicht, auch nur ein Wort zu sagen. Sie griff in den Essenskorb, erwischte ein Stück frisches Bauernbrot, das sie mit Schafkäse belegte, und biss herzhaft hinein. Jakobs Versorgungsbox war hervorragend befüllt. Während sie ihm Zeit ließ, sich zu sammeln, fühlte sie sich eigenartig. Was gaben sie nur für ein bizarres Paar ab? Ein Außenstehender hätte einfach zwei Menschen gesehen. Still am Tisch vor einem alten Bauernhaus unter einem imposanten Baum sitzend und die Ruhe genießend. In Wahrheit saßen hier zwei Personen, die in den letzten Tagen einiges erlebt hatten. Manches von dem, was ihnen widerfahren war, war fast zu viel für ein einziges Leben.

Katharina schüttelte den Kopf und fragte sich, ob sie eigentlich schon völlig abgestumpft war, hier zu sitzen und zu essen, während Jakob tief erschüttert wirkte. Sie betrachtete den letzten Bissen ihres Brotes und bekam prompt ein schlechtes Gewissen. Rasch aß sie auf, griff nach den Schnapsgläsern und zwang Jakob eines davon in die Hand. Der trank die klare Flüssigkeit, ohne zu zögern. Erst die Schärfe der gebrannten Zwetschke schien seine Lebensgeister zu aktivieren und ließ ihn nach Luft schnappen. Schließlich atmete Jakob noch einmal scharf ein und begann mit seiner Schilderung.

»Daniela ist heute nicht zur Arbeit gekommen. Sie ist immer pünktlich, daher habe ich mir schon Sorgen gemacht und sie angerufen. Sie ist nicht an ihr Handy gegangen. Dann ist mir eingefallen, dass sie gestern schön angezogen war, und ich habe mir gedacht, dass sie vielleicht nach dem gestrigen Totenmahl noch ein Rendezvous hatte. Kurz vor Mittag war ich richtig sauer, weil sie sich gar nicht gemeldet hat und ich sie nicht erreichen konnte. Da hab ich bei ihrer Nachbarin angerufen. Die hat gesagt, dass ihr Auto vor der Tür steht und dass sie für Notfälle einen Schlüssel zu Danielas Haus hätte. Sie würde Nachschau halten.« Jakob holte tief Luft. »Du kannst dir vielleicht vorstellen, dass die Nachschau ergab, dass Daniela nicht zu Hause war. Dadurch hab ich auch noch die Nachbarin in helle Aufregung versetzt und schließlich die Polizei angerufen.«

Katharina goss Schnaps nach. Jakob nahm einen Schluck.

»Die Polizei meint, es sei nicht ungewöhnlich, dass ein Erwachsener mal aus seinem täglichen Trott ausbricht. Ich solle mich nicht sorgen, sie würden die Krankenhäuser in Steyr, Waidhofen an der Ybbs und sogar Linz antelefonieren und nachfragen, ob eine Frau, auf die Danielas Beschreibung passt, eingeliefert worden ist. Könnte ja auch ein Unfall passiert sein.« Er schüttelte den Kopf. »Dabei ist nichts herausgekommen. Keine Daniela, nirgends. Sie ist immer noch nicht da.«

Katharina hatte aufmerksam zugehört. Ihr schauderte, und die dazugehörende Gänsehaut war eine von der ganz prächtigen Sorte. Keine Gänsehaut, sondern Gänsebeulen zierten ihre Arme. Ein eiskalter Schauer lief ihren Nacken hinunter, und sogar die Haare auf den Beinen, die sie sich längst wieder einmal hätte rasieren sollen, hatten sich aufgestellt. Alle.

»Aber du glaubst doch nicht …?«

»Noch ein Mord? Nein, um Himmels willen! Aber es kann ja alles Mögliche passiert sein. Ich sorge mich eben. Ich hoffe einfach, es geht ihr gut und sie ist bald zurück.«

Bedrückt blickte Jakob auf die Tischplatte und zeichnete mit dem Zeigefinger die Maserung des Holzes nach. Weil ihr gerade nichts Besseres einfiel und sie den Mann ablenken wollte, beschloss sie, ihn in ihr Geheimnis um die gefundene Memory Card einzuweihen. Vielleicht konnte er ihr ja helfen.

»Ich habe vor Kurzem eine Entdeckung gemacht.«

Fragend betrachtete sie Jakob, der endlich den Kopf hob und ansatzweise so etwas wie Interesse zeigte.

»Mein Mann, ich kann mir nämlich nicht vorstellen, dass es jemand anders gewesen sein sollte, hat eine Speicherkarte in einem kleinen Hohlraum versteckt. Beim Aufräumen habe ich die Box mit dem geheimnisvollen Inhalt gefunden.«

Katharina hielt inne und bemerkte zufrieden, dass Jakobs Augen beim Wort »geheimnisvoll« aufleuchteten. Endlich hatte sie einen Zugang zu ihm gefunden, und er ließ sich vom Vorgefallenen ablenken.

»Mein Mann besaß einen PC, der wurde aber von einem Polizeiermittler mitgenommen. Dominiks Kamera kann ich nirgends finden, sodass es mir bisher nicht möglich war, die Speicherkarte zu prüfen. Hast du eine Kamera oder einen Computer, auf dem wir uns den Inhalt ansehen können?«

Jakob nickte. »Ich habe beides, und wenn die Speicherkarte passt, dann können wir sie auch gleich ausprobieren. Ich habe meine Digitalkamera im Auto.«

Im selben Atemzug stand er auf und machte sich auf den Weg, um die Kamera aus seinem Wagen zu holen. Katharinas Magen knurrte, ganz so, als hätte er vergessen, dass sie gerade gegessen hatte. Rasch nutzte sie die Chance, sich schnell noch ein Stück Brot und etwas Aufstrich in den Mund zu stopfen. Sie schämte sich, dass sie an Essen dachte, während Jakob ganz offensichtlich unter den Geschehnissen des heutigen Tages litt. Allerdings war ihr Hunger stärker als ihr Anstand. Aufstrich, Schafkäse, die schön hergerichteten Gemüsestreifen und das frische Bauernbrot brachten Magen und Geschmacksnerven einfach durcheinander.

Sie schnappte sich schnell noch ein paar Appetithappen, so viele sie eben auf ihre Hand stapeln konnte, und verschwand damit im Haus. Kauend griff sie nach der Blechdose, die sie erst vorhin versteckt hatte. Baskerville sah ihr gelangweilt zu, trabte schlussendlich los und gönnte sich einen kritischen Blick auf den Jausentisch. Gerade hatte er Anstalten gemacht, sein großes Haupt auf die Tischplatte zu legen und das eine oder andere Appetithäppchen zu testen, als Katharina zurückkehrte. Ein scharfes Zischen ihrerseits hatte Baskerville empfohlen, den guten Sachen fernzubleiben.

»Dein Bauch ist voll, und Schafkäse ist nicht deine Geschmacksrichtung«, verkündete Katharina mit strenger Stimme.

Würdevoll schlich Baskerville um die Bank und ließ sich mit einem tiefen Seufzer im Schatten nieder. Eine Tomate landete in Katharinas Mund, da bog auch schon Jakob um die Hausecke. Lächelnd zeigte er ihr die Digitalkamera, ein kleines Hosentaschending.

»Die hat mir schon oft gute Dienste erwiesen. Sehr praktisch, um die Menükarte appetitlich zu präsentieren.« Jakob streckte die Hand aus. »Darf ich bitten?«

Katharina reichte ihm die Speicherkarte.

»Selbes Format wie die Karte in meiner Kamera.«

Er öffnete eine kleine Klappe am Boden, entfernte seine eigene Speicherkarte und steckte Katharinas Karte ein. Ein leises Summen ertönte. Die Kamera ging an. Für einen kurzen Moment leuchtete der Bildschirm auf. Katharina beugte sich zu Jakob, blickte zuerst die Kamera, dann ihn neugierig an. Im Glas seiner Sonnenbrille spiegelte sich für einen kurzen Moment ein Bild. Eine Zehntelsekunde später war das Kameradisplay wieder schwarz.

»Mist!«, schimpfte Jakob, »Akku leer. Ich denke, wir müssen die Fotoshow aufschieben, bis ich das Ding aufgeladen habe. Leider habe ich kein Kabel mit.«

Jakob gab ihr die Speicherkarte zurück und schob seine eigene wieder ins Steckfach.

»Meinst du, dass du es bis morgen aushältst? Wenn du willst, kommst du abends einfach bei mir vorbei, und wir sehen uns den Inhalt gleich auf meinem Laptop an. Wir trinken ein edles Gläschen Wein, ich mach uns etwas Gutes zu essen, wie wär's? Dann werden wir schon sehen, was und ob sich überhaupt etwas Spannendes auf der Speicherkarte befindet!«

Weil Katharina ohnehin nichts anderes übrig blieb, stimmte sie zu. Warum auch nicht? Es gab schlechtere Einfälle, als den Abend in menschlicher Gesellschaft und bei gutem Essen zu verbringen.

»Du musst dich halt gedulden, bis meine Übernachtungsgäste bewirtet sind, so zwischen Tür und Angel möchte ich dich nicht bekochen. Ich schlage vor, ich rufe dich an, wenn Ruhe in der Gaststube herrscht. Kann aber durchaus etwas später werden.«

Katharina nickte zustimmend, was Jakob ein Lächeln entlockte.

»Gut. Genauso machen wir das!«

Jakob hatte es plötzlich eilig. Er verabschiedete sich deutlich munterer, als er gekommen war. Die Einladung schien ihm neuen Auftrieb zu geben.

Katharina räumte das Geschirr zusammen, freute sich über die Häppchen, die auch noch die morgendliche Jause verfeinern würden, und wäre fast über Baskerville gestolpert, der die Teller auf Übriggebliebenes untersuchen wollte. Sie kehrte noch einmal um, um die Eingangstür zu verschließen, und warf einen letzten Blick ins Büro. Mit wenigen Schritten war sie bei Dominiks Schreibtisch, ließ sich auf dem Sessel nieder. Das quietschende Ding würde sie als Nächstes entsorgen. Sie drehte sich von links nach rechts und wieder zurück und versank in Gedanken. Baskerville, der sich offensichtlich dazu entschlossen hatte, beim Denken zu helfen, schob seinen Kopf unter Katharinas Hand und verlangte nach einer klitzekleinen Streicheleinheit. Seine Rute schlug freudig wedelnd gegen den Schreibtisch, was ein rhythmisches Klopfen erzeugte. Das Streicheln des Hundes, der seine feuchte Schnauze immer wieder in Katharinas Handfläche schob, beruhigte ihr aufgewühltes Gemüt.

Plötzlich setzte sich Katharina in einer ruckartigen Bewegung auf. Eine Bewegung, die Baskerville völlig aus dem Genusskonzept brachte und zu einem tiefen Bellen nötigte.

Katharina stolperte beinahe über den Hund, lief zur Kellertür und griff nach der Arbeitsjacke ihres Mannes, die immer am gleichen Platz, einem Haken an der Holztür, hing. Schon beim Öffnen der Holztür hatte sie einen dumpfen Klang vernommen. Etwas Schweres baumelte unter der Jacke und war gegen die Tür gependelt. Sie riss die Jacke vom Haken und lachte vor Freude hell auf. Endlich hatte sie die Kamera gefunden.

Baskerville, der seinem Frauerl in munterer Erregung gefolgt war, hatte er doch irrtümlich angenommen, einen kleinen Wettlauf veranstalten zu können, wurde herb enttäuscht. Katharina ignorierte ihn und eilte zurück in die Küche. Die Speicherkarte lag noch in der Box, genau dort, wo sie das kleine Ding hingelegt hatte. Nun brauchte sie nicht auf morgen warten, um den Inhalt anzusehen.

Mit zitternden Fingern schob sie die Karte ins Fach. Sie wollte nicht zur Gänze hineinpassen. Rasch zupfte Katharina die Karte wieder aus dem Schlitz, drehte sie und steckte sie andersherum hinein. Hervorragend. Die Karte passte perfekt. Kamera ein. Die Batterie zeigte noch genug Ladekapazität. Zwei von drei Strichen. Nun galt es nur noch, den Schalter zu finden, der für die Wiedergabe der Fotos zuständig war. Katharina beugte sich zum Fenster hin, um im schwindenden Tageslicht den entsprechenden Knopf zu finden. Ein Pfeil zeigte ihr die Taste an, die sie mit klopfendem Herzen drückte.

Kein Bild zur Wiedergabe vorhanden, stand am Display des kleinen Monitors. In einer ersten Regung wollte Katharina die Kamera wütend auf den Boden werfen, widerstand jedoch ihrem Zorn und öffnete schließlich neuerlich das kleine Speicherfach der Kamera. Noch einmal drückte sie die Karte in Position, in der Hoffnung auf ein anderes Ergebnis. Aber nichts tat sich. Sie knurrte enttäuscht auf, sodass Baskerville einen verdutzten Blick in die Küche warf. Noch einmal öffnete Katharina das schmale Fach und betrachtete die Speicherkarte.

»Eigenartig! Ich hätte schwören können …«

Ihr Satz blieb unvollendet.

Kapitel 32

Hammerschmied betrachtete liebevoll die Bratwürste, die sich provokant vor ihm auf dem Teller sonnten. In seiner Sauerkrautportion rekelten sich sogar Speckwürferl. Er konnte sie regelrecht hören: »Iss uns!«, forderten ihn seine Essensgäste auf.

Er nahm Messer und Gabel zur Hand, wollte gerade die erste Wurst seinem Hunger opfern, als ihn ein lästiges Geräusch irritierte. *Gack-gack-gack*, kurze Stille, und wieder: *Gack-gack-gack*. Er besaß keine Hühner, daher beschloss Georg, das Gackern zu ignorieren. Doch so einfach, wie er sich das vorgestellt hatte, war es nicht. Munter gackerte es von irgendwoher weiter, bis schließlich der Groschen fiel: Erst vor Kurzem hatte Kollege Schwarzenberg beschlossen, dass lautstarkes Gegacker von Hühnern der perfekte Klingelton für Georgs Diensthandy wäre.

Georg grummelte und wand sich. Das Läuten hätte nicht ungelegener kommen können. Schlussendlich ging es gerade jetzt um sein Wohlbefinden und um das der Würste, die auf dem Teller darauf warteten, verschlungen zu werden. Noch dazu freute er sich schon seit gestern auf seinen Würschtl-Brunch, wie er die schöne Tradition, den Grill direkt nach dem Morgenkaffee anzuwerfen, getauft hatte. Aber nachdem die Anrufe schließlich im Minutentakt einlangten, kapitulierte er.

»So ein Scheißdreck, ein dreckiger. Nerviges Hühnerg'schrei. Kann ich nicht einmal in Ruhe meine Bratwürste vernichten?«, dröhnte es durch seinen Garten. Dann ertönte ein gewaltiges Rumpeln. Hammerschmied war aufgesprungen, hatte seinen Sessel energisch zurückgeschoben und war ins Haus gestürmt, um sich sein Handy zu schnappen und dem Anrufer deutlich zu sagen, was er von einem Anruf um die Mittagszeit hielt.

Noch dazu am Sonntag, seinem freien Tag. Entsprechend geladen nahm er den Anruf an, woraufhin ihm Alois Grundingers laute Stimme fast das Trommelfell zerfetzte.

»Hammerschmied! Einsatz! Du bist vor Ort!«, bellte ihn Alois an. Woher wollte der Mann bloß wissen, ob er vor Ort war oder nicht? Schließlich hatte er heute dienstfrei. Er hätte überall sein können.

Doch Alois' befehlsartiger Ton ging bereits in ein Schluchzen über: »Da liegt eine Frau im Dreck, Hammerschmied. Komm bitte zur …«

Alois winselte nun in den höchsten Tönen, sodass sich Georg wirklich Sorgen um den Mann machte.

»Bitte komme zur …« Wieder ein Winseln. »Zur … zur Fuchsluck'n. Dort bei der Wildsuhle ist etwas Grauenhaftes passiert«.

Alois zögerte, versuchte, sich und seine Nerven wieder unter Kontrolle zu bringen, und heulte dann lautstark ins Handy.

Georg seufzte.

»Alois, beruhig dich bitte. Brauchen wir einen Rettungswagen?«

Alois schluchzte stakkatoartig, riss sich schließlich zusammen, schnäuzte sich lautstark und verkündete mit leiser Stimme: »Zu spät, mausetot«, nur um dann heftig schluchzend ein »Die möchtest nicht wiederbeleben müssen!« hinzuzufügen.

»Bleib ruhig. Ich bin schon unterwegs.« Er legte auf.

»Fuchsluck'n«, genauer hätte die Ortsangabe nicht sein können. Georg wusste, dass es im ländlichen Raum nicht unüblich war, Ortsangaben anhand von jahrzehnte-, oft sogar jahrhundertealten Benennungen als bekannt vorauszusetzen. Steinbruch. Fuchsluck'n. Seufzerallee. Maria im Tal. Holzleit'n. Stoanatal. Dirn. Wasserboden. Schallau. Auf der Höh'. Im Graben. Er kannte sich bestens aus.

Hastig forderte Georg einen Rettungswagen bei der Leitstelle an. Wenn schon nicht für die offenbar gefundene Leiche, dann zumindest für den Grundinger, der sonst durch kaum etwas zu erschüttern war. Das nächste Telefonat galt seinen Kollegen auf der Inspektion. Erst gestern war eine Meldung eingetroffen, dass Daniela Kogler vermisst war. Bei Bergmeiers Begräbnis am Freitag hatte er sie noch gesehen. Sie hatte serviert. Dann nahm Kollege Weidinger einen überaus nervösen Anruf des Kirchfelswirtes entgegen, weil die Frau nicht zur Arbeit gekommen war. Was Georg ehrlicherweise für ein Zeichen gesunden Menschenverstands hielt. Doch zu Hause wurde sie ebenso wenig angetroffen wie in einem der Krankenhäuser der Umgebung. Auch die Freundinnen, die Weidinger abtelefoniert hatte, wussten nichts über Danielas Verbleib. Und so hatte Weidinger schließlich die Meldung aufgenommen, und sie alle hatten die Augen offen gehalten. Erfolglos. Man hatte getan, was man eben tut, wenn ein Erwachsener verschwindet. Es galt vorerst abzuwarten.

Hammerschmied war mulmig bei der Sache gewesen, aber wo hätten sie suchen sollen? Und jetzt das. Ein hysterischer Anruf von Alois Grundinger, der offenbar eine weibliche Tote entdeckt hatte.

Im Hinauslaufen schnappte Georg nach den Bratwürsten, steckte sich zwei gleichzeitig in den Mund, hustete erstickt und murmelte etwas wie »Kruzifix noch einmal«, setzte sich dann hin und aß in aller Ruhe seine Würste und das Sauerkraut auf. Den diensthabenden Kollegen sollte man ruhig den Vortritt lassen. Am Ende stopfte er sich die letzte Wurst in den Mund und wischte seine fettigen Hände einfach an der Hose ab.

Während Georg den Weg auf die Auwiesenalm im Rekordtempo zurücklegte, dachte er an ein Gespräch mit Alois zurück. Ein Gespräch, das mehr einem Vortrag geglichen hatte und ihm helfen sollte, Yoga zu verstehen. Ein Lächeln schlich sich in sein Gesicht, das man durchaus als hämisch hätte bezeichnen können.

»Yoga«, so hatte ihm Alois bedeutungsschwer erklärt, »ist das Reduzieren auf das Wesentliche, das Bestreben, in seiner eigenen Mitte zu ruhen.« Dabei hatte er mit den Augenbrauen wahre Kunststücke vollführt, sodass sich Georg am Schluss der Erklärung (»Wenn du Yoga praktizierst, da wirst du nicht einfach instabil oder hysterisch. Du arbeitest an dir und bist quasi der Fels in der Brandung. Wer regelmäßig Yoga praktiziert, hat alles im Griff. Wäre doch auch was für dich und deine Kollegen, oder?«) nicht sicher war, ob Alois das Gesagte ernst meinte oder ob er ihn einfach nur verarschen wollte. Jedenfalls schien es nicht zu hundert Prozent zu funktionieren, das mit dem *In-der-eigenen-Mitte-ruhen*, denn Alois Grundinger, der Möchtegern-Guru, ruhte aktuell gar nicht in seiner Mitte, sondern war völlig aus dem Häusl. Ein Beruhigungsspritzerl würde sein heutiges Wohlbefinden vermutlich mehr steigern als eine Yogaeinheit im Wald.

Kapitel 33

Die Fuchsluck'n war ein kleines Wäldchen nahe der Auwiesenalm. Hammerschmied hatte am Ende eines Forstwegs hinter ein paar Einsatzfahrzeugen, einem Geländewagen der Polizei und einem Krankenwagen mit leuchtendem Blaulicht geparkt. Das letzte Auto in der Reihe hatte er eindeutig zuordnen können, ein weißer Fiat 500 mit Elektroantrieb. Er war so dicht wie möglich aufgefahren, bevor er seinen Wagen dahinter abstellte, und war die letzten hundert Meter zu Fuß einem breiten Pfad gefolgt, der zwischen Buchen, Ahorn und Fichten auf eine kleine Lichtung führte. Mit seinem noch immer schmerzenden Bein kam er nur langsam voran, was er mit ausgiebigem Fluchen kompensierte. Je näher er dem Ziel kam, desto lauter wurde die Geräuschkulisse.

Als er schließlich am Tatort eintraf, fand er ein interessantes Szenario vor: Auf einem umgefallenen Baumstamm saßen – umzingelt von Kollegin Klingenberg sowie den beiden Kollegen Weidinger und Schwarzenberg – ein paar Spatzen. Die Spatzen waren allerdings nicht gefiedert, sondern gehörten zu Grundingers Yogagruppe, der wie ein aufgescheuchtes Huhn von einem Yogaspatz zum anderen flatterte und beruhigende Worte in die verheulten Spatzengesichter flötete. Auch das Ersthelferteam der Rettung schwirrte herum, heftig bemüht um Kreisläufe oder was eben gerade dabei war zu versagen. Die Szenerie wirkte bizarr, hektisch und irgendwie komisch. Zwei Handvoll Frauen, die sich in mehr oder minder vorhandener Badekleidung aneinanderdrängten, immerhin sittsam mit Baumwolltüchern bedeckt, sahen wahrlich nicht besonders nach einer *ruhenden Mitte* aus.

»Servus, die Herrschaften«, rief er in die Runde. »Da habt ihr euch aber ein lauschiges Plätzchen für eure Leich' ausgesucht!«

Rasch zählte Georg durch. Elf Frauen, dazu Alois und Seppi Haidlinger, in dessen Jagdrevier sie sich befanden. Haidlinger wirkte gefasst, im Unterschied zu den anderen Anwesenden. Sein aufgeregter Hund dagegen, der ganz offensichtlich den Tod in der Nase hatte, hing heftig ziehend und nach Luft japsend an Seppis Leine und zog zu einem Platz unter den Bäumen, am Rand des Weges hin. Etwas abseits stand ein Jeep, darin saß der Kirchfelswirt. Er war käseweiß und hielt die Augen fest geschlossen, während er einen Teller vor seiner Brust umklammerte. Ein komisches Bild.

Georgs Blicke folgten dem ziehenden Hund. An einer Wegbiegung befand sich eine Suhle. Wildschweine neigten zum Bad in solchen Schlammbädern, wobei er diese Suhle eher für ein besonders nobles Hochwildschlammbad hielt. Haidlinger, der Hammerschmieds Blick richtig gedeutet hatte, zeigte mit einer Schuhspitze auf Abdrücke am Boden. Längst eingetrocknete Abdrücke.

»Hochwild«, sagte er leise. Dabei hoben sich seine Mundwinkel.

In Anbetracht der Situation, die Hammerschmied noch nicht genau zuordnen konnte, schien ihm dies nicht unpassend, denn er konnte die Freude des Jägers über Hochwildspuren in seinem Revier durchaus nachvollziehen. Als er sich die Suhle jedoch näher ansah, nahm er einen unförmigen Batzen wahr. Etwas Großes lag neben der Grube. Etwas Langes. Erst nach und nach gewöhnten sich seine Augen an die Dämmerung des Waldes. Dort lag ein über und über mit Matsch und Schlamm bedeckter Mensch. Ein Blick zurück auf die Ansammlung der Spatzen, die immer noch auf dem umgefallenen Baum hockten, bestätigte seine Vermutung. Die mentalen Auflösungserscheinungen waren nur zu verständlich. Wie oft stieß man schon unerwartet auf einen Leichnam?

Georg wandte sich an Haidlinger. »Alois hat wohl seinen Yogafetischistinnen eine Schlammpackung verordnet?«

Seppi nickte hin zur Suhle. »Ich glaube, so viel Yoga kann man sein ganzes Leben nicht mehr machen, dass man sich von diesem Schock erholt«, bemerkte er zynisch und streichelte den Kopf seines aufgeregten Hundes.

Ein ähnlicher Gedanke war auch Georg in diesem Moment durch den Kopf geschossen. Wie kleine Kinder, dachte er. Aber aus dem Spaß war bitterer Ernst geworden. Alois hatte sich offenbar die bereits bestehende Wildsuhle zu eigen gemacht, sie vergrößert und wohl auch vertieft. Jedenfalls war die Grube ein echtes Schlammbad. Einige der Frauen waren bis zu den Knien verdreckt.

Eine Frau, die besonders laut und ausgiebig schluchzte, starrte nur so vor Dreck. Sie hatte ihr Gesicht abgewischt, das war eindeutig erkennbar. Der Rest ihres Körpers aber war bedeckt von braunem Matsch, der langsam auftrocknete und bereits Risse bildete, was irgendwie eigenartig aussah. Vor allem, da eine andere Frau die trockenen Erdplatten gedankenverloren vom Körper ihrer Sitznachbarin schälte, was auf beide beruhigende Wirkung zu haben schien.

Seppi meldete sich wieder zu Wort: »Die haben mir das Hochwild sicher gründlich verscheucht. Da geht kein Wild mehr rein. Die ganze Umgebung stinkt jetzt viel zu sehr nach Mensch. Außerdem ist die Grube vermutlich sowieso zu tief, um dem Hochwild noch Freude zu machen. Der Alois hat etwas von mehr als einem Meter gesagt.«

Aufmerksam nickte Hammerschmied. Die Grube mit einem Durchmesser von etwa sechs Metern sah tatsächlich wie ein

Schwimmteich aus. Ein mit zähem Matsch befüllter, brauner Schwimmteich. Langsam ging Hammerschmied auf den dreckverschmierten Körper zu, der einsam am Rand der Grube lag. Er bückte sich, ruderte mit den Armen und schnappte nach Luft. Beinahe wäre er ausgerutscht und in die Suhle gekippt. Der Schreck hatte auch ihn blass werden lassen.

Als sich jemand in seinem Rücken räusperte, sorgte das bei Georg für einen weiteren Schreckmoment. Er quietschte, was grausam unmännlich klang, tat einen erschrockenen Sprung zur Seite, rutschte auf dem feuchten Schlammrand der Suhle aus, fuchtelte erneut hektisch mit den Händen, und hätte ihn nicht Maria beherzt am Gürtel gepackt und mit einem Ruck nach hinten gezogen, wäre er tatsächlich ins Schlammbad gefallen.

Georg rang um Fassung. »Bist du noch ganz bei Trost?«, keuchte er.

»Warum? Hätte ich dich fallen lassen sollen? Sei doch froh, dass ich dir ein Schlammbad erspart hab.« Maria schüttelte entgeistert den Kopf, dann fügte sie süffisant hinzu: »Schön, dass du gekommen bist, es freut mich auch, dich zu sehen.«

»Das ist die Kogler, oder? Wie kommt die hierher?«, entfuhr es Georg. »Und wo ist Letinowsky? Ich habe seinen Wagen erkannt. Was macht der hier?«

Mit ausgestrecktem Zeigefinger deutete er zuerst auf Maria, dann zurück auf die Tote.

»Wenn ich das wüsste … Das gilt für alle deine Fragen.« Marias Stimme hatte eine bittere Färbung angenommen. Sie wollte gerade noch etwas hinzufügen, als sie von Alois Grundinger unterbrochen wurde, der über und über schlammbraun auf sie zuwankte.

»Hammerschmied, da bist du ja! Die Frau dort in der Mitte, die, die ganz mit Schlamm bedeckt ist, die hat die Tote gefunden. Die Koglerin war aber nicht Teil meiner Yogagruppe. Niemals.

Ich weiß gar nicht, was die hier gemacht hat. Ist die etwa auch ermordet worden?«

»Beruhig dich, Alois. Wir werden herausfinden, was ihr passiert ist. Vielleicht war es einfach nur ein schlimmer Unfall.«

Maria drängte Alois zu den auf dem Baumstamm sitzenden Frauen zurück, was ihr eine ordentliche Portion Abdrücke halbtrockener Schlammflecken auf der Uniform einbrachte. Georg folgte mit etwas Abstand. Inzwischen hatten die Kollegen mit den Befragungen begonnen. Gelegentliches Schluchzen unterbrach die Berichte, und nur langsam legte sich das wilde Durcheinander der Stimmen. Eine Frau nach der anderen wurde von Maria, Anselm und Weidinger beiseitegenommen und befragt. Georg wechselte zwischen den Zweiergesprächen hin und her. Bei Yvonne, die er schon von der Zeugenbefragung am Anfang der Woche kannte, blieb er stehen. Weidinger nahm ihre Aussage auf, und sie berichtete gefasst und verhältnismäßig sachlich.

»Wir wollten uns einen echt schönen Seminartag machen und den neuen Seminarteilnehmerinnen das Schlammbad zeigen. Yoga, Baden, Jause und so.« Sie zeigte auf ihre Füße, die etwa bis Mitte Oberschenkel schmutzig waren. »Den Dreck hätten wir uns natürlich im Anschluss im Reichramingbach wieder abgewaschen. Aber dazu ist es nicht mehr gekommen. Eine rutschige Partie, so ein Schlammbad. Die meisten von uns sind nur am Rand gestanden. Keine wollte als Erste hinein, wobei es ja nicht tief ist. Aber irgendwie ist es schon komisch, wenn man nicht sieht, was sich unter den Zehen befindet.«

Sie zuckte verlegen mit den Schultern und wischte sich über die Stirn, worauf sie dort einen hellbraunen, bröseligen Dreckstreifen hinterließ. Dann deutete sie zu der Frau auf dem Baumstamm.

»Helena war mutiger als wir, oder vielleicht auch einfach nur ungeschickter. Jedenfalls ist sie gleich mal vom Rand in die Mitte des Schlammbeckens gerutscht. Zuerst hat sie noch ein wenig mit dem Dreck herumgespritzt und uns dazu aufgefordert, es ihr gleichzutun. Aber dann hat sie entsetzlich zu schreien begonnen. Wir wussten erst gar nicht, was los ist. Weiß wie eine Wand hat sie ausgesehen. Jedenfalls ist Alois dann zu ihr hinein. Er hat sie aus dem Schlamm gezogen, was nicht einfach war, weil das Zeug ziemlich rutschig ist. Ich wusste da noch nicht, warum, aber irgendetwas hat dem Alois nicht gepasst. Ich konnte genau sehen, wie sich sein Gesichtsausdruck verändert hat. Ab dem Zeitpunkt, als er Helena in seinen Armen hatte, wurde sein Gesichtsausdruck starr. So, als ob er sich furchtbar bemühen musste, nicht auch noch den Kopf zu verlieren. Er ist dann aber gleich wieder zurück ins Schlammbecken, hat mit den Händen im Dreck gewühlt und an etwas gezogen. Gekeucht hat er, die Augen sind ihm fast aus dem Kopf gefallen. Wir wollten ihm helfen, aber er hat uns verscheucht und gesagt, wir sollen uns um Helena kümmern. Wenige Sekunden später hat er einen Körper aus dem Dreck gezogen.«

Yvonne sah voller Sorgen zur Grubenkante, wo sich inzwischen Gerichtsmediziner Dr. Michael Letinowksy zu schaffen machte. Georg hatte vorerst genug gehört.

Inzwischen war auch Greti Grundinger dazugekommen und nahm Yvonne unter ihre Fittiche. Behutsam führte sie sie auf die gegenüberliegende Seite der Lichtung, wo Greti eine große Picknickdecke ausgebreitet hatte, auf der die Sanitäter gerade eine Art provisorisches Lazarett einrichteten.

Hammerschmied kniete sich neben Letinowsky auf den Boden.

»Servus Herr Doktor, wie kommen Sie denn bloß so schnell zu uns nach Reichraming?«

Der auf diese Weise Angesprochene ließ sich offenbar ungern aus seiner Betrachtung reißen, denn er gönnte Hammerschmied nur einen kurzen Seitenblick.

»Eigentlich wollte ich eine angenehme Radtour unternehmen. Ihre Kollegen haben mich im Ort gesehen und gebeten mitzukommen.« Er zuckte mit den Schultern. »Und jetzt knie ich halt vor einer Schlammgrube herum, anstatt mir den Dreck meines Mountainbike-Hinterreifens auf den Rücken spritzen zu lassen.«

Der unmittelbare Randbereich um die Grube war schlammnass. Im Abstand von etwa einem Meter jedoch war alles trocken. Alois musste die Grube künstlich gewässert haben und zusätzlich mit Erde und Lehm versorgt, sonst wäre sie längst ausgetrocknet. Die ehemalige Suhle lag zwar im Wald, einigermaßen gut beschattet vor den Sonnenstrahlen, und rundum war es feucht von kleinen Quellen, die es hier zahlreich gab. Trotzdem hatte der hitzige Sommer für eine gewisse Trockenheit gesorgt, deren Zeichen deutlich erkennbar waren.

Dr. Letinowsky war konzentriert bei der Sache. Seine Hose war schmutzig und an den Knien zusätzlich mit einer doppelten Lehm-Dreck-Schicht versehen. Außerdem war sein kariertes Hemd auch schon mal sauberer gewesen, doch all dies schien ihn nicht zu beirren. Er nahm sich der toten Frau, die vor ihm lag, gewissenhaft an. Vermutlich sogar gewissenhafter, als er sich so manche lebende Frau vorgenommen hätte, die er wohl auch dann und wann unter seinen Fingern haben würde, dachte Georg mit Grausen.

Letinowsky zeigte Georg nicht mehr als die kalte Schulter, erst als sich Maria näherte und freundlich grüßte, wurde der Gerichtsmediziner milder, und der Tag wurde ganz weithin hörbar zu einem »Guten Tag!«, gekrönt von einem Lächeln, das zwar nicht Tote erwecken, Frauenherzen aber durchaus zum Schmelzen bringen konnte. Georg fühlte schon wieder, wie er fuchsig wurde.

Letinowsky entging Marias fragender Blick nicht, und so antwortete er wesentlich geschwätziger, als er es gerade noch gewesen war: »Es ist noch zu früh, Aussagen zu ihrem Tod zu treffen. Aber du hast mir ja bereits erzählt, dass Daniela Kogler vermisst wird.« Der Blick, mit dem Letinowsky Maria bedachte, war überfreundlich und absolut unangemessen. »Die gute Nachricht: Wir haben Frau Kogler gefunden. Aber die Todesart ist mehr als ungewöhnlich, würde ich meinen.«

Hammerschmied nickte. Maria nickte. Letinowsky konnte vor Eifer kaum an sich halten.

»Bei euch in der Gegend ist ja Mord an der Tagesordnung. Daher würde ich das auch nicht ausschließen. Aber das wissen wir, wenn ich die Tote am Tisch habe, sie gesäubert wurde und ich sie genau untersuchen kann.«

Passend zum Erklärten machte der Gerichtsmediziner ein krächzendes Geräusch in Verbindung mit einer angedeuteten Schnittbewegung quer über den Hals, die wohl den Tod symbolisieren sollte. Hammerschmied seufzte tief auf und schüttelte den Kopf über derartige Respektlosigkeiten.

Maria, deren große Augen eindeutig Interesse bekundeten und die derart unerwartete Ergänzungen zum möglichen Tod der Frau nur wenig zu stören schienen, wurde umgehend belohnt.

»Gestorben wird immer«, meinte Letinowsky und drehte sich auf Knien zu Maria, was dieser sichtlich gefiel.

»Ich habe den sichersten Beruf, den es nur geben kann. Außer vielleicht den des Bestatters. Oder Pfarrer, Pfarrer ginge auch. Was für ein Vergnügen, sich die Beichten anzuhören und erquicklich Strafen zu verteilen.« Er zögerte und grinste. »Vielleicht sollte ich doch noch umsatteln?«

Mit diesen äußerst informativen Schlussworten erhob er sich, klopfte seine Knie ab, packte ein paar Erdproben ein, die er vorsorglich in kleinen Hüllen abgepackt hatte, zog sich mit einem klatschenden Geräusch die Handschuhe von den Fingern und griff nach Marias Hand, um ihr augenscheinlich einen Handkuss zu verpassen. Verwundert zog Maria ihre Hand zurück, woraufhin Letinowsky einfach einen Schritt auf sie zumachte, sich vorbeugte und ihr einen zarten Kuss auf den Mund drückte. Und dann passierte etwas, womit Hammerschmied nicht gerechnet hatte. Jakob, der bis dahin mit halb geschlossenen Augen in seinem Jeep gesessen hatte, ließ einen zornigen Schrei hören. Maria grinste währenddessen von einem Ohr zum anderen. Letinowsky, der ein echter Draufgänger zu sein schien, setzte ungehemmt zu einem zweiten, schon etwas intensiveren Kuss an, da traf ihn von hinten ein Teller im Kreuz.

»Blattschuss«, rief in diesem Moment Haidlinger herüber. Sein Hund, der immer noch reges Interesse an der toten Frau zu haben schien, war von den vielen kleinen Scherben, die durch die Luft flogen, kurz abgelenkt, sodass er heftig zu wedeln begann. Wie aufregend, dachte das Tier wohl und wusste nicht, welcher Scherbe es zuerst nachsetzen sollte, was allerdings von seinem Herrchen am anderen Ende der Leine sofort unterbunden wurde.

Mit einem weiteren Wutschrei stürzte Jakob auf den Mediziner zu, versetzte ihm einen heftigen Stoß und siegte nach Punkten, denn Letinowsky stürzte mit einem herrlichen Bauchklatscher an der toten Daniela Kogler vorbei in die Schlammgrube.

»Touchdown«, kommentierte Alois trocken den Bauchfleck, und im nächsten Moment nahm er sich Jakobs an, indem er ihn von hinten fest umarmte und auf diese Weise davon abhielt, dem schlammbadenden Arzt auch noch hinterherzuspringen.

Hammerschmied hatte inzwischen die Kollegen Weidinger und Schwarzenberg herbeigebrüllt. Sein Zusatz, »Seid ihr denn alle bescheuert?«, war im Tumult untergegangen. In der Zwischenzeit hatten die beiden Jakob aus Alois' Armen gepflückt und hielten ihn fest. Und nun richteten sowohl Georg als auch Jakob ihre waidwunden Blicke auf Maria. Die schien die Situation zu genießen, was Georg endgültig zur Weißglut trieb. Abermals führte sich der junge Wirt auf wie ein wild gewordener Eber, weshalb ihm Schwarzenberg kurzfristig die Hand auf den Rücken drehte. Erst die dadurch eintretenden Schmerzen ließen ein vernünftiges Gespräch unter Freunden zu. Schlagartig endete der Wirbel.

Georg schnappte sich Maria und zog sie zur Seite.

»Bist du völlig daneben? Du bist hier zur Arbeit, nicht zum Schmusen.«

Maria baute sich vor Georg auf, dann sagte sie laut und deutlich: »Ich arbeite hier. Wenn hier einer schmust, dann Letinowsky. Ich bin beschmust worden. Ist das klar?«

Hammerschmieds Mund stand offen. »Das gibt's doch nicht. Jetzt machst du auch noch auf Opfer? Du hättest dich auch wehren können!«

»Wollt ich aber nicht, Idiot!«, zischte sie, trat einen Schritt auf ihn zu und küsste ihn.

Hammerschmied stand wie angewurzelt da. Wusste nicht, wohin mit seinen Händen, auch nicht, wohin mit seiner Wut, die sich soeben in nichts auflöste, was ihm irgendwie auch nicht recht war. Maria löste die Lippen von seinen. Georg wollte etwas sagen, schüttelte den Kopf und war völlig fassungslos. Und das alles nur wegen einem bisserl Herumgeknutsche.

Maria trat einen Schritt zurück, warf einen Blick hin zu den beiden Kollegen, die Jakob zur Seite gedrängt hatten, und grinste Georg hinterhältig an. Abermals sagte sie laut: »Bist du völlig daneben, Süßer? Du bist hier zur Arbeit, nicht zum Schmusen.«

Dann drehte sie sich um und schlenderte provokant zurück zu den Zeuginnen.

Hammerschmied schüttelte den Kopf und wusste nicht, was er als Nächstes tun sollte. Dankbar sah er zu, wie Alois, der ohnehin von Kopf bis zu den Haarwurzeln schlammverschmiert war, Dr. Letinowsky aus dem Dreckbad fischte.

»Jetzt habe ich tatsächlich genug Schmutzproben«, kommentierte der die reichlich absurde Szene noch, bevor er sich gemächlich, beinahe lässig in Richtung Reichramingbach aufmachte.

Georg fand, dass der Kerl viel zu gelassen war. Nicht auszuhalten. Vor allem dann nicht, wenn man mit diesem Typ verglichen wurde. Und vergleichen würde Maria wohl. Schließlich konnte sie nun sogar den Kuss Letinowskys seinem eigenen Kuss gegenüberstellen, den er mehr über sich hatte ergehen lassen, als sich aktiv knutschend einzubringen.

»Mist«, zischte Georg, »da kann Mann nur schlecht abschneiden.«

Der Verdacht, dass der Pathologe bei den Frauen viel zu gut ankam, bestätigte sich. Marias Aufmerksamkeit war von den Spatzen zum Bachlauf gewandert. Und mit ihrem drehten sich noch elf weitere Augenpaare zu Letinowsky hin, der sich inzwischen ausgiebig im kalten Bachwasser wusch. Es fehlte nur noch, dass sie ihm sabbernd hinterherhechelten.

Kapitel 34

Hammerschmied brauchte dringend eine Pause, und so ging er zu den Sanitätern und ihrer Picknickdecke, ließ sich Tee in einen Plastikbecher füllen und tigerte dann weiter zu Seppi Haidlinger, der ihm mitleidig einen Schluck aus seinem Flachmann in den Becher goss. Mit einem müden Lächeln prostete Georg ihm zu, dann trank er das Gebräu in einem Schluck aus. Sein Blick schweifte über die Lichtung. Gott sei Dank war Letinowsky hinter einem großen Gebüsch verschwunden, und die Frauen konzentrierten sich wieder auf ihr Elend. Einige schluchzten, sie trösteten einander und verhielten sich überwiegend so, wie man es in einer derartigen Situation erwarten konnte.

Nur eine unter ihnen benahm sich völlig anders. Georg erinnerte sich an die Frau, Johanna, sie hatte die Verstorbene gekannt. Völlig ruhig stand sie etwas abseits, wirkte in sich gekehrt und blickte ins Leere. Ihre Hände hingen an ihrem Körper hinunter. Sie vermittelte insgesamt einen traurigen, recht niedergeschlagenen Eindruck. Hammerschmied kannte sich mit Aura-Farben nicht aus. Er wusste auch gar nicht, welche Farben eine Aura haben konnte, aber wenn er gefragt worden wäre, hätte er der Frau wahrscheinlich eine dunkelgraubraune Aura zugestanden.

»Guten Tag! Sie wirken auf mich, als bräuchten Sie Hilfe.«

Johanna sah Georg irritiert an. Überraschung spiegelte sich in ihrer Miene. Schließlich straffte sie ihre Glieder, nahm Haltung an und fauchte unerwartet ruppig: »Was bitte ist an diesem Tag gut? Dort, wo ich bin, ist der Tod!«

Sie drängte sich grob an Hammerschmied vorbei.

»Der Tod!«, hauchte sie noch theatralisch.

»Warten Sie! So geht das nicht!« Verärgert stellte sich Hammerschmied ihr in den Weg und verwehrte ihr dadurch die überstürzte Flucht.

»Was meinen Sie damit, wo Sie sind, ist der Tod?«

Hammerschmied setzte ein einfältiges und harmloses Gesicht auf, um die Frau zum Weiterreden zu bewegen. Er hatte noch nie davon gehört, dass der Tod die Menschen bewusst verfolgte. Natürlich wurde immer gestorben, das gehörte einfach zum Leben, wenn auch die vielen Anhäufungen an Todesfällen in Reichraming sicher alles andere als zum normalen Lebensablauf gehörten. Aber sich den Tod als Gesellen mit besonders intensiven Verfolgungsabsichten vorstellen zu müssen war ihm neu. Nachdem er sich für einen Menschen hielt, der offen für vielerlei Besonderheiten war, wollte er auf jeden Fall mehr dazu hören.

»Zuerst Cintia. Dann die armen Menschen aus dem Dorf. Der Bauer und der Jäger und nun diese Frau.« Sie warf einen raschen Blick auf den Grubenrand. »Normal ist das nicht. Wer weiß schon, wer noch alles dran glauben muss?«

»Konkreter geht's nicht? Haben Sie etwas gesehen, was Sie mir sagen möchten?«

»Konkreter geht's nicht! Ich habe nichts gesehen, ich kann nur fühlen, dass der Tod umgeht.«

Schließlich richtete sich Johanna straff zu ganzer Körpergröße auf und fügte barsch hinzu: »Das ist doch alles nicht normal hier!«

»Sie haben recht. Normal ist das wirklich nicht. Setzen Sie sich.«

Hammerschmied deutete einladend auf einen bemoosten Baumstamm, nahm Platz und fühlte sofort, dass er sich die feuchteste Stelle ausgesucht hatte. Wieder einmal. Folgsam ließ sich die Frau neben ihm nieder. Hammerschmied kratzte sich am Hinterkopf. Schließlich murmelte er ein paar belanglose Worte, die die Frau beruhigen sollten. Die Wirkung ging nach hinten los, denn prompt begannen Tränen zu fließen, und die zuvor noch kaltherzig wirkende Frau schluchzte erbärmlich. Beinahe panisch wühlte Georg in seiner Hosentasche und fischte schließlich eine gelbe Serviette heraus, die er ihr vor die Nase hielt. Nicht mehr ganz sauber, aber zweckdienlich. Verdutzt betrachtete die Frau das gelbe Ding in Georgs Hand, nahm es aber dann doch an und schnäuzte sich lautstark.

»Haben Sie Cintia nahegestanden?«

Es war pure Intuition, doch seine Frage löste einen neuerlichen Anfall von Traurigkeit aus. Johanna krümmte sich, schluchzte hemmungslos. Und dann platzte es aus ihr heraus:

»Ich fühle mich schlecht! Cintia war eine nette Person. Nicht gerade herzlich, aber ein lieber Mensch. Sie war Außenseiterin, so wie ich früher.«

Johanna stockte, warf Hammerschmied einen zweifelnden Blick zu.

»Ich weiß genau, wie das ist, wenn einem niemand zuhört, und ich denke, Cintia hätte dringend jemanden gebraucht, der sich für sie Zeit nimmt. Sie war selbst dann allein, wenn sie in unserer Mitte war. Wie eine Insel hat sie sich verhalten. Kaum dass die Yogaeinheiten zu Ende waren, hat sie sich verstohlen weggeschlichen.«

»Können Sie mir denn etwas über die Tote, also Cintia, erzählen? Wir haben keine nahen Angehörigen oder Freunde ermitteln können. Sie wären eine große Hilfe.«

Johanna schniefte in die unter Auflösungserscheinungen leidende Serviette. »Einmal habe ich sie gefragt, wohin sie geht, ob sie nicht gerne jemanden an ihrer Seite hätte? Ganz komisch hat sie mich angesehen. Etwas von einem Kraftplatz gesagt, zu dem sie sich zurückzieht, weil sie sich dort ungestört fühlt und es außerdem schätzt, von Schönheit umgeben zu sein. Ich muss wohl sehr verwirrt ausgesehen haben, worauf sie gelacht hat und gemeint, dass sie sich für Pflanzen interessiert und eine Stelle am Bach gefunden hat, die wohl eine Besonderheit sei.«

Johanna schüttelte den Kopf.

»Zuerst habe ich geglaubt, sie will mich loswerden und mich beleidigen, weil sie mich ›Natternkopf‹ genannt hat. Als ich mich darüber entrüstet habe, hat sie gelacht und gemeint, dies sei eine Pflanze. Eine recht ungewöhnliche, die in der Antike zur Heilung von Schlangenbissen eingesetzt wurde. Sie hatte wohl ein Faible für Schlangen und Pflanzen und Geschichten, die sich um beides ranken.

»Sie hatte ein Schlangentattoo, wussten Sie das?«

»Nein, das ist mir nicht aufgefallen, aber das will nichts heißen. Ich achte nicht auf Äußerlichkeiten. Jedenfalls hat Cintia noch hinzugefügt, dass der Natternkopf eine tolle Pflanze in trockenen Wiesenbereichen sei, eine Freude für Insekten. Außerdem würde der Natternkopf verschmäht von Schnecken, was mich zum Lachen gebracht hat.« Johannas Gesicht leuchtete für einen kurzen Augenblick in seliger Erinnerung. »Dann hat sie mich, und das war wirklich ungewöhnlich für Cintia, in die Arme genommen, mich angesehen und sich verabschiedet.« Johanna begann wieder zu schluchzen. »Und ich habe sofort gewusst, dass sie etwas mit sich selbst ausmachen muss. Ich glaube …«

Der Redefluss von Johanna schien zu versiegen, aufmunternd lächelte Georg sie an, dann überwand er sich, nach ihrer Hand zu greifen. Der Trick zeigte Wirkung.

»Sie war ein wenig depressiv veranlagt. Hätte ich doch meinem Gefühl vertraut. Wer weiß, dann hätte ich vielleicht ihr Leben retten können?«

Sie warf Georg einen Blick zu, der voller Zweifel schien. Er ahnte, dass sie darauf wartete, dass er sie von ihren Zweifeln freisprach und so tat er, was von ihm erwartet wurde.

»Sie hätten nichts ändern können. Alles geschah, wie es geschehen musste.«

Er hörte sich an wie ein Pfarrer, fand Georg, und außerdem war ihm danach, endlich aufzustehen. Seine Hose war inzwischen völlig durchnässt. Von hinten musste es aussehen, als hätte er sich angepinkelt, und außerdem war ihm das Gespräch inzwischen zu anstrengend. Nichtssagend außerdem. Keine wesentlichen Neuigkeiten, die er daraus entnehmen konnte, nur das schlechte Gewissen einer Frau, die sich fragte, ob sie den Tod von Cintia Zachariasz hätte verhindern können.

»Sie hätten weder Cintia retten können noch die Frau, die jetzt dort vor der Suhle liegt.«

Herzzerreißendes Heulen begleitete Hammerschmieds Abgang. Er ärgerte sich. Nicht nur über seinen durchnässten Hosenboden. In Wahrheit hatte er sich aufschlussreichere Äußerungen erwartet, war jedoch nur mit allgemeinen Plattheiten versorgt worden. Wie so häufig in letzter Zeit.

Kapitel 35

»Mariaaa!«

Georgs Schrei über die Lichtung sorgte für mehrfaches Zusammenzucken. Nicht nur Maria und Weidinger, der neben ihr stand und sie gerade noch fragend gemustert hatte, zuckten zusammen. Auch ein Eichkätzchen, dass sich in einem Haselnussstrauch niedergelassen hatte und ein wenig vor sich hin döste, kippte beinahe von seiner Astgabel. Maria musste grinsen. Der Tag war einfach nur noch bizarr. Sollte Georg ruhig plärren wie der Gockel, der er war. Nach dem, was er sich da vorhin geleistet hatte, konnte er ihr getrost den Buckel runterrutschen. Einfach so eine Szene zu machen. Vor allen Kollegen, den Zeuginnen, den Grundingers ... Wie ein Lauffeuer würde sich herumsprechen, dass er ein Auge auf sie geworfen hatte. Also, hatte sie beschlossen, würde sie die Dorfgemeinschaft lieber gleich vor vollendete Tatsachen stellen und hatte ihn in aller Öffentlichkeit abgeknutscht. Ha, den Tag würde er so schnell nicht mehr vergessen, dass er sich mit Maria Klingenberg angelegt hatte. Den Flittchenstempel würde sie zwar nie wieder loswerden, aber war der Ruf erst ruiniert und so weiter ...

Maria hatte eben die letzten Frauen zurück zur Auwiesenalm geschickt. Auch Alois und Greti hatten sich endlich davongemacht, nachdem die Sanitäter einen Sichtschutz um die Leiche errichtet hatten und es nichts mehr zu sehen gab. Schweren Herzens und etwas verlegen wollte sie sich gerade auf den Weg zu Hammerschmied machen, als sie von Letinowsky ausgebremst wurde. Der Gerichtsmediziner trug nun immerhin einen Overall der Spurensicherung. Die Ärmel des Oberteils hatte er lässig als Gürtelersatz um die Hüften geknotet und sein immer noch feuchtes kariertes Hemd wieder angezogen.

Maria wurde knallrot bei dem Gedanken, wie er vorhin noch splitternackt im Bach gestanden und sie angezwinkert hatte. Sie wollte ihn umrunden, wurde jedoch von seinem ausgestreckten Arm gebremst.

»Ich zeig dir was!«

»Was ist denn jetzt schon wieder?«

Ein freundliches Lächeln umspielte seine Lippen, sogar seine Augen lächelten mit. Maria verlor sich in seinem Blick, stellte fest, dass sie ihn schon viel zu lang anstarrte, und besann sich rasch auf ihre eigentliche Aufgabe. Sie war Polizistin. Knallharte Profilerin. Das ging doch nicht, dass sie sich von einem Mann so leicht aus der Bahn werfen ließ. Noch dazu von einem Pathologen. Von einem, der seine Hände in toten Körpern versenkte. Und mit diesem Bild hatte ihre Vorstellungskraft gesiegt. Beim Gedanken an die vielen Toten, die durch Michaels Obduktionssaal gerollt wurden, landete Maria ruckzuck wieder in der Gegenwart.

»Komm!«

Fast hatte sie erwartete, dass er sie bei der Hand nehmen und hinter sich herziehen würde. Tatsächlich aber dirigierte er sie einfach auf die Schlammsuhle zu. Maria war dankbar für die schützende Plane, die die neugierigen und verstörten Blicke der Anwesenden ablenkte und für Pietät sorgte, die hier im Wald leichter aufrechtzuerhalten war als an so manch öffentlicher Unfallstelle.

Maria wusste wohl um Hammerschmieds Ekel vor Toten. Natürlich war ihr klar, dass sich die meisten Menschen vor dem Tod fürchteten, und die Toten selbst als Furcht einflößend ansahen. In Wahrheit, so war ihr wohl bewusst, musste man sich mehr vor den Lebenden als vor den Toten fürchten. Letinowsky sah das zweifellos wie sie. Nüchtern. Orientiert. Interessiert. Freilich war ihr völlig klar, dass sie es nicht mit seiner Begeisterung für Leichen aufnehmen konnte. Allerdings, und dies hatte sie recht bald in der Arbeit zwischen Pathologie und Polizei festgestellt, war es wichtig, mit Menschen zusammenzuarbeiten, die sich beim Anblick des Todes unter Kontrolle hatten. Und das tat Letinowsky. So konnte er Hinweise geben und erklären.

Der Gerichtsmediziner streifte ein Paar Einweghandschuhe über und kniete sich neben die Tote. Inzwischen war der Schlamm auf der Haut, in den Haaren und an der Kleidung angetrocknet. Langsam drehte er den Leichnam zur Seite, stützte den Torso sanft ab und tastete mit den Fingern der rechten Hand über den Hinterkopf der Frau.

»Hier! Du musst die Stelle nicht berühren. Es reicht völlig, wenn du genau hinsiehst. Der Schädelknochen ist schlimm zertrümmert. Der gibt nach.«

»Tatsächlich?« Maria, die sich neben Michael gekniet hatte, sah erschrocken auf. »Kein Unfall?«

Er schüttelte den Kopf, dann fuhr er fort: »Wahrscheinlich kein Unfall. Natürlich kann sie mit dem Schädel auf einem Stein aufgeschlagen sein, aber ich sehe rund um die Suhle keine Steine, und ich denke außerdem, dass diese Verletzung auch nicht durch einen im Schlammwasser liegenden Stein verursacht werden konnte. Der zähe Schlamm hätte den Aufprall des fallenden Körpers gebremst, sodass eine derart tiefe Deformation eher unwahrscheinlich wäre. Außerdem …«

Behutsam ließ er den Körper wieder in die ursprüngliche Position gleiten, dann zeigte er auf den Hals der Toten. An einer Stelle war der Schlamm entfernt worden, und dort prangte eine dunkle Linie, die sich um den gesamten Hals zu ziehen schien.

»Vielleicht von einem Drahtseil. Wenn ich die Lungenflügel der Frau angesehen habe, weiß ich, ob sie noch am Leben war, als sie in die Schlammgrube geworfen wurde. Grausam ist das auf jeden Fall«, setzte er noch leise hinzu und wischte sich die Hände an dem weißen Einmalanzug ab. »Kein Lebensende, wie man es sich wünschen würde!«

Maria erhob sich, griff sich an die Stirn, blickte in die Baumkronen über ihr und wollte etwas sagen. Es blieb bei mehrmaligem Luftholen und einem verzweifelten Blick, bis sie schließlich das bekannte Klatschen von Einmalhandschuhen hörte, die sich Michael von den Händen gezogen haben musste. Sie beobachtete, wie er die Handschuhe in einen bereitgehaltenen Müllsack warf, ließ es geschehen, dass er einen Schritt auf sie zumachte, sie an sich zog und sanft auf die Nasenspitze küsste.

»Sichtschutzplanen schützen nicht nur die Toten. Manchmal brauchen auch die Lebenden ein wenig Schutz«, flüsterte er in ihr Ohr, während er seine Arme um sie legte. Doch sie wand sich frei, ließ den verdutzten Letinowsky einfach stehen und schritt energisch auf die Lichtung zu.

Jetzt war Jakob fällig! Was hatte er sich bloß dabei gedacht, als er vorhin seinen Teller auf Michael abgefeuert hatte? Waren die Männer hier alle nicht mehr bei Trost? Glaubten die wirklich, sie hätten ein Anrecht auf sie?

Kollege Schwarzenberg hatte neben dem Jeep, in den Jakob sich wieder zurückgezogen hatte, Position bezogen und hielt Wache. Er trat einen Schritt beiseite, als sie angestürmt kam, aber Maria hielt ihn am Ärmel fest und zischte: »Hiergeblieben, Anselm, das ist dienstlich.« Zu Jakob gewandt, fuhr sie fort: »Welcher Teufel ist denn in dich gefahren?«

Die Frage schien ihm regelrecht wehzutun. Schuldbewusst sah er zu Maria hoch, die sich vor ihm aufgebaut hatte. Mit grimmigem Gesicht betrachtete sie das Häuflein Elend auf dem Beifahrersitz. In diesem Moment trat Hammerschmied dazu, verschränkte die Arme vor der Brust und stellte sich breitbeinig hin, ganz so, als wäre er ihr Bodyguard. Was Maria gerade noch gefehlt hätte.

»Was soll das? Ich bin doch kein kleines Kind, das ihr schimpfen könnt!«, knurrte Jakob. Er schwang seine Beine ins Freie und rutschte langsam aus dem Beifahrersitz. Schließlich stand er mit hängenden Schultern vor den beiden Beamten.

Maria schenkte ihm einen enttäuschten Blick. Sie erkannte, dass er Distanz suchte, aus der Situation ausbrechen wollte. Fast hätte sie Mitleid bekommen. Aber aus den Augenwinkeln sah sie, dass Georg alarmiert war. Es dauerte ein paar Sekunden, dann drückte Hammerschmied mit einem kurzen, kräftigen Stoß gegen Jakobs Brust, sodass dem Kirchfelswirt nichts anderes übrig blieb, als sich wieder auf den Autositz fallen zu lassen. Tatsächlich aber hatte er die Rückwärtsbewegung nicht unter Kontrolle gehabt. Jakob kippte regelrecht nach hinten. Hätte sich der Autositz nicht ohnehin fast unter seinem Gesäß befunden, wäre er wohl am Boden gelandet. Völlig perplex über Hammerschmieds Verhalten, der sonst eher gemütlich und ruhig wirkte, blieb er sitzen und starrte zu den beiden hoch.

»Jakob, ich will von dir wissen, was oder ob du etwas Ungewöhnliches gesehen hast?« Maria zückte ihren Schreibblock, dann fragte sie betont gelassen: »Was machst du überhaupt hier? Du wirst dich doch nicht dazu entschlossen haben, Yoga zu lernen?«

Jakob wurde rot und wirkte entnervt.

»Essen habe ich geliefert. Dass Daniela gestern nicht zur Arbeit gekommen ist, dass ich mir Sorgen mache, weil sie sonst sehr zuverlässig ist, habe ich euch ja gemeldet. Dass ihr daraufhin nichts unternommen habt, weil eine erwachsene Frau machen kann, was sie will, wie einer deiner Kollegen gesagt hat, das wisst ihr aber schon noch?«

Seine Worte klangen scharf, während sein Blick zwischen Maria und Hammerschmied hin und her ging, ganz so, als wollte er ihnen die Schuld an dem ganzen Debakel geben.

»Seit gestern muss ich zusehen, wie ich die Wirtschaft offen halte. Aber ich kann halt nicht Catering ausliefern und Ausschank und Küche zugleich bedienen, also ist geschlossen. War eh genug Arbeit, alles im Alleingang vorzubereiten, und gestern sind ja auch neue Gäste angereist. Woher soll ich auf die Schnelle jemanden bekommen, der sich in der Wirtschaft auskennt und mir eine ordentliche Hilfe ist?«

Jakob schaute sie entgeistert an, so als ob er nicht fassen könne, dass Maria eine derart dreiste Frage gestellt hatte. Dabei hatte sie streng genommen etwas völlig anderes gefragt. Maria wunderte sich, wovon er ablenken wollte. Aber dann fuhr Jakob fort.

»Alois habe ich schon lange zugesagt, dass ich seine Frauen bekoche. Es wäre unfair gewesen, ihm in letzter Minute abzusagen. Und ja, dann habe ich mich halt zu der Gruppe dazugesetzt, um wenigstens ein schönes Päuschen zu machen, bevor ich mich wieder bucklig arbeite für die Abendgäste. Ist ja nicht verboten, sich gelegentlich ein wenig zu amüsieren.«

Rotzig hatte er den letzten Satz hinzugefügt und dabei Maria durchdringend angesehen, bevor er hinterherschob: »Du kannst das ja auch recht gut, dich auf Kosten anderer zu amüsieren!«

Provokant hing Jakobs letzter Satz in der Luft. Maria hatte den Eindruck, dass Hammerschmied gleich explodieren würde, denn der scharfe Atemzug, der an ihrer Seite ertönte, ließ Schlimmes ahnen. Rasch stieg sie ihm auf die Zehen und schob sich zwischen die Platzhirsche.

»Wann bist du hierhergekommen?«, zischte Georg.

Jakob schüttelte den Kopf.

»Ich habe nicht auf die Uhr gesehen. Gestern Abend und heute am frühen Morgen habe ich endlich mal gründlich im Kirchfels sauber gemacht. Bergmeiers Leichenschmaus vorgestern ging ganz schön lang, und gestern ist auch schon alles liegen geblieben. Dann bin ich zum Entsorgen. Eigentlich wollte ich das alles in Ruhe machen. Irgendwie habe ich tatsächlich gehofft, dass Daniela noch auftaucht.« Jakob zuckte mit den Schultern. »In einer Hauruck-Aktion habe ich eine Menge Zeugs ins Altstoffsammelzentrum nach Großraming gefahren, das geht ja schnell. Auf dem Rückweg bin ich die Straße zum Bach entlanggefahren, um zu sehen, wohin ich Alois und seinen Frauen das Essen bringen soll. Ich habe mich vergewissert, ob ich gut mit dem Jeep an die vereinbarte Stelle hier komme. Wäre ja schön blöd gewesen, wenn ich am Schluss alles zu Fuß hätte anschleppen müssen, falls der Weg zu eng ist. Aber …« Er deutete auf sein Gefährt. »Ihr seht ja, ging ganz gut. Als ich zurück im Kirchfels war, habe ich mir überlegt, wie ich alles allein managen soll, weil Daniela …«

Jakobs Stimme stockte. Er blickte zu Boden, wischte sich übers Gesicht.

»Meinen Frühstücksgästen habe ich schnell eine Kleinigkeit hingestellt, die waren natürlich nicht begeistert. Dann hab ich wieder den Zettel an die Tür gehängt, dass heute geschlossen ist. Wie hätte ich mir denn sonst helfen sollen? Danach ging es nur mehr darum, die Jause rechtzeitig fertig zu bekommen und herzubringen. Muss irgendwann gegen halb elf Uhr gewesen sein. Aber so genau kann ich das nicht sagen.«

Wieder zuckte er mit den Schultern. Dieses Mal sah es so aus, als wollte er sich für seine Unachtsamkeit entschuldigen. Maria, die sich Notizen gemacht hatte, beobachtete Jakob genau.

Wieder schlich sich ein trotziger Blick in seine Mimik, der plötzlich von einem Anflug von Amüsiertheit abgelöst wurde.

»Fragt doch Alois. Während ich alles vom Wagen an den Bach geschleppt und die Jause angerichtet habe, sind er und seine Frauen eingetroffen. Dann haben sie sich mit ihrem Yogakurs beschäftigt. Schließlich haben wir gegessen, und danach haben wir die grausliche Entdeckung gemacht.«

Maria beobachtete, wie sich Gänsehaut über Jakobs Unterarme ausbreitete. Ihn ekelte offenbar allein der Gedanke an den Fund der Toten.

»Und dir ist gar nichts aufgefallen, auch heute früh nicht? War irgendwas seltsam auf der Lichtung oder am Weg?«

»Ich glaube, ich bin keine große Hilfe«, fuhr der Wirt fort. »Bei der Herfahrt war ich in Eile und ziemlich gestresst. Die Umgebung habe ich völlig ignoriert. Es ist zwar schön hier …« Er unterbrach sich, warf einen Blick hin zur Schlammgrube und schien das Wort »schön« überdenken zu wollen, setzte aber dann doch mit seiner Erklärung fort: »Ich habe nicht viel nach links und rechts gesehen. Wer weiß, wie lange die arme Daniela dort schon in der Suhle lag?«

Wieder warf er einen betretenen Blick hin zur Schlammgrube und war sichtlich froh, dass dort kein zugedeckter Körper mehr lag, denn inzwischen war die tote Frau abtransportiert worden.

Maria tauschte einen kurzen Blick mit Georg, dann räusperte sie sich und fragte: »Und du hast Daniela am Freitag wann das letzte Mal gesehen?«

»Sie hat vorgestern beim Bergmeier-Begräbnis den Service übernommen, wie immer. Aber ihr beide seid ja auch dabei gewesen. Ihr müsst Daniela doch gesehen haben? Und nachdem du weg warst …« Jakob stockte. »Ich war fast die gesamte Zeit über in der Küche beschäftigt und hab erst später nach meinen

Gästen gesehen. Da war nicht mehr viel los in der Wirtschaft. Daniela ist früher als üblich gegangen.« Er zögerte. Jakob schien durch die Polizisten hindurchzusehen. »Ich dachte, sie hätte ein Date! Das ist alles so furchtbar!« Ein lautes Wehklagen kam aus seinem Mund, und er sah Maria an. »Braucht ihr mich noch? Ich habe noch Essen im Wagen. Soll nicht schlecht werden bei der Hitze!«

»Lieferst du Essen auf Rädern?«, fragte Hammerschmied boshaft.

Jakob ignorierte die Frage. Gerade wollte Maria noch einmal nachfassen, als sich ein Lächeln über seine Lippen stahl.

»Überreste von heute!«

Mehr sagte Jakob nicht. Hammerschmied nickte.

»Dann fahr los und melde dich, wenn dir noch etwas einfällt.«

Kaum dass Jakob weg war, wandte sich Georg an Maria. »Der verzeiht dir nie, dass du mit ihm nur gespielt hast.«

Maria drehte sich um und ging Richtung Einsatzwagen. »Eine kleine Rechnung habe ich mit dir allerdings auch noch offen«, zischte sie scharf und ließ den Autoschlüssel in ihrer Hand kreisen.

Kapitel 36

Es war immer noch warm, was die Grillen überaus zu schätzen schienen. Sie zirpten zu Hammerschmieds Begeisterung eifrig.

Maria und er saßen auf der Gartenbank vor Georgs Haus. Vor ihnen auf dem Tisch befanden sich zwei große Gläser Eiskaffee. Mit Schlagobers und einer Extraportion Eierlikör als besonders erwähnenswerte Zutat. Eierlikör, den sich ursprünglich nur Georg hatte gönnen wollen, bis Maria schnuppernd feststellte, dass in Georgs Eisbecher etwas sei, was ihrem zu fehlen schien. Ohne zu fragen, hatte sie ihren Löffel in Georgs Becher versenkt und eine strenge Verkostung vorgenommen, an deren Ende sie anerkennend eine Augenbraue hochgezogen und mit dem langen Eislöffel auf ihren Becher gedeutet hatte. Mehr war nicht nötig gewesen. Georg hatte umgehend für entsprechende Promilleergänzung gesorgt.

Wie zwei Teenager steckten sie die Köpfe zusammen und betrachteten auf Marias Smartphone die Fotos der toten Frau, die Letinowsky zu ihrem Erstaunen bereits gemailt hatte.

Georg schüttelte sich aber bereits nach dem zweiten Bild vor Ekel, entschied, sich lieber der schönen Gegend zu widmen, und ließ seinen Blick wandern. Rundum war es saftig grün. Ein schmales Wegerl führte vom Haus hinunter zu einer Böschung, hinter der der klare Reichramingbach leise dahinplätscherte. Sehnsüchtig blieb sein Blick am Liegestuhl hängen, der halb im Wasser stand. Die Hängematte baumelte verführerisch zwischen Bäumen.

Georg seufzte, dann wandte er sich Maria zu, die weiter fasziniert durch die Fotos blätterte.

»Maria, jetzt schau doch mal«, setzte er an. »Jetzt sich ausziehen, den Dienst vergessen und sich in den Tümpel fallen lassen. Das wäre doch was?«

Maria tauchte ihren Löffel, ohne den Blick vom Display zu nehmen, durch Schlagobers, Schokoladesoße und Vanilleeis bis ganz hinunter auf den Boden des Glases, wo reichlich Eierlikör auf sie lauerte.

»Mhhhhm«, raunte sie, »schmeckt das himmlisch!« Aber die grauslichen Fotos schienen sie restlos in Bann zu halten. Das Haus, die Lage seines Grundstücks, das beruhigende Plätschern des Wassers kamen dagegen offenkundig nicht an.

»Letinowsky hat ein paar interessante Neuigkeiten zum Tod der Kogler gemailt«, sagte Maria und hielt ihm das Telefon unter die Nase.

Schließlich griff er nach ihrer Hand, zog ihr unsanft das Handy weg und herrschte sie an: »Lass doch das blöde Ding endlich liegen.« Er räusperte sich, was aus seiner Sicht beinahe einer Entschuldigung gleichkam, und fuhr deutlich sanfter fort: »Was hat der Totenarzt denn nun gesagt?«

Schon seit einiger Zeit ging Georg etwas im Kopf herum, was er nicht recht fassen konnte. Eine Art Unruhe hatte ihn, der sonst so gelassen war, erfasst. Es schien, als wolle etwas aus irgendeinem Areal seines Gehirns heraus an die frische Luft. Schon während er die Befragungen beobachtet hatte, hatte es in ihm zu arbeiten begonnen. Georg hatte versucht, auf Kleinigkeiten zu achten. Auf Bewegungen. Auf die Wortwahl. Auf die Mimik der Befragten. Natürlich auch auf das Gesagte selbst. Irgendetwas bohrte in ihm, aber er kam einfach nicht dahinter, was es war. Der Funke, der sein geistiges Dynamit zur Sprengung bringen würde, war noch nicht heiß genug. Unzufrieden widmete er sich wieder Maria, die ihn scharf beobachtete. Ihre Stirn war in Plisseefalten gelegt, wie es bei einer Frau ihres

Alters normalerweise gar nicht möglich war. Er grinste, legte ihr seine Hand auf die Stirn.

»Wenn du deine Stirn dauerhaft so runzeln willst, empfehle ich dir, bereits jetzt mit der Verwendung einer guten Anti-Falten-Creme zu beginnen.«

Sein Kommentar sorgte prompt dafür, dass sich Marias Stirnfalten entknitterten. Gefolgt von einem unwilligen Knurren, das Georgs charmanter Wortwahl geschuldet war. Schließlich erkundigte sich Hammerschmied noch einmal nach Letinowskys Kommentar zum Tod von Daniela Kogler.

»Letinowksy nennt sie *Die Leiche im Schlammbad!*« Maria zuckte mit den Schultern. »Wäre das nicht furchtbar skurril, wäre es schon fast poetisch. Aber um das geht es jetzt gar nicht. Michael hat herausgefunden, dass Daniela Kogler stranguliert wurde. Er hat mir schon am Tatort die Male an ihrem Hals gezeigt. Allerdings ist das nicht alles. Ihr Hinterkopf wurde zertrümmert. Die Verletzung, der gebrochene Schädelknochen, kann durch einen Aufprall auf einem Stein oder etwas ähnlich Hartem verursacht worden sein. Vielleicht aber auch beim Aufprall auf den Boden, denn Letinowsky meint, dass die Frau nicht besonders liebevoll zum Auffindungsort transportiert wurde. Abschürfungen der Haut weisen darauf hin, dass sie über den Boden gezerrt wurde.«

Hammerschmied verdrehte die Augen.

»Dein Michael hat ja eine ganz eigenwillige Art, mit Toten umzugehen.« Er schüttelte den Kopf. »Das gibt's doch nur im Fernsehen oder in den Medien, dass man Leichen eigenartige Namen verpasst. *Die Leiche im Schlammbad.* Das klingt nach Edgar Wallace, aber nicht nach moderner Pathologie.«

Maria atmete scharf ein. »Das ist nicht *mein* Michael, der gehört überhaupt niemandem und schon gar nicht mir.«

Die Entrüstung, mit der sie die Worte ausstieß, schien Hammerschmied ein wenig übertrieben.

»Ist ja nicht schlimm. Kannst dir gerne einen Leichenfledderer als Freund aussuchen. Wenn ihn sonst schon keine will, dann ist es doch gut, wenn er auf Verständnis bei einem verwandten Berufszweig stößt. Eine gute Tat ist das von dir. Dankbar sollte er dir für deine Zuwendung sein.«

Schließlich konnte er sein Grinsen nicht mehr zurückhalten, und auch Maria begriff, dass er sie an der Nase herumgeführt hatte. Mit zusammengekniffenen Augen und hellrot leuchtendem Gesicht kam sie zurück auf das Wesentliche.

»Jedenfalls meinte Michael, dass das Erwürgen vor der Zertrümmerung des Schädels passiert ist. Die Autopsie wird das bestätigen, schreibt *mein* Michael.«

Hammerschmied nickte.

»Und dann hat Michael noch etwas erwähnt, was ich interessant finde. Es geht darum, wo Daniela Kogler getötet wurde. Auf ihrer Kleidung hat er Stacheln von Wildrosen gefunden. Eine ganze Menge Stacheln. Das – schreibt Michael – ist spannend, denn man müsste jetzt einfach nach der entsprechenden Wildrose suchen, die aber wohl eine Sorte sein wird, die in unserer Gegend sehr häufig vorkommt. Das könnte man sogar über die forensische Botanik betreiben, kostet aber einen ganzen Haufen Geld, schreibt er, und ist aufwendig. Wir sollen vorerst ermitteln, bevor ein ganzes Geschwader an forensischen Biologen auf der Suche nach der einen, ganz besonderen Rose losgeschickt wird.«

Hammerschmied schnaubte und stellte sich vor, wie Ermittler von Haus zu Haus streiften, um sich nach Rosenstöcken zu erkundigen. Bei ihm im Garten stand so eine tolle Blüherin, die sich einmal im Jahr überreich weiß schmückte. Viele kleine, himmlisch duftende Blüten zogen Bienen, Hummeln und Käfer aus der Umgebung magisch an und sorgten wochenlang für einen Festschmaus unter den Insektenvölkern. Sogar er genoss das Summen und Brummen, das beinahe ständig wie eine Wolke über seiner Rose schwebte, deren Ranken bogenartig überhingen und gleich neben der Terrasse am Haus für ordentlich Furore sorgten. Hineinfallen wollte er in diese langen Ranken allerdings nicht, denn die hatten es in sich. Eine Stachelreihe um die andere zog sich entlang der schönen Rosenbögen, und Georg hatte es schon beinahe aufgegeben, das Gehölz auszulichten. Und dann kam ihm eine Idee.

Maria unterbrach Georgs rosige Gedanken rüde mit einem Faustschlag auf den Tisch, mit dem sie sich wirkungsvoll in Erinnerung brachte. Georg zuckte zusammen, während die inzwischen leeren Eiskaffeegläser erschrocken ein paar Millimeter auf ihn zuhüpften.

»Hast du wirklich gar nichts zu den Ermittlungen beizutragen?«, zischte sie entrüstet.

»Sag mal, wo wächst Natternkopf überwiegend?«

»Ruderalflächen«, konterte Maria trocken. »Warum fragst du?«

Georg räusperte sich, fühlte sich um einen verdatterten Blick betrogen. Marias prompte Antwort hatte ihn aus dem Konzept gebracht. Zumindest ein Augenblick der Verwirrung hätte ihm gutgetan.

»Ruderalflächen«, wiederholte er, weil er keine Ahnung hatte, was das war.

»Schotter. Kies. Schutt. Brachliegende, nährstoffarme Böden«, ergänzte Maria.

»Steinige Bachufer?«

Marias Nicken versetzte ihn in Hochstimmung.

»Ein Lieblingsplatz am Bach. Eine besondere Pflanze.« Begeistert klatschte er in die Hände.

»Konzentrier dich, Georg. Wir sind bei der toten Kogler, nicht bei irgendwelchen Pflanzen, die irgendwo wachsen.«

»Du hast recht, aber erinnere dich an die struppige Blume, die ich dir nach deinem Sprung ins Wasser als Friedensangebot überreicht habe. An dem Platz, an dem wir vermuteten, dass Cintia Zachariasz ins Wasser befördert wurde.«

»Ich erinnere mich nur zu gut, und Sprung war das keiner. Du hast mich mit Absicht ins Wasser gestoßen.«

»Ich denke, wir lagen richtig. Das war Cintias Lieblingsplatz. Ihre Rückzugszone. Yoga-Johanna hat etwas in der Art erzählt. Vielleicht wollte Cintias Mörder ihr eine letzte Ehrerbietung zuteilwerden lassen, indem er sie an dieser Stelle ins Wasser beförderte. Dort«, Georgs Stimme klang bitter, »entsorgt, wo sie sich gern aufgehalten hat. Schräg zwar, aber denkbar.«

Hammerschmied nickte zufrieden, genauso musste es gewesen sein. Er blickte sehnsüchtig in Richtung Bach. Ob das mit seinem liebevoll angedeuteten Badevorschlag noch was werden würde? Er hatte Zweifel.

Nach einem Moment der Stille, in der nur das Zirpen der Grillen zu hören war, tat Maria einen Freudenschrei. Dann sagte sie triumphierend: »Weißt du, was das bedeutet? Das bedeutet, dass der Mörder Cintia nicht nur kannte, sondern auch noch einen persönlichen, emotionalen Bezug zu ihr hatte. Er hat seine Tat bereut. Der Ort ihres Todes stellte wohl eine Art Entschuldigung dar.«

Entgeistert sah Georg sie an. Das war ihm doch schon seit Minuten klar. Dass diese Pseudopsychologen aber auch immer alles überbetonen mussten …

»Eine Affekttat können wir ausschließen, denn Cintia wurde ja betäubt. Aber er hätte sie wahrscheinlich lieber nicht getötet. Irgendwas hat ihn dazu gezwungen – in seiner Logik.« Sie knuffte Georg in die Seite. »Ich bin mir fast sicher, dass es ein Ex-Partner oder enger Freund war, jemand aus ihrem direkten Umfeld. Wir müssen einfach herausfinden, mit wem in Reichraming sie zu tun hatte. Und die anderen Morde …« Maria runzelte die Stirn schon wieder derart, dass ein plastischer Chirurg in einigen Jahren ein kleines Vermögen an ihr verdienen würde. Georg schüttelte den Kopf.

»Falls du mir jetzt sagen willst, dass der Täter die anderen Morde begangen hat, um seine Spuren zu verwischen, ist mir das sonnenklar. Dafür muss ich kein Profiling studiert haben.«

Entgeistert starrte Maria ihn an. Dann griff sie zur Likörflasche, die noch auf dem Tisch stand, und nahm einen tiefen Schluck.

»Okay, Herr Superschlau. Dann erklär mir mal, wieso Daniela gestorben ist. Danninger, klar, der hat ja überall rumposaunt, was er gehört hat. Bergmeier kannte Cintia, er musste was gewusst haben und wollte den Täter erpressen, daher der Brief, den er nicht mehr fertigstellen hatte können, weil er selbst zum Opfer wurde. Zwei solide Motive. Aber was um Gottes willen hat Daniela angestellt?«

Aber Georg hatte genug gehört.

»Weißt du was, wir kühlen uns jetzt ab. Danach lässt sich leichter weiterdenken.«

Er sprang von der Bank auf, stieg aus seinen Schuhen, schälte sich aus Hemd und Hose, streifte Unterhose und Socken ab und lief nackt den Weg zum Bach hinunter. Einen Hechtsprung später drehte er sich zu Maria um, die immer noch auf der Bank saß und völlig perplex war.

»Ich schwöre, ich sehe nicht hin«, rief er. »Badezeugs kann ich dir nämlich nicht anbieten. Nur Handtücher. Für hinterher.«

Energisch schwamm er gegen die Strömung des Baches und genoss die Kälte des Wassers.

Nur wenige Sekunden später hörte er hinter sich ein Prusten. Eine Ahnung von Lust überkam ihn, und er bereute es, Maria nicht einfach umarmt und geküsst zu haben, als sich vorhin die

Gelegenheit dazu geboten hatte. Er ärgerte sich. Es war nicht gut, nur Arbeit und Tote im Kopf zu haben. Er war wichtiger, sich für die Lebenden zu begeistern, vor allem wenn sie so blitzgescheit und attraktiv waren wie diese hier. Es war umgekehrt aber auch wiederum nicht klug, sich mit einer Kollegin intim zu verbünden. Das konnte nur für Ärger sorgen.

Maria tauchte neben ihm auf. Sie hielt ihren Kopf hoch aus dem Wasser, strampelte gegen die Strömung an und keuchte.

»Reichraming stirbt uns schön langsam aus, und es ist mit Sicherheit irgendjemand von hier, der seine Nachbarn einen nach dem anderen um die Ecke bringt. Ich könnte wetten.«

Sie hustete. Hatte offenbar Wasser in die Kehle bekommen. Hustete wieder und lachte schließlich.

»Himmelherrgott, ist das Wasser kalt. Ich glaub, ich geh raus und werfe noch einmal einen Blick auf die Fotos.«

»Maria, es bringt nichts, wenn wir uns die Fotos noch hundert Mal ansehen. Darauf finden wir doch keinen Hinweis auf den Täter. Die Fotos zeigen nur die Opfer. Den Täter finden wir, wenn wir uns nochmals genau umhören und zum zweihundertsten Mal dieselben Fragen stellen. Vielleicht finden wir eine Verbindung zwischen all den Toten. Irgendetwas. Danach müssen wir fragen. Auch wenn es nervt, vielleicht hat irgendwer irgendwas bemerkt, was erst jetzt Sinn ergibt.«

Maria hatte eine Stelle im Wasser erreicht, an der sie sich an ein paar Steinen festhalten konnte. Sie zog sich hoch. Georg schielte zu ihr hin. Sie trug einen dunkelblauen BH. Maria stemmte sich aus dem Wasser. Ihre Unterhose war knallrot, fast durchsichtig und sehr, sehr hübsch, was nicht nur an der Unterwäsche, sondern auch am Inhalt lag. Rasch blickte er in die andere Richtung, wartete einige Augenblicke ab, bis Maria auf dem von der Sonne aufgewärmten Stein saß. Sie drückte ihre nassen Haare aus, lehnte sich zurück und ließ ihre Haut von der Sonne trocknen.

»Was, wenn Bergmeier und Zachariasz ein Verhältnis miteinander hatten? Teile der gefundenen Kleidung weisen darauf hin. Was, wenn aber auch noch eine andere Person die Finger im Spiel hatte? Eine schwindende Liebe. Geld. Eifersucht. Hat Bergmeier die Zachariasz abgezockt und sie dann erledigt, weil er zwar ihr Geld, aber nicht die Frau wollte? Dann muss doch Katharina Bergmeier etwas gemerkt haben. Oder ist sie wirklich das duldsame Mäuschen, nach der sie aussieht? Brav, ordentlich und unterwürfig. Besteht die Möglichkeit, dass eine Ehefrau wirklich nicht bemerkt, wenn ein Ehemann plötzlich zu Geld gekommen ist?«

Georg hatte es sich inzwischen in der Strömung bequem gemacht. Allerdings war er in erster Linie damit beschäftigt, sein Zähneklappern zu unterdrücken. Er wusste aber auch, dass er, wenn er aus dem Wasser stieg, nie wieder einen so tollen Ausblick auf die nasse Maria haben würde. Sollte sie sich doch in ihren Überlegungen verlieren, er sah ihr gern dabei zu, auch wenn er inzwischen erbärmlich erfror. Für so einen Anblick musste er es eben in achtzehn Grad kaltem Wasser aushalten.

»Georg?«, brachte Maria sich wieder in Erinnerung.

»Ja?«

»Mir ist gerade was eingefallen: Der Gretzinger hat neulich im Kirchfels so eine eigenartige Bemerkung zur Halskette gemacht. Und die hat der Cintia gehört. Das kann kein Zufall sein, dass sich nur mehr ein halbes Foto im Medaillon befand. Das sieht mir wirklich nach einem bitteren Beziehungsende aus …«

Maria starrte ins Leere. Schließlich stand sie mit einem Ruck von dem sonnenbeschienenen Stein auf.

»Pass auf: Ich quetsche Katharina Bergmeier noch mal aus. Du kümmerst dich um Gretzinger. Der soll sich gefälligst konzentrieren und dir sagen, was er weiß.«

Kapitel 37

Etwa zur gleichen Zeit warf Katharina einen Blick in den sommerlichen Abendhimmel. Die schmale Mondsichel war bereits aufgegangen, obwohl es noch nicht dunkel war. Ein schöner Anblick, fand Katharina. Wie die Larve eines Holzwurms in einem Balken nagte ein Gedanke in ihren Gehirnwindungen herum und ließ sie einfach nicht in Ruhe.

Katharina seufzte, schüttelte ihren Kopf heftig, wie um ihre Bedenken endlich loszuwerden. Am Ende erschien ihr ihre Beobachtung lächerlich. Das Bild, das auf Jakobs Kameradisplay für einen Bruchteil einer Sekunde aufgeblitzt war, hatte sie nicht erkennen können, dennoch war sie der Meinung gewesen, etwas gesehen zu haben. Vielleicht war sie schlicht einer optischen Täuschung erlegen und dann, ja dann, war der Akku von Jakobs Kamera plötzlich ohnehin leer gewesen.

Aber weshalb befanden sich jetzt keine Fotos mehr auf der Speicherkarte? Wieder schüttelte Katharina den Kopf. Und überhaupt: Warum sollte Dominik die Karte dann verstecken? Sie war versucht, mit dem Fuß aufzustampfen, was einer erwachsenen Frau absolut unwürdig war.

»Mach dich nicht lächerlich«, schimpfte sie halblaut vor sich hin, »du bildest dir ein, etwas gesehen zu haben, was du nicht sehen konntest.« Außerdem würde sie nachher ohnehin die Gelegenheit haben, Jakob zu fragen.

Sein Anruf war spät gekommen, aber er hatte sie ja vorgewarnt, dass es länger dauern konnte, bis im Kirchfels Ruhe eingekehrt war. Eine eigenartige Aufregung hatte Katharina erfasst. Einerseits beschäftigte sie der eigenartige Vorfall mit der Speicherkarte, andererseits lag es Ewigkeiten zurück, dass sie zum Essen eingeladen worden war. Sie gestand sich ein, nervös zu sein.

Sogar Baskerville hatte die Aufregung des Frauerls bemerkt und sich an ihre Seite geklemmt. Freudig wedelnd hatte er Katharina zur Haustür begleitet. Eindeutig, er wollte mit. Nur widerwillig hatte er sich zurück ins Haus drängen lassen und war mit einem enttäuschten Hundelaut wieder auf seinen Liegeplatz niedergesunken. Nicht einmal seine flehentlichen Hundeblicke treuherzigster Art waren erfolgreich gewesen. Für heute Nacht war er zum Hauswächter bestimmt worden.

Katharina hatte lange überlegt, ob sie sich besonders hübsch machen sollte. Noch ein wenig länger hatte sie überlegt, welches Kleid sie anziehen sollte. Schlussendlich hatte sie sich aber zu einem üblichen Katharina-Auftritt entschlossen, vielleicht mit ein paar Zugeständnissen hinsichtlich reizvoller Optik, aber nicht übertrieben, denn schließlich sollte Jakob nicht glauben, dass er in ihr ein williges Opfer gefunden hatte, das nur darauf wartete, von ihm ins Bett gezerrt zu werden.

Froh gestimmt schnappte sie sich ihre Handtasche, stieg ins Auto, steckte den Schlüssel ins Zündschloss und drehte ihn herum. Ruhe. Ihr Gefährt tat keinen Mucks. Zorn überkam Katharina. Sie riss den Schlüssel aus dem Schloss, wollte es nicht glauben, steckte ihn nochmals hinein und drehte energisch. Immer noch völlige Stille. Nur eine Eule, die die Szene neugierig beobachtet hatte, gab einen leisen Laut in der nächtlichen Stille von sich. »Huhu«, ertönte es aus einem Baum, worauf Katharina heftig erschrak und einen kleinen Aufschrei tat. Gleichzeitig ärgerte sie sich über ihr Pech. Sollte sie sich wirklich den schönen Abend verderben lassen, nur weil ihr Auto streikte?

Rasch stieg sie aus, warf die Autotür wütend ins Schloss und eilte zum Stadl. Dominiks Pick-up hätte sie jetzt gut brauchen können. Dummerweise hatte am Vormittag ein Arbeitskollege angerufen und darum gebeten, sich das Gefährt ausleihen zu dürfen. Und weil Katharina insgeheim hoffte, der Kollege würde ihr den Pick-up abkaufen, hatte sie sofort zugesagt. Nun stand er im Rohrbachgraben, einem Reichraminger Ortsteil. Dort stand er gut, aber viel zu weit weg. Katharina erwog, den Traktor zu nehmen, was ihr dann aber doch ein wenig übertrieben erschien.

Allerdings stand am hinteren Ende der Halle Dominiks Rad. Ihr eigenes, ein eher einfaches Trekkingrad, lehnte völlig verstaubt daneben. Dominik hatte versprochen, sich die Bremsen anzusehen, die so sehr quietschten, dass sie nicht mehr damit fahren wollte. Außerdem hatte sie ohnehin noch nie besonderen Spaß daran gehabt, ihre wenige Freizeit mit Radfahren zu verbringen. Als Dominik sich das Teil gekauft hatte, konnte sie nur an seine offensichtliche Midlife-Crisis denken. Immerhin hatte er dann doch einige Meter damit zurückgelegt. Vor allem Höhenmeter, denn der Weg zum Hof war steil. Was bei der Wegfahrt noch schön und toll war, denn es ging recht steil bergab, erwies sich auf der Heimfahrt als beinahe unüberwindliches Hindernis. Schnell hatte Dominik die Lust am Radfahren verloren und über die Anschaffung eines E-Bikes nachgedacht. Dazu war es allerdings nicht mehr gekommen.

Mit einem alten Fetzen, der einigermaßen sauber aussah, wischte Katharina den Sattel ab. Dann schob sie Dominiks Rad aus seinem Stall, begutachtete es im Schein des Hoflichts, verlängerte den Riemen ihrer Handtasche und hängte sie sich quer über den Oberkörper. Mit einem tiefen Seufzer stieg sie auf, war froh, dass sich eine Haarbürste in ihrer Tasche befand, und rollte langsam los. Der Scheinwerfer erhellte die Straße vor ihr unerwartet gut, und die Reifen waren annehmbar gefüllt. Einem netten Abend stand nichts mehr im Wege, und solange nicht plötzlich ein Hirsch aus den Stauden sprang und Katharina rammte, würde sie heil im Kirchfels ankommen.

Jakob hatte sich vorbereitet. Nicht dass er sich rasiert hätte, denn er wusste genau, dass Frauen seinen Dreitagebart attraktiv fanden. Nie hätte er sich zu einem Vollbart durchringen können. Nicht jeder Trend war es wert, übernommen zu werden. Männer, die ihre Gesichter hinter Haaren versteckten, hatten etwas zu verbergen, dessen war sich Jakob sicher.

Außerdem – und das war der springende Punkt – sahen die meisten Männer mit einer zottig-wuseligen Gesichtsbehaarung furchtbar ungepflegt aus. Zumindest diejenigen, die er kannte, hatten in Sachen Bartpflege eindeutig Nachholbedarf. Es genügte nicht, sich ein Gestrüpp im Gesicht wachsen zu lassen, denn wilde Behaarung der unteren Gesichtshälfte verbarg auch eine spärlich vorhandene Kopfbehaarung nicht.

Jakob fand, dass den wenigsten Männer ein Vollbart zu Gesichte stand. Es sah einfach nicht gut aus, egal ob Astronaut, Fußballspieler in der Nationalmannschaft oder Fünf-Sterne-Koch. Einzig Sean Connery hatte einen derartigen Bewuchs tragen können, wenn auch in reduzierter, weil getrimmter Variante. Und so hatte Jakob entschieden, einfach ein gepflegter Mann zu sein, was recht einfach war, denn er war schließlich noch jung. In den besten Jahren. Jakob begutachtete sich im Spiegel. Man musste durch extravagantes Aussehen ja nicht auch noch übertrieben auf sich aufmerksam machen. Es war nicht das Schlechteste, ein 08/15-Typ zu sein, wenn er auch wusste, dass er optisch mehr hergab als ein simpler Durchschnittstyp.

Rasch warf er sich unter die Dusche und in frische Kleidung, rubbelte sein Haar trocken und sorgte dafür, dass es in der Gaststube sauber aussah. Es war eine ganze Menge Arbeit gewesen, all die hungrigen Pensionsgäste im Alleingang zu versorgen, aber irgendwann war es geschafft.

Er zog eilig die Vorhänge im Gastraum zu, was selten vorkam, denn üblicherweise wollten Gäste schon draußen sehen, wer sich in der Stube befand. Verständlich, nicht jeder mochte jeden, und so konnten sich Kontrahenten bereits im Vorfeld meiden. Umgekehrt war es doch immer nett zu wissen, wer schon im Haus war. Außerdem wollte Jakob mit Katharina einen vertraulichen Abend verbringen, und da brauchte es keine Störung durch Neugierige, die ihre Nase an den Fensterscheiben platt drückten. Längst hatte er die verschiedenen Zugänge zum Wirtshaus versperrt, nur der Eingang zur Innenhoftür stand noch offen.

Zufrieden sah er sich um. Die Gläser glänzten. Geschirr, Besteck und die Servietten waren ordentlich angeordnet. Rasch stellte er noch die Vase mit den nachmittags geschnittenen Sonnenblumen auf eine Tischseite und überlegte, ob eine Kerze zu viel des Guten wäre.

Stille hatte sich im Gasthaus breitgemacht. Die Übernachtungsgäste lagen bereits in ihren Betten und würden nicht mehr stören. Es war so leise, dass Jakob das Ticken der Küchenuhr hören konnte. Der Rhythmus der dahinfließenden Sekunden wirkte beruhigend auf ihn und vermischte sich wenige Sekunden später mit dem Geräusch von Schritten, die leise durch den Innenhof auf die Hintertür zukamen. Rasch tauschte er nun doch den hohen dreiarmigen Kerzenleuchter gegen drei unauffälligere Teelichter aus und zündete die Kerzen an. Er dimmte das Licht im Raum. Gerade so, dass es nicht zu aufdringlich war oder wirkte, als ob er sich einen Abend mit intimem Ausgang wünschte.

»Sieht gut aus«, flüsterte er zufrieden.

Keine Sekunde zu früh war er mit seinem Gesamtkunstwerk fertig geworden. In diesem Moment betrat Katharina den Barbereich und sah sich suchend in der Gaststube um.

Kapitel 38

Als Georg sich endlich auf den Weg machte, stand der Mond schon hoch am Himmel, und vereinzelt funkelten ein paar Sterne, für die er allerdings eher wenig übrig hatte, da er auf der Fahrt in den Ortskern zu sehr um sein Leben würde bangen müssen. Nachlässig hatte er den Wagenschlüssel nach seiner Rückkehr von der Schlammsuhle auf einen Haken an der Garderobe gehängt. Maria musste das gesehen haben. Sie war wieder einmal schneller gewesen und hatte großzügig angeboten, ihn bei Gretzinger abzusetzen, bevor sie weiter zu Katharina Bergmeier fuhr. Georg fragte sich zum wiederholten Male, wo er die Autoschlüssel des Einsatzwagens in Zukunft verstecken sollte. Nun sank er erbärmlich seufzend auf den Beifahrersitz des Polizeiautos. Dieses Mal war er wenigstens auf Widrigkeiten vorbereitet. Er hielt einen knallgelben Kunststoffeimer mit dem Aufdruck *Geben Sie Ihren Senf dazu* zwischen den Oberschenkeln fest und lächelte verbissen.

»Start the engine«, verkündete er und hob den Kübel auf Höhe seines Gesichts, worauf Maria in lautes Gelächter ausbrach. Dann geschah etwas, das Georg niemals erwartet hätte: Nachdem Maria einen fulminanten Start hingelegt hatte, verfiel sie tatsächlich in moderate Fahrweise. Georg verlor kein Wort darüber. Er war noch damit beschäftigt, seine Verblüffung zu verbergen.

In der Unteren Schallau war er von Maria aus dem Auto entlassen worden. Sie hatte schon recht, es galt, Matthias Gretzinger ein wenig zu kitzeln. Also hatte Georg einen raschen Anruf getätigt, sich bei Matthias angekündigt, der ihm ein Gespräch in gemütlicher Runde und unter vier Augen versprochen hatte. In seiner Gartenhütte, im Schrebergarten in der Schallau. Dort seien sie ungestört, hatte er verkündet. Im Hintergrund hatte Georg das Klirren von Flaschen vernommen. Gretzinger würde, dessen war sich Georg sicher, ein paar Flaschen Bier einkühlen. Er selbst würde, dessen war sich Georg auch sicher, anschließend zu Fuß zurück nach Hause gehen. Und wenn er sich nicht täuschte, würde auch Maria später wieder bei ihm vorbeischauen. Zumindest hoffte er das.

»Inzwischen weiß es ja der halbe Ort«, verkündete Matthias und drückte Georg eine Flasche Bier in die Hand, kaum dass der sich auf der knarrenden Holzbank vor dem baufälligen Gartenhaus niedergelassen hatte.

»Was weiß der halbe Ort?«

»Dass ihr auf der Inspektion eine junge Kollegin habt und dass diese Kollegin es dir schwer angetan hat. Eine hübsche Frau ist sie. Tolles Dekolleté! Und dieser Mustang …«, seufzte Matthias verträumt sein Bierglas an.

»Genau deswegen bin ich heute hier bei dir. Wegen Marias wunderbarem Ausschnitt.«

»Gefällt er dir auch! Dacht ich's mir doch«, verkündete Gretzinger munter und wollte sein Minibierglas ansetzen, woran ihn Georg hinderte.

»Warte. Ich muss dich zuerst etwas Wichtiges fragen. Meine Kollegin hat sich über dein charmantes Kompliment …« Georg hätte beinahe erneut Marias Busen erwähnt, korrigierte sich jedoch im letzten Augenblick: »Sie hat sich über dein Kompliment zu ihrem hübschen Halsketterl gefreut. Und sie hat gemeint, dass du es von irgendwoher wiedererkannt hast, als wärt ihr euch zuvor schon einmal über den Weg gelaufen.«

»Ach nein, ganz so war das nicht, aber das Ketterl kenn ich. Mir ist's nicht gleich eingefallen, woher, aber vor einiger Zeit war mal eine junge Frau im Kirchfels, die hat Jakob schöne Augen gemacht. Ich denke mal, zwischen den beiden lief was. Und die hat auch so ein Ketterl mit einem Herzanhänger getragen. Oder zumindest – so nah bin ich ihr nicht gekommen – ein ähnliches. Es wird davon vermutlich nicht nur eines geben.«

Das Schweigen ausnutzend, trank Gretzinger seinen Fingerhut voll Bier aus, rülpste zufrieden und lehnte sich an die Hüttenwand, die daraufhin bedrohlich ächzte. Georg blieb lieber stocksteif sitzen, nicht dass noch die ganze Hütte unter ihrer beider Gewicht zusammenkrachte. Er trank von seinem Bier und dachte nach.

Es war ruhig geworden im Schrebergarten. Die Mondsichel hatte sich hinter einem hohen Baum verborgen und spendete nur schwaches Licht. Gretzinger atmete leise und regelmäßig, sodass Hammerschmied den Verdacht hatte, dass der Mann neben ihm bereits eingeschlafen war. Schließlich jedoch gab er einen eigenartigen Schnarchlaut von sich und fuhr fort: »Und dann hat die Daniela genauso ein Ketterl am Begräbnistag vom Bergmeier Dominik getragen. Also die müssen gerade ein echter Trend sein. Die gibt's tatsächlich massenweise.«

Hammerschmied schüttelte den Kopf. An einen Zufall glaubte er sicher nicht. Daniela hatte das Kettchen gefunden, das Maria verloren hatte. Aber anstatt es zurückzugeben, hatte sie es selbst getragen. Was hatte sich die Frau davon versprochen? Oder war sie einfach nur eine Diebin gewesen, die ihre Finger nicht von schönen Sachen hatte lassen können? Georg wandte sich wieder Matthias zu.

»Matthias, wie hat die Frau ausgesehen, die Jakob schöne Augen gemacht hat?«

»Dunkelhaarig war sie. Blöd ist, dass ich an dem Tag, an dem sie im Kirchfels auftauchte, einen schlechten Tag hatte. Ich war schon viel zu müde, als dass ich sie mir noch genauer ansehen hätte können. Mir ist der Bierdeckel auf den Boden gefallen. Sie ist am Tisch vorübergegangen, hat sich gebückt und den Bierdeckel zurück unter mein Glas geschoben. Nur deswegen habe ich die Kette gesehen, weil …«

Gretzinger stockte und grinste Hammerschmied schief an. »Weißt du, ihre Brüste waren genau auf Höhe meiner Augen. Ich habe nicht gestarrt. Ich schwör's. Das hat sich so ergeben. Hübsch waren die. Wirklich hübsch.«

»Gretzinger? Hast du jemals ein Foto von der toten Frau gesehen, die im Reichramingbach angeschwemmt wurde?«

Hammerschmied konnte spüren, wie der Mann in der Dunkelheit mit den Schultern zuckte.

»Der Schwarzenberg hat mal ein Foto rumgezeigt, aber auch da hatte ich einen schlechten Tag. Bevor das Foto bei mir angelangt war, habe ich schon geschlafen.«

Hammerschmied fischte sein Mobiltelefon aus der Hosentasche und öffnete die Fotogalerie. »Schau, könnte das die Frau gewesen sein, die das hübsche Dekolleté hatte und die du im Kirchfels gesehen hast?«

Gretzinger begutachtete das Handydisplay, dessen Helligkeit plötzlich die Dunkelheit erleuchtete. Er zog einen Mundwinkel hoch, wog seinen Kopf hin und her, lächelte und deutete auf ein Muttermal, das sich oberhalb des rechten Lippenbogens der Frau befand. Dann sagte er: »An das kann ich mich erinnern. Ich dachte, das ist aufgemalt.«

»Warum hat kein weiterer deiner Stammtischfreunde die Frau erkannt und sich mit diesem Wissen bei uns gemeldet? Was meinst du?«

Wieder spürte Georg ein Schulterzucken.

»Das liegt daran, dass die anderen nie so früh zum Stammtisch gehen wie ich. Damals jedenfalls, als sie mir den Bierdeckel aufgehoben hat, war die Mittagszeit gerade vorüber, die Essensleute weg und die, die regelmäßig zum abendlichen Stammtisch kommen, waren noch längst nicht da.«

Kapitel 39

Maria war, nachdem sie Hammerschmied in der Schallau abgesetzt hatte, rasch in die Polizeiinspektion gefahren. Sie hatte nur den Dienstwagen gegen ihren Flitzer tauschen und gleich weiter zu Katharina Bergmeier fahren wollen. Dann jedoch hatte sie der Geruch von frisch gemahlenem Kaffee, der durch die Inspektion zog, in seinen Bann geschlagen. Keiner der Kollegen war auffindbar. Niemand da, der sie hätte stoppen können. Also stürzte sie sich gierig auf die Kaffeemaschine.

Das Wasser war noch nicht zur Gänze durch den Filter getropft, schon goss sie sich eine Tasse ein. Währenddessen dachte sie an Hammerschmied und Gretzinger, die sich wahrscheinlich einer wilden Zecherei hingaben. Wobei, Gretzinger wohl eher nicht. Gretzingers Fingerhutsauferei amüsierte Maria. Genüsslich nippte sie aus ihrer Tasse und setzte sich schließlich an den schmalen Küchentisch. Sie griff nach der Zeitung und einem Kugelschreiber und versuchte sich am Kreuzworträtsel, während sie immer wieder einen Schluck von ihrem Kaffee nahm. Ihre Gedanken wanderten zu den vielen Toten. Unkonzentriert malte sie Kreise, Spiralen und Friedhofskreuze in die leeren Kästchen, als plötzlich die Tür zur Küche geöffnet wurde.

Zeisig, der ihre Schritte gehört haben musste, warf einen Blick in den Raum. Kaum dass Maria seine Grimasse sah, wusste sie, dass es klüger gewesen wäre, gar nicht erst hier sitzen zu bleiben. Zum Abhauen war es zu spät.

»Wo ist Hammerschmied?« Zeisig stemmte seine Hände in die Seite und setzte sein gefährliches *Onkel-Erwin-stellt-dich-zur-Rede-und-zuckt-gleich-völlig-aus*-Gesicht auf. Jetzt hieß es, Nerven bewahren und sein Gepolter über sich ergehen lassen.

»Weidinger und Schwarzenberg haben berichtet, dass du und Hammerschmied wunderbare Zusammenarbeit an den Tag gelegt habt.« Seine Stimme troff vor Sarkasmus. »Peinlich wart ihr, haben die zwei gesagt. Inzwischen geht das Gerücht um, dass du überhaupt nur hierher versetzt wurdest, um die Männerwelt wahnsinnig zu machen. Sogar Letinowsky sabbert, wenn er dich sieht. Hammerschmied lässt sich auch von dir ablenken und hinkt in den Ermittlungen hinterher. Schwarzenberg und Weidinger tut es womöglich sogar noch leid, dass sie nicht auch an deinen Lippen hängen dürfen. Es wird ja anscheinend zu jeder sich bietenden Gelegenheit hemmungslos geschmust.« Die Augenbrauen ihres Onkels hatten sich inzwischen zu einer Linie verkrampft. Er starrte auf Maria hinunter. »Und dann ist da noch der Reichraminger Wirt. Bei dem hast du«, er malte Anführungszeichen in die Luft, »offenbar intern ermittelt.«

»Onkel Erwin, du sollst nicht alles glauben, was dir irgendjemand erzählt. Da ist doch alles nur Show. Die internen Ermittlungen, wie du es nennst, waren zwischen Hammerschmied und mir abgesprochen. Und das mit der Schmuserei ist die Übertreibung des Jahrhunderts. Wir müssen uns halt erst zusammenraufen, eine gemeinsame Linie finden.« Maria unterdrückte ein Grinsen und blickte herausfordernd in das Gesicht ihres verblüfft wirkenden Onkels. »Außerdem sind Georg und ich sicher, dass der Mörder demnächst einen Fehler machen wird. Der Mensch, der die Zachariasz auf dem Gewissen hat, hat ordentlich Dreck am Stecken. Er vertuscht mit aller Gewalt Spuren. Zugegeben, wir haben die Verbindung noch nicht gefunden, aber …«

»Aber, aber! Aber, das nützt mir nichts!« Zeisigs Geschrei polterte durch die Inspektion. »Die entziehen uns den Fall, weil wir nicht weiterkommen. Uns geht die Zeit aus. Wir brauchen

Erfolge. Erfolge!« Seine Stimme überschlug sich. Er ließ sich auf den nächststehenden Sessel fallen und atmete schwer. »Morgen …« Zeisigs Stimme war gefährlich leise geworden, er schnaufte entrüstet. »Höchstens noch morgen, dann wird uns der Fall entzogen. Die Linzer kommen, und wir können uns intern anhören, dass wir nicht in der Lage sind, einen einfachen Mord zu klären. Was heißt einen … Wenn es nur einer wäre.«

Als Maria den zweifelnden Blick bemerkte, der auf ihre ungewöhnlich verzierten Unterlagen gerichtet war, zog sie eine Grimasse.

»Onkel Erwin. Ich fahre gleich noch zu einer Befragung. Späte Stunde sorgt für verwirrte Befragte, nicht wahr, Onkelchen?«

Ihr Onkelchen wirkte genervt, sodass Maria schnell fortfuhr: »Ich fahr jetzt auf den Mooshof. Hoffentlich plaudert die Bergmeier, weil sie mich loswerden will, wenn ich so spät noch vorbeikomme. Jedenfalls glaub ich ihrer Version der Geschichte nicht so ganz. Ein ermordeter Mann verhält sich doch nicht unauffällig bis zum Zeitpunkt seines Todes. Die Frau muss etwas bemerkt haben. Alles andere ist unglaubwürdig.«

»Soll ich dich begleiten?«, rief er ihr noch nach, als sie bereits Richtung Ausgang lief. Marias abwehrende Handbewegung ließ ihn nicken, was sie ohnehin nicht sehen konnte. Dann trat Zeisig seinen Weg zurück ins eigene Büro an. Maria würde schon wissen, was sie tat, und dass sie sich in ihren Ermittlungen beeilen musste, wusste sie nun auch. Spätestens morgen waren die Mordermittlungen nicht mehr Sache der regionalen Polizei. Zeisigs Gesicht verfinsterte sich beim Gedanken an das frustrierende Telefonat mit dem Landespolizeikommandanten. Er schnaubte erbost und knallte seine Bürotür hinter sich fest ins Schloss, sodass an der Mauer zum Gang Putz abbröckelte.

Kapitel 40

Auch an einer anderen Mauer bröckelte Putz ab. Und nicht nur das: Ein Riss, der diese besondere Mauer zierte, hatte sich gerade ein wenig geweitet. Mit bloßem Auge wäre der Spalt durchaus erkennbar gewesen, hätte man sich zuvor die Mühe gemacht, den Riss zu bemerken. Was niemand getan hatte.

Schuld an dem Riss war vielleicht die herrschende Trockenheit. Vielleicht auch einfach Altersschwäche. Vielleicht eine Wurzel, die im Wachstum ein wenig zu forsch gewesen war. Vielleicht auch nur, dass die Neigung der Mauer einen Grad erreicht hatte, der den Riss zur Vergrößerung bewegt hatte. Tatsache war: Die hemmungslose Aufweitung würde weiter voranschreiten. Tatsache war auch, dass die Besitzer der Mauer völlig ahnungslos waren. Für sie war alles wie zuvor. Noch!

Baskerville bellte aufgeregt. Um diese Zeit hatte kein Auto mehr auf dem Hof vorzufahren, fand er. Schon gar keines, das nicht nach dem seines Frauchens klang. Mit dem Eintreffen eines fremden Autos war er absolut nicht einverstanden. Sein dumpfes Bellen steigerte sich noch, als eine Autotür geöffnet wurde und Schritte sich der Haustür näherten.

»Alles gut, ich bin es!«

Die vermutlich beruhigend gemeinten Worte halfen Baskerville nicht. Nichts war gut. Er hatte den Auftrag, Haus und Hof zu bewachen, und er nahm seine Bestimmung ernst.

Maria wunderte sich, dass um diese späte Zeit offenbar niemand zu Hause war, und spähte durch das kleine Seitenfenster direkt neben der Eingangstür.

»Wenn man jemanden braucht, ist niemand da. Das nervt!«, raunzte sie leise vor sich hin und leuchtete mit ihrer Taschenlampe durch die Fensterscheibe. Der Schatten, der auf sie zuflog und nur durch das Fensterglas gebremst wurde, ließ sie so heftig zusammenzucken, dass sie erschrocken nach ihrer Dienstwaffe griff.

»Baskerville!«, versuchte sie den Hund und auch sich selbst zu beruhigen. »Ruhig!«

Doch daran war nicht zu denken. Der Speichel des wütend bellenden Hundes klebte an der Innenseite der Fensterscheibe, und der Ausblick auf die langen Zähne im Kiefer des Wolfshundes und seine hochgezogenen Lefzen sowie die Tatsache, dass ganz offensichtlich wirklich niemand zu Hause war, ließen Maria schließlich den Rückzug antreten. Verwundert schüttelte sie den Kopf.

»Wo zum Teufel bist du um diese Zeit, Mooshoferin?«, flüsterte sie und startete ihren Alfa. Die Giulietta ließ ihren vibrierenden, leicht holprigen Sound ertönen. Maria lächelte.

Einer plötzlichen Eingebung folgend, drehte sie das Fernlicht ihres Wagens auf, und mit einem Mal erstrahlte fast die gesamte Seite des Bauernhauses in gleißendem Licht. Die Reflektoren eines abgestellten Fahrzeugs fielen Maria ins Auge. Sie stellte den Alfa wieder ab und schnappte sich ihre Taschenlampe. Besonders vertrauenerweckend sah das alte Auto nicht mehr aus. Ein Blick auf die Begutachtungsplakette zeigte ihr, dass dem Kombi noch ein gutes Jahr Fahrtauglichkeit bestätigt worden war. Maria zog ihre Stirn in Falten, denn sie hatte schwere Zweifel, dass das alte Ding wirklich noch straßensicher war.

Die Fahrerseite war unversperrt, und so öffnete die Polizistin die Wagentür und leuchtete den Innenraum aus. Leer. Natürlich, was hatte sie anderes erwartet. Vielleicht wieder eine Leiche? Gänsehaut breitete sich auf ihren Armen aus, und ein Kitzeln im Nacken sorgte für zusätzliche Anspannung. Maria schüttelte sich und fühlte sich plötzlich unwohl. Rasch beugte sie sich ins Wageninnere, streckte ihre Hand aus und öffnete das Handschuhfach. Da lag er. Der Schlüssel. Eigentlich sollte niemand seinen Ersatzschlüssel im Handschuhfach aufbewahren. Das ergab keinen Sinn. Trotzdem fanden sich viele Schlüssel genau dort.

Rasch ließ sich Maria in den Fahrersitz fallen, steckte den Schlüssel ins Zündschloss und wollte den Wagen anlassen. Nichts. Kein Motorengeräusch. Nicht einmal ein hilfloses Jammern, das von einem Restwillen an Tätigkeit zeugen wollte. Maria schwang sich wieder aus dem Kombi, der im Innenraum zwar nicht nach nassem Hund, aber doch nach Staub, uraltem Fahrzeug und verschüttetem Benzin roch. »Grauenhafter Geruch!«, flüsterte sie und horchte in die Finsternis hinaus. Wolken hatten sich vor den Mond geschoben und ließen nur eine Ahnung von Mondlicht durch die nächtliche Finsternis schweben. Noch immer lag die Hitze des Tages schwer in der Luft, und die drückende Schwüle kündigte ein Gewitter an. Aus dem Haus ertönte Baskervilles erbostes Kläffen.

Maria entschied, Hammerschmied anzurufen. Wählte. Keine Reaktion. Vielleicht stand er gerade unter der Dusche, konnte das Läuten seines Handys nicht hören. Würde sie eben einen Sprung bei ihm vorbeischauen. Es war zwar spät, aber nicht so spät, dass eine Kollegin nicht stören durfte.

Wenige Minuten später läutete sie wieder an einer Haustür. Aber hier bot sich dasselbe Bild wie zuvor am Mooshof, nur ohne das energische Gekeife eines Hundes, der um jeden Preis sein Heim schützen wollte. War es möglich, dass Georg immer noch bei Matthias in der Schrebergartenhütte saß? Maria stieg wieder ins Auto. Sie beschloss, noch einen kleinen Schallau-Abstecher zu unternehmen, bevor sie für heute aufgab.

Kapitel 41

Hammerschmied blickte in den nächtlichen Schrebergartenhimmel und nippte an seinem Bier. Geld. Pläne. Finanzierungen. Jakob Seinfeld hatte viel umgestaltet in letzter Zeit. Woher kamen seine Finanzspritzen? Georg ärgerte sich, dass er nicht daran gedacht hatte, die entsprechenden Fragen in der örtlichen Raiffeisenbank zu stellen. Nicht, dass er sich Antworten erwartet hätte, schließlich würde das Bankgeheimnis jegliche Auskunft blockieren. Manchmal jedoch genügte es, einen Gesichtsausdruck zu interpretieren, um Bescheid zu wissen. Und dann war da auch noch der Erpresserbrief. Unvollendet zwar, aber deswegen nicht weniger bedrohlich, wenn jene zwei aufeinanderträfen, die davon betroffen waren. Was konnte Dominik gewusst haben, das ihm zum Verhängnis geworden war?

Cintia Zachariasz dagegen war ihr Reichtum zum Verhängnis geworden, möglicherweise in Kombination mit einer Beziehungstat, da war sich Georg inzwischen fast sicher. Es war doch auffällig, dass die Tote komplett entkleidet und betäubt an einer für sie bedeutsamen Stelle ertränkt worden war, während alle anderen Morde weniger bedacht begangen worden waren und eher wie Affekthandlungen wirkten. Es schien Georg, dass da jemand langsam, aber sicher die Nerven verlor. Er hatte seinen Verdächtigen. Aber keinerlei Beweise. Die Reichraminger Welt, so friedlich sie auf Außenstehende wirken mochte, war von einem kaltblütigen Mörder heimgesucht worden.

»Ich leihe mir dein Auto aus, Gretzinger. Du hast sicher nichts dagegen, oder?«

Hammerschmied sprang auf, stellte seine halb leere Bierflasche auf dem wackeligen Tisch neben der Sitzbank ab und deutete die Schnarchgeräusche, die aus Matthias' Hals kamen, als eindeutige Zustimmung. Behutsam fasste er den Mann an den Schultern, ließ ihn, der sich bereits in leichter Schieflage befand, auf die Bank gleiten und deckte ihn mit einer Decke zu, die über der maroden Rückenlehne der Bank hing. Matthias, das wusste Georg, hatte die Angewohnheit, seinen Autoschlüssel stecken zu lassen. Mehr als einmal hatte er ihn deswegen gerügt. Heute jedoch war er ihm dafür dankbar.

Georg griff nach seinem Handy und sah, dass Maria versucht hatte, ihn zu erreichen. Er drückte auf Rückruf und freute sich, als er nach dem zweiten Klingelton ihre Stimme hörte. In diesem Moment ertönte lautes Donnergrollen.

»Georg? Bist du dran?«

»Maria, ich bin noch bei Gretzinger im Schrebergarten«, erwiderte er.

Ein Rauschen und Knistern störte die Verbindung. Er konnte Marias Antwort nicht verstehen und fuhr stattdessen fort: »Ich nehme jetzt sein Auto und mache mich auf den Weg ins Kirch…« Mit einem Tuten riss die Verbindung endgültig ab. Georgs Fluch ging in einem neuerlichen Donnergrollen unter. Er warf sein Handy auf den Beifahrersitz und startete Gretzingers Wagen.

Kapitel 42

Katharina nippte an ihrem Glas. Wein hatte noch nie besonders anregend auf sie gewirkt. Gemütlich saß sie auf der Eckbank im Gastraum vom Kirchfels und spürte, wie angenehme Trägheit durch ihre Glieder fuhr. Jakob hatte sie regelrecht verwöhnt. Auf die Vorspeise, eine Portion Wassermelonen-Feta-Salat, folgte Zander mit gedünstetem Gemüse. Und die Nachspeise – ein fruchtiges Erdbeer-Rhabarber-Joghurt-Schüsserl – war der schlichte Wahnsinn gewesen. Der Rhabarber immerhin beachtlich sauer, sodass Katharinas Mimik völlig entgleist war. Jakob hatte daraufhin herzhaft gelacht.

Das Essen war hervorragend gewesen, doch irgendwas an ihrem Gastgeber fand Katharina eigenartig. Er schlich um sie herum, wirkte lauernd. Aber vermutlich war sie viel zu lange verheiratet gewesen und konnte daher mit Jakobs eigenwilliger Art nichts anfangen.

Während der Wirt das Geschirr in die Küche brachte, gähnte Katharina herzhaft und versuchte sich zu entspannen. Als er kurz darauf wieder zurückkehrte, hatte er sein Laptop unter den Arm geklemmt.

»Sinnlos!« Katharina nahm die Speicherkarte aus ihrer Geldtasche. »Da ist nichts drauf. Ich habe Dominiks Kamera gefunden und nachgesehen. Tiefste Schwärze, mehr war aus dem Ding nicht rauszuholen.«

Jakob lächelte. »Das weiß ich, aber diese hier ist nicht leer.«

Er drehte ebenfalls ein kleines Ding zwischen seinen Fingern hin und her. Plötzlich fühlte sich Katharina bedroht. Wollte mit einer Entschuldigung schnell aufs Klo verschwinden, wenn möglich gleich weiter durch die Tür hinaus, ab durch den Hof und nach Hause. Der Blick, den er ihr zuwarf, ließ sie erstarren.

»Das wird dir nicht gefallen«, sagte er beiläufig und zwängte sich neben sie auf die Sitzbank, sodass ihr Weg versperrt war.

Katharina räusperte sich, rutschte unruhig hin und her. Sie gähnte und vergaß völlig ihre Manieren, denn ihre Hand war einfach zu schwer, um den schicklichen Weg vor ihren weit aufgerissenen Mund zu finden.

»Was hat das mit mir zu tun?« Ihre kleinlaut gestellte Frage wurde von Jakob völlig ignoriert. Zusätzlich empfand Katharina die ungewöhnlich bleierne Müdigkeit, die sie erfasst hatte, inzwischen als überaus lästig. Sie rutschte am anderen Ende aus der Bank, doch kaum dass sie sich aufgerichtet hatte, sackten ihre Beine unter ihrem Körper weg, und sie fiel wieder auf die Bank zurück.

»Bleib sitzen. Es wird nicht lange dauern.«

Jakob blickte auf das Laptop. Ihr Herz schlug schneller. Sie schwitzte. Ihr war plötzlich übel. Sie hatte viel zu viel getrunken. So etwas war ihr noch nie passiert. Unsicher sah sie zu Jakob, der eifrig am Laptop hantierte. Wieder wollte sie aufstehen. Ihre Beine gehorchten nicht.

Schließlich kapitulierte Katharina, lehnte sich in der Bank zurück und starrte träge vor sich hin. Was konnte er ihr schon auf seiner Speicherkarte präsentieren, das so sehenswert war? In diesem Augenblick schob Jakob das Laptop mit einem Ruck zu ihr, sodass der Bildschirm ihr Blickfeld ausfüllte.

Ihr stockte der Atem, als sie die Fotos sah. Katharina wollte sich mit den Armen am Tisch abstützen, aber sie knickten weg. Langsam sank sie gegen die Rückenlehne der Bank und sah ein Foto ums andere sich öffnen und schließen. Sie kannte die Frau auf den Fotos, wie hätte sie sie vergessen können? Schließlich hatte ihr Hammerschmied eine Aufnahme der toten

Frau gezeigt. Sie befragt, ob sie die Tote zuvor schon irgendwann gesehen hatte.

Ihr Kopf sank nach vorn, während ein Foto um das andere auf dem Bildschirm erschien. Einige Aufnahmen zeigten die Landschaft um den Mooshof. Schöne Landschaftsfotos, die umso bizarrer wirkten, wenn man bedachte, dass sie alle Dominik und Cintia Zachariasz in den unterschiedlichsten Posen zeigten. Einen Großteil der Bilder hatten die Ehebrecher mittels Selbstauslöser aufgenommen, und es war immer dasselbe Motiv: ein äußerst glückliches Paar. Noch dazu fast nackt.

Katharina zog zornig die Augenbrauen zusammen. Eine der Stellen kannte sie genau. Der Felsen am Teich musste als Stativ gedient haben. Strahlend blickten sich die beiden an, ein lachendes, mit sich zufriedenes Paar, das sich nicht darum zu kümmern schien, ob andere Menschen aufgrund ihrer Verliebtheit auf der Strecke blieben.

Katharina verzog ihr Gesicht zu einer Grimasse, dann erstarrte sie plötzlich und fühlte sich gleich deutlich wacher als zuvor.

»Bitte, lass die Fotos noch einmal durchlaufen!«

»Willst du dir die Fotos wirklich noch einmal ansehen? Willst du dir das tatsächlich antun?«, fragte Jakob widerwillig.

»Sofort!«, befahl sie, woraufhin er ein paarmal mit der Maus klickte, sich erhob und hinter der Bar verschwand.

Noch einmal quälte sich Katharina durch die gesamte Serie. Sie hatte sich nicht getäuscht: Eines der Fotos – das letzte – wies ein verräterisches kleines Merkmal auf. Ein hautfarbener Schatten zierte die linke untere Ecke des Bildes. Eigentlich war es nur die Ahnung eines Schattens. Ein verschwommenes Etwas. So, als ob sich ein Nebelhauch auf das Foto geschlichen hätte. Katharina wusste sofort, was dieser transparente Nebelhauch bedeutete. Eine Fingerkuppe hatte sich auf das Foto geschmuggelt. Also doch kein Selbstauslöser!

Inzwischen kehrte Jakob mit zwei Tassen Kaffee und zwei gut gefüllten Schnapsgläsern zu ihr zurück. Er stellte das Serviertablett auf den Tisch, dann zog er die Speicherkarte aus dem Leseschlitz. Der Bildschirm wurde schwarz.

Hastig griff Katharina nach dem Schnaps, ließ die brennende Schärfe durch ihre Kehle fließen und widmete sich danach dem duftenden Kaffee. Gedankenverloren starrte sie vor sich hin. Jakob saß an ihrer Seite und schwieg, wofür sie dankbar war, denn Tröstungen hätten ihr ohnehin nicht geholfen, und außerdem bedurfte es auch keiner Rache mehr. Beide Menschen auf den Fotos waren tot.

Katharina stellte die leere Tasse auf den Tisch und griff sich an die Stirn. Irgendwie war das heute nicht ihr Tag.

»Warum hast du mir die Fotos gezeigt? Sie spielen doch für mich keine Rolle mehr.«

Noch während der Satz in die Stille des Gastraumes floss, wusste Katharina, warum. Die Frau an Dominiks Seite. Die Ehebrecherin. Die Tote, die der Reichramingbach angeschwemmt hatte. Heiß schoss ihr ein Gedanke wie ein Blitz durch den Körper. Sie erstarrte.

»Du hast die Fotos geschossen! Du hast meinen Mann erpresst!«

Zufrieden lächelnd hatte Jakob die Speicherkarte auf den Tisch gelegt. Katharina wollte danach greifen, sank jedoch seitlich weg. Zu weit weg. Außer Reichweite. Während ihr die Augen zufielen, fiel ihr ein, dass die Karte, die Jakob auf den Tisch gelegt hatte, diejenige sein musste, die Dominik versteckt hatte. Irgendwie musste Cintia in den Besitz der Speicherkarte gekommen sein, sie vielleicht während eines Stelldicheins an Dominik weitergereicht haben, der sie wiederum verwahrt hatte, anstelle sie zu vernichten. Blöd eigentlich, schoss es Katharina durch den Kopf. Aber so war Dominik gewesen. Einerseits ein kühler Typ, andererseits narzisstisch verliebt darin, mit Anzahl und Optik seiner Geliebten anzugeben. Vielleicht hatte es also einen völlig banalen Grund, dass es diesen Chip noch gab. Angeberei und die Erinnerung an schöne Tage mit seiner Geliebten? Und dann? Im Anschluss hatte Jakob womöglich Cintia bedroht, die gestohlene Karte zurückgefordert, und es war zu Handgreiflichkeiten gekommen. Es schien, als habe Cintia eine Rechnung für etwas bezahlt, das sich nicht mehr in ihrem Besitz befand. Am Ende war der Tausch wieder rückgängig gemacht worden. Jakob musste das kleine Ding, als er bei ihr zu Besuch gewesen war, unbemerkt gegen seine eigene, leere Karte ausgetauscht haben.

»Cintia hatte nicht nur dich betrogen. Sie hat auch mich betrogen. Wir sind beide zu ihren Opfern geworden. Dafür habe ich sie gehasst.«

Die Kälte in Jakobs Stimme ließ Katharina erschaudern. Sie glaubte, sich antworten zu hören. Oder waren es nur ihre Gedanken, die durch ihr Gehirn tanzten? Der Erpresserbrief schob sich in ihre Überlegungen. Völlig sinnlos, dieser Schrieb. Warum hätte der ihrem Mann gelten sollen? Dominiks Fingerabdrücke, das wusste sie, waren darauf gefunden worden. Der Brief war unvollständig gewesen. Dominik hatte ihn nicht beendet. Hatte Jakob also soeben gestanden, dass er Cintia auf dem Gewissen hatte?

Immer ging es nur ums Geld. Oder um irgendwelche Affären. Sie konnte hören, wie sie hysterisch kicherte. Dann ergriff sie das Wort und sagte, die Zunge schon schwer: »Alles umsonst. Dominik hat mich ständig betrogen. Dem ist es völlig gleichgültig gewesen, ob ich von seiner neuesten Geliebten wusste oder nicht. Was hätte es gebracht, ihn zu erpressen?«

Ihre Worte kamen leise. So leise, dass sich Katharina nicht sicher war, ob das Gesagte nicht bereits als Traum durch ihr schläfriges Hirn schwebte.

»Warum? Jakob, warum?«, tönte es in ihrem Kopf nach, bevor sie auf der Bank umsank und sich ihre Augenlider langsam schlossen. Donner grollte. Ein Sommergewitter kündigte sich an.

»Wie schön, das Schlafmittel im Kaffee wirkt hervorragend«, waren die letzten Worte, die aus der Ferne in ihre Ohren drangen. Jakobs Stimme entfernte sich, und schon war Katharina tief und fest eingeschlafen.

Kapitel 43

Maria fuhr zügig die Dirnbachstraße entlang. Wenn sie Georg richtig verstanden hatte, war er noch bei den Schrebergärten und wollte sich auf den Weg ins Kirchfels machen. Zwar hatte sie sofort noch einmal seine Nummer gewählt, aber die Verbindung war nicht zustande gekommen. Vermutlich ein leerer Akku.

Verschiedene Überlegungen gingen ihr durch den Kopf. Die tote Cintia Zachariasz war der Schlüssel zu dem ganzen Fiasko, dessen war sie sich sicher. Sie versuchte sich vorzustellen, wie der Mörder vorgegangen war.

Als sie die Stelle am Bach passierte, an der dichter Wald den Hochstand des toten Danningers verbarg, ging sie vom Gas und warf einen Blick auf den gegenüberliegenden Hang, der für einen kurzen Augenblick vom fahlen Mondlicht beleuchtet wurde. Zu sehen war von hier aus nichts. Kein Hochstand. Kein Güterweg. Totale Finsternis. Immer mehr Wolken bauschten sich am Himmel. Wind, der bis vor wenigen Minuten noch mäßig geweht hatte, frischte auf. Im Westen machte sich Gewitterleuchten bemerkbar. Es schien eine stürmische Nacht zu werden. Der Felsen, von dem aus Georg sie ins Wasser gestoßen hatte, ragte am Waldrand wie eine Nase aus dem Hang. Darunter befand sich der Tümpel, dessen Tiefe sie bereits kennengelernt hatte und der im Sommer von Jugendlichen und Wasserliebhabern regelrecht belagert wurde.

»Ein Geniestreich. Dort, wo viele Menschen einen Pfad ins Gelände trampeln, ist es auch für einen Mörder einfach, seine Spuren zu tarnen. Oder spätnachts jemanden unbeobachtet in den Reichramingbach zu werfen. Nur war eben Danninger am Hochstand gesessen und hatte für das Gehörte mit seinem Leben bezahlt«, murmelte sie. Marias Augen ruhten noch eine Weile auf dem Felsblock, doch schließlich gab sie Gas, bis sie das Reichraminger Ortsschild erreichte.

Der Ortsteil Schallau zeichnete sich hauptsächlich durch Dunkelheit aus. Viele der alten Gebäude standen leer und wirkten wie augenlose, bleiche Gerippe in der vom Mond nur teilweise aufgehellten Nacht. Vor den Schrebergärten hielt Maria den Wagen an und lauschte in die Nacht. Gewittergrollen. Eindeutig.

Schließlich stieg sie aus, nahm ihr Mobiltelefon zur Hand und wählte Georgs Nummer noch einmal. Wieder keine Reaktion. Hatten Gretzinger und Georg sich unter den Tisch gesoffen? Bei Gretzinger war dies ein Leichtes. Oder war Hammerschmied schon über alle Berge?

Maria griff nach ihrer Taschenlampe, lief den Mittelweg entlang durch die Schrebergärten und leuchtete die Gärten aus. Schließlich folgte sie einfach einem Schnarchen, das sie direkt zu Gretzingers Gartengrundstück führte.

Der Mann tat das, was er am besten konnte. Er schlief. Eine Bierflasche stand auf einem Tisch, unter der Bank ein Glas. Hammerschmied war nirgends zu sehen. Maria seufzte und befand, dass Gretzinger gut aufgehoben war, wie er hier friedlich auf seiner Bank lag. Sie beschloss, dem Kirchfels einen Besuch abzustatten.

Kapitel 44

Anneliese hatte nicht schlafen können. Erst hatte der helle Mond sie an das Fenster ihres Schlafzimmers getrieben, wo sie die lichtdurchlässigen Fenstervorhänge ausgiebig verfluchte. Zu Unrecht, wie sie wohl wusste, aber ihr Schimpfen half ihr zumindest dabei, ihren Ärger über die Schlaflosigkeit kurzfristig abzureagieren. Sie hatte die warme Nachtluft in tiefen Zügen eingeatmet und die herrliche Frische der Natur gerochen. Sie hatte sich gerade umgedreht, um sich wieder zurück ins Bett zu verfrachten, als sie Geräusche vernahm, die sie nur zu gut kannte. Doch normalerweise drang dieses tiefe Bellen nicht aus der Ferne an ihr Ohr, sondern vom Vorhaus, das fast direkt unter ihrem Schlafzimmer lag, in dem Baskerville gewöhnlich seiner Arbeit als Wächter nachging, wenn er nicht auf seinen Ohren lag.

Der Hund bellte laut und kräftig und wollte gar nicht mehr aufhören. Und so beschloss Anneliese, zuerst einmal die Lage zu erkunden, warf ihr Schürzenkleid über, schlüpfte in ihre bequemen Schuhe und schlich leise über die Stiege hinunter. Sobald sie die Haustür leise hinter sich zugezogen hatte, lief sie eilig hinüber zum nachbarlichen Mooshof, um dort nach dem Rechten zu sehen.

Schon aus der Entfernung hatte Anneliese damit begonnen, mit dem Riesenvieh zu schimpfen. Ihre Worte (»Du blitzblödes Hundstrumm, du! Ich mache Katzenfutter aus dir!«) sprach sie jedoch so liebevoll, dass sie von Baskerville freudig winselnd aufgenommen wurden.

Die Haustür des Mooshofs war natürlich versperrt. Nicht ungewöhnlich, fand Anneliese, denn genauso verhielt sich ein vernünftiger Mensch. Er versperrte seine Eingangstür. Ungewöhnlich war jedoch, dass niemand auf Baskervilles lautes Bellen reagiert hatte und ihr Klopfen und Läuten ebenfalls unbeantwortet blieb. Glücklicherweise wusste sie, wo der Ersatzschlüssel für besondere Anlässe hing, der ihr Zutritt zum Gebäude verschaffen würde. Erst vorgestern hatte ihr Katharina das Versteck verraten: Hinter einem losen Brett am Stallanbau hielt ein uralter Nagel ein Geheimnis bereit. Dort hing ein großer, recht rostiger Schlüssel, der den Zutritt zum hinteren Eingangstor erlaubte. Er schloss zugleich auch die Hinterhoftür auf und war somit ein echter Allroundschlüssel.

Anneliese schob das Brett zur Seite, ließ die Finger ihrer rechten Hand am Brett entlanggleiten, fluchte herzhaft, weil sie sich einen Schiefer eingezogen hatte, und ertastete schließlich den Schlüssel. Schwer lag er in ihrer Hand, während Anneliese sorgenvoll darüber nachdachte, was sie im Haus erwarten würde.

Kaum hatte sie sich Zutritt zum Innenhof verschafft und die Hoftür zum Wohnbereich geöffnet, drängte sich das Hundsvieh an ihr vorbei, galoppierte durch den Innenhof, umrundete in Hundeseile einmal den gesamten Vierkanthof, drückte kurz an einer für ihn höchst interessanten Stelle die Schnauze auf den Boden, dann nahm er Schwung und raste mit Feuereifer durch die Einfahrt und auf die Straße Richtung Reichraming.

Erstes leises Donnern von einem sich ankündigenden Gewitter war zu hören.

Kapitel 45

Nachdem Katharina eingeschlafen war, hatte Jakob das Licht in der großen Wirtshausstube gelöscht. Nur die Teelichter flackerten noch romantisch vor sich hin und beleuchteten die Gesichtszüge der Schlafenden. Wie Schneewittchen, dachte Jakob und beugte sich über Katharina, um sie auf den Mund zu küssen. Ihre Lippen waren warm, ihre Atmung ging regelmäßig.

»So viel Leben ist in dir«, flüsterte er. »Was soll ich nur mit dir tun?«

Aber er hatte keine Zeit für Gedankenspiele. Ihr Rad stand noch draußen im Hof, und ihr Mobiltelefon, das sich sicher in ihrer Handtasche befand, war ein Verräter. Ihr letzter Aufenthaltsort konnte dadurch nur allzu leicht nachvollzogen werden. Mit wenigen Schritten war Jakob an der Hintertür und zerrte das Rad in den Vorraum. Rasch schob er es weiter in den Gastraum und verriegelte auch die Zwischentür zur Stube, um nicht doch noch in allerletzter Minute von einem seiner Nächtigungsgäste erwischt zu werden.

»Oh, Gott!«, stöhnte er erleichtert auf, als er schließlich Katharinas Handy in ihrer Handtasche gefunden hatte. Er lächelte. Ganz offenbar gehörte die Frau noch zu der Sorte Handynutzer, die ihr Gerät immer mal gänzlich ausschalteten, was ihm nun perfekt gelegen kam, da es damit keine Ortung geben konnte. Sicherheitshalber würde er ihre Handtasche später verschwinden lassen. Aber zuerst musste er sich um Schneewittchen kümmern.

Jakob wischte sich kalten Schweiß von der Stirn. Seine Nerven spielten ihm einen Streich. Er zitterte, und plötzlich wurde ihm auch noch übel. Er beugte sich über den Tresen, direkt über die Spüle im Barbereich. So, wie es vielen seiner Gäste traditionell im Kirchfels auf den Toiletten oder im Freien erging, übergab er sich nun selbst unter heftigen Magenkontraktionen. Vornübergebeugt, mit wässrigen Augen und mit direkter Aussicht auf die Flasche Schnaps, aus der er kurz zuvor noch ausgeschenkt hatte.

Bis auf das schwache Kerzenleuchten war es stockdunkel im Gastraum. Ein Sommergewitter kündigte sich durch leises Grollen an, und nur Minuten später kam Wind auf, der zuerst leichten Nieselregen und schließlich dicke Regentropfen gegen die Fensterscheiben des Kirchfels drückte.

Der heftige Donnerschlag, der Sekunden später über dem Hintergebirge grollte, brachte die Gläser über dem Tresen zum Klirren. Stürmischer Wind trieb Jakob zur Eile an. Die Blitze, die sich nun in rascher Folge am Himmel entluden, verhießen nichts Gutes.

Ein Blick auf sein Handy bestätigte seine Vermutung: Das Netz hatte sich im aufkommenden Gewitter verabschiedet. Nicht ungewöhnlich, normalerweise ärgerlich, heute jedoch praktisch. Wer nicht angerufen werden konnte, konnte auch nicht vermisst werden.

Jakob schob einen der Vorhänge an den Fenstern zum Hof beiseite und spähte nach draußen. Der prasselnde Regen bildete inzwischen einen derart dichten Vorhang, dass die Sicht auf wenige Meter beschränkt war. Tropfen klatschten gegen das Glas, und die schnelle Abfolge der Blitze brachte den Stromkreislauf in den Leitungen ordentlich durcheinander. Das Display des Kaffeeautomaten flackerte ein letztes Mal auf, dann folgte ein dröhnender Donnerschlag, und keine Sekunde später erhellten nur noch flackernde Blitze die Dunkelheit.

»Strom aus«, flüsterte Jakob. »Wie passend.«

Endlich hatte Hammerschmied den Ortskern erreicht. Er würde den Wirt, sogar wenn der schon im Bett lag, noch während des heftigsten Gewitterregens herausläuten. Der sollte ihm doch bittschön erklären, was es mit ihm und Cintia auf sich gehabt hatte. Dem Schönling würde er kräftig auf die Zehen steigen, das Gestotter wollte er sich gönnen.

Er tastete nach den Handschellen, die üblicherweise an der Seite seiner Uniformhose befestigt waren, aber sein Griff ging ins Leere. Freier Tag, keine Uniform, keine entsprechende Ausrüstung. Er würde bedacht vorgehen müssen.

Georg war schneller unterwegs als üblich, was in Gretzingers alter Karre gar nicht so leicht war. Gerade hatte er Anlauf genommen und wollte in flottem Tempo den Anstieg zum Kirchenberg nehmen, als der Wagen zu hüpfen begann. Die Benzinanzeige.

Das kleine gelbe Warnlicht hatte bereits beim Starten auf sich aufmerksam gemacht, aber Georg hatte gehofft, noch bis zum Kirchfels zu kommen. Dass es so knapp werden würde, hätte er nicht gedacht. Er grinste und dachte an Maria, die den Anstieg mit der gesamten Energie eines grausam ausgestoßenen Fluches vermutlich noch geschafft hätte. Nur noch wenige Meter trennten Georg von seinem Ziel, und so riss er den Wagen nach links in die Einfahrt zur Kirche, nutzte den Restschwung des Fahrzeugs aus und beschloss in letzter Sekunde, doch nicht direkt vor dem Leichenkammerl anzuhalten, in dem Sebastian Danninger lag. Sollte der sich plötzlich und spontan zu einer Auferstehung durchringen, wollte er ihm nicht auch noch den Fluchtweg versperren.

Sanft rollte sein Gefährt die Außenmauer der Kirche entlang und kam schließlich direkt unterhalb des hoch aufragenden Kirchturms zum Stehen.

Fette Tropfen prasselten auf die Windschutzscheibe.

»Hätte das Wetter nicht noch eine halbe Stunde warten können?«, knurrte Georg, warf einen Blick auf den Rücksitz der alten Karre und stellte fest, dass Gretzinger immerhin so etwas wie eine Regenjacke besaß, die er sich überziehen konnte. Ein altes Ding. Sicher nicht mehr wasserdicht. Heute jedoch besser als nichts. Während Georg die Regenjacke vom Rücksitz fischte, aus dem Auto stieg, in die etwas modrig riechende Jacke schlüpfte und die Kapuze schützend über seinen Kopf zog, prasselte bereits heftiger Regen, begleitet von einem herzhaften »Kreizkruzifix«, auf ihn nieder.

Das dumpfe Bellen des Schäferhundes aus dem benachbarten Pfarrhof zeigte deutlich an, dass immerhin einer auf Hammerschmieds frevelhafte Worte reagierte.

Georg hatte keine Freude mit Kirchen. Oder besser gesagt: Er mochte Kirchen, allerdings hatte er keine Freude mit den kirchlichen Ritualen. Aufstehen. Beten. Niederknien. Kreuzschlagen. Alles wirkte befremdlich auf ihn. Dabei war er einmal Ministrant gewesen. In seiner Kindheit. Während der Sommerferien. Eintägig engagierter Aushilfsministrant. Der Tag hatte ihm genügt, danach hatte er gekündigt. Die Sache hatte ihm, schon aufgrund der frühen Gottesdienstzeiten am Sonntagmorgen, nicht behagt. Hammerschmied seufzte, während der Regen entschlossen auf ihn einschlug.

Nun stand er da. Mit eingezogenem Kopf. Gegen die Widrigkeiten des Wetters nur mangelhaft geschützt. Gretzingers Regenjacke erwies sich tatsächlich als wasserabweisend, jedoch nicht als wasserdicht. Zarte Rinnsale flossen Georgs Körper hinab, was für unangenehme Nässe in seiner Kleidung sorgte. Mit raschen Schritten eilte er die Außenmauer der Kirche entlang. Ein Blick hinauf zum Kirchfels vermeldete völlige Dunkelheit, zumindest galt dies für das große Hoftor, das normalerweise in hellstes Licht getaucht war. War aber auch kein Wunder, denn ohne Kellnerin hatte die Wirtschaft heute sicher geschlossen.

Georg zog den Kopf ein und griff in seine Hosentasche. Er wollte auf jeden Fall noch einmal in der Inspektion anrufen und seinen Standort durchgeben. Mehr als ein paar Flusen befanden sich allerdings nicht in seiner Hosentasche. Mit nasser Hand schlug er sich auf die Stirn, machte auf der Stelle kehrt und rannte zurück zum Wagen. Begleitet von einem Donnerschlag, der den Boden unter seinen Füßen vibrieren ließ, riss er die Fahrertür auf und flüchtete zurück in die Trockenheit des Wagens.

»Jessas!«

Hektisch tastete er in der Dunkelheit nach seinem Handy, das irgendwo auf dem Beifahrersitz liegen musste. Wählte. Schwarzenberg hob innerhalb von Sekunden ab. Sein »Was gibt's, Hammerschmied? Wo bist du?« klang müde.

»Pass auf, Anselm, ich bin beim Kirch…« Wieder brach die Verbindung ab. Verärgert starrte Georg aufs Display. Kein einziger Balken. Kein Empfang. Das Unwetter. Was sonst. Genervt warf er das Telefon zurück auf den Autositz.

Der Blitz, der in diesem Augenblick im Kirchturm einschlug, oder genauer gesagt im Kirchturmkreuz, sorgte nicht nur dafür, dass Georg geblendet wurde. Er sorgte auch dafür, dass das vom Blitz getroffene Kreuz kippte. Es löste sich vom Dachgiebel, fiel und durchbohrte Gretzingers Wagen auf der Beifahrerseite, sodass erstens Hammerschmieds Handy unter dem Kreuz begraben und zertrümmert wurde, und zweitens Hammerschmied ein unfreiwilliges Nickerchen in Form einer plötzlich auftretenden Ohnmacht einlegte, ausgelöst durch einen dezenten Schlag auf den Hinterkopf. Die Kopfstütze auf der Fahrerseite hatte zwar verhindert, dass Georg vom Querbalken des Kreuzes getroffen wurde, war allerdings unter der Krafteinwirkung eingeknickt und schlug Georg bewusstlos.

Maria fuhr just in diesem Moment, in dem sich der Blitz krachend entlud, den Kirchenberg zum Kirchfels hinauf. Die Scheibenwischer ihres Wagens waren schwer damit beschäftigt, den starken Regen zu bewältigen. Unmittelbar vor dem großen Hoftor des alten Vierkanters hielt sie an in der Hoffnung, auf dem kürzesten Weg in die Wirtschaft zu rennen und so dem Regen einigermaßen zu entkommen. Inzwischen herrschte beinahe völlige Finsternis, eine dunkle Gewitterwand hatte sich über dem Schneeberg aufgebaut. Der Wind peitschte die Bäume. Sie hätte gerne in die Stille gehorcht, aber das Rauschen und der Donner taten ihr Übriges, um es der Lauscherin in der Nacht möglichst schwer zu machen.

Gretzingers Auto hatte nicht am Schrebergartenparkplatz gestanden. Georg hatte ihn sich doch ausborgen wollen, aber vor dem Kirchfels stand kein anderer Wagen als ihrer.

Wieder erhellte ein Blitz die Szenerie. Maria stieg aus und drückte sich dicht an die Hausmauer. Der große Zugang zum Innenhof war verschlossen. Das Tor versperrt. Auch heftiger Druck gegen die Tür änderte nichts.

Fluchend lief sie Richtung Wintergarten. Geschlossen. Hinter den bodentiefen Fenstern tat sich nichts. Hastig überstieg sie den niedrigen Gartenzaun, querte den Garten unterhalb der Fensterfront, nur um auf der anderen Seite vor einer ebenfalls abgesperrten Tür zu stehen. Alle Schleichwegerl zum Kommen und vor allem zum Gehen, die Georg zufolge in erster Linie als Fluchtwege vor unerwartet eintreffenden Ehefrauen dienten, waren verriegelt worden. Nicht unüblich, wenn man geschlossen hatte. Eigentlich sogar empfehlenswert, denn man musste es ungebetenen Gästen ja nicht leichter als notwendig machen.

Inzwischen hatte Maria das Gebäude fast komplett umrundet und sich unterwegs leise schimpfend lehmige Gartenerde von den Schuhsohlen gestreift. Gretzingers Auto befand sich auf keinem der Abstellplätze. Wo war Georg? Sie schüttelte verärgert den Kopf. Aber er hatte doch eindeutig vom Kirchfels gesprochen. Sonst käme nur die Kirche infrage. Nur, was hätte er nachts in der Kirche zu tun gehabt?

Maria drückte auf dem Rückweg zu ihrem Wagen noch einmal jede Türklinke, die es zu drücken gab. Und plötzlich gab eine niedrige Holztür, die sie beinahe übersehen hätte, nach. Maria, die nicht mehr mit einem Erfolg gerechnet hatte, stolperte Hals über Kopf in einen trockenen, nach altem Leder und staubigem Stoff riechenden Raum. Der Gewitterregen hatte sich von den überstehenden Dachvorsprüngen des Kirchfels nicht abhalten lassen und Maria bis auf die Haut durchnässt. Die Polizistin schüttelte sich wie ein nasser Hund. Rund um sie ging ein Tropfenregen nieder.

Ein Geräusch irritierte Maria. Sie hielt inne, tastete nach ihrer Taschenlampe, die schwer an ihrem Gürtel hing. Behutsam schlich sie vorwärts und verfluchte den Blitz, der jedem ihr Eintreten angekündigt haben musste, denn ihre Silhouette war für einen Sekundenbruchteil überdeutlich im Türrahmen erkennbar. Gleichzeitig erleuchtete der Blitz jenen Raum taghell, der einmal ein Stall gewesen sein musste.

Kapitel 46

Jakob mühte sich ab. Es war wirklich nicht einfach, den Körper eines Menschen, der so gar nichts zu einer Bewegung beitragen konnte, von A nach B zu schaffen. Wobei A in diesem Fall die gepolsterte Sitzbank der Gaststube war, und der Körper, den es wegzuschaffen galt, Katharina gehörte.

Zufällig hatte Jakob vor einiger Zeit beim Ausräumen eines der vielen mit Müll und vermodernden Altertümlichkeiten vollgestellten Räume im Stallbereich des Kirchfels eine ungewöhnliche Stelle in einer Mauer entdeckt. Kurzerhand hatte er das nachträglich zugemauerte Loch in Bodennähe mit einem Vorschlaghammer geöffnet und dahinter einen halb verschütteten Tunnel entdeckt, der gerade genug Platz bot, dass ein Mann gebückt darin stehen konnte. Natürlich hatte Jakob in den folgenden Tagen niemandem von seiner Entdeckung berichtet, sondern auf eigene Faust weitergegraben. Der Bretterverschlag, der den Gang nach wenigen Metern versperrte, war schnell beseitigt, und dahinter befand sich ein einigermaßen intakter, leicht ansteigender Stollen. Er führte bis vor eine Metalltür, die sich unvermittelt an der rechten Tunnelseite offenbarte. Und genau dorthin, zu diesem B, wollte er jetzt.

Katharina hing wie ein – zugegeben wohlgeformter – Mehlsack an Jakob. Er hatte sich die junge Frau erst über die Schulter geworfen, dann jedoch schnell eingesehen, dass er sie auf Dauer so nicht transportieren konnte, ohne ihr im Tunnel den Schädel wund zu schlagen oder sie an anderen Körperstellen zu verletzen. Noch war er mit seinem Entschluss, sich ihrer vollständig zu entledigen, nicht wirklich zufrieden. Dass sie sich in ihn verliebt hatte, war ja recht schnell klar gewesen. Aber dass auch er Gefühle für sie empfand, damit hatte er nun wirklich nicht gerechnet. Das Schlafmittel in ihrem Kaffee sollte für eine gewisse Atempause sorgen, die er brauchte, um sich über sein weiteres Vorgehen klar zu werden.

Der Weg in den Stall zu seinem Geheimstollen war schnell zurückgelegt. Donner und Blitz hatten inzwischen kräftig zugelegt, das Gewitter war in vollem Gange. Der Regen prasselte dermaßen hart auf den Boden, dass das Geräusch der niederfallenden Tropfen jegliche anderen Geräusche übertönte. Ein Blitz erhellte den Innenhof.

Keuchend öffnete er die Tür jenes Nebenraums, der den Zugang zum Stollen verbarg. Ein alter Heuwagen stand schräg im Raum. Längst hatte sich eines der hölzernen Räder selbstständig gemacht, war abgebrochen und unter den Wagen gerollt. Jakob ließ Katharina auf die Ladefläche gleiten, woraufhin der Heuwagen bedrohlich ächzte. Die Stirnlampe, die er sich in weiser Voraussicht um den Hals gehängt hatte, wartete nur mehr auf ihren Einsatz.

Jakob richtete den Lichtkegel der Lampe auf einen alten Kasten, der sich fast unsichtbar unter einem Berg alter Heutücher, unter angelehnten Werkzeugen und einer ramponierten Leiter versteckte. Mit wenigen Handgriffen hatte er die Gerätschaften an die andere Wandseite gelehnt, die Heutücher beiseitegeschoben und die Kastentür geöffnet. Vier Riegel, nichts anderes als umgebogene Nägel, die einen Teil der Rückwand des Kastens fixiert hielten, drehte Jakob nun zur Seite und entfernte die eine Hälfte der Rückwand. Dahinter gähnte ein schwarzes Loch. Das war sein geheimer Zugang zum Tunnel. Natürlich hätte jemand den Stollen gefunden, wenn er den alten Kasten zur Seite rückte, aber wer sollte schon Interesse daran haben, diese Ansammlung an Moder, Müll, Staub, Dreck und alten Fetzen genauer zu besichtigen? Sogar Cintia, die sich von ihm einmal durch alle

Räume des Kirchfels hatte führen lassen, war an der Schwelle zum Stallbereich entsetzt zurückgewichen. Die Drohung, dass sie ihm bei der Entsorgung helfen sollte, hatte genügt, um sie auf Abstand zu halten.

Kapitel 47

Maria hatte die Tür hinter sich zugezogen und einige Sekunden lang in die Lautstärke des Gewitters hineingehorcht. Keine Chance. Es gelang ihr nicht, irgendwelche Geräusche herauszufiltern, die anderer Art waren als jene vom Unwetter. Verärgert kniff sie ihre Augen zusammen und wartete auf den nächsten Blitz, der sein Licht durch die kleinen Fenster schicken und den Stall ausleuchten würde. Der Boden war verhältnismäßig sauber, stellte sie überrascht fest, als sie es endlich gewagt hatte, ihre Taschenlampe im Gleichklang einer Reihe von Blitzen einzuschalten. Eine beinahe stubenreine Umgebung.

Alte Holzbalken durchzogen den Raum. In den Wänden waren Ringe eingelassen, wie sie früher vermutlich zum Festbinden von Tieren benutzt wurden. Der Boden bestand aus gebrannten Ziegeln, und während sie sich langsam durch den Raum bewegte, stellte sie fest, dass kaum etwas unter ihren Schuhsohlen knirschte. Dieser Stallteil war gereinigt worden. Der Geruch von Leder, alten Jutesäcken und abgestandener Luft hing immer noch in Marias Nase, hier waren jedoch weder Leder noch Säcke eingelagert. Der Raum war leer. Längst hatte sie die Lampe wieder ausgeschaltet, doch der nächste Blitz erleuchtete den Raum wieder gut genug, sodass Maria erkennen konnte, dass es noch eine Tür gab. Vorsichtig drückte sie die Klinke hinunter, zog die Tür mit einem leisen Schaben auf und warf einen Blick in den strömenden Regen. Der Innenhof des Kirchfels. Die Küche gegenüber lag bereits in völliger Dunkelheit. In der Fenstergalerie zum Obergeschoß brannte kein einziges Licht, und auch sonst herrschte Finsternis. Jakob schlief vermutlich längst. Zögernd schob sie sich aus der Tür.

Fast hätte sie einen Schrei losgelassen, denn ein heftiger Donnerschlag brachte die Luft zum Vibrieren, ein Blitz folgte nur zwei Atemzüge später, der Regen rauschte, und der kleine Lichtpunkt, den die Polizistin nicht gesehen hätte, wenn sie nicht genau in diesem Augenblick ihren Kopf nach links zum Innenhofeingang des Kirchfels gedreht hätte, ließ ihren Herzschlag höllisch beschleunigen.

Maria drückte ihr Herz, das heftig in ihrer Brust pochte, wieder in Position – zumindest im übertragenen Sinne – und tastete nach ihrer Waffe. Das Griffstück schmiegte sich in ihre Hand und verlieh ihr Sicherheit. Der Lichtpunkt tanzte unregelmäßig auf und ab. Plötzlich war er verschwunden. Sie presste sich eng an den Türrahmen. Angestrengt versuchte sie, die Dunkelheit zu durchdringen, und erwartete sehnsüchtig den nächsten Blitz, der sich nicht weiter bitten ließ. Erleichtert stellte sie fest, dass sich niemand auf dem Weg durch den Innenhof befand. Die Tür mit dem Glaseinsatz, hinter der das fahle Licht wild auf und ab getanzt war, war genauso geschlossen wie noch Sekunden zuvor.

Maria drückte sich an die Mauer und schob sich Schritt für Schritt vor. Das erste kleine Fenster in Brusthöhe war kein Hindernis. Maria bückte sich und schlich darunter vorbei. Das Hindernis, über das sie schließlich stolperte, bestand aus einer leeren Gießkanne, die sie mit einem unbeabsichtigten Tritt mindestens einen halben Meter und begleitet von Donnergrollen in Richtung einer Ansammlung von Gartenzwergen trat. Erleichtert seufzte Maria auf, denn der Donner hatte das Geräusch der weggetretenen Gießkanne hervorragend übertönt. Ihre Erleichterung war allerdings nur von kurzer Dauer, denn die Gartenzwerge, die wie Kegel um einen einsamen Blumentopf herum arrangiert worden waren, grinsten sie im nächsten Blitzlicht an und kippten – dieses Mal nicht gefällig begleitet von einem Donnergrollen – wie Dominosteine um. In der plötzlich eingetretenen Stille war das Geräusch der umfallenden Gartenzwerge wie ein Feuerwerk in dunkler Nacht. Laut und unnötig. Auffälliger hätte es kaum sein können.

Kapitel 48

Jakob zog Katharina vom Heuwagen. Erste Hilfe machte sich bezahlt: Sein letzter Kurs lag zwar schon einige Jahre zurück, den allseits bekannten Rautek-Griff konnte er jedoch in seiner heutigen Situation perfekt anwenden. Die Worte des damaligen Trainers, der extra darauf hingewiesen hatte, dass der Rautek-Griff nur bei akuter, nicht anders zu bewältigender Gefahr angewendet werden durfte, kamen ihm deutlich in Erinnerung.

»Scheiß drauf«, befand Jakob. Und so schnappte er sich die junge Frau, indem er von hinten unter ihren Achseln hindurch nach ihrem Unterarm griff und sie durch die Schranktür hievte, um ächzend in dem dahinterliegenden Loch zu verschwinden. Auf diese Weise würde es ihm sicherlich gelingen, Katharina durch den engen Gang zu schleifen. Gut, ihren Schuhen würde diese Art von Behandlung nicht guttun. Auch Katharinas Fersen würden darunter leiden. Doch was getan werden musste, musste nun mal passieren, und so ging er langsam rückwärts. Schritt für Schritt zerrte er Katharina hinter sich her.

Maria hielt den Atem an. So lange, bis es nicht mehr ging und sie nichts mehr hören konnte, weil ihr der eigene Puls in den Ohren dröhnte und ihre Lungen nach Luft bettelten. Die umstürzenden Gartenzwerge hatten sich längst am Boden eingerichtet und grinsten beharrlich weiter. Nichts war geschehen. Niemand war aus dem Gebäude gestürzt. Keiner hatte sich auf sie geworfen.

Langsam bewegte sich ihr linker Arm zu jener Tür, hinter der sie zuvor das Licht gesehen hatte. Behutsam drückte sie die Klinke hinunter, die Tür auf und sich selbst knapp an die

Wand, in Hockstellung auf den Boden. Die modrige Luft, die aus dem Raum ins Freie drang, war ekelhaft. Finsternis empfing sie.

Inzwischen völlig durchgefroren, schaltete Maria ihre Taschenlampe ein, stürmte mit zwei Schritten in den Raum, ihre Waffe im Anschlag, und fand sich inmitten eines Haufens Gerümpel wieder. Rasch presste sie sich erneut an die Wand, nützte einen Heuwagen als mittelmäßige Deckung und leuchtete wild um sich. Nichts. Niemand war im Raum. Langsam beruhigte sich ihr Puls. Maria tastete nach einem Lichtschalter und fand einen uralten Drehschalter rechts von der Tür. Das alte Ding tat ihr nicht den Gefallen, für mehr Licht zu sorgen, und so konzentrierte sich Maria weiter auf den nur mäßig erleuchteten Raum, der nicht so aussah, als ob hier jemand gewesen wäre.

Der Boden unter ihren Schuhsohlen knirschte. Trockenes Stroh, Mauerbrocken, abgeschlagener Putz, Holzreste: Dreck in allen natürlichen und unnatürlichen Zuständen bedeckte den Fußboden, der kaum mehr als solcher erkennbar war. Säcke, zerbrochene Möbel, Teile, die sie nicht zuordnen konnte. Alte Fensterflügel, verglast und unverglast. Töpfe, Teller und Tassen. Eine Ansammlung von Resten, die hier ihre letzte Ruhestätte gefunden hatten, machte den Raum zu einer Müllhalde.

Maria wollte ihren Blick gerade vom schmutzübersäten Boden abwenden, als sich ihr ein Detail offenbarte, das ihr schon von Beginn an nicht hätte entgehen dürfen: Schleifspuren.

Sie bückte sich. Flecken von Wassertropfen, die jemand hinterlassen hatte. Nässe vom Gewitterregen. Marias Blick folgte den Spuren hin zum einzigen Teil, das noch einigermaßen nach etwas aussah: einem Kasten, der ein wenig entkräftet an der Wand lehnte. Vermutlich würde auch hier ein ausgiebiger Hustenanfall für einen völligen Zusammenbruch sorgen, dachte Maria und bewegte sich langsam und mit erhobener Waffe auf das Möbelstück zu.

Eine Sekunde lang überlegt die junge Polizistin, ob sie nicht in der Inspektion um Unterstützung bitten sollte, was in ihrer Situation sicherlich gerechtfertigt war. Andererseits, wenn sie sich verzettelt hatte, hier nichts Kriminelles im Gange war, dann wäre das nur unnötiger Aufwand, der zwar für ordentlich Theater, aber kaum für sinnvolle Aufklärung sorgen würde. Schließlich siegte ihre Neugierde. Maria nahm allen Mut zusammen und öffnete die Kastentür.

Kapitel 49

Hammerschmied wachte auf, weil ihn jemand heftig schüttelte.

»Hammerschmied? Georg? Komm, mach schon die Augen auf!«

Er spürte, wie Wasser auf seinen schmerzenden Kopf tropfte und über sein Gesicht lief. Er war völlig durchnässt.

»Georg? Sag was!«

Ein Quietschen drang wie durch Watte zu ihm durch. Tatsächlich musste er sich erst ein wenig zurechtfinden, hatte er doch geglaubt, er wäre zu Hause. Im Schlafzimmer. In seinem Bett. Wobei ihn die Wassertropfen, die auf sein Gesicht platschten, verwirrt hatten, denn er war sich sicher, dass er erst letztes Jahr sein Hausdach neu eindecken hatte lassen. Die Dachziegel sollten also dicht sein. Wie konnte es also sein, dass ihm jetzt Wasser ins Gesicht und über den Körper lief?

Als Georg die Augen endlich öffnete, sah er, dass sich vor ihm eine zersplitterte Windschutzscheibe befand und ein Lenkrad, das eigenartig schräg auf der Lenksäule saß. Die Wagentür wurde aufgezerrt. Daher das grauenhaft schrille Knirschen. Er blickte nach links und freute sich, Schwarzenberg zu sehen.

»Anselm, was ist passiert?«

Schwarzenberg grinste und lachte erleichtert auf. »Dieses Mal kannst du nicht Maria die Schuld geben, du bist selbst gefahren.« Er leuchtete in den Innenraum des Fahrzeugs und blendete Georg, was dieser mit einem heftigen Stöhnen beantwortete.

Langsam dämmerte Georg, dass hier etwas Ungewöhnliches passiert sein musste. Er hob den Blick und wunderte sich. Gretzingers Auto war doch kein Cabriolet, und es besaß auch kein kaputtes Schiebe- oder Panoramadach. Exakt in diesem Augenblick gefror ihm das Lächeln auf den Lippen. Georg drehte den Kopf nach rechts oben, worauf ihm ein nicht unbeträchtlicher Schmerz durch Hinterkopf und Nacken fuhr, der für heftige Übelkeit sorgte. Rasch drehte er seinen Kopf zurück in die Ausgangsposition und etwas langsamer weiter, hin zu Anselm, der ihm die Tür aufhielt und ihm offenbar aus dem Wagen helfen wollte.

»Wo ist Maria?« Anselm reichte Georg die Hand.

»Weiß ich nicht«, sagte Georg mit einem Würgen und fand es praktisch, dass die Tür schon offen war. Nun konnte er sich spontan, ohne lange zu überlegen, ins Freie übergeben. Alles hatte auch seine guten Seiten!

Kapitel 50

Verwundert stellte Maria fest, dass das alte Möbel keinen Laut von sich gab, als sie den linken Türflügel behutsam aufzog. Das lief ja wie geschmiert. Und genau das musste jemand getan haben, denn der intensive Geruch von Schmiermittel schlich sich in Marias Nase. Für kommende Schleichaktionen würde sie sich auf jeden Fall eine Stirnlampe besorgen, schoss es Maria durch den Kopf, während sie sich ärgerte, dass sie keine Hand mehr frei hatte. In ihrer rechten Hand hielt sie ihre Dienstwaffe und in ihrer linken Hand die Taschenlampe. Warum die Evolution nicht längst dafür gesorgt hatte, dass der Mensch zumindest einen dritten Arm zur Verfügung hatte, war ihr sowieso ein Rätsel.

Die Wasser- und Schleifspuren auf dem Holzboden des Möbels waren nicht zu übersehen. Die nächste Überraschung war die fehlende Rückwand, die in ein dunkles Loch überging, aus dem ein abgestandener, aber trockener Geruch entwich. Irgendwo im Hintergrund meinte Maria ein Geräusch zu hören. Ein metallischer Klang, der gedämpft aus dem Tunnel zu kommen schien.

Wenige Augenblicke später erreichte Maria die Ahnung einer Luftbewegung, und ihre Nackenhaare stellten sich auf. Sie brauchte nur eine Sekunde, um zu verstehen, dass irgendwo dort hinten eine Tür geöffnet worden war. Irgendwo am Ende des Gangs gab es einen Ausgang. Umgekehrt natürlich auch einen Eingang. Ihr erster Gedanke war, sich in den Gang zu schleichen. Der nächste Gedanke bescheinigte ihr, dass ihr erster Gedanke eine schlechte Idee war. Was, wenn es im Gang keine Möglichkeit gab, sich zu verbergen? Wer schlich schon nachts in einem Stollen herum? Wer kannte diesen Gang überhaupt, wenn nicht Jakob?

Eilig schob Maria die Schranktür zurück in ihre Position, leuchtete den Boden aus und stellte fest, dass die nassen Fußspuren, schließlich befanden sich auch ihre darunter, inzwischen fast aufgetrocknet waren. Bisher wies nichts auf ihre Anwesenheit hin. Sie würde warten.

Rasch sah sich Maria im Schein ihrer Taschenlampe um, dann huschte sie hinter einen alten Sautrog, in dem schon lange kein Schwein mehr auf seine Verarbeitung warten musste. In ihrem Magen breitete sich ein unangenehmes Gefühl aus. Vorsichtig tastete sie nach ihrem Telefon. Gedämpfte Schritte, das Knarren einer Tür. In Panik drückte sie eine Taste auf ihrem Handy. Ein lauter Ton erfüllte den Stall. Kein Donner schützte Maria vor ihrem Fehler.

Kapitel 51

Es reichte ihm. Hammerschmied fand, dass er nun genug gekotzt hatte. Sein Mageninhalt war ohnehin bereits gänzlich verdaut gewesen. Die Flüssigkeit, die er nun ausspuckte, gab er nur mehr aus gutem Willen von sich und weil es sein Magen ganz offenbar so wollte.

Georgs Kopf dröhnte, wie es früher, in seinen besten Zeiten, üblich gewesen war, wenn er Nächte durchgefeiert hatte. Dieses Mal jedoch war eine Beule am Hinterkopf sowohl für Schmerz als auch für Übelkeit zuständig. Ganz erklären konnte er sich nicht, wie er zu diesem Ding gekommen war, denn weder war er zu schnell gefahren, noch hatte er Kontakt mit einem Angreifer gehabt, und soweit er sich erinnern konnte, hatte ihn auch kein Blitz gestreift.

In jenem Augenblick, als er einen Blitz als Übeltäter ausgeschlossen hatte, kamen ihm die letzten Sekunden vor seiner Bewusstlosigkeit wieder in den Sinn. Der Blitz. Der Einschlag. Das krachende und berstende Geräusch von Metall, das sich direkt über seinem Kopf wie Plissee gefaltet hatte. Georg ließ sich zurück in den Fahrersitz sinken. Einen vorsichtigen Blick zur Beifahrerseite riskierend, dieses Mal langsamer ausgeführt, um nicht wieder einen Übelkeitsanfall zu erleiden, stellte er fest, dass ein Metallpfahl durch das Dach des Autos gedrungen war und sich energisch in den Sitz gebohrt hatte. Außerdem sah das Autodach aus wie eine etwas lieblos geöffnete Sardinendose.

Hammerschmied nahm dankend Anselms Hand und quetschte sich unelegant ins Freie. Ihm war schwindlig, sein Kopf zog ein wenig nach rechts, sein Körper ebenso, aber das würde ihn nicht aufhalten. Allerdings wusste er noch nicht genau, wovon er sich nicht aufhalten lassen wollte, denn irgendwie stand es mit seiner Konzentration nicht zum Besten.

Langsam drehte er sich um und betrachtete die armseligen Reste des Fahrzeugs. Erst in diesem Augenblick wurde Georg richtig bewusst, welches Glück er gehabt hatte, denn das Kirchturmkreuz hatte sich zwar teilweise Zugang zu Gretzingers Auto verschafft, jedoch seinen Kopf verschont und ihn tatsächlich nur um Haaresbreite verfehlt.

Hammerschmied taumelte, aber Anselm ergriff seinen Arm und führte ihn zu einer der vielen hölzernen Bänke, die dekorativ entlang der Kirchenmauer aufgestellt worden waren. Er erlaubte seinen Füßen nachzugeben, um sich mit einem Plumps auf dieser Bank wiederzufinden. Schon wurde ihm wieder übel, nur dieses Mal befand sich nichts mehr im Hammerschmiedschen Magen, das freiwillig herauswollte. So saß er nur still da, keuchte dann und wann laut auf und versuchte, sich zu beruhigen.

»Wo ist Maria?«

»Ich wollte ins Kirchfels. Jakob Seinfeld ist seit heute Verdächtiger Nummer eins«, stöhnte Georg. Er stützte seinen Kopf in seine Hände. »Ich fürchte, dass Maria bereits im Kirchfels ist. Völlig auf sich gestellt. Sie wusste, dass ich dorthin wollte.«

Georg konnte regelrecht fühlen, wie Anselm nervös wurde, und auch ihm selbst erging es nicht besser. Gerade wollte er sich aufstemmen, als er mit einem Ruck hochgezerrt wurde.

»Brauchst du einen Arzt?«

»Nicht jetzt.«

»Dann sollten wir uns beeilen!«

Kapitel 52

Jakob keuchte und schwitzte. Katharinas Kopf pendelte schwer hin und her. Nur ihre leisen Atemzüge bewiesen, dass er keine Leiche beförderte. Im Tunnel stand die Luft still. Kein Windhauch bewegte die abgestandene Luft. Jakob war froh, als er endlich die Metalltür hinter dem Wall in der Wand erreicht hatte. Damals, beim gewaltsamen Öffnen, hatte er das Schloss zerstört. Ein Stück Baustahlgitter, zu einem U geformt, hatte perfekt in die zwei Riegel des Verschlussmechanismus gepasst, sodass er gar nicht erst ein neues Schloss kaufen musste. Außerdem musste die Tür ohnehin nur von der Gangseite her zu verriegeln sein. Von der Gruft aus würde wohl kaum jemand auferstehen und in den Gang flüchten wollen. Praktisch. Passend. Perfekt.

Natürlich war er nicht das erste Mal hier. Er wusste, was ihn erwartete. Der pechrabenschwarze Raum war schmal und gerade so hoch, dass über seinem Kopf noch etwa eine Handbreit Platz blieb. Wenn er nach oben griff, konnte er die kühle Decke spüren, die sich bei genauerer Betrachtung als dicke Steinplatte herausgestellt hatte. Mit seiner Taschenlampe hatte er jede Ritze des Raums ausgeleuchtet und mehrere Nischen in der Wand gefunden, an denen sich Messingschilder befanden. Die Namen auf den Tafeln waren ortsbekannt: Hier ruhten die letzten Besitzer der Messingfabrik Winter. Allerdings gab es keine Nachkommen dieser Familie mehr in Reichraming. Dafür waren nicht nur der Niedergang der Fabrik Anfang des zwanzigsten Jahrhunderts verantwortlich, sondern vor allem die Gräuel des Zweiten Weltkriegs. Ein Teil der Familie war in Konzentrationslagern ermordet worden. Ausgelöscht. Doch der Letzte, der hier zur Ruhe gebettet worden war, hatte diese gnadenlosen Jahre nicht mehr erlebt. Er war bereits im Jänner 1927 gestorben, wie die Tafel informierte.

Die Gruft der Familie Winter war in einer Ecke des Reichraminger Friedhofs erbaut worden. Mehrmals war Jakob nach der Entdeckung der Metalltür über den Friedhof gewandert, um sich die genaue Lage einzuprägen. Der kleine Tempel in der unteren Friedhofsecke erlaubte einfachen Zutritt. Vier Säulen und ein Gewölbe zierten das Bauwerk, das sich an die brüchige Friedhofsmauer schmiegte. Eingelassen in den Boden des Tempels lag eine große, mit Metallringen versehene Steinplatte, dieselbe, die er nun von der Unterseite her mit seiner Stirnlampe beleuchtete.

Eine Gruft unter Steinplatten, die keine Geräusche nach außen dringen ließen, war der perfekte Ort für Geheimnisse, hatte er festgestellt.

Katharina würde wahrscheinlich den Schock ihres Lebens kassieren, wenn sie erkannte, wo sie sich befand, aber vielleicht würde genau dieser Schock seinem weiteren Handeln dienlich sein.

Wenig später hatte Jakob die Tür von außen verriegelt und eilte zum Kirchfels zurück. Eine dünne Yogamatte, die eine von Grundingers Ladys vergessen hatte, wollte er Katharina bringen. Zumindest eine Decke und etwas Wasser für den Kater nach dem Aufwachen. Katharinas Fahrrad und die Handtasche mussten außerdem verschwinden.

Die Betäubung würde noch eine Weile wirken. Eine oder zwei Stunden hatte er auf jeden Fall Zeit, um sich Gedanken zu machen. Gerade hatte er die Geheimtür zum Kasten zugedrückt, als ihn ein Geräusch in höchste Alarmbereitschaft versetzte.

Fast wie ferngesteuert folgte sein Arm der Richtung, aus der das Piepsen kam. Er fasste über einen desolaten Sautrog hinweg in die von seiner Stirnlampe nur unzureichend ausgeleuchtete Finsternis, bekam einen Haarschopf zu fassen und zerrte energisch daran. Der erstickte Schrei, der Fluch und die Hände, die sich zu befreien versuchten, gehörten eindeutig Maria. Dann hörte er ein Geräusch, das er kannte: der Schlitten einer Waffe. In Panik griff er um sich, bekam ein Holzstück zu fassen und schlug zu. Prompt erstarb jegliche Gegenwehr.

»Wie kann eine Frau nur so hübsch und gleichzeitig so dumm sein?«, flüsterte Jakob der Bewusstlosen ins Ohr, bevor er sie hinter dem Trog vorzerrte, nach den Handschellen an ihrem Gürtel suchte und sie damit an einem hölzernen Steher fixierte. Sie würde keine Chance haben, sich zu befreien, wenn sie nicht …

»Verflixt, wo hast du den Schlüssel für die Dinger?«

Er griff nach der Tasche, in der sich die Handschellen befunden hatten, schüttelte sie. Prompt fiel ihm der Schlüssel in die Handfläche.

»Für später, meine Süße«, flüsterte er, zerriss einen staubigen Fetzen, der über einem Balken hing, in zwei Teile, stopfte das eine Teil in Marias Mund und knebelte sie mit dem anderen.

»Um dich, Schätzchen, kümmere ich mich gleich noch.«

Kapitel 53

Hammerschmied und Schwarzenberg schlichen ums Kirchfels. Das Gewitter hatte sich inzwischen verzogen, die Wolken noch nicht ganz aufgelöst, doch immerhin: Der Mond blinzelte sich schon wieder seinen Weg frei. Georg leuchtete den Weg mit der Taschenlampe aus, während Anselm hinter ihm herstolperte, was ihm mehrfach ein scharfes »Pscht!« von Georg einbrachte. In der Ruhe nach dem Sturm klatschten die Wassertropfen von den Bäumen und Sträuchern laut wie kleine Explosionen auf den Boden und sorgten für lang ersehnte Feuchtigkeit. Ein Blick verriet Georg, dass der Pegel des Reichramingbachs mindestens um einen Meter gestiegen war. So schnell und wild das Gewässer nach heftigem Regen aus dem Hintergebirge schoss und oftmals ganze Bäume mit sich führte, so sanft wurde der Bach wieder, wenn alles vorüber war. Das Wasser glitzerte im Mondlicht, dort, wo die Mündung des Reichramingbachs ungestüm in die Enns drängte. Hammerschmied dachte mit Erleichterung daran, dass sein Haus verhältnismäßig hoch über dem Bach thronte. Zumindest hoch genug, um von einer Überflutung verschont zu bleiben. Jedenfalls bisher.

Vorsichtig drückte Georg die Klinke des Kirchfels'schen Wirtshaushintereingangs hinunter. Das Quietschen, das der Handgriff von sich gab, war erbärmlich laut. Überdeutlich, fand Georg, der heftig zusammenzuckte und den Drücker wieder in die Ausgangsposition gleiten ließ. An die Hausmauer gedrückt, lauschten die Männer in die Nacht, bevor sie sich schließlich zum nächsten Eingang bewegten. Die Tür an der Ostseite war abgesperrt. Georg sah sich schon vergebens um das ganze Gebäude schleichen und am Schluss eine Tür eintreten.

»Wir nehmen den kurzen Weg«, flüsterte er Anselm zu, der schon Anstalten machte, den gesamten Weg zurückzugehen. »Den direkt unterhalb des Wintergartens. Komm schon, Schwarzenberg.«

Am Steilhang unterhalb der Glasfront befand sich ein liebevoll gestalteter Garten. Bis zur anderen Seite war es nicht weit, aber rutschig, und Georg wusste, dass er vorsichtig sein musste. Bei einem unangenehmen Zwischenfall mit plötzlich auftretender Übelkeit hatte er Bekanntschaft mit einem großen Rosenstrauch gemacht und sich unangenehme Kratzer zugezogen. Viele Kratzer. Die aktuellen Kopf- und Gliederschmerzen reichten ihm völlig. Er wollte diese Schmerzen nicht um weitere Schmerzen ergänzen. Allerdings war der Weg um das gesamte Gebäude doch ordentlich lang, und so begab er sich todesmutig seufzend in den Garten.

Der niedrige Jägerzaun war rasch überstiegen. Die an der Fassade gepflanzte Rose tat ihre Pflicht und sorgte für feine Wunden, in denen der eine oder andere Stachel stecken bleiben und sich innerhalb der nächsten Tage zuverlässig entzünden würde. Hammerschmied wischte eine lange Ranke, die er im letzten Augenblick erspäht hatte, zur Seite und ersparte sich damit unangenehme Verletzungen im Gesicht. Anselm, der direkt hinter ihm geblieben war, ließ dagegen einen Schmerzensschrei hören.

»Verflixt. Sei doch ruhig!«, zischte Georg und ließ seinen Blick nach oben zu den Fenstern gleiten. Er traute seinen Augen kaum: Eines der Fenster im Wintergarten war nicht verriegelt. Der Mond hatte den Spalt gnädig erleuchtet. Sachte drückte Georg den Fensterrahmen auf, stieg auf einen dekorativ herumstehenden Holzstumpf und schwang sich, nun ja, zog sich ins Innere des Wintergartens, um dort ein paar schmutzige Fußabdrücke auf der Sitzbank zu hinterlassen. Ein paar Atemzüge lang lauschte er ins Innere des Wirtshauses. Alles ruhig. Er beugte sich ins Freie.

»Anselm. Komm. Ich helfe dir.« Der Kollege fand zwar den Holzstumpf, musste aber ein bisschen gezogen werden. Georg hörte, wie Kleidung zerriss und Anselm einen Schmerzlaut von sich gab.

»Für die Cobra brauchst du dich nicht bewerben«, zischte Georg.

»Halt's Maul, ich bereu schon, dass ich dich Dornröschen vorhin im Auto wach geküsst hab«, kam es leise zurück.

Die beiden Männer schlichen durch den Wintergarten in Richtung Gaststube und lauschten. Soeben hatte sich eine Kühlung in der Küche mit einem Pfeifen aktiviert. Das Ticken der Uhr hallte durch die Stube, und das leise Brummen der Kühlgeräte in der Bar begleitete ihre Schritte. Die Notbeleuchtung über den Türen genügte völlig, um sich zurechtzufinden. Zudem kannten sie den Hausbrauch. Keiner der beiden hätte es zugegeben, aber sie würden sich im Kirchfels tatsächlich blind zurechtfinden. Hammerschmied überlegte, ob die Gelegenheit für ein Beruhigungsbier passend wäre, grinste in die Dunkelheit und befand, dass es ihm schon deutlich besser ging als eine Viertelstunde zuvor. Das wäre doch einmal etwas ganz anderes, hier zu sitzen, ganz allein, den Geräuschen der alten Wirtsstube lauschend, die sich gerade wieder durch einen knackenden Balken bemerkbar machte. Leider blieb dazu keine Zeit.

»Schau mal!«, flüsterte Anselm.

Georg blieb stehen. Auf dem großen Ecktisch lag eine Handtasche, was ungewöhnlich war. Nur selten blieben Damenhandtaschen in Wirtshäusern unbemerkt zurück.

»Leuchte mal!« Anselm griff nach der Tasche und stöberte im Licht der Taschenlampe darin herum.

»Bürste. Lippenstift. Taschentücher. Schlüsselbund. Handy.«

Er nahm das Handy zur Hand und schaltete es ein. Nach einigen Sekunden ertönte eine Erkennungsmelodie. Panisch schob Anselm das Teufelsding in seine Achselhöhe.

»Vifzack«, kommentierte Georg mit einem Kopfschütteln Anselms eigenartigen Versuch der Lautstärkendämpfung.

Kaum dass die Musik verstummt war, zeigte das Display eine Begrüßung: *Talk, talk, talk to me, Katharina.*

Die beiden Männer sahen einander an.

»Katharina Bergmeier? Schau, schau, wer hätte das gedacht!«

Georg wandte sich in Richtung Theke, hielt inne, trat wieder einen Schritt zurück und spürte einen kühlen Luftzug. Er ging in die Hocke, wartete, richtete sich wieder auf und fügte dem Knacken des Holzgebälks über ihm ein paar dezent knackende Kniegeräusche hinzu.

»Anselm, komm.« Er deutete Richtung Hinterstübchen. »Dorthin.«

Hammerschmied warf einen kritischen Blick auf die Kuckucksuhr an der Wand. Es war bereits nach Mitternacht, und so machte er sich im Schleichschritt zur Hinterstube auf, als er bemerkte, dass die Seitentür zum Innenhof nur angelehnt war. Das Mondlicht warf einen schmalen Lichtstreifen in den Vorraum. Daher also der Luftzug. Eine Richtungsänderung war angesagt, und nur Sekunden später betraten die beiden Männer den großen Innenhof. Georg bemerkte die Veränderung sofort: Bis vor Kurzem hatte ein schöner, wenn auch recht umfangreicher Wildrosenstrauch den vorderen Bereich des Hofes vom hinteren abgetrennt. Nicht nur einmal hatte sich ein Gast darüber beschwert, dass die Stacheln der Rosenranken Schäden an Kleidungsstücken hinterlassen hatten. Georg ließ die Taschenlampe über den arg zurechtgestutzten Strauch gleiten.

»Bin ich ein Trottel!«, entfuhr es ihm, was für zustimmendes Grunzen von hinten sorgte. »Jakob war erst kürzlich in Großraming. Im Altstoffsammelzentrum. Entsorgen war er, hat er erzählt. Natürlich, der musste etwas entsorgen: den Wildrosenstrauch. Der Grünschnittcontainer steht aber nicht im Sammelzentrum, sondern – gut vor Blicken geschützt – an einem Parkplatz unmittelbar nach der Kreuzung zum Pechgraben. Jakob hat alles in einem Rundumschlag erledigt. Müll und Grünschnitt. Warum musste der gerade jetzt, im Sommer, seine Rose schneiden? Das ist doch absolut unüblich, nicht wahr?«

Georg warf Anselm einen siegessicheren Blick zu, der daraufhin mit den Schultern zuckte und Georgs Gedankengängen offenbar nicht folgen konnte.

»Der Körper von Daniela Kogler wies Kratzer auf, wie sie von Rosen stammen können, meinte Letinowsky. Na, fällt der Groschen?« Hammerschmied beleuchtete den auf Kniehöhe zurechtgestutzten Strauch, dann fuhr er fort: »Ich denke, wir haben den Tatort gefunden, an dem Daniela ermordet wurde.«

Da wurden die beiden frenetischen Gärtner von einem ungewöhnlichen Geräusch abgelenkt. Das Geräusch kam aus den längst aufgelassenen Ställen.

Kapitel 54

Sie lag auf einer kalten Oberfläche und konnte sich kaum bewegen. Es war dunkel. Die schwärzeste Finsternis, die sie je gesehen hatte, wobei »gesehen« der falsche Ausdruck war, denn sie sah nichts. Überhaupt nichts. Es war, als ob sie blind geworden wäre. Einen Moment lang glaubte sie, sie wäre in einem Albtraum. Wie einer jener schlechten Träume, die sie als Kind regelmäßig gehabt hatte: Dicke schwarze Wolken waren immer näher gekommen, hatten sie erdrückt und nicht mehr freigegeben, bis sie schließlich schreiend aufgewacht war. Dieses Mal war es aber leider kein Traum.

Katharina wusste weder, wo sie sich befand, noch, wie sie hierhin gekommen war. Sie wusste nur, dass sie fror. Als sie die leisen Atemgeräusche neben sich vernahm, gefror auch ihr Innerstes. Sie stieß einen lauten Schrei aus. Plötzlich flammte Licht auf. Das grelle Leuchten einer Stirnlampe sorgte dafür, dass sie blinzeln musste. Sie versuchte, mit einer Hand ihre Augen zu bedecken, als sie bemerkte, dass sie gefesselt war.

Jakob war genervt. Er würde sich später um die Polizistin kümmern, aber ihr Erscheinen hatte seine Pläne durcheinandergebracht. Er musste sich beeilen, um alles zu erledigen, was zu erledigen war.

Eine Weile hatte er Katharina beobachtet und sich gefragt, wie lange die Betäubung wohl noch anhalten würde. Gerade als er beschlossen hatte, sich doch zuerst um Maria zu kümmern, hatte Katharina gegähnt. Ihre Augenlider flatterten.

Die Angst in ihren Augen, als er schließlich die Stirnlampe auf sie richtete, ärgerte ihn.

»Spiel dich nur nicht als Opferlamm auf. Das bist du nicht!«, spie er ihr ins Gesicht. »Ich habe dich gesehen. An jenem Morgen.«

Jakob ließ die Worte einen Moment sacken und konnte zusehen, wie abwechselnd Panik, Verschlagenheit und Hohn über Katharinas Miene huschten. Nach einigen Sekunden fuhr er fort: »Ich werde schweigen, wenn du mir gibst, was ich will. Du weißt genau, dass es irgendwo bei dir am Hof versteckt ist.«

Katharina hörte auf, gegen die Fesseln anzukämpfen und ließ ihren Kopf zurück auf die Steinplatte sinken. Nur leise kamen die Worte aus ihrer trockenen Kehle: »Falls du das Geld meinst: Ich habe nichts gefunden! Lass mich gehen, und du kannst mir beim Suchen helfen!«

Die Sätze hinterließen ein nagendes Gefühl in Jakobs Hirn. Eine Frau, die eine winzige Speicherkarte fand, würde auch sein Geld finden, selbst auf einem Hof, der so viele Versteckmöglichkeiten bot. Was sollte er tun? Ihr vertrauen?

Der dünne Strick, mit dem Jakob sie wie einen Rollbraten verschnürt hatte, schnitt in ihre Handgelenke und ließ sich keinen Millimeter weiten. Katharina schloss die Augen, wohl wissend, dass sich die Situation, in der sie sich gerade befand, nicht von selbst in Wohlgefallen auflösen würde. Erschöpft dachte sie an das Kissen, das sie vor nicht einmal zwei Wochen im Bettkasten der Kachelofenbank gefunden hatte. Zuerst hatte sie doch tatsächlich geglaubt, dass ihr Dominik ein nettes Geschenk machen wollte. Zwar stand gerade kein Hochzeitstag an, der ohnehin längst nicht mehr gefeiert wurde, und auch ihr Geburtstag lag bereits ein paar Monate zurück, dennoch freute sie sich über die unerwartete Überraschung, dieses kleine Kissen, das zwar eine ungewöhnliche Form, jedoch eine hübsche Optik hatte. Sie hatte es nicht einmal berührt, denn ihrem Mann sollte nicht auffallen, dass sie das bezaubernde Ding gefunden hatte. Dann jedoch war ihr der eigene Mann zum Opfer geworden. Es war nicht schwer gewesen, ihm die Sense ins Herz zu rammen. Fast schon Genuss. Im anschließenden Wirbel um seinen Tod verschwendete sie keinen Gedanken mehr auf das Kissen in der Kachelofenbank. Bis sie von jenem schlimmen Putzanfall heimgesucht wurde, der sie auf einige interessante Details hatte stoßen lassen. Auch der Bettkasten unter der Kachelofenliege war ihrer Raserei zum Opfer gefallen. Alle Deckenfussel und Haupthaare, die sich im Laufe der Zeit dorthin verirrt hatten, wurden erbarmungslos dem Staubsaugerbeutel zugeführt. Dominiks alte Lieblingsdecke, die schon fadenscheinig und dünn war, fand ihren Weg unter Baskervilles großen Körper, der sich darauf prompt wohlfühlte. Kaum hatte Katharina das in Vergessenheit geratene Pölsterchen in die Hand genommen, zog sich ein Lächeln über ihre Lippen. Die Rückseite klaffte auf. Sie hatte doch tatsächlich eine gut aufgepolsterte Geldbörse gefunden. Inzwischen war ihr auch aufgegangen, woher sie die ungewöhnliche Form des Kissens kannte. Auf Grundingers Yogahof gab es viele dieser Dinger: Yogakissen. Ein Yogakissen als Sparbüchse? Wie romantisch!

Wie ein schweres Gewicht lag ihr die Last der Schuld plötzlich auf der Seele. Bevor dieser elende, anklagende Satz von Jakob gefallen war, hatte sie kein schlechtes Gewissen gehabt. Irgendwann einmal war sich Katharina darüber bewusst geworden, dass ihre Gefühle für ihren Mann den Nullpunkt unterschritten hatten. Er war ihr fremd geworden. Distanziert. Ohne Wärme oder eine angenehme Gemütsanwandlung dachte sie an den toten Dominik.

Sie öffnete die Augen.

»Ich habe kein Geld gefunden, aber ich weiß, warum du es suchst. Du hast es vorhin nach dem Essen selbst gesagt: Cintia hat uns beide betrogen. Hat sie dich um deine Liebe betrogen? Hat sie ein Versprechen gebrochen? Mir hat sie meinen Mann abspenstig gemacht, auch wenn ich nicht glaube, dass er mich verlassen hätte.« Beinahe spöttisch, in einem Anfall von Übermut, schleuderte sie ihm die Worte hin.

»Wenn du glaubst, dass bei mir am Hof Geld versteckt ist, dann musst du mir halt bei der Suche helfen. Ich stehe dir zur Verfügung, aber bedenke: Ohne mich an deiner Seite wirst du dazu keine Gelegenheit haben.«

Katharina hoffte, dass sie nicht zu dick aufgetragen hatte, und betrachtete Jakob, der die Stirnlampe neben sich abgelegt hatte. Sein angespannter Gesichtsausdruck zeigte die verschiedensten Gefühlsregungen. Er kämpfte mit seinem Misstrauen. Gier leuchtete aus seinen Augen.

Sie hatte es inzwischen geschafft, sich ohne Jakobs Hilfe aufzurichten, hielt ihren Kopf gesenkt und bemühte sich, Tränen aus ihren Augen zu quetschen. In den letzten Wochen waren die Tränen wie von selbst geflossen. Jetzt aber, wo sie dringend ein paar wässrige Spuren auf ihren Wangen gebraucht hätte, schaffte sie es nicht, die Schleusen zu öffnen. Es war zum Heulen!

Sie biss sich auf die Zunge, dachte an ihren Großvater, den sie über alles geliebt hatte und der viel zu früh verstorben war, und dachte an ihren letzten Moment mit Dominik. Letzteres war kontraproduktiv. Sie dachte an die Kinder, die sie nie bekommen hatte, und an liebe Freunde, die zu früh aus dem Leben geschieden waren. Sie dachte an die Geliebten ihres Mannes, über die hinter ihrem Rücken getuschelt wurde.

Alle diese Gedanken in ihrer Gesamtheit sorgten schlussendlich für jenes Klagen, das Katharina gerade so dringend brauchte. Sie beweinte ihre aktuelle Situation. Zuerst leise und verhalten, sodass Jakob ein wenig brauchte, um zu erfassen, dass er eine weinende Frau vor sich am Boden sitzen hatte. Schließlich, um der Dramaturgie eine Steigerung zu verpassen, mit zuckenden Schultern und zuletzt mit tränennassen Augen, die sich in wehklagendem Blick zu Jakob hoben.

»Ich hab mich in dich verliebt!«, schluchzte sie.

Sie ließ Jakob nicht aus den Augen. Wusste, dass er ihre nassen Augen sehen musste, um ihr zu glauben. Da entgleisten ihm die Gesichtszüge. Sein Mund stand offen, und erstmals sah er aus, als ob ihn ihre Worte rührten. Eine derartige Regung hatte sie an ihm noch nie entdeckt.

»Schon als ich dich das erste Mal gesehen habe, war ich verliebt, wie es nur einem dummen, jungen, ahnungslosen Mädchen gehen kann«, fuhr sie mit zitternder Stimme fort. »Dabei bin ich weder jung noch ahnungslos. Dumm hoffentlich auch nicht.«

Sie lächelte verlegen, senkte den Kopf, ließ die Tränen noch ein wenig fließen und blickte schließlich unterwürfig zu Jakob auf.

»Trotzdem ist es mir passiert. Ich schäme mich, und gleichzeitig tut mir mein Herz weh. Oder vielleicht ist es auch meine Seele? Was weiß denn ich, wo diese blöden Gefühle sitzen!« Er sollte ruhig glauben, dass sie zornig mit sich selbst war.

Jakob war offenbar hingerissen von ihrem Geständnis, andererseits wirkte er – so wie er gerade nach Luft rang – völlig sprachlos. Katharina wusste, dass es so aussehen musste, als ob sie mit sich selbst haderte. Er sollte Anteil nehmen an ihren Empfindungen, das Bedürfnis verspüren, sie trösten zu müssen. Langsam drehte sie ihren Kopf weg und schluchzte einige Male heftig. Dann begann sie wieder, an den Fesseln um ihre Handgelenke zu zerren. Er hatte sie ordentlich verschnürt. Katharina hoffte, er würde bald erkennen, dass sie ihr Gesicht am liebsten mit ihren Händen bedeckt hätte, was nicht möglich war, denn die Fesseln hielten ihre Hände vor ihrem Bauch in Position. Ungeschickt versuchte sie, ihre Beine unter den Körper zu ziehen. Warf ihm einen verlegenen Blick zu, um ihn von seiner Stärke zu überzeugen, davon, dass er sich vor ihr nicht zu fürchten brauchte.

»Blöd von mir, nicht wahr?«

Katharina wandte sich ihm zu und wartete.

Schon wieder glitzerten Tränen in ihren Augen. Jakob, der nicht damit gerechnet hatte, Mitleid mit seiner Gefangenen zu empfinden, geschweige denn Sehnsucht nach einem Menschen zu fühlen, erschrak über sich selbst. Er kniete nieder, fasste nach dem Messer an seinem Gürtel und schnitt die Fesseln durch. Nach dieser ersten Geste der Menschlichkeit hatte er sich schon wieder etwas besser unter Kontrolle. Er konnte es nicht leugnen, diese Frau hatte etwas an sich, das ihn faszinierte. Er war von ihr eingenommen, ihrem Geschick, ihrer Gerissenheit. Sie war ihm so ähnlich. Eine raffinierte Mörderin. Er war beeindruckt. In einer zweiten Bewegung holte er die goldene Kette mit dem Herzanhänger aus seiner Hosentasche und schwenkte sie vor ihrem Gesicht hin und her. Irritiert sah Katharina ihn an. Schließlich strich er ihre Haare zur Seite und legte ihr das Schmuckstück um den Hals.

»Wir werden sehen, ob du es verdient hast«, sagte er und seufzte. »Vielleicht befindet sich darin bald ein Foto von uns beiden. Falls du dich würdig erweist …« Jakob ließ den Satz unvollendet.

Katharina knetete ihre Hände, die sich langsam wieder mit Blut füllten, dann rutschte sie näher an ihn heran und hockte sich auf die Knie. Sie zitterte am ganzen Körper, was ihn nicht überraschte, schließlich trug sie nichts außer einem leichten Sommerkleid. Die dünne Matte unter ihrem Körper hatte die Kälte des Bodens nicht von ihr ferngehalten. Als wäre ein elektrischer Stoß durch ihren Körper gefahren, schlang sie mit einem Mal ihre Arme um ihn und ließ sich gegen ihn sinken.

Kapitel 55

Marias Kopf schmerzte höllisch. Sie bekam kaum Luft und fühlte, wie sich etwas Spitzes in ihre Seite bohrte, unter ihr der schmutzbedeckte Boden. Eine verzweifelte Bewegung, um ihren Körper aus der schmerzhaften Situation zu bringen, scheiterte. Ihre Hände waren auf ihrem Rücken gefesselt, sie versuchte, sie zu bewegen, aber irgendetwas hielt sie fest. Sie drehte den Kopf und erkannte aus dem Augenwinkel, dass sie neben einem Stützpfeiler lag. Ihre Fingerspitzen tasteten Metall und raues, splittriges Holz. Jakob musste sie mit ihren Handschellen an den Holzsteher gefesselt haben. Die Lage hätte gar nicht beschissener sein können, dachte sie, dann fiel ihr ein, dass ihre Waffe wohl im Besitz eines Psychopathen war. »Scheißdreck«, versuchte sie zu fluchen, aber mehr als ein dumpfes »Mhmmhm« entkam ihr nicht. Er hatte ihr ein Stück Stoff in den Mund gesteckt.

Mit der Kraft der Verzweiflung arbeitete sie sich am Pfeiler nach oben in eine halbwegs aufrechte Position, bis ihre Wange auf Höhe eines aus dem Holz ragenden Nagels ankam. Ein paar Minuten und einige tiefe Kratzer später hatte sie sich das stinkende Tuch vom Gesicht gezerrt, spuckte den im Mund befindlichen Lappen aus und rang nach Luft. Wütend trat sie um sich und traf schließlich ein Stück Holz, das laut an der gegenüberliegenden Wand abprallte und dort liegen blieb.

Nur Augenblicke später drangen Schritte aus dem Innenhof an Marias Ohren. Es waren sachte Schritte. Da versuchte jemand, äußerst behutsam aufzutreten, doch die leisen und regelmäßigen, leicht schmatzenden Geräusche, von der Nässe unter den Schuhsohlen verursacht, waren nicht zu überhören.

»Verflixt!«, entfuhr es ihr. Rasch schlüpfte sie hinter den Holzsteher, der ihr kaum Schutz bieten würde. In der Dunkelheit des ehemaligen Stalls konnte sie zudem kaum etwas erkennen. Ihr Herz klopfte heftig. Das weitverbreitete und natürlich völlig irrige Klischee, dass die Lautstärke eines dröhnenden Herzens auch außerhalb des eigenen Körpers gehört werden konnte, schoss ihr durch den Kopf. Auch eine andere eingefahrene Vorstellung, dass ein Herz aus dem Hals springen und sich selbstständig machen könnte, trieb bildhafte Sprossen in ihrem Gehirn. Fast schon wollte Maria über die eigenwilligen Gedanken lächeln, die sie in dieser angespannten Situation heimsuchten, als sich die Tür zum Stall wie in Zeitlupe öffnete. Maria atmete leise aus, sie hätte längst ihre Waffe in Anschlag gebracht, wenn sie eine gehabt hätte. So blieb ihr nur übrig abzuwarten. Argwöhnisch beobachtete sie den großen Schatten, der sich vorsichtig durch den Eingang schob. Die Haltung, die Figur, die Umrisse. Ganz eindeutig: Das war Hammerschmied!

»Georg«, zischte sie leise, worauf der Angesprochene erschrocken zusammenzuckte und deutlich hörbar nach Luft schnappte, an seine rechte Seite griff und feststellte, dass es da nichts zu greifen gab, denn seine Dienstwaffe befand sich – wie es sich gehörte, wenn man nicht im Dienst war – in der Waffenkammer der Polizeiinspektion hinter Schloss und Riegel.

Zu Marias großem Vergnügen warf sich Georg blitzschnell nach vorn und auf den Boden, was einerseits für einen unangenehmen Lärmpegel sorgte, andererseits für eine lästige Staubexplosion, die nicht unbeträchtlich war. Der Hechtsprung dagegen war sogar im schwachen Mondlicht als Sprung mit hervorragenden Wertungspunkten zu erkennen gewesen.

»Georg, lass den Schwachsinn«, krächzte sie und hustete. »Und steh wieder auf!«

Ebenso hustend erhob sich der Angesprochene und drehte sich leicht taumelnd im Kreis, wohl um den Raum nach ihr abzusuchen. Maria musste grinsen.

»Wo zum Teufel hast du dich versteckt?«, schimpfte er schließlich halblaut.

In diesem Augenblick kamen weitere Schritte über den Hof geeilt, und noch ehe Maria sich fürchten konnte, tauchte schon Anselm im Türrahmen auf, in der Hand eine Taschenlampe, die er direkt auf Georg richtete. Erleichtert seufzte sie auf.

Georg wollte schon losdonnern, als ihm klar wurde, dass sie zwar endlich Maria gefunden hatten, die Situation jedoch immer ungewöhnlicher wurde. Dummerweise tat ihm gerade alles weh, inklusive seines Gehirns, das auf den Lichtstrahl aus Anselms Taschenlampe mit stechendem Schmerz hinter den Augen und aufkommender Übelkeit reagierte. Die erst kürzlich genähte Wunde am Bein bedankte sich ihrerseits mit stechenden Schmerzen für den sinnlosen Hechtsprung. Alles in allem war er nicht unbedingt in der Form seines Lebens.

Als er schließlich – nach einer gefühlten Unendlichkeit – seinen Magen wieder unter Kontrolle wähnte und die Augen öffnete, konnte er sich endlich über Maria wundern, die sich in eigenartiger Haltung an einem Holzpfeiler festhielt. Getrocknetes Blut klebte an ihrer linken Gesichtshälfte, was ihr das Aussehen eines Zombies verpasste, wenn auch eines recht hübschen. Erst als Anselm ein »Jessas, Maria und Georg!« entfuhr, er in seine zerrissene Hosentasche griff und ein stark zerknittertes Taschentuch herausbeförderte, wurde Georg klar, dass die Kollegin Hilfe brauchte. Er griff nach Anselms Handschellentasche, holte den Schlüssel daraus hervor und befreite Maria, die erleichtert gegen ihn sank.

»Jakob hat mich niedergeschlagen«, ächzte sie, dann zeigte sie – für Georg völlig unverständlich – in Richtung eines Kastens. »Dahinter befindet sich ein Gang. Wenn euch der Kerl nicht im Kirchfels begegnet ist, dann muss er wohl da drin sein, oder weiß der Teufel, wo er sich aufhält.«

Es folgte ein Kurzbericht über die Geschehnisse der letzten Stunden, wobei hauptsächlich Maria berichtete, wie sie zufällig den Spuren bis in diesen verlassenen Teil des Kirchfels gefolgt war und wenig später vom mutmaßlichen Serienkiller Jakob Seinfeld außer Gefecht gesetzt wurde. Dann ergänzte Georg, was er in Gretzingers Schrebergarten über die vermutete Liaison zwischen dem Kirchfelswirt und der ermordeten Cintia Zachariasz in Erfahrung gebracht hatte. Dass er zwischenzeitlich von einem Kreuz fast erschlagen worden war, behielt er lieber für sich.

»In der Stube haben wir die Handtasche von Katharina Bergmeier gefunden. Ich nehme mal an, dass du sie nicht am Hof angetroffen hast, oder?«, fragte er Maria.

»Das stimmt, der Hof war verlassen, keine Spur von der Frau. Glaubst du, die Schleifspuren stammen von ihr? Aber was will Jakob bloß von ihr?«

Anselm, der an der Tür stehen geblieben war, schüttelte mehrfach den Kopf, zog seine Waffe und prüfte deren Funktion. Dann fragte er: »Maria, wo ist deine Dienstwaffe?«

Marias unglücklicher Blick sprach Bände.

»Abgenommen hat er sie mir wohl«, ergänzte sie.

Georg drehte seinen Kopf von links nach rechts und wurde sofort mit einem neuerlichen, recht dumpfen Schmerz bestraft, der sich vom Scheitel über den Nacken bis hinunter in seinen Rückenbereich zog. Der Hechtsprung war seiner Genesung nicht gerade dienlich gewesen. Übelkeit begleitete seine Bewegungen, während er sich bereits tastend nach einem Kübel umtat, in dem er seinen Mageninhalt erfolgreich unterbringen konnte. Schließlich beschloss er, dass dies – bei dem Saustall, der hier im ehemaligen Saustall herrschte – ein gänzlich sinnloses Unterfangen war, und rülpste halblaut.

»Ich denke, wir sollten da rein.« Georg warf einen Blick hin zum Kasten. »Anselm, du gehst vor. Du bist der einzige Kollege, der bewaffnet ist.«

Anselm sah das offenbar anders, denn er drückte Hammerschmied mit einer Schnelligkeit, die man ihm nicht zugetraut hätte, seine Dienstwaffe in die Hand und öffnete höflich die Kastentür. Dem folgte eine einladende Handbewegung.

»Ich meine«, ergänzte Maria seufzend, »dass wir, jetzt, wo wir zu dritt sind, auf jeden Fall den Tunnel untersuchen sollten.« Zielsicher richtete sie das Licht ihrer Taschenlampe auf das Möbel.

Hammerschmied betrachtete den Kasten kritisch. Das alte Teil machte keinen besonders stabilen Eindruck auf ihn. Schon wollte er es sich anders überlegen, doch Maria, die wahrhaftig nicht fit wirkte, ließ sich nicht beirren und wankte entschlossen auf das alte Trumm zu, zog die Kastentür noch weiter auf, werkte irgendwo an der Rückseite des alten Möbels herum.

»Kommt schon!«, flüsterte sie energisch und verschwand nur Sekundenbruchteile später im Möbel. Ihr leises »Hammerschmied, Schwarzenberg? Was ist?«, nötigte die Männer, es ihr gleichzutun.

Der stockdunkle Gang wurde durch die Taschenlampen nur mäßig ausgeleuchtet. Hammerschmied stolperte mehr schlecht als recht hinter Maria her. Zwar war der Boden ordentlich behauen, aber in der alles verschlingenden Schwärze, die sich rund um die Polizisten ausbreitete, war jede kleine Unebenheit eine Stolperfalle.

Schließlich reichte es Hammerschmied. Sein resolutes »Stopp!« ließ Maria und Anselm innehalten.

»Wir zwei gehen jetzt nebeneinander. Anselm, du hinter uns. Ich sehe kaum etwas und falle ständig über meine eigenen Füße. Wird sich schon niemand auf uns stürzen.«

Maria leuchtete ihm ins Gesicht, übergab ihm unwillig die Lampe, griff in ihre Hosentasche und holte ein Taschentuch heraus.

Ein stetes Tropfen auf den Kragen seiner Regenjacke ließ Georg seinen Kopf nach oben bewegen, um zu prüfen, ob der Tunnel womöglich undicht war. Diese langsame Bewegung sorgte für einen neuerlichen Kopfschmerzanfall. Er stöhnte auf.

»Du blutest.« Maria reichte ihm ihr Taschentuch, das groß und aus Baumwolle und immerhin sogar halbwegs sauber war.

»Danke. Es geht schon, bin nur ein bisserl vom Blitz gestreift worden.«

Maria schnappte nach Luft, wusste nicht recht, wie sie mit dem Satz umgehen sollte und kniff die Augen zusammen.

»Los geht's!«, knurrte Georg prompt, um jede Diskussion im Keim zu ersticken, und gab die Taschenlampe an Maria zurück, damit sie in den Gang hineinleuchtete. Er bewegte sich vorsichtig der Wand entlang, in der linken Hand das Taschentuch, das er sich seitlich auf den Kopf drückte, in der rechten Anselms Pistole.

Kapitel 56

Jakob streichelte Katharinas Rücken. Sie hatte sich kaum bewegt, seit sie in seine Arme geflüchtet war. Im matter werdenden Licht der Stirnlampe wirkte die Szenerie wie verzaubert. Die Stille wurde nur unterbrochen durch Katharinas Schluchzen und ein Donnergrollen, das von oben durch die dicken Steinplatten in die Kammer drang. Jakob befreite sich aus Katharinas Umarmung und zündete die Dochte der zwei dicken Kerzen an, die er vorhin mitgebracht hatte. Jetzt waren sie doch zu etwas gut. Er breitete eine Decke über die am Boden liegende Matte und drückte Katharina auf den Boden.

»Setz dich erst einmal hin.« Seine geflüsterten Worte wirkten unnatürlich laut im unterirdischen Gefängnis.

Katharina musterte ihn aus tränenverschleierten Augen, dann fragte sie: »Du weißt, was ich getan habe?«

Zögernd betrachtete sie ihre Hände und Finger, die im Licht der Kerzen zwar weich wirkten, aber bei näherem Hinsehen erkannte er, dass sie sich fest ineinander verkrampft hatten. Katharina sackte noch mehr in sich zusammen. Jakob ließ sie nicht aus den Augen.

»Ja, ich weiß genau, was du getan hast«, entgegnete er schließlich betont sachlich. »Ich habe deinen toten Mann gesehen, wie er mit der Sense in der Brust am Baum lehnte. Dominik war bereits wesentlich früher tot, als die Ermittler meinen. Warum dir Anneliese Zitta ein Alibi gegeben hat, weiß ich nicht. Aber ich weiß, was ich gesehen habe.«

In den Augen seiner Gefangenen konnte er eine Art Glitzern entdecken. Sie würde sich nicht kampflos geschlagen geben. Aber er hatte die Oberhand, und sie hatte, was er wollte. »Es war purer Zufall«, fuhr er fort und machte eine entschuldigende Handbewegung.

»Der rote Einteiler, Cintias Body im Misthaufen«, entfuhr es Katharina. »Natürlich, du hast ihn versteckt.«

Jakob sog scharf die Luft ein, grinste und lauschte auf das gedämpfte Donnergrollen. Er wunderte sich über die Heftigkeit, mit der sich ein Blitz entladen haben musste, denn der Boden unter seinen Füßen vibrierte. Auch Katharina hatte die Bodenbewegungen wahrgenommen und war zusammengezuckt.

»Wir schließen einen Handel ab!« Jakobs Worte drangen klar durch die Gruft.

»Welchen Handel? Ein Handel ist nur dann ein Handel, wenn jeder Beteiligte etwas zu gewinnen hat«, flüsterte sie vorsichtig. »Schließlich gibt es da durchaus Interessantes, das ich über dich weiß. Bisher ist niemand auf die Idee gekommen, dich mit Cintia in Verbindung zu bringen.«

»Geld gegen Schweigen!«, sagte er mit gelassenem Schulterzucken. Als sie ihn daraufhin fast schon überrascht ansah, beschloss er, alles auf eine Karte zu setzen: »Warum nicht mich, die Wirtschaft, Geld und Schweigen? Du verkaufst den Hof. Wir investieren gemeinsam ins Kirchfels.«

Katharina sah Jakob geradewegs in die Augen. Ihr Blick brach nicht ab, und Jakob verstand, dass sie keinesfalls als Verliererin aus dieser Situation hervorgehen wollte.

»Schau dich doch um. Es wäre ein Leichtes, dafür zu sorgen, dass du niemandem mehr davon erzählen kannst. Ich kann dich hier verrotten lassen, und niemand wird dich finden.« Jakob hielt inne, ließ die Worte wirken. Dann sagte er, betont freundlich: »Wir können allerdings beide aus dieser Situation als Gewinner aussteigen. Du hast es ja selbst gesagt, wir empfinden etwas füreinander. Warum nicht Nägel mit Köpfen machen und als gleichberechtigte Sieger, als Partner die Kampfarena verlassen?«

Jakob gefiel, was er sah. Katharinas Lebensgeister waren ganz augenscheinlich zurückgekehrt, und ein bisschen von dem Feuer, das sie vermutlich vor ihrer unglückseligen Ehe in sich getragen hatte, loderte wieder auf. Er setzte sich ihr gegenüber auf den Boden und betrachtete seine Kontrahentin. Er war sich sicher, dass er aus dieser Situation als Sieger hervorgehen würde.

»Ja, du hast schon recht, du könntest mich hier verrotten lassen«, sagte Katharina schließlich. »Aber was glaubst du, wie du zu dem Geld kommst, das deine tote Freundin meinem toten Mann gerade noch rechtzeitig und wohl total vernebelt, völlig versunken in wollüstiger Liebe, übergeben hat?« Herausfordernd schaute sie ihn an, bevor sie ergänzte: »Und davon, dass sich das viele Geld irgendwo am Hof befindet, können wir ausgehen. Wir müssen es nur finden. Ich glaube, nein, ich weiß, wo ich zu suchen habe.« Sie beugte sich vor und gewährte Jakob einen tiefen Einblick in den Ausschnitt ihres leichten Sommerkleides. »Außerdem bin ich mir sicher, dass du genauso viel Dreck am Stecken hast wie ich. Und weißt du was?«

Jakob konnte sein Glück kaum fassen, Katharina lächelte ihn frivol an, während sie den Saum ihres Sommerkleides ein wenig nach oben zog und seufzte: »Mich macht das scharf!«

Er keuchte auf. Dieser Satansbraten. Dass mehr in ihr steckte, als auf den ersten Blick zu erkennen war, hatte er schon geahnt, aber dass sie dermaßen versaut war, hätte er ihr nie zugetraut.

»Dass ich meinem Mann die Sense in die Brust gestoßen habe, bleibt aber unter uns, nicht wahr?« Katharina zupfte an ihrem Kleid herum, rutschte auf Jakob zu, und eine Sekunde später saß sie auf seinem Schoß und rieb sich intensiv an ihm. Jakob schwitzte. Ganz abgesehen davon, dass sein Glied so hart gegen seine Jeans drückte, dass es wehtat. Die angenehm ziehenden Schmerzen in seinem Geschlecht würden sich jedoch leicht beseitigen lassen, und so wie es sich anfühlte, hatte seine Gefangene alle Trümpfe in ihrer Hand, was sich nicht zuletzt durch die Hand bemerkbar machte, die heftig an seinem Ständer rieb. Nur mehr dünner Stoff befand sich zwischen Hand und Glückseligkeit.

»Luder.« Er keuchte, legte seinen Kopf in den Nacken.

»Hat dich Cintia jemals so geil gemacht, du Mistkerl?«, flüsterte Katharina ihm ins Ohr und biss ihm zart ins Ohrläppchen, während sie die Knöpfe seiner Jeans öffnete, die fast schon freiwillig aufsprangen.

»Reden wir nicht über Cintia, die hat bekommen, was sie verdient hat. Mach weiter!«, stöhnte Jakob und tastete sich vor. Seine Finger zerrten unsanft an Katharinas Unterhose. Er zog das feine Wäschestück grob beiseite und hob Katharina so an, dass sich sein Glied den Weg in ihre heiße Feuchtigkeit suchen konnte. In seinem Kopf pulsierte es, in seinem Unterleib pulsierte es, sein ganzer Körper vibrierte, er wollte Befriedigung. Sofort!

Kapitel 57

Katharina warf einen nachdenklichen Blick nach oben und bemerkte dabei zu ihrer Verwunderung, dass feiner Staubregen auf den Boden hinter Jakob rieselte. Der dumpfe, kaum unterdrückte Schrei, den er wenige Sekunden später ausstieß, zeugte davon, dass er bekommen hatte, wonach ihm gewesen war.

Katharina kannte derartige Schnellschüsse nur zu gut. Dominik hatte sich nicht anders verhalten, aber das musste Jakob ja nicht wissen. Er war der beste Liebhaber aller Zeiten. Genau das würde sie ihm gleich anhimmelnd ins Ohr flüstern.

»Cintia war meine Geliebte«, flüsterte Jakob in diesem Moment erschöpft, als wäre eine Last von ihm abgefallen. Sie seufzte innerlich. Typisch Männer: Kaum hatten sie sich erleichtert, folgte die Beichte.

Jakob fuhr fort: »Reich war sie außerdem. Stinkreich. Sie hatte erst kürzlich geerbt. Und lästig war sie. Alles wusste sie besser. Mein Kirchfels wollte sie zur Gänze umkrempeln. Ein Seminarhotel daraus machen. Manager sollten sich hier entspannen und ihren Teamspielchen nachgehen. Du weißt schon, das ganze Zeugs, das den Kerlen helfen soll, ihre Psychospielchen besser an die Untergebenen zu bringen. Kampfrhetorik. NLP-Bondage. Der ganze Mist sollte hier trainiert werden. Heiraten hätte ich sie dazu müssen. Das war ihre einzige Bedingung. Eine ganze Weile konnte ich verhindern, dass sie mir nach Reichraming hinterherzockelte. Anfangs kam noch ihr Geld, dann allerdings sie selbst. Gott sei Dank hatte sie sich zuvor angekündigt. Mit aller Gewalt habe ich Cintia in einen Yogaurlaub gedrängt, sie bei den Grundingers untergebracht, nur damit sie im Ort nicht mit mir gesehen wird. Heimliche

Treffen habe ich arrangiert. Ihr untergejubelt, das würde unsere Liebe anheizen.« Jakobs Augenlider zuckten nervös. »Alles, nur damit sie eine Weile Ruhe gibt. Ich brauchte Zeit, um klare Gedanken zu fassen, währenddessen musste Cintia bei Laune gehalten werden.«

Er warf Katharina einen unsicheren Blick zu, betrachtete ihre Finger, die ihm liebevoll die Brust streichelten, und sprach weiter: »Zweihunderttausend Euro! Kannst du dir das vorstellen? Mit dem Geld hätte ich so viel machen können. So viel Besseres, als die blöde Gans haben wollte. Im Innenhof einen Salzwasserpool. Tiere wollte ich haben, Hühner, Schafe, Ziegen und Esel, und einen Teil der alten Stallungen zu Gästezimmern umbauen. Lagerfeuerromantik und Erlebniswellness mit Ausflügen ins Hintergebirge für die ganze Familie. Sogar über Yoga habe ich nachgedacht, weil das doch beim Grundinger so erfolgreich läuft, und eine Anfrage zu einem Bauchtanzseminar hatte ich auch schon.«

Laut lachend zog Jakob Katharina zu sich heran und küsste sie sanft auf den Mund. Willig öffnete sie ihre Lippen. Er seufzte zufrieden.

»Künstlerseminare mit Handwerk, Klang und Farben, und Feuer und Eisskulpturen im Winter. Zweihunderttausend! Damit ist eine Menge möglich. Nur heiraten wollte ich sie nicht. Dann ist mir dein Dominik dazwischengekommen. Er hat Cintia schöne Augen gemacht, sie wollte Eifersucht in mir wecken, mich provozieren. Sie hat mir gesagt, dass sie sich einen anderen anlachen wolle, und sogar Hinweise zum Zeitpunkt eines Treffens mit ihrem Liebhaber fallen lassen. Also habe ich den beiden nachspioniert, Fotos gemacht, wollte Dominik erpressen.« Jakob seufzte schwer. »Ich Narr habe geglaubt, dass deinem Mann alles daran gelegen sei, seine Liebschaft vor dir geheim zu halten. Ein Irrtum.«

Katharina, die noch immer auf Jakob saß, bewegte sich vorsichtig. Sachte fragte sie: »Aber wie kam die Speicherkarte dann in die Dose auf meinem Dachboden?«

»Cintia war raffinierter, als ich dachte. Sie hat die Fotos auf meiner Kamera gefunden und die Speicherkarte an Dominik weitergegeben. Ausgelacht hat sie mich.« Er schüttelte den Kopf bei der Erinnerung daran. »Der wollte dich übrigens loswerden, bevor du schlussendlich schneller warst und ihn erledigt hast. Wusstest du das?« Fragend sah er sie an, woraufhin sie ihm einen Finger auf die Lippen legte und »Pssst!« machte.

»Cintia und ich stritten in den Wochen vor ihrem Tod nur noch. Den letzten heftigen Streit nahm sie zum Anlass und drohte damit, allen zu erzählen, was ich für ein Mensch sei. Um einen Teil ihres Erbes hätte ich sie betrogen. Als sie mir hämisch an den Kopf warf, dass ich auf diese Weise meine Wirtschaft verlieren würde, wusste ich, dass ich sie loswerden musste. Das war am vergangenen Sonntag. Zu deinem Mann ist sie gerannt, das blöde Weibsstück.«

Katharina atmete scharf ein. Dieser eigenartige Sonntag. Einer, auf den sie sich lange gefreut hatte, war sie doch endlich wieder einmal außer Haus gekommen. Mit den Freundinnen hatte sie einen Ausflug gemacht und sich abends über Dominik gewundert, der streitsüchtiger als sonst wirkte. Sie war ihm aus dem Weg gegangen. Klar, er hatte Stress mit seiner Geliebten gehabt, musste sich mit ihren Emotionen beschäftigen, wo doch eine Geliebte nur für Schönwettergeschichten und nicht für emotionalen Ärger zuständig sein sollte.

Jakob rieb sich das Gesicht, kratzte sich am Kinn.

»Und was hat es mit dieser Kette hier auf sich?«, fragte Katharina und griff nach dem Herzanhänger um ihren Hals.

»Die habe ich Cintia geschenkt. Es ist ja nicht so, dass ich Cintia nicht irgendwie geliebt hätte.« Jakob richtete sich auf und brachte sein Gesicht vor ihres, sodass er sie sanft auf den Mund küssen konnte. Seine Hände streichelten ihre Oberschenkel entlang, dann fuhr er mit der einen Hand unter ihr Kleid und zupfte mit der anderen Hand den Stoff von ihrer Schulter, sodass ihr Kleid nach unten glitt und ihre Brust freilegte. »Sie hat sich meiner Liebe eben nicht würdig erwiesen. Aber anders als bei Danninger und Daniela habe ich Cintia vor ihrem Tod betäubt und ein letztes Mal an ihren Lieblingsplatz gebracht. Sie war ein dummes Ding, das dachte, sie könnte sich mit mir anlegen, insofern hat sie ihr Schicksal schon verdient, aber sie sollte nicht leiden.«

»Daniela? Aber wie kommt Daniela ins Spiel?« Katharina ließ sich ihr Entsetzen nicht anmerken und hoffte, dass das Zittern in ihrer Stimme wie unbezähmbare Neugierde geklungen hatte. Sie stöhnte leise auf und schmiegte sich enger an den Mann. Dass Jakob ihr Tun gefiel, konnte sie seinem Mienenspiel nur allzu deutlich entnehmen.

»Daniela, die hat einfach nur Pech gehabt.« Er nickte zustimmend, wie um seine eigenen Worte zu bekräftigen, während sie sich rhythmisch auf ihm hin und her bewegte und seine Hand fester auf ihre Brust presste.

»Daniela hat etwas gefunden, was sie nicht hätte finden sollen. Das habe ich mir zurückgeholt. Mehr will ich dazu nicht sagen. Sie musste einfach mit den Konsequenzen leben.« Jakob stockte. »Das klingt pervers, aber *c'est la vie.*« Wie zur Bestätigung des Gesagten kniff er in Katharinas frei liegende Brustwarze, die weniger aus Erregung als aus Kälte hart wurde.

Er erwartete offenbar Zustimmung. Katharina nickte nur und wartete ab. Jakob wollte gehört werden, würde sie zu seiner Mitwisserin machen, und dann? Katharina schluckte trocken.

Jakob berührte das goldene Kettchen, das um Katharinas Hals baumelte. Er schüttelte den Kopf.

»An dem Sonntag vor einer Woche waren Cintia und Dominik am Teich bei deinem Bauernhof verabredet. Ungestört wollten sie sein. Du warst außer Haus, das wusste Cintia. Sie war dumm genug, mir alles ins Gesicht zu schleudern. Ich bin ihr nach, habe sie dort erwischt, noch bevor Dominik dazugekommen ist. Cintia hat ein Picknick vorbereitet. Ich wollte mit ihr sprechen. Sie wurde hysterisch. Ich habe sie um ein Glas Wasser gebeten, ihr ungesehen K.-o.-Tropfen in ihr Getränk gekippt. Cintia hat sich nicht beruhigen wollen, worauf ich ihr eine Ohrfeige verpasst habe. Prompt hat sie Nasenbluten bekommen und ich Panik, weil ich zu fest zugeschlagen habe. Jedenfalls hat sie ihre Bluse dazu verwendet, um die Blutung zu stillen. Und dann hat sie mir gedroht. Wieder und wieder. Bis sie schließlich einfach umgekippt ist, weil die Tropfen gewirkt haben.«

Katharina zögerte. »Die Bluse, die …?«

»Ja, das war die Bluse, die du später im Gitterrost des Teichablaufs gefunden hast. Ich habe sie gesucht, aber in der Eile nicht gefunden. Viel Zeit, ungesehen zu verschwinden, hatte ich nicht. Ich wollte nur weg, bevor Dominik mich am Teich erwischt. Ihren roten Body habe ich am Tag darauf bei euch im Misthaufen versteckt, weil ich wollte, dass der Verdacht auf Dominik fällt. Zu diesem Zeitpunkt war er bereits dir zum Opfer gefallen. Den Body habe ich trotzdem versteckt, weil es einfach gepasst hat. Warum nicht einem Toten alles in die Schuhe schieben?«

Der Blick, den er Katharina zuwarf, schien beinahe etwas wie Anerkennung auszudrücken. Dann fuhr er schwer atmend fort: »Schlimm war, dass ich nicht wusste, wo sich Cintias gesamtes Bargeld befand.«

»Warum hast du nicht einfach der Polizei mitgeteilt, dass Dominik und Cintia ein Verhältnis hatten? Das hätte doch den Verdacht direkt auf Dominik gelenkt.«

»Ja, ganz genau. Denk doch nach.« Jakob schüttelte den Kopf über Katharinas Naivität.

»Wenn bisher kein Mensch in Reichraming wusste, dass die beiden etwas miteinander hatten, woher hätte ausgerechnet ich darüber Bescheid wissen sollen? Dann hätte ich doch auch zugeben müssen, dass Cintia und ich keine Unbekannten waren. Mit dem Wissen um das Verhältnis zwischen Cintia und Dominik hätte ich mich ins eigene Fleisch geschnitten. Im Handumdrehen wäre die Polizei bei mir vor der Tür gestanden. Eifersucht. Neid. Das ganze Theater. Die hätten doch eins und eins zusammengezählt.«

Jakob ließ von ihr ab, stützte sich auf einem Arm ab und beobachtete Katharinas Mimik.

»Übrigens, dich interessiert vielleicht, woher ich weiß, dass du die Bluse gefunden hast? Hammerschmied hat es mir beiläufig erzählt. Ist ihm herausgerutscht.« Er grinste, legte den Kopf zurück und blickte an die Decke der Gruft.

Katharina sah sich um. Die Kerzen beleuchteten die Szenerie beinahe romantisch, wenn nicht das stete Tropfen von Wasser die Stille lästig durchbrochen hätte. Allerdings hielt es Jakob nicht lange in Ruhe aus. Es schien, als musste alles aus ihm heraus.

»Ich hatte mein Auto in der Nähe des Teichs abgestellt, habe Cintia in den Kofferraum meines Jeeps verfrachtet«, fuhr er fort. »Sie hat tief und fest geschlafen, so lange bis …« Er brach ab und beobachtete Katharina scharf.

Sie riss die Augen vor gespielter Bewunderung weit auf. Jakob atmete tief ein und senkte den Blick.

»Den Rest kennst du«, sagte er leise. »Nur eins noch: Dein Mann muss das ganze Picknickzeug weggeräumt haben. Gut war ihm bei der Sache also auch nicht.«

Katharina betrachtete Jakobs entspanntes Gesicht. Der junge Wirt wirkte befreit, ganz so, als ob er gerade eine Beichte abgelegt hätte und gleich vom Pfarrer die Absolution erhalten, die ihn schließlich von seinen Sünden reinwaschen würde. Der Erpresserbrief fiel ihr ein, den Anneliese in der Brotlade gefunden hatte.

»Der Erpresserbrief?«

»Der muss mir gegolten haben, schätze ich. Dominik wollte Cintia wohl bei der Rückgewinnung des Geldes helfen, das ich schon von ihr erhalten und investiert hatte. Am Schluss wollte dein Mann doch nur seine eigenen Interessen bedienen.«

Katharina musste unwillkürlich lächeln, dann sagte sie: »Die Polizei denkt, dass Dominik von seinem Mörder beim Verfassen des Erpresserbriefs gestört wurde und deshalb sterben musste. Wenn die wüssten …« Katharina kicherte.

Jakob schwieg, sog Luft ein, setzte zu einer Ergänzung an und brach mit einem Seufzer ab.

Katharina beugte sich vor und küsste eine behaarte Stelle auf Jakobs Brust, wobei sie ihren Ekel nur schwer unterdrücken konnte. Ihr Tun war riskant. Sollte er bemerken, dass ihr vor ihm grauste, war das abgeschmackte Spiel schnell vorüber. Dass er nicht zögern würde, auch sie zu beseitigen, war ihr nur allzu bewusst. Auf der anderen Seite durfte sie sich über seine Moralvorstellungen nicht beschweren, denn auch sie war keinesfalls ein Engel. Geistesabwesend kraulte und küsste Katharina unbeirrt weiter.

»Danninger war ein Kollateralschaden. Um den tut es mir echt leid, denn der war ein lieber Kerl«, seufzte Jakob. »Aber was hätte ich machen sollen?«

»Aber du hattest doch ein Alibi? Wir wissen doch inzwischen alle, dass die Polizistin die Nacht, in der Danninger ermordet wurde, bei dir verbracht hat.«

Die schwache Hoffnung, dass Jakob doch nicht der Serienmörder war, der er zu sein vorgab, machte sich in Katharinas

Hirn breit. Blödsinniger Gedanke, sie wusste es wohl. Das gefühllose Gelächter des jungen Mannes holte sie in die harte Realität zurück.

»K.-o.-Tropfen helfen in fast jeder Situation. Du hast es ja am eigenen Leib erlebt, nicht wahr? Maria hatte ein Blackout. Sie weiß nicht genau, was in der Nacht vorgefallen ist. Wir waren betrunken. Einige hingeschmissene Andeutungen haben ihr gereicht. Aber was wir oder, besser gesagt, was wir nicht angestellt haben, an das kann sich Maria nicht mehr erinnern. Und ich habe natürlich durchblicken lassen, dass wir die ganze Nacht nicht voneinander lassen konnten.« Er grunzte wohlig auf. »Jetzt weißt du alles. Meinst du, dass du damit leben kannst?«

Katharina war froh, dass das Licht in der Kammer flackerte, er ihre Röte nicht sehen konnte und den Schweiß, der ihr aus den Poren brach, wohl für aufsteigende sexuelle Hitze hielt. Immerhin war auf ihr Deo Verlass, denn Angstschweiß – das wusste sie – roch grauenhaft. Dominik jedenfalls hatte in den letzten Sekunden seines Lebens intensiv danach gestunken.

Katharina lehnte sich vor, überwand jegliche Bedenken und küsste Jakob. Er legte seine Hände auf ihren Hintern und schob sie genüsslich in Richtung seiner harten Männlichkeit. Sie durfte nicht zögern. Sein Messer lag in ihrer Reichweite. Sie musste sich nur ein wenig strecken …

Und dann erklangen plötzlich Stimmen hinter der Metalltür.

»Runter!« Jakob schubste Katharina grob von seinem Schoß, sprang auf, zog hektisch seine Jeans hoch und schloss zumindest den obersten Knopf, bevor er sich abwartend – mit seinem Messer in der Hand – in der Ecke neben der Metalltür platzierte. Drohend hob er eine Hand und befahl Katharina flüsternd, auf der Yogamatte sitzen zu bleiben. Erst als sie sich zurechtgesetzt hatte, schien Jakob zufrieden. Er legte seinen Zeigefinger an den Mund und forderte ihr Stillschweigen ein.

Umschmeichelt von flackerndem Kerzenlicht und mit einem ängstlichen Gesichtsausdruck, der sofort für hilfsbereite Zuwendung seitens der Eindringlinge sorgen würde, wartete Katharina mit klopfendem Herzen ab, was als Nächstes geschehen würde. Jakob griff währenddessen mit der rechten Hand in eine Mauernische und entnahm daraus eine Pistole. Katharina merkte, dass sie ihre Blase nicht mehr unter Kontrolle hatte. Während Jakob angespannt in die nur schwach ausgeleuchtete Dunkelheit starrte, nässte sich Katharina ein.

Kapitel 58

Hammerschmied war sich sicher, Stimmen gehört zu haben. Seine Warnung war trotzdem zu spät gekommen: Unversehens standen Maria, Anselm und er vor einer Metalltür, die sich hinter einem Felsvorsprung geschickt verborgen hatte. Die Stimmen waren schlagartig verstummt.

Marias Lippen formten das Wort »Friedhof«.

»Höchst verdächtig«, flüsterte Georg und deutete im Licht der Taschenlampe auf die schmale Tür. Maria stellte sich in Armlänge neben die Tür, presste sich an die kalte Felswand und legte ihre Handfläche auf das Metall, während sich Georg mit gezogener Waffe auf der anderen Seite positionierte und die Tür im Auge behielt. Dann nickten sich Maria und Georg zu, während Anselm einen Schritt zurückgetreten war, das Licht seiner Taschenlampe auf die Tür gerichtet. In der Hand einen recht zarten Holzprügel, den er offenbar zu seinem persönlichen Schutz mitgenommen hatte.

Maria drückte. Ohne großen Widerstand schwang die Tür mit einem kratzenden, beinahe anklagenden Geräusch nach innen auf und gab den Blick in einen dunklen Raum frei, der durch flackernde Kerzen nur unzulänglich ausgeleuchtet wurde. Als ein sachter Luftzug durch den Gang strömte, erloschen die Lichter.

In der Mitte des unterirdischen Raumes saß Katharina Bergmeier auf einer Decke und starrte ängstlich in das grelle Licht von Anselms und Georgs Taschenlampen. Sie zitterte und hielt ihren Blick starr auf die Türöffnung gerichtet. Ihre Hände lagen in ihrem Schoß. Ihre Finger waren fest zu Fäusten geballt. Die nackten Beine waren seitlich angezogen, und zu Hammerschmieds Verblüffung reagierte sie absolut nicht. Sie reagierte weder auf das Licht noch auf die Menschen, die sich doch ganz offensichtlich dahinter befinden mussten und Sicherheit versprachen. Zumindest mehr Sicherheit, als sie aktuell empfinden musste. Natürlich konnte sie die Gestalten nur schlecht oder womöglich gar nicht erkennen, da das Licht der Taschenlampe ihre Augen blendete. Trotzdem war die Situation äußerst ungewöhnlich. Kein Schrei kam über ihre Lippen. Kein Flehen. Kein Seufzer der Erleichterung. Nichts.

Georg wollte gerade einen ersten Schritt in die unterirdische Kammer tun, als er von Maria grob am Ärmel seiner Jacke zurückgezerrt wurde. Sie schüttelte den Kopf, als er sie verwirrt ansah.

Georg versuchte angestrengt, Marias Lippen zu lesen, die sich zwar zu einem Satz verformt hatten, über die aber kein Laut kam. Nach wenigen Momenten schoss ihm derselbe Gedanke durch den Kopf: »Da muss noch jemand sein.«

Sein Kopf ruckte zuerst nach links, hin zur geöffneten Metalltür, dann in Richtung der Bergmeier, die still auf ihrer Decke saß, und schließlich zurück zu Maria, die einen Zeigefinger warnend an ihre Lippen gelegt hatte.

Natürlich! Es musste sich noch eine weitere Person in der Gruft aufhalten. Schließlich war es eher abartig, hier gefangen gehalten zu werden und nicht zu versuchen, durch die Tür zu entkommen. Noch dazu, wenn diese gar nicht versperrt war. Und für ein nächtliches Stelldichein gab es sicher bessere Orte als diesen muffigen Raum in Friedhofsnähe. Außer man stand auf derartige Liebesspiele.

Der starre Blick der Bergmeier, die immer noch schweigend in der Raummitte saß, flackerte nur kurz, dann senkte sie den Kopf minimal nach rechts, so als ob sie einen verstohlenen Blick hinter das metallene Türblatt werfen wollte.

Im fahlen Licht der Taschenlampe und seiner Waffe im Anschlag versuchte Hammerschmied die Situation zu erfassen. Linksseitig war seine Sicht durch die Tür stark eingeschränkt. Rechts befand sich eine große Steinplatte mit Beschlägen aus Metall, die die Aufgabe hatten, den Stein in seiner Position zu halten. Darauf befestigt befand sich ein Schild mit einem Schriftzug, den er nicht entziffern konnte. Unter der mit der Steinplatte abgedeckten Mauervertiefung befand sich noch eine zweite Aushöhlung in der Wand, die jedoch offen war. Darin hielt sich niemand verborgen. Allerdings lag in der Vertiefung ein völlig verdorrter Blumenkranz. Eine fast zerfallene Stoffschleife schmückte die Grabbeigabe. Mindestens zwei Nischen für Särge, schoss es Hammerschmied durch den Kopf.

»Wir befinden uns tatsächlich unter dem Friedhof«, flüsterte Georg in Marias Richtung. Gerade wollte er ihr signalisieren, dass er sich gleich heftig gegen die Metalltür werfen würde, um die dahinter vermutete zweite Person unschädlich zu machen, als ein dumpfes Grollen sein Vorhaben unterbrach. Der Boden bewegte sich ungewöhnlich heftig, Staub rieselte von der Decke. Maria verlor durch die unerwartete Bodenbewegung das Gleichgewicht, taumelte nach hinten und stützte sich gerade noch rechtzeitig an Anselm ab, um sich vor einem Sturz zu bewahren. Der hatte sich an die Tunnelwand gepresst und einen erstickten Schrei von sich gegeben. Katharina Bergmeier schien vor Angst erstarrt.

Plötzlich klaffte in der Decke über ihr ein handbreiter Riss auf, der durch das eindringende Mondlicht deutlich sichtbar wurde. Noch einmal bewegte sich die Erde. Ein Knirschen und das Aneinanderreiben von Gestein waren unüberhörbar. Ein Rinnsal Wasser drang in die Kammer, und mit einem Mal lösten sich Gesteinsbrocken aus der Decke der Gruft. Die bisher in völliger Starre befindliche Katharina schrie in Panik auf.

Kapitel 59

Nun geschah, was im Gemeinderat schon mehrfach lebhaft diskutiert worden war. Teilweise sogar derart bildhaft, dass die Männer und Frauen, die im Gemeinderat saßen, froh darüber waren, dass sich während einer Gemeinderatssitzung nur selten Zuhörer im Saal befanden. Über Leichen, die aus ihren Gräbern purzelten, wurde gesprochen. Über Familien, die sich nicht freuen würden, wenn plötzlich ihre lieben Verstorbenen auf diese Weise wieder auferstanden.

Da sich der desolate Zustand der Friedhofsmauer nicht von selbst zum Besseren ändern würde, kam das Thema in schöner Regelmäßigkeit auf die Tagesordnung, ohne dass etwas unternommen wurde. Denn die Friedhofsmauer grenzte direkt an ein Privatgrundstück, und dort hatte der Privatgrundstücksbesitzer vor ewigen Zeiten kleine Fichten gepflanzt. Inzwischen waren diese kleinen Fichten zu prächtigen Riesen geworden. Im Sommer warfen sie ihren Schatten auf den Friedhof und hielten im Winter eisige Winde ab, was den Toten allerdings völlig gleichgültig war. Die Nadelbäume verhinderten aber auch, dass die Friedhofsmauer saniert werden konnte, zumindest von der privaten Grundstücksseite aus. Auf der anderen Seite tat man sein Möglichstes, um die Mauer zu stärken, die gröbsten Risse auszubessern und für ordentliche Optik zu sorgen.

»Erfolglose Schönheitsbehandlungen«, hatte einmal einer der Gemeinderäte, über sein Bier gebeugt und bereits sehr promillelustig, im Kirchfels verkündet. Jahrzehntelang hatte diese Mauer also erfolgreich Wind, Wetter und den Wurzeln der großen Fichten getrotzt, die sich beherzt unter das Mauerwerk geschoben hatten.

Dieses Mal jedoch war alles anders. Die ohnehin bereits mit Mut zur Lücke gesegnete Friedhofsmauer fühlte sich vom letzten heftigen Gewitterregen tief in ihrer Ehre gekränkt und gab nach. Es kam genau so, wie es die vielfach prophezeiten und tiefschwarz gemalten Schilderungen angekündigt hatten. Genau so, wie man es sich verschämt kichernd ausgemalt hatte, ohne sich zu wünschen, dass dieses Szenario jemals wahr werden würde.

Es kam, wie es kommen musste.

Jahrelang hatte Wasser den Friedhof verschont. Im vergangenen Herbst jedoch war der Hangwald hinter dem Friedhof gefällt worden. Loses Gestein war über viele Monate abgetragen worden. Im Waldboden, ein paar Meter tiefer, trieben viele kleine, unterirdisch verlaufende Wasserläufe ihr Unwesen. Jahrelang hatten die Baumwurzeln von den vielen Quellen im Hang profitiert. Umgekehrt hatten die Bäume den Friedhof vor zu viel Wasser bewahrt. Womöglich hatten jene Reichraminger, die vor vielen Jahrzehnten diesen Wald angelegt hatten, über die zahlreichen Quellen im Boden Bescheid gewusst und deswegen vor allem Eschen, Pappeln, Ulmen und Birken gepflanzt. Sogar Weiden waren ausreichend mit Wasser versorgt worden. Allerdings standen all diese Bäume jetzt nicht mehr da.

Im Untergrund spielten sich unsichtbare Dramen ab, zumindest seitdem das wuchernde Waldstück abgeholzt worden war. Einem guten Beobachter, der sich mit dem speziellen, für Feuchtgebiete typischen Pflanzenbewuchs hinter dem Friedhof beschäftigt hätte, wäre wohl das weitere Geschehen nicht derart unerwartet erschienen. Aber einen solchen Beobachter gab es nicht, und so hatte sich exakt unter der Gruft der Winters während des nächtlichen, äußerst heftigen Sommergewitters eine ordentliche Wasserblase gebildet.

Das Wasser hatte sich seinen Weg gesucht, den tiefsten Punkt am Friedhof unter dem Grab der Winters als perfekt befunden und das Grabmal ausdauernd unterhöhlt. Nun war die Zeit gekommen, das Ende dieser stetigen Ausspülungen zu erleben. So geschah es also, dass die Außenmauer, die bisher zuverlässig standgehalten hatte, zu wanken begann. Zuerst wackelte eine der Säulen des darüber befindlichen Grabmals um wenige Fingerbreit, bis sie sich langsam in Richtung Boden neigte. Zeitgleich knickte der hölzerne und mit Schindeln bedeckte Dachstuhl ein paar Handbreit ein, und unter einem letzten Donnerschlag, der nicht vom längst beendeten Gewitter stammte, sondern durch den Einsturzlärm des Gebäudes verursacht wurde, gab auch die zweite Ecksäule ihre stützende Funktion auf. Das war der Moment, in dem Katharina angsterfüllt aufschrie, denn nicht nur das Getöse, sondern auch der Riss in der Decke, durch den Mondlicht auf Katharinas Gesicht fiel, sorgten dafür, dass eine Riesenportion Adrenalin durch den Körper der jungen Frau strömte. Zeitgleich zu Katharinas Schrei kippte die Friedhofsaußenmauer gemächlich in Richtung Fichten, und Jakob verschwand aus Katharinas Sichtfeld.

In diesem Augenblick ahnte Katharina, dass nun ihre letzten Lebenssekunden geschlagen hatten. Wobei es nicht einer gewissen Ironie entbehrte, und bei dem Gedanken zierte ein letztes Lächeln ihre Lippen, dass sie sich genau dort befand, wo sie ohnehin an ihrem Lebensende landen würde. Sie hatte bereits eine gewisse Ahnung hinsichtlich ihres Aufenthaltsortes gehegt, diese Vermutung jedoch erfolgreich verdrängt. Jetzt ahnte sie nicht mehr, sondern wusste es: Sie befand sich am Friedhof. Eine letzte, kraftvolle Drehung nach links gelang ihr noch, dann stürzte das Gewölbe über ihr ein.

Hammerschmied hatte sofort reagiert. Das Beben war nicht tief aus der Erde gekommen, sondern hatte seinen Ursprung direkt über ihnen. In jenem Augenblick, als die Metalltür vor ihrer Nase zugedroschen wurde, hatte er Maria rüde herumgerissen und ihr einen heftigen Stoß versetzt. Sein »Lauf!« wäre nicht mehr nötig gewesen. Panik hatte Maria auch so angetrieben. Und Anselm war ihnen bereits einige Meter voraus. Er hatte unmittelbar nach der ersten Bodenbewegung eine elegante Wende hingelegt und war schnellstmöglich zurück in Richtung Kirchfels geflüchtet. Im schwachen Licht der Taschenlampen waren sie den Tunnel entlang zurückgerannt. Keuchend waren sie durch die Rückwand des Kastens in den alten Stall gestürzt.

Eine feine Staubwolke drückte sich soeben hinter ihnen durch das alte Möbelstück in den heruntergekommenen Raum, der schon fast nicht mehr staubiger werden konnte. Mehr fallend als laufend stürzten sie weiter ins Freie und blieben dort, erschöpft und nach Luft ringend, stehen.

»Ein Hundertmeterlauf könnte nicht schlimmer sein«, jammerte Maria und ging in die Hocke, um ausgiebig zu husten. Anselm stürzte zum Brunnen, wusch sich das Gesicht und gab dabei prustende Geräusche von sich, während Hammerschmied neben Maria auf die Knie ging. Prompt entkam ihm ein Schmerzenslaut, denn er hatte den Steinboden und nicht das weiche, vom Regen durchtränkte Rasenstück für seinen Kniefall ausgewählt. Während der erste Berührungsschmerz langsam verflog, krümmte sich Maria heftig hustend neben ihm. Das Keuchen ging im Heulen der Feuerwehrsirene unter.

»Das gibt's doch gar nicht«, schnaufte Hammerschmied mit tränenden Augen und heiserer Stimme. »Haben die wirklich schon bemerkt, dass der Friedhof abgesunken ist?«

Maria, die sich Schmutz und Tränen aus dem Gesicht wischte, röchelte erbärmlich und setzte zu einem neuerlichen Hustenanfall an, dem sich Georg und Anselm anschlossen.

Nach gefühlt unendlich langer Zeit beruhigten sich ihre Lungen wieder, und das Tönen des Folgetonhorns, das eindeutig der Feuerwehr zuzuordnen war, kam näher und passierte das Kirchfels in flottem Tempo.

»Auf geht's!« Georg stemmte sich hoch, zog Maria resolut in die Höhe und humpelte in Richtung Hofausgang. Anselm wollte sich gerade gegen das Tor stemmen, dabei war nicht einmal ein Schlüssel nötig, um es zu öffnen. Es reichte völlig, dass Georg den Holzpfosten zur Seite schob, der in einer metallenen Arretierung lag, und schon ließ sich das hölzerne Tor ganz geschmeidig nach außen aufdrücken.

»Geht auch ohne Gewalt«, verkündete Hammerschmied und grinste Anselm aus staubgrauem Gesicht an.

Blaulicht und knappe Anweisungen, die nur hundert Meter weiter gerufen wurden, zeugten von reger Einsatztätigkeit. Im kalten Licht der Scheinwerfer konnte Hammerschmied erkennen, dass sich etwa ein Drittel der Friedhofsmauer der Schwerkraft hingegeben hatte.

Maria schüttelte den Kopf und lief schneller. »Das gibt es doch gar nicht!«, keuchte sie.

»Wir haben eine neue Sehenswürdigkeit in Reichraming. Antik. Altersschwach. Morbid. Wie interessant!«, entgegnete Georg, aber sein Kommentar ging im knatternden Lärm eines Aggregates unter, das gerade gestartet wurde. Weitere Scheinwerfer flammten auf.

Während sich Georg und Maria zügig über die Wiese dem Friedhofsbereich näherten, konnten sie den Schaden an der Mauer immer deutlicher erkennen. Im rechten Bereich des Friedhofs, dort, wo zuvor noch ein hohes Grabmal gestanden hatte, klaffte eine riesige Lücke.

Plötzlich wurden hektische Rufe laut: »Schnell, wir brauchen einen Spreizer!«

Knirschen, krachende Geräusche. Ohrenbetäubender Lärm. Feuerwehrleute rannten kontrolliert und weniger kontrolliert herum, dann ertönte ein »Wir haben sie!«, das gleichzeitig erleichtert, jedoch auch besorgt klang.

Inzwischen waren Hammerschmied, Schwarzenberg und Maria so nah herangekommen, dass einer der Feuerwehrleute fast in sie hineingerannt wäre und schimpfte: »Hier gibt es nichts zu sehen!«

»Polizei!«, verkündete Maria, während Georg einem neuerlichen Hustenanfall zum Opfer fiel.

»So seht ihr aber nicht aus«, stellte der Mann barsch fest und warf einen Blick zurück zur Mauer, die gerade an einigen Stellen abgestützt wurde. Ein Feuerwehrmann, der am Boden lag und dessen Oberkörper beinahe in einem Loch zu verschwinden schien, wurde an den Beinen aus dem Krater herausgezogen. An seinen Armen hielt sich jemand fest. Ein staubiges Bündel, eindeutig ein Mensch, wurde jubelnd in Empfang genommen.

Kapitel 60

Maria blickte sich im Chaos um. Ihr Mund klappte auf, ihre Augen weiteten sich. Im Wurzelballen einer umgestürzten Fichte hing, halb in der bröckelnden Friedhofsmauer steckend, ein Sarg. Der Klumpen aus Erdreich und Wurzeln hielt den hölzernen Totenschrein in Position und verwehrte ihr gnädigerweise die Sicht auf den Inhalt der Kiste. Ganz rechts, dort, wo die Fichtenreihe zu Ende war, lag eine Säule am Boden. Unmittelbar daneben klaffte ein trichterförmiges, halb mit Geröll und Schutt gefülltes Loch in der Wiese.

Maria ließ sich erschöpft auf den Boden plumpsen. »Der Tunnel«, keuchte sie und stützte das Gesicht in ihren Händen ab. Eine Sekunde länger und sie hätten nicht überlebt.

»Ist ja gut. Ist ja gut!« Georg tätschelte ihre Schultern. Ein Feuerwehrmann trat näher und legte ihr eine Decke um den Körper. »Die Rettung ist unterwegs!«, rief er ihnen ermutigend zu. »Irgendwann hat es ja so kommen müssen.«

Maria konnte nur den Kopf über so viel Sarkasmus schütteln. Was war in diesem Dorf eigentlich los, dass die Leute noch die größten Katastrophen mit schwarzem Humor nahmen? Inzwischen musterte der Feuerwehrmann die beiden staubverdreckten Gestalten scharf, als ob es ihre Schuld wäre, dass die Erde nachgegeben hätte.

»Hammerschmied?«, entfuhr es dem Mann auf einmal überrascht. »Was treibst denn du da? In Zivil bist du ja fast nicht zu erkennen. So ohne Kapperl. Ganz in Grau.«

Maria sah zu Georg auf, aber der zuckte nur mit den Schultern und seufzte: »Ich glaube, ich lasse mich lieber verbrennen, wenn es so weit ist.«

»Ist sowieso hygienischer. Finde ich«, entgegnete der Feuerwehrmann prompt und klopfte Georg aufmunternd auf die Schulter, was für eine zusätzliche Staubexposition sorgte, die niemand brauchen konnte. Maria musste niesen.

Auf einmal wurden die Rufe lauter. Ein paar Feuerwehrleute hatten sich in den Krater abgeseilt, rollten Steine zur Seite. Maria rappelte sich auf. Dort, wo gerade noch eine halbe Säule gelegen hatte, erspähte sie nun ein Beinpaar. Auf diesen Beinen ruhte allerdings ein Großteil der Friedhofsmauer. Neugierig machte Maria ein paar Schritte auf die Grube zu, aber Hammerschmied, der ohnehin nicht besonders wild darauf war, Blut und andere Körpersekrete zu sehen, zerrte sie weg und bugsierte sie in Richtung einer Sitzbank, die normalerweise einen schönen Blick auf den Schieferstein bot, jetzt allerdings als Beruhigungsbank dienen sollte.

Kaum hatte er Maria auf die Bank gedrückt, ertönte das markante Signal der Rettung, dicht gefolgt vom Ruf des Polizeihorns. Maria sah sich um: Anselm hatte sich inzwischen auf den Weg gemacht, die Kollegen in Empfang zu nehmen.

Plötzlich flog ein schwarzer Schatten an ihnen vorüber, quetschte sich durch die Menge der Feuerwehrmänner und warf sich neben der Frau, die gerade aus den Trümmern gezogen worden war, winselnd auf den Boden. Drei Feuerwehrmänner scheiterten mit vereinten Kräften daran, das große Tier von seinem menschlichen Fundstück wegzudrängen.

Dem nächsten Schatten, der an ihrer Bank vorüberzischte, leuchtete ein helles LED-Licht den Weg. Die Radfahrerin, die keuchend und fluchend den Berg heraufgestrampelt kam, musste beachtliches Lungenvolumen und offenbar auch ganz ordentliche Muskeln an ihren Beinen haben, denn weder der Kirchenberg, noch der Anstieg zur Friedhofstraße waren sanfte Steigungen. Schließlich bremste sie, ließ ihr Rad auf die

Wiese fallen und lief schimpfend auf den Hunde-Menschen-Haufen zu.

»Baskerville«, japste die Frau, »gibst du wohl Ruhe.« Die Stimme war unüberhörbar die von Anneliese Zitta.

Fragend und leicht amüsiert sah Maria Georg an, und dann lehnten sich die beiden mental und körperlich erschöpft auf der Bank zurück. Ein leises Knacksen erregte Marias Aufmerksamkeit.

»Hast du das …?« Sie kam nicht mehr dazu, den Satz zu vollenden, denn einen Wimpernschlag später krachte es heftig. Maria und Georg versuchten verzweifelt, sich aufrecht zu halten, doch die Rückenlehne der Bank gab unter dem Gewicht der beiden Polizisten nach. Die Schwerkraft siegte, und die beiden kippten – zweistimmig schreiend – nach hinten. Noch bevor einer der beiden reagieren und sich wieder aufrichten konnte, stürzten sich zwei gerade eingetroffene Rettungsleute auf die Verunfallten. Maria hörte beherzte Rufe der Feuerwehrleute, die auf die tatsächliche Rettungssituation aufmerksam machen wollten. Es nützte nichts. Hilfsbereit fielen die Rettungssanitäter über die vermeintlich Bewusstlosen her.

»Lassen Sie das!« Scharf wies Maria den ersten Rettungssanitäter in seine Schranken, der über ihr – am langsam hell werdenden Morgenhimmel – auftauchte. »Kümmern Sie sich gefälligst um Leute, die Ihre Hilfe wirklich brauchen!« Sie strampelte und kämpfte sich hoch, stolperte im Aufstehen noch über die Decke, die sich um ihre Beine gewickelt hatte, dann klopfte sie sich mit größtmöglicher Würde den Dreck aus den Kleidern. Erfolglos, versteht sich.

Hammerschmied blieb einfach liegen, betrachtete die Sterne über ihm, die im heftigen Funkeln der unterschiedlichen Blaulichter fast keine Chance auf Ausübung ihrer eigenen Strahlkraft hatten, und schnaubte mehrmals heftig ein und aus.

Schließlich raffte er sich auf, stemmte sich hoch und strebte konsequent der umgefallenen Mauer zu. In diesem Moment schoss ein Streifenwagen um die Kurve. Die Reifen quietschten. Das Fahrzeug nahm die Anhöhe mit Rasanz und wollte offenbar gerade den Weg über die Wiese einschlagen, als Anselm heftig winkend ins Scheinwerferlicht sprang, direkt zwischen das Fahrzeug und die verdatterte Maria. Sie starrte Weidinger durch die Windschutzscheibe entgeistert an, was der mit verblüfftem Blick beantwortete, der allerdings blitzschnell ins Stinksaure umschlug. Maria zog die Schultern hoch, den Kopf ein und trabte flott im Windschatten von Hammerschmieds Rücken auf die Mauer zu. Vielleicht wäre es doch besser gewesen, sie hätte auf der Wache noch einmal Meldung gemacht, bevor sie ins Kirchfels eingedrungen war.

Auf der Wiese neben der Grube, aus der Katharina geborgen worden war, rang Anneliese nach Luft.

»Katharina! Gott sei Dank, du lebst!«, entfuhr es ihr erleichtert, als sich die Angesprochene bewegte. Die Retter hatten in ehrfürchtigem Abstand einen lockeren Kreis um die Gerettete und den Wolfshund gebildet, der sich schützend über die Beine der zitternden, halb nackten Frau gelegt hatte. Maria zwängte sich hinter Georg durch die Reihen.

Katharina war recht unversehrt, wenn auch starr vor Dreck. Abgesehen von ein paar Abschürfungen, schien sie gesund und munter und trank gierig aus einer Wasserflasche. Schließlich wagte sich einer der Feuerwehrmänner vor und reichte ihr eine Decke. Baskerville knurrte, beruhigte sich aber, als er Hammerschmied erkannte.

»Katharina?«, fragte Maria sanft und streckte die Hand aus. Die Witwe war nur mit großem Glück und mindestens siebzehn beteiligten Schutzengeln einem Unglück entkommen, das ein anderer ganz offensichtlich nicht überlebt hatte. Unwillkürlich sah Maria hinüber in Richtung des Kraters und konnte gerade noch erkennen, wie dort die Überreste eines Menschen zugedeckt wurden, dessen Oberkörper nicht mehr die Form aufwies, die man von einem Menschen gewohnt war.

Neben ihr seufzte Hammerschmied und nahm Katharinas Hand in seine, während die Frau von einem heftigen Hustenanfall geschüttelt wurde. Maria konnte an seiner Mimik ablesen, wie schwer ihm diese Geste der Anteilnahme fiel, und musste grinsen. Etwas weiter entfernt diskutierte der gerade eingetroffene Weidinger lautstark mit Anselm, der stoisch Ruhe bewahrte und den vorwurfsvollen Ton schlicht zu ignorieren schien.

Plötzlich schoss Marias Hand an Baskerville vorbei. Sie berührte die Kette, die um Katharinas Hals lag.

»Woher ist die?«, fragte sie scharf.

Alarmiert warf Hammerschmied einen Blick ins dreckverschmierte Dekolleté der Frau und schien plötzlich – ebenso wie Maria – gebannt auf die Antwort zu warten.

»Woher …?« Katharina ließ die Wasserflasche in den Schoß sinken, warf einen Blick Richtung Krater und griff nach dem Anhänger. Sie zerrte die Kette über ihren Kopf und legte sie in Marias Hand.

»Ich will sie nicht. Sie ist ein grausames Geschenk.«

Sie deutete mit dem Kinn auf Jakobs Leiche. »Kurz nachdem ich in der Gruft aufgewacht bin, hat er sie mir umgehängt. Er hat gesagt, sie gehörte Cintia, sie hätte sie nicht verdient, und wenn ich das mache, was er will, dann würde er mir nichts antun. Cintia dagegen, die ihn betrogen hätte, hatte ihre Untreue mit dem Leben bezahlt.«

Sie hustete trocken, räusperte sich und trank noch einmal aus der Wasserflasche.

Maria warf Georg einen blitzschnellen Blick zu, dann fragte sie betont ruhig: »Jakob hat Sie in die Gruft gebracht?«

»Ich war bei ihm zum Abendessen eingeladen. Wir haben uns gut unterhalten. Aber dann …« Sie schluchzte auf, wischte sich mit ihrem Handrücken Rotz aus dem Gesicht, dann fuhr sie fort: »Ich kann mich nicht mehr erinnern, wie ich in die Gruft gekommen bin. Es ist wie ein Blackout. Vielleicht war etwas in meinem Getränk. Er muss mich betäubt haben.«

Marias und Georgs Blicke trafen sich. Es deutete alles darauf hin, dass Georgs Theorie die richtige gewesen war.

»K.-o.-Tropfen?«, flüsterte Maria fast lautlos.

»Wie bei Cintia«, entgegnete Georg und nickte mit versteinerter Miene. Reden lassen war die unausgesprochene Devise. Konzentriert streichelte er den Wolfshund, der ihm prompt mit seiner Riesenzunge übers Gesicht fuhr.

Leise durchdrang Katharinas Stimme die Stille: »Ich war so dumm. Es sollte doch nur ein Abendessen werden. Ich habe ihm vertraut. Er war freundlich zu mir, gerade in einer Zeit, wo ich empfänglich dafür war, weil …« Wieder schluchzte sie.

Sanft, aber beharrlich sagte Maria: »Katharina, Sie müssen uns jetzt nicht alles erzählen, was zwischen Jakob und Ihnen passiert ist. Wir müssen nur wissen, ob er etwas über die anderen Morde im Ort gesagt hat.«

»Ich wurde in diesem stockfinsteren Loch wach«, sprach Katharina selbstvergessen weiter. »Ich weiß nicht, wie lange ich gewartet habe. Kalt war's. Und dann ist er gekommen, hat sich zu mir gesetzt. Er hat mir alles erzählt. Ich war mir sicher, das würde ich nicht überleben. Wer lässt schon jemanden, der plötzlich zum Mitwisser wird, weiterleben?«

Katharina sah Maria direkt in die Augen, ihr Blick war unerwartet fest, aber dann kamen ihr gleich wieder die Tränen. Sie schniefte, wischte sich mit dem Handrücken über das Gesicht. Aus roten, gereizten Augen, verdreckt und mit Schlieren im Gesicht, die Wasser, Tränen und Rotz hinterlassen hatten, sah Katharina Maria an.

»Er hat meinen Mann getötet.«

Marias hinausposauntes »Warum?« hatte sich nicht mehr bremsen lassen.

Ein Weinkrampf erfasste die Witwe, und sie brauchte mehrere Minuten, bis sie sich wieder gefasst hatte.

»Mein Mann hatte Jakob gegenüber Andeutungen gemacht. Dominik dämmerte, dass es Jakob war, der Cintia auf dem Gewissen hat. Er wollte Druck ausüben, wollte Geld haben. Was sonst?« Sie seufzte, wischte sich übers Gesicht. »Deswegen auch der Erpresserbrief, der nicht mehr fertig wurde, weil …« Wieder flossen Tränen. Schließlich zog Katharina Rotz hoch und setzte neu an: »Und dass er Ihre Kollegin«, sie zeigte mit ihrem Kinn hin zu Maria, »mit K.-o.-Tropfen betäubt hat, damit er auf diese Weise ein nächtliches Alibi für den Mord am Danninger vorweisen kann. Der musste sterben, weil Jakob Angst hatte, dass ihn Sebastian früher oder später als Mörder identifizieren würde. Danningers Gerede im Gasthof war sein Todesurteil.«

Sie schüttelte den Kopf, riss plötzlich die Augen auf. Ihr Augenweiß leuchtete hell im verdreckten Gesicht.

»Noch etwas, die vermisste Daniela Kogler geht auch auf sein Konto. Er hat sie ermordet, hat er mir gestanden. Sie habe etwas gefunden, was sie besser nicht hätte finden sollen.«

Wieder wurde Katharina von einem heftigen Weinkrampf geschüttelt, was Hammerschmied zu einem Dauertätscheln anregte, von dem in erster Linie Baskerville profitierte, da sich Georg einfach nicht auf die Verwendung der richtigen Hand konzentrieren konnte. Georg erhob sich aus seiner unbequemen Position mit knackenden Knien und gab Maria ein Zeichen, ihm zu folgen. Er schaute sie streng an, beobachtete, wie Maria rot wurde.

Maria war übel. Sie atmete mehrmals tief durch. Rasch wischte sie zur Seite, wie unheimlich es war, für einen kurzen Augenblick gedacht zu haben, sie hätte mit einem mehrfachen Mörder das Bett geteilt. Sekunden später hatte sie sich wieder unter Kontrolle, und noch bevor Georg etwas sagen konnte, flüsterte sie: »Bin ich schlau oder bin ich schlau? Derart manipulatives, vorausschauendes Handeln passt perfekt zu dem Täterprofil, das ich entworfen habe.« Sie verpasste Georg einen übermütigen Rempler in die Seite, was ihn zusammenzucken ließ. »Ein Mord aus Kalkül, und drei Morde, um die Tat zu verwischen. Wie haben wir nur so dumm sein und es nicht von Anfang an erkennen können?«

»Kein Anlass für Vorwürfe. Wir hatten keine Chance.« Georg verschränkte die Arme. »Wie hätten wir Jakob früher überführen sollen? Es gab keine Hinweise auf eine Verbindung Jakobs zu Cintia?«

Maria ärgerte sich. Georg hätte ihr ruhig auf die Schulter klopfen können, schließlich war ihre Fallanalyse recht treffend gewesen. Sie betrachtete die weinende Katharina. Seufzte. Hockte sich schließlich neben sie auf die feuchte Wiese. »Hat Jakob erwähnt, wieso die Beziehung zu Cintia geheim geblieben war?«

Katharina hatte sich inzwischen wieder gefasst und sprach leise weiter.

»Cintia war seine Freundin. Sie hat ihm Geld für den Umbau des Kirchfels geborgt. Sie wollte, dass er sie heiratet, und er hat sie offenbar immer wieder vertröstet, bis sie schließlich ungeduldig wurde und ihm nach Reichraming gefolgt ist, um den Fortschritt im Kirchfels zu begutachten. Sie haben sich gestritten, meinte er. Um Geld. Und dass sich Cintia von ihm betrogen fühlte, dabei habe er ihr nie versprochen, sie zu heiraten. Er würde sich doch nicht wegen des geborgten Geldes dauerhaft an eine Frau binden. Cintia ist Jakob auf die Zehen gestiegen. Irgendwann zu der Zeit muss Cintia meinem Mann über den Weg gelaufen sein. Plötzlich hat sie Jakob gegenüber von einem großen Hof geplaudert. Offenbar hat eines das andere ergeben. Eifersucht. Geld. Weibergeschichten.«

Katharina warf einen Blick ins Leere. »Und dann hat er Dominik am Dienstagvormittag umgebracht. Einfach mit der Sense zugestochen, weil es sich gerade so ergab. Jakob hatte Dominik zur Rede gestellt, und der hat ihn ausgelacht. Er hätte nicht über ihn lachen sollen, hat Jakob gesagt.«

Katharina beugte sich zur Seite, es schien, als würde sie ohnmächtig werden. Sie hustete, litt unter Würgereiz und übergab sich schließlich, weinte danach wieder und warf schließlich einen bangen Blick hin zu Hammerschmied.

»Mir hat so gegraust vor dem, was mir Jakob alles erzählt hat. Ich kann gar nicht sagen, wie furchtbar ich mich gefühlt habe. Und dann habe ich so getan, als hätte ich Verständnis für sein Handeln, damit er mich nicht auch gleich umbringt.« Sie zuckte entschuldigend mit den Achseln. »Ich war mir sicher, dass er mich umbringt, und jetzt ist alles anders gekommen.« Wieder warf Katharina einen zweifelnden Blick auf die Umrisse des Körpers unter der Decke.

»Aber jetzt ist er tot. Er ist doch tot, oder?«

Maria nickte nur. Die Frau tat ihr leid, sie war gleich mehrfach zum Opfer geworden, hatte den Mann verloren und war dann selbst knapp dem Tod entronnen. Das, was sie erlebt hatte, würde sie noch eine Weile begleiten. Seelische Erleichterung würde sie noch lange nicht erleben.

Katharina tat einen erlösten Seufzer. Langsam sank sie um, und der Sanitäter, der ihren Blutdruck gemessen hatte, gab sofort Befehl, sie auf eine Trage zu packen und ins Krankenhaus zu bringen. Hammerschmied hielt den Hund zurück, der seinem Frauerl unbedingt folgen wollte. Anneliese nahm sich glücklicherweise des Riesenviehs an, das sich zwar nur widerwillig mitziehen ließ, sich aber immerhin in Bewegung setzte.

»Und das alles nur wegen Geld«, raunzte Hammerschmied schließlich, als der Tross der Sanitäter mit der Witwe verschwunden war. »Nur, weil einer das Geld, aber nicht die Frau haben wollte, die ihn dagegen nicht mehr hatte haben wollen.«

Maria saß äußerst zerknittert im Einsatzwagen. Auf der Rückbank. Dort, wo normalerweise Verbrecher saßen, mit dem Unterschied, dass die Hintertür offen stand, was ihr den Weg für eine erfolgreiche Flucht ebnete. Ihr war immer noch flau im Magen. Sie beobachtete, wie sich Hammerschmied langsam in Bewegung setzte und auf sie zukam. Im Wagen war es friedlich, sie schob alles, was sie gerade erfahren hatte, zur Seite, hoffte, dass er ihr beistehen würde. Zumindest verbal. Als er sich neben sie auf die Rückbank setzte, erwartete Maria, dass er einen Arm um sie legte, was ihr durchaus recht gewesen wäre. Sie warf ihm einen Blick zu und musste feststellen, dass er sie angrinste. Mit dem Beistand würde es nichts werden. Georg war offenbar nicht der Typ für romantische Anwandlungen, auch nicht in ungewöhnlichen Situationen.

Stattdessen zog er sie rotzfrech auf: »Na, du jämmerliches Häufchen Frau? Was ich längst fragen wollte: Willst du wirklich hier bei uns bleiben? In einem Arbeitsumfeld, das mörderischer nicht sein könnte? Geschwindigkeitsübertretungen gibt's bei uns nicht, Leichen dagegen …« Er ließ den Satz unvollendet.

»Georg, mein Liebster. Immerhin sind wir heute gemeinsam um unser Leben gerannt, haben erfolgreich einen Mörder überführt und Mordswolken an Adrenalin ausgestoßen, das ungemein bindungsfördernd wirkt. Ich fürchte also, du wirst mich nicht mehr loswerden.« Sie warf ihm einen hinterhältigen Blick zu. »Die Gegend hier ist nicht nur schön, hier ist es überdies umwerfend spannend. Onkel Erwin wird schon gewusst haben, warum er mich in seiner Inspektion haben will. Inzwischen bin ich allseits bekannt, mein Ruf ist hinüber. Besser hätte ich mich in meinem künftigen Umfeld nicht einführen können. Und wenn Onkel Erwin mal in Pension geht, dann übernehme ich seinen Posten.« Sie grinste. »Frau braucht schließlich Ziele.«

Mit Vergnügen hörte sie Georgs unwilliges Grunzen.

»Onkel Erwin hat übrigens vorhin angerufen. Er ist höchst erfreut, dass wir unsere Ermittlungen erfolgreich abgeschlossen haben. Er sagt, ich solle dir auf die Schulter klopfen.«

Marias rechte Schulter wurde augenblicklich ordentlich durchgeklopft. Georg setzte die Erwin'sche Schulterklopfanordnung stürmisch um.

»Onkel Erwin ist stolz auf dich. Deine Täteranalyse war recht ordentlich. Wir haben dich zu mögen, sagt er.«

Maria grinste, schloss die Augen und lehnte sich zurück. Ignorierte den Kollegen, der neben ihr saß. Geistig hatte sie diesen umfangreichen Akt bereits geschlossen. Der Täter würde ohnehin nicht mehr vor Gericht stehen können. Die Schreibarbeiten und das ganze bürokratische Theater rund um die Todesfälle würden noch einige Zeit in Anspruch nehmen, waren aber nur mehr reine Formsache. Es gab nichts mehr zu tun, sollten sich doch die Kollegen, die ohnehin alles gehört hatten, was gesagt worden war, um das Papierzeugs kümmern. Sekunden darauf war sie leise schnarchend eingeschlafen.

Kapitel 61

Dieses Mal hatte Bernhard Staub von der *DonauNews* das Nachsehen. Zwar hatte er nichts unversucht gelassen, um möglichst spektakulär über den nun endlich aufgeklärten Fall zu berichten, allerdings hatte ihm das regionale Fernsehteam von »Lokalkolorit & Lebenspanorama«, kurz *eLeL*, auf den letzten Metern die Show gestohlen. Das Moderatorenpaar, das ihm schon länger gehörig auf die Nerven fiel, hatte sich die Chance auf einen Beitrag des Tages, der direkt ins landesweite Frühstücksfernsehen übertragen wurde, nicht entgehen lassen, und ihr Equipment für die Liveschaltung vor der Front des Kirchfels aufgebaut.

»Wo befindet sich das Vermögen der toten Cintia Zachariasz?« Die erste Frage, die die aufdringlich blonde Moderatorin formulierte, war wenig überraschend, denn längst war durchgesickert, dass es beim Mord an der Zachariasz um viel Geld gegangen war. Der Co-Moderator runzelte daraufhin die Stirn und wippte unruhig auf und nieder. Gemeinsam reflektierten sie das Geschehen. Im Kurzdurchlauf wurden Cintia Zachariasz' Tod und ihr schicksalhaftes Ende beleuchtet, während die Kamera über die Friedhofsmauer und die Fassade des Kirchfels schwenkte. Deutlich sichtbar prangte dort das Schild eines Immobilienmaklers mit Sitz in Steyr: *Mich kannst du kaufen!* Die Bank, kaum hatte sie vom Ableben ihres skandalösen Kreditnehmers erfahren, hatte den Vermittler umgehend mit dem Verkauf der nicht nur mit einer Hypothek vorbelasteten Immobilie betraut.

»Liebe, Hass und Geld kehren die schrecklichsten Seiten an Menschen hervor. Was meinst du dazu, liebe Jessica?«, schleimte der braun gebrannte Moderator seine Kollegin an, als der Rückblick beendet war.

»Natürlich, du hast völlig recht, Kevin. Beim Geld hört sich ganz offenbar die Freundschaft auf.«

Bei diesen Worten rückte die liebe Jessica um einige Zentimeter von ihrem Partner ab, was von den Schaulustigen mit deutlich hörbarem Kichern kommentiert wurde. Bernhard Staub verdrehte die Augen.

»In Reichraming hat sich dies jedenfalls hinlänglich bestätigt, denn offenbar – und für ihn gilt nach wie vor die Unschuldsvermutung – war der beliebte Wirt Jakob Seinfeld auch für die Morde an Dominik Bergmeier und Sebastian Danninger verantwortlich. Vermutungen besagen, dass auch die tote Daniela Kogler ein Opfer des Reichraminger Rippers wurde.«

Das überschminkte Gesicht der Moderatorin blickte schmerzerfüllt in die Kamera, während aus dem Hintergrund ein Ruf erschallte.

»Du knuspriges Huhn, du!«

Irgendjemand aus den umstehenden Neugierigen hatte sich dazu hinreißen lassen, die braun gebrannte Optik des Sprechers zu kommentieren. Livesendung blieb eben Livesendung, dachte Staub amüsiert. So gefiel ihm das Frühstücksfernsehen gleich viel besser. Das gequälte Lächeln des Moderators kam großartig ins Bild. Er wirkte unangenehm berührt und redete schnell weiter, wobei er mit seinem knusprigen linken Arm Richtung Friedhof zeigte.

»Dort oben ist der mutmaßliche Täter gestern im Morgengrauen vom Tod eingeholt worden. Begraben unter den Friedhofsmauern.«

Jessica war wieder an der Reihe: »Wie es dazu kam, dass sich der Mann nachts dort aufhielt, ist noch Teil der polizeilichen Untersuchungen. Was wir jedoch aus sicherer Quelle wissen, ist …«

Die Spannungspause, die die Blonde einlegte, nutzte Kevin dazu, sein Gesicht wieder ins Bild zu drängen. Hastig fuhr er fort: »Dass er dort oben nicht allein war, sondern wohl ein letztes Opfer mit sich in den Tod nehmen wollte.«

Jessicas Gesicht zeigte Anzeichen von Mordlust. Sie schätzte es ganz offenbar nicht, während einer Moderation rüde unterbrochen zu werden. Kaum heftete sich die Kamera jedoch wieder auf die Frau, verabschiedete sie sich mit überaus lustvollem Blick und den Worten: »Cintia Zachariasz starb als reiche Frau. Wo ist ihr Geld geblieben?«

Unmittelbar darauf schwenkte die Kamera zum Friedhofshang zurück, und Kevin, der noch kurz mit ins Bild wollte, wurde durch einen heftigen Schubs Jessicas zur Seite befördert. Dieser kleine Eklat sorgte für abschließendes Gejohle im Publikum, was zumindest für die Zuschauer daheim durchaus als Startschuss zur Schatzsuche hätte fehlinterpretiert werden können.

Abends würde der Beitrag noch mehrmals zu bewundern sein. Zu jeder vollen Stunde. Gekürzt, aber immerhin. Staub verging geradezu vor Neid, machte auf dem Absatz kehrt und stapfte davon. Das würde einen saftigen Verriss von *eLeL* in der morgigen Zeitung geben.

Hammerschmied hatte sich einen Platz auf der mit einer neuen Lehne bestückten Bank gesichert. Die Gemeindearbeiter waren dieses Mal rasend schnell mit der Reparatur der Bank gewesen, und aus vernünftiger Distanz konnte er sowohl die Kommentare der TV-Moderatoren als auch die der Menge mit anhören. Er zog eine Grimasse. Schwarzenberg und Weidinger war die Aufgabe zugeteilt worden, die Menge in Schach zu halten, was sie – jeder mit grimmiger Miene im Rahmen ihrer Möglichkeiten – durchaus ernsthaft betrieben. In diesem Moment trat Maria neben ihn.

»Die Lebenden haben sich versammelt«, kommentierte sie die Show. »Die Grundingers, ein Großteil seiner Yogafrauen, ein paar Radfahrer, die sich nun rühmen können, Gast eines Mörders gewesen zu sein.« Sie deutete auf die Menge. »Schau, Kurt Braunstingel und Matthias Gretzinger, der traurig den Außenspiegel seines Autos in der Hand hält, Seppi Haidlinger und sein Hund …«

Georg musste grinsen und zeigte auf eine Stelle neben dem marille-vanille-gelben Musikheim. »Und da hinten steht Anneliese mit Baskerville.« Er sah Maria an. »Wie war es übrigens im Krankenhaus, wie geht es Katharina?«

Maria lehnte sich zurück, worauf sich Georg sicherheitshalber aufrichtete.

»Sie ist so weit in Ordnung, ihre Kratzer heilen. Die Ärzte wollen sie heute oder morgen nach Hause schicken. Es scheint ihr ganz gut zu gehen, dafür, dass sie das zweite Mal binnen einer Woche im Krankenhaus gelandet ist.« Maria warf ihm einen schelmischen Seitenblick zu. »Jetzt werden wir hoffentlich keine Toten mehr aus dem Wasser fischen oder vom Hochstand klauben, dafür künftig Irre davon abhalten, dass sie das Kirchfels auseinandernehmen und mit Metalldetektoren auf Schatzsuche gehen, und das, wo doch das Erbe sicherlich aus Banknoten und nicht aus Goldmünzen besteht.«

»Das weißt du doch gar nicht«, sagte Georg lachend. »Vielleicht liegen da unten irgendwo Goldbarren herum. Ich jedenfalls überlege schon, ob ich mir nicht zum Geburtstag einen Metalldetektor wünschen soll.«

Maria brach in schallendes Gelächter aus, und Georg warf einen kritischen Blick hin zur Friedhofsmauer, die an den entscheidenden Stellen mit Kunststoffplanen abgedeckt worden war. Ein paar modrige Särge am helllichten Tag waren nicht das perfekte Sightseeing-Programm für eine schöne Nationalparkgemeinde wie Reichraming. Die einzige Mitarbeiterin des Tourismusverbands sah das genauso. Sie hatte noch am Vortag einen kleinen Aufstand mit sich selbst organisiert, war wie eine Femen-Aktivistin mit einer Motorsäge über die wenigen verbliebenen, recht standhaften Fichten unterhalb der Friedhofsmauer hergefallen und hatte diese Fichten in wenigen Minuten zumindest so verletzt, dass dem Besitzer nichts mehr weiter zu tun blieb, als die Bäume demnächst zu fällen. Der einzige Unterschied zu einer Femen-Aktivistin bestand darin, dass die Frau in Schnittschutzkleidung gegen die Bäume vorgegangen war und nicht nackt an den Fichten herumgewerkt hatte.

Neben ihm gähnte Maria, und er selbst war immer noch hundemüde. Inzwischen fühlte er sich in ihrer Gegenwart schon wie einer der zwei Alten auf dem Balkon der *Muppet Show*. Wie Waldorf und Statler beobachteten sie in trauter Zweisamkeit, was sich auf der Wiese unterhalb des Friedhofs, am Vorplatz zum Kirchfels und rund um den Übertragungswagen abspielte. Wäre der Anlass nicht derart dramatisch gewesen, hätte das Menschengewusel Anlass zu Ironie und humorvoll-spöttischen Äußerungen geboten. So jedoch saßen die beiden nur da und betrachteten die Szenerie.

Nach einer Weile gesellte sich ein Gemeindearbeiter zu ihnen und grinste Hammerschmied an.

»Besser als fernsehen, oder?«, sagte er, dabei tippte er sich mit der Hand an die Stirn und nickte Maria grüßend zu. Der gefällige Blick, der über die Frau an seiner Seite glitt, entging Georg nicht. Er warf dem Mann einen finsteren Blick zu, woraufhin sich der Störenfried trollte.

Maria und Georg blieben noch so lange sitzen, bis sich der Rummel gelegt hatte. Der Tag versprach Sonnenschein bei angenehmen Temperaturen. Doch schön langsam, man konnte es bereits riechen, kündigte sich der Herbst an.

Epilog

Katharina Bergmeiers neue Sense fraß sich durch das trockene Gras. Eine kleine Natter hob ihren Kopf. Gerade hatte sich das Tier noch genüsslich am Rand des Güterwegs gesonnt, doch beim ersten Schwung der Sense zog es den Kopf ein und brachte sich rasch hinter ein paar großen Steinen in Sicherheit. Die Herbstsonne würde später auch noch scheinen, und es war wirklich nicht sinnvoll, wegen ein paar Sonnenstrahlen den Kopf zu verlieren.

Zufrieden betrachtete Katharina ihr Werkzeug. Eine echte Investition fürs Leben. Wenn sie die Sense ordentlich behandelte, würde sie älter werden, als ihr Mann es geworden war. Katharina fühlte sich rundum wohl. Seit Ewigkeiten hatte sie keine solche Freiheit mehr empfunden. Alle Einschränkungen hatten sich in Wohlgefallen aufgelöst. Die Spurensicherung hatte Dominiks Rad im Kirchfels sichergestellt, ebenso ihre Handtasche. Sie hatte alles zurückerhalten und sein Mountainbike prompt verschenkt. Sie mochte es nicht ansehen, es würde sie immer an Dominik erinnern. Die Handtasche dagegen war in den Müll gewandert. Die erinnerte sie nämlich an den Abend mit Jakob, und das musste auch nicht sein. Nur die goldene Kette mit dem Herzanhänger war ihr nicht zurückgegeben worden, aber sie hatte sie auch nicht als ihr Eigentum betrachtet.

Das Kirchfels war durchsucht worden. Sogar in der Aschenlade des Küchenofens hatten die Ermittler herumgewühlt. Hammerschmied hatte ihr bei seinem letzten Besuch im Krankenhaus davon berichtet. Wie ein dressiertes Äffchen hatte er jedes Mal aufmunternd ihre Hand ergriffen, wenn sie einen traurigen Blick aufsetzte. Jedenfalls war sie auf die Art an die Ermittlungsergebnisse gekommen: In der Asche hatte man die Überreste eines Reißverschlusses entdeckt. Vermutlich hatte Jakob Danielas Kleidung verbrannt. Der Reißverschluss stammte wohl von ihrem Rock. Sicher würde sich das nicht mehr herausfinden lassen, aber die Indizien sprachen eine deutliche Sprache. Irgendwann fiel auch der Begriff »botanische Forensik«, als es um eine Wildrose ging, aber Katharina hörte nur mit halbem Ohr hin. Sie horchte erst wieder auf, als er von DNA-Spuren von Jakob berichtete, die sich am roten Body aus ihrem Misthaufen befunden hatten. Hammerschmied hatte nicht mehr dazu sagen wollen. Katharina hatte sich sofort ausgekannt und das Wort Sperma geflüstert, worauf Hammerschmied nur genickt hatte.

Kurioserweise war sogar Jakobs Auto konfisziert worden. Hammerschmied erzählte irgendetwas von einem Kunststoffbruchstück, das für den Tod eines Rasenmähers verantwortlich sein sollte und Jakob unzweifelhaft mit jenem Straßenabschnitt in Verbindung brachte, der zum Ablageort von Cintias Leiche führte. Danningers Auto war von innen nach außen gestülpt worden, worauf es sich prompt als eine Müllhalde verschiedenster DNA-Spuren entpuppte. Hammerschmied jedenfalls hatte von einer unendlichen Anzahl von Mischspuren gesprochen und geseufzt. Es gab darin derart viele Nachweise menschlicher Anwesenheit, dass man in der gerichtsmedizinischen Nachforschung den Kopf geschüttelt hatte. Nur eine Frage der Zeit und man würde auch auf Spuren des Mörders stoßen. Sie herauszufiltern war allerdings nervig, und da der Fall ohnehin geklärt war, lag niemandem an unnötiger Arbeit.

Katharina lächelte, während ihr rechter Arm in regelmäßigem Takt ausholte und immer wieder über die Grasfläche schwang. Erst gestern war der Brief von der Lebensversicherung eingetroffen. Mit einer solchen Summe hatte sie gar nicht gerechnet, aber zur Feier des Tages hatte sie sich im Lagerhaus die neue Sense gekauft. Mitarbeiterrabatt. Damit mähte sich das Grünfutter für die Kühe praktisch wie von selbst.

Natürlich würde sie die Tiere behalten, aber sie hatte große Pläne, was die Zukunft des Mooshofs anging. Und auch die entsprechenden Mittel. Es würde schon nicht auffallen, dass Cintia Zachariasz' unerwartet hinterlassene Geldzuwendung sich nach und nach unter die Ausgaben zum Umbau des alten Vierkanthofs mischen würde. So manche Zahlung für die Umbauarbeiten wurde ohnehin am Finanzamt vorbei getätigt, und der rundum erneuerte Mooshof würde künftig als Seminarhof für »Kreative Lebensgestaltung« für Furore sorgen. Mehrere auf Individualurlaub spezialisierte Reisebüros hatten bereits Interesse bekundet. Zusammen mit den Grundingers, die inzwischen sogar einen echten indischen Yogini aus Kolkata nach Reichraming geholt hatten (böse Zungen tuschelten, Greti hätte sich mit dieser Personalentscheidung über ihren Mann hinweggesetzt), würde sie den Ort zu einer echten Adresse für besondere touristische Erfahrungen machen.

Außerdem würde der neue Plan für den Mooshof auch Katharinas Kind zugutekommen, dessen Erzeuger zwar nicht mehr am Leben war, ihr aber immerhin ihren sehnlichsten Wunsch erfüllt hatte. Jakob war der Samenspender gewesen, doch würde offiziell Dominik der Vater ihres Kindes sein. Erst vor wenigen Tagen hatte sie sein Grab besucht. Ihm erzählt, dass sie schwanger war. Im Anschluss an ihre Beichte hatte sie sich die neu errichtete Friedhofsmauer angesehen. An einer schlecht einsehbaren Stelle war ihr ein goldener Schimmer ins Auge gestochen, und sie hatte neugierig Nachschau gehalten. Irgendein Scherzbold hatte ein kleines Messingschild an der Stelle angebracht, an der Jakob von der Mauer erschlagen worden war.

Darauf stand:
Hier drunter lag Jakob. Wirt vom Kirchfels.
Er wurde erschlagen.
Von einer Mauer so schwer,
die seine Sünden konnt kaum ertragen.
Er war ein Mörder, ein schlimmer, in Serie sogar.
Es ging um Geld, um Gier. Leider. Es ist wahr!

Sie schmunzelte beim Gedanken an das Schild. Inzwischen befand sich Katharina fast genau an jener Stelle, an der ihr Mann tot aufgefunden worden war. Häufig hatte ihr Mann seine Sense einfach in den Baum gehängt und nicht zurück in die Werkstatt gebracht. In der Astgabel hatte sich eine tiefe Kerbe gebildet. Eine Schnittwunde. Katharina hatte sie immer mit Unmut betrachtet. Ihr tat der Baum leid.

»Werkzeug«, hatte außerdem schon ihr Vater gepredigt, »gehört in die Werkstatt und nicht irgendwo liegen gelassen. Wer auf seine Geräte nicht achtet, schmeißt Geld zum Fenster hinaus.«

Zu Rost hatte ihr Vater eine denkbar schlechte Beziehung gehabt. Genauso wenig mochte er Scharten in seinem Sensenblatt. Für ihn wäre es nie infrage gekommen, eine Sense derart lieblos zu behandeln. Dominik war in dieser Hinsicht nie besonders behutsam gewesen. Auch nicht seiner Frau gegenüber.

Irgendwann war Katharina wütend geworden war. Die sanftmütige Katharina, die sonst kaum etwas zur Weißglut brachte, hatte sich seelisch und zu gegebener Zeit auch körperlich befreit. Von ihrem Mann.

Ein gefauchtes »Auch Geschirrtücher gehören gebügelt!« hatte das Fass zum Überlaufen gebracht. Sie hatte sich doch tatsächlich erdreistet, die Tücher einfach mit ihren Händen glatt zu streichen, anstatt sie dem heißen Bügeleisen zu unterwerfen.

Als ob es sonst keine Sorgen als faltenlos gebügelte Geschirrtücher gäbe.

Kleingeist, hatte Katharina gedacht, neben ein paar anderen, wesentlich deftigeren Schimpfwörtern, schließlich ihren Zorn hinuntergeschluckt, wie sie es bereits zuvor häufig gehandhabt hatte. Schlussendlich hatte sie Geduld bewiesen, ein letztes Mal, und einfach auf den passenden Augenblick gewartet.

Alles nur eine Frage der Zeit.

Zeit, die sie sich nahm.

Sie hing immer da. Griffbereit. Seine Sense.

Während sich Dominik an seinem letzten Tag auf Erden noch zierte, ein paar Quadratmeter Grünfutter für die Kühe zu mähen, weil er schließlich eine Frau hatte, die das übernehmen konnte, stieg Katharinas Gereiztheit ins Unermessliche.

Frühmorgens, eigentlich war sie schon auf dem Sprung zur Arbeit gewesen, griff sie also zur Sense. Sie stellte noch fest, dass das Sensenblatt längst gedengelt hätte werden müssen, und hackte trotzdem mit der stumpfen Klinge auf das grüne Gras ein. An ein gleichmäßiges Mähen war nicht zu denken. Es war mehr ein Rupfen. Die Frotzeleien, die sie sich währenddessen anhören musste, dauerten nur so lange an, bis ihr ein Mähschwung ein wenig misslang. Gut, von einem misslungenen Mähschwung konnte man nicht wirklich sprechen, denn normalerweise mäht man recht knapp am Boden. Die Sense gleitet also im Normalfall eher im saftigen Grün dahin, als sich auf den Weg durch die Luft und in den Brustkorb eines unerwünschten Ehemannes zu versenken.

Beim Gedanken an das Geschehen, das jeden Tag ein wenig weiter wegrückte, zuckte Katharina wie zur Entschuldigung mit ihren Schultern und flüsterte leise: »Ihr, meine lieben Kühe, werdet von mir zum Schweigen verurteilt, und ich weiß genau, ihr würdet mich niemals verraten!«

Tatsächlich hatte sie pures Glück gehabt. Da Jakob nicht mehr am Leben war, musste der tote Wirt nun zu seinen sonstigen Untaten auch die Schuld am Tod ihres Mannes tragen. Ein glücklicher Zufall hatte ihrem Leben eine unerwartete Wendung gegeben. Einer hatte geglaubt, den anderen in der Hand zu haben, und am Schluss war sie zur Nemesis geworden.

Sich als Göttin des gerechten Zorns zu sehen gefiel Katharina. Sie lächelte. Sanft strich sie ihrer Tessi über den Nasenrücken. Die Kuh hatte sich zwischen den anderen Tieren nach vorne gedrängt. Die weichste Tessi-Stelle, die – zu Tessis großem Ärgernis – auch von Fliegen bevorzugt wurde, fand sich direkt über dem Flotzmaul. Dort war es nicht nur weich, sondern auch ein wenig feucht. Katharina lächelte und kraulte, während sie ihren Gedanken nachhing.

»Katharina!«

Der Ruf der Nachbarin riss sie aus ihrem Tagtraum. Anneliese hielt eine Thermoskanne in der einen Hand und einen Teller mit süßen Köstlichkeiten in der anderen. Katharina lächelte, denn es war tatsächlich nicht sie, die Anneliese bei ihrem zielstrebigen Marsch ins Auge gefasst hatte. In dem kleinen Gemüsegarten neben der Kuhweide stand eine Vogelscheuche, die Katharinas altes Kleid trug. Vor einigen Wochen hatte genau diese Vogelscheuche auch dort gestanden. Allerdings hatte sie damals Dominiks alte Arbeitskleidung getragen. Und Anneliese stapfte jetzt zielsicher auf das Gestell zu.

Ihre Nachbarin, das wusste Katharina, war eitel. Ihre Brille verwendete sie kaum, eigentlich nur dann, wenn sie sich unbeobachtet wähnte. So kam es, dass Katharina von Anneliese unbeabsichtigt und sehr willkommen ein Alibi erhalten hatte. Eine Fügung des Schicksals. Anneliese hatte die Vogelscheuche an jenem, für ihren Mann verhängnisvollen, Vormittag doch tatsächlich für Dominik gehalten. Vermutlich hatte Anneliese sogar von Weitem gegrüßt, und Dominik, ohnehin nur selten gut gelaunt, hatte – wie so häufig – nicht zurückgegrüßt. Vogelscheuchen grüßen überaus selten. Während also Dominik längst verblutet war und sein Leichnam am Baumstamm auf seine Auffindung wartete, war sich die Nachbarin sicher gewesen, ihn noch lebend gesehen zu haben.

»Hier bin ich!«

Katharina hob ihre Hand, winkte Anneliese zu und lächelte Tessi an, die mit ihrer rauen Zunge um weitere Streicheleinheiten bettelte. Tessi konnte nicht lächeln, war aber äußerst zufrieden mit sich und dachte sehnsüchtig an Loisl, der ihr ein paar schöne Kuh-Urlaubstage beschert hatte. Während Katharina sanft weiterkraulte, schloss Tessi ihre Augen und bohrte gleichzeitig mit ihrer langen Zunge genüsslich in einem ihrer Nasenlöcher. Wer will da noch behaupten, dass nicht auch Kühe multitaskingfähig sind?

Dank

Spezieller Dank gilt Katrin Trometer von Red Bull Media House, die mir die Chance zu diesem Buch gab. Ich kann mich noch sehr gut an unser erstes Telefonat erinnern. An Katrins Stimme, die mir deutlich hörbar im Ohr ist. Die Freude darin, weil ich versprach, den Vertrag auf alle Fälle zu unterschreiben, ganz gleich, welcher Verlag sich zwischen Vertragsausfertigung und Unterschrift noch auf mich stürzen würde.

Eine Portion Tapferkeit wünsche ich Julia Krug-Zickgraf, die sich zukünftig mit meinen Ideen herumschlagen darf.

Meiner Lektorin – Nina Hübner – die mich mit ihrem achtseitigen, dicht beschriebenen Autorinnenbrief (ich hatte keine Ahnung, dass es so etwas gibt) in mittlere Verzweiflung stürzte, gilt meine Hochachtung. Ihr Autorinnenbrief war eine perfekte Anleitung. Eine Richtschnur, die mich wie ein roter Faden durch das gesamte zu lektorierende Manuskript zog. Lob und Anerkennung gilt dir, Nina. Du hast mich wunderbar begleitet, kennst Reichraming inzwischen in- und auswendig.

Ein herzlicher Gruß ans textQuartett Steyr. An Karina Baumann, Franz Brunner und Ute Freyschlag, die mich als viertes Vierterl – als Reichramingerin – mitmachen lassen.

Und *last but not least*: Ein Gruß an meine Familie und Freunde sowie an meinen großen Bekanntenkreis. Ihr habt ja keine Ahnung, wie viel Inspiration ihr mir bietet.

Ach ja: Besonderes Mitleid gilt meinem Mann, der immer dann zusammenzuckt, wenn ich eine polizeiliche Auskunft erbitte, die üblicherweise mit folgendem Wortlaut beginnt:

»Wie ist das eigentlich …?«